ATRIUM

Hauptkommissar Stefan Moses, 43, wohnhaft im beschaulichen Hamburger Winterhude, ist gründlich, pünktlich, höflich und korrekt – was ihn nicht davor bewahrt, dass er aufgrund seiner Hautfarbe sowohl beim Bäcker als auch bei der Zeugenvernehmung immer wieder Überraschungen erlebt. Sein erster Fall konfrontiert Moses mit einem rätselhaften Leichenfund im Bahnhofsviertel und führt ihn nicht nur in die höchsten Kreise der Hamburger Kaufleute, sondern auch auf die schäbigsten Kutter im Hafen der Hansestadt. Dabei nehmen die Ermittlungen gleich mehrere unerwartete Wendungen, die Moses nicht zuletzt an seine eigenen Grenzen stoßen lassen.

Ortwin Ramadan wurde 1962 in Aachen geboren. Er studierte Politik und Ethnologie und arbeitet heute als Drehbuchautor und freier Autor. Für seinen Roman *Glück ist was für Anfänger* wurde er 2018 vom Syndikat, zu dem auch Sebastian Fitzek und Frank Schätzing gehören, mit dem Hansjörg-Martin-Krimipreis ausgezeichnet.

ORTWIN RAMADAN

MOSES

UND DAS SCHIFF DER TOTEN

Der erste Fall für Stefan Moses

Kriminalroman

Atrium Verlag · Zürich

MIX
Papier aus verantwortungsvollen Quellen
FSC® C014496

Ungekürzte Taschenbuchausgabe
1. Auflage 2020

Umschlaggestaltung: Hauptmann & Kompanie
Werbeagentur, Zürich, unter Verwendung eines Fotos von
© mauritius images / Chromorange / Alexander Bernhard
Satz: Greiner & Reichel, Köln
Druck und Bindung: GGP Media GmbH, Pößneck
Printed in Germany
ISBN 978-3-03882-024-6

www.atrium-verlag.com

1

Nichts war grausamer als die Stille davor. Wenn die Welt in einem einzigen stummen Schrei erstarrte und die Angst seine Seele fraß, bis allein das rasende Tier in ihm übrig blieb. In diesem Moment wachte er immer auf. Schweißgebadet. Die Narbe, die er innen an seinem rechten Arm trug und deren Herkunft er nicht kannte, brannte wie tausend Feuer. Doch irgendetwas war diesmal anders. Da war ein fremdes Geräusch gewesen, das nicht in seinen Traum gehörte. Weder das Knistern der Flammen noch die Schreie der Menschen hatten es zu überdecken vermocht. Moses starrte im Halbdunkeln an die Zimmerdecke und versuchte, das Grauen aus seinem Kopf zu vertreiben. Als er vorsichtig seine Hand unter der Decke ausstreckte, fühlte er Julianes nackten, warmen Körper neben sich. Er drehte den Kopf zu ihr und ihr Atem kitzelte sein Gesicht. Im Morgenlicht, das durch die halb geschlossene Jalousie fiel, glich sie einem Engel. Eine dunkelblonde Locke umspielte ihren markanten Wangenknochen, und während sie kaum hörbar atmete, lächelte sie im Schlaf. Urplötzlich verspürte er den unwiderstehlichen Drang, sie zu küssen. Aber er wagte es nicht, zu friedlich war ihr Anblick. Er beneidete sie um ihren gesunden Schlaf. Er selbst hatte die Hoffnung längst aufgegeben, seinen Albträumen eines Tages entfliehen zu können. Seine Vergangenheit würde ihn vermutlich bis ins Grab verfolgen.

Behutsam zog Moses seine Hand wieder zurück. Dann stieg er leise aus dem Bett und griff nach dem Smartphone auf dem Nachttisch, dessen Summen ihn geweckt hatte. Als er die SMS überflog, war er für einen kurzen Moment versucht zurückzurufen. Aber dann legte er das Gerät zur Seite. Leitner hatte dieses Wochenende Bereitschaftsdienst, und auf dessen Testosteron konnte er im Moment gut verzichten. Außerdem brauchte er Zeit, um darüber nachzudenken, was Juliane ihm am Abend zuvor eröffnet hatte. Es hatte ihn tiefer getroffen, als er ihr gegenüber zugeben wollte. Oder konnte. Also sammelte er seine auf dem Boden verstreuten Sachen zusammen und schlich sich mit dem Handy ins Bad, um sich ein Taxi zu rufen. Während er den taubengrauen Anzug anzog, den er am Abend zuvor getragen hatte, ärgerte er sich wieder einmal darüber, dass er in ihrer Wohnung noch immer keine Wechselkleidung deponiert hatte. Wie lange kannten sie sich nun schon? Anderthalb Jahre? Oder waren es zwei? Er konnte es nicht ausstehen, unpassend gekleidet zu sein. Und das würde er in weniger als einer halben Stunde definitiv sein. Nachdem er sich angezogen hatte, musterte er sein Spiegelbild. Trotz seines dunklen Teints fühlte er sich unendlich blass. Sein Kopf pochte, was er zweifellos dem billigen Prosecco am gestrigen Abend zu verdanken hatte. Die Getränke auf diesem unsäglichen »Kunsthappening« hatten das Niveau der dort gefeierten Installationen noch unterschritten. Er massierte sich mit den Fingerspitzen die Schläfen, und nachdem der Schmerz ein erträgliches Maß erreicht hatte, schlüpfte er in die unbequemen italienischen Schuhe, die Juliane ihm zu seinem Dreiundvierzigsten geschenkt hatte. Dann nahm er seinen Mantel von der Garderobe und verließ auf Zehenspitzen die Wohnung.

In der Nacht hatte es stark geregnet, und als Moses vor das Haus trat, hielt er inne, um die klare Luft zu genießen. Es war kurz vor Sonnenaufgang, und noch tauchte das diffuse Dämmerlicht die umliegenden Fassaden in ein farbloses Grau. Auf den feuchten Straßen herrschte eine gespannte, geradezu unnatürliche Stille. Als würde die Stadt für einen kurzen Augenblick innehalten, nur um sich danach mit umso größerer Entschlossenheit in den alltäglichen Überlebenskampf zu stürzen. Moses hatte diesen Moment, wenn Nacht und Tag noch miteinander rangen, schon immer gemocht. Er sog die frische Luft und die Stille ein letztes Mal tief in sich ein. Dann schlug er den Kragen seines Burberry-Mantels hoch und ging auf das Taxi zu, das bereits in zweiter Reihe auf ihn wartete. Es hatte einen dieser neuen Werbemonitore auf dem Dach, die Autos in blinkende Litfaßsäulen verwandelten. Heute strahlte ihm ein junges Paar entgegen, das sich an einem fernen Tropenstrand in seinem Liebesglück rekelte. Sonne, Meer und heile Welt. *Buchen Sie Ihren Urlaub im Paradies!* Moses musste unwillkürlich daran denken, was ihn vermutlich gleich erwartete. Umso mehr empfand er die Versprechen der Werbung als eine kaum zu ertragende Verhöhnung der Wirklichkeit. Die Welt war nicht paradiesisch. Und sie würde es auch niemals sein. Weder hier noch sonst irgendwo.

Moses ließ sich auf den Rücksitz fallen und nannte dem Fahrer die Adresse. Der Mann besaß auffallend große Ohren und stank nach kaltem Rauch. Er musterte seinen frühen Fahrgast neugierig im Rückspiegel, aber da er offenbar eine lange Nacht hinter sich hatte, verstummte er nach dem obligatorischen Small Talk für den Rest der Fahrt. Was Moses nur recht war. So konnte er die kurze Zeit, die ihm noch blieb, dazu nutzen, um sich darüber klar zu werden, wie er mit Julianes Entscheidung umgehen sollte. Während auf der anderen Seite der Autoscheibe die Klinkerfassaden des Michaelis-Quartiers an ihm vorbeizogen, fragte er sich, ob er sich tatsächlich so sehr für sie über diese einmalige »Chance« freute, wie er gestern behauptet hatte. Sechs Monate waren sechs Monate, und Neuguinea lag so ziemlich am anderen Ende der Welt. Würde er sie vermissen? Und sie ihn?

Je länger er darüber nachdachte, desto mehr musste er sich eingestehen, dass er darauf keine Antwort hatte. Alles kam so plötzlich. Er hatte ihre Beziehung bislang in vollen Zügen genossen und nie darüber nachgedacht, dass sie irgendwann einmal enden könnte. Als er erneut aus dem Autofenster blickte, überquerte das Taxi gerade das Nikolaifleet. Da es inzwischen nicht mehr regnete, hatten sich die wenigen Passanten, die zu dieser frühen Stunde unterwegs waren, bereits ihre Regenjacken ausgezogen und unter die Arme geklemmt. Die asiatische Touristengruppe, die in geschlossener Formation in Richtung Speicherstadt trippelte und dabei von der Reiseleiterin mit ungeduldigen Gesten vorwärtsgetrieben wurde, versteckte sich dagegen noch immer unter ihren aufgespannten Schirmen. Moses rieb sich die Augen. Als der Wagen die Bahntrasse zum Hauptbahnhof unterquerte, um kurz darauf in Richtung Berliner Tor abzubiegen, streckte er sich, soweit dies in der Enge des Rücksitzes möglich war. In wenigen Minuten würde er an seinem Ziel ankommen, und er war Profi genug, um zu wissen, dass seine privaten Angelegenheiten vorerst würden warten mussten. Was er jetzt brauchte, war ein klarer Kopf. Der Tod duldete keine Fehler.

2

Der Lohmühlenpark war ein schmaler, von Straßen flankierter Grünstreifen, der sich von der U-Bahn-Station Berliner Tor bis fast an die Alster erstreckte und tagsüber zu den beliebtesten Treffpunkten in St. Georg gehörte. Besonders bei den jungen Familien des Viertels standen der moderne Spielplatz und die Ballsportplätze hoch im Kurs. An diesem frühen Sonntagmorgen befand sich jedoch selbst dieses quirlige Viertel noch im Tiefschlaf. Als er den Taxifahrer bezahlt hatte und ausgestiegen war, erkannte er gleich, was ihn erwartete. Es war die Art, wie sich der junge Streifenbeamte an dem Absperrband versteifte.

»Polizeieinsatz!«, rief ihm der Polizist von der anderen Straßenseite aus zu. »Bitte gehen Sie weiter!«

Moses überquerte unbeirrt die Straße.

»Ich sagte doch, Sie sollen weitergehen!« Der junge Beamte musterte den elegant gekleideten Afrikaner, der sich seelenruhig vor ihm aufbaute, mit einer Mischung aus Anspannung und Argwohn.

»Sie können hier nicht durch!«, sagte er. »Gehen Sie weiter!«

Moses blieb nicht verborgen, dass die Hand des jungen Streifenbeamten nach dem Reizgas an seinem Gürtel tastete. Aber es war schlichtweg zu früh, um sich zu ärgern. Abgesehen davon war er es gewohnt, dass seine Erscheinung für Irritationen sorgte. Daran hatte sich in inzwischen fast fünfzehn Dienstjahren bei der Kripo nichts geändert.

»Immer mit der Ruhe«, sagte er, während er seinen Dienstausweis zückte. »Entspannen Sie sich.«

Der junge Beamte starrte fassungslos auf die Plastikkarte.

Moses steckte sie gelassen wieder zurück in seine Anzugtasche. »Dürfte ich jetzt bitte den Tatort sehen?«

Der Mund des Streifenbeamten klappte wieder zu.

»Äh, ja! Natürlich, Herr Hauptkommissar!«, stammelte er. »Tut mir leid! Ich konnte ja nicht wissen, dass …«

Er verstummte verlegen. Mit einer hastigen Bewegung riss er das rot-weiße Band hoch, das den Eingang in den Park versperrte. Moses bückte sich untendurch, und nach wenigen Schritten bestätigte sich seine Vermutung. Der Taxifahrer hatte ihn auf der falschen Seite des Parks abgesetzt. Erst jetzt sah er die zahlreichen Einsatzfahrzeuge, die sich bereits vor dem gegenüberliegenden Parkeingang versammelt hatten.

Plötzlich ließ ihn eine Stimme herumfahren.

»Moin, Chef! Willkommen zu unserem kleinen Picknick!«

Kriminalkommissar Leitner kam mit einem dampfenden Pappbecher in der Hand auf ihn zugesteuert. Moses fragte sich, wo er so früh am Sonntagmorgen Kaffee aufgetrieben hatte. »Immerhin schauen Sie auf Ihr Handy!« Der vorwurfsvolle Unterton war nicht zu überhören.

Er war gut einen Kopf kleiner als Moses, und trotz der morgendlichen Temperaturen trug er zur Jeans lediglich ein eng anliegendes T-Shirt. Leitner gehörte zu den Menschen, die noch vor Dienstbeginn ins Fitnessstudio rannten und offenbar niemals schliefen. Trotz seines jungen Alters von fünfunddreißig Jahren litt er bereits unter massivem Haarausfall, was ihm reichlich Spott in der Kantine des Präsidiums einbrachte. Seiner Libido schien der Verlust seiner Haarpracht jedoch keinen Abbruch zu tun. Im Gegenteil.

Als Leitner das elegante Outfit seines Vorgesetzten bemerkte, stieß er einen anerkennenden Pfiff aus.

»Ich war auf einer Ausstellung«, erklärte Moses genervt.

»... und danach war leider keine Zeit mehr zum Umziehen?«, ergänzte Leitner augenzwinkernd. Er nippte an seinem Pappbecher. »Das muss ja eine aufregende Ausstellung gewesen sein. Oder lag es vielleicht an der Künstlerin?«

Moses ignorierte das anzügliche Grinsen. Bei seinem jungen Kollegen würde vermutlich nicht einmal eine Kastration helfen.

»Ich hoffe, Sie haben einen guten Grund, mich zu dieser Unzeit aus dem Bett zu schmeißen!«, brummte er, während er über Leitner hinwegsah. Das Geschehen auf dem Spielplatz hatte seine Aufmerksamkeit erregt.

Auf der Bank neben der turmhohen Tunnelrutsche, auf der tagsüber gestresste Mütter über ihren Nachwuchs wachten, hockte jetzt ein Obdachloser mit einer Rettungsdecke über den Schultern. Er gestikulierte wild herum und ließ sich auch von den beiden Sanitätern, die beruhigend auf ihn einredeten, nicht besänftigen. Auf der anderen Seite des Sandkastens standen zahlreiche Uniformierte in einer dichten Traube zusammen. Was genau es dort zu bestaunen und zu diskutieren gab, konnte Moses nicht erkennen, denn sowohl ihre Rücken als auch das Klettergerüst im Zentrum der Sandlandschaft versperrten ihm die Sicht.

Was zum Teufel sollte dieser Menschenauflauf?

Moses ballte die Fäuste in den Manteltaschen.

»Sorgen Sie für Ordnung, Mann!«, herrschte er Leitner an, der daraufhin erschrocken zusammenzuckte. »Schicken Sie die Leute sofort zurück an ihre Positionen. Und wo ist Feldhusen überhaupt?«

»Hauptkommissar Feldhusen ist krankgeschrieben«, erklärte Leitner kleinlaut. »Sein eigener Köter hat ihn in die Hand gebissen. Deshalb sollte ich Sie ja anrufen.«

Moses verdrehte die Augen. Mit Wehmut dachte er an Hendriks. Der hätte sich nicht so dilettantisch angestellt. Sein junger Kollege hätte zweifellos das nötige Talent gehabt, einmal zu einem fähigen Ermittler heranzuwachsen. Aber dann war alles ganz anders gekommen. Noch immer machte Moses sich Vorwürfe, weil er die Tragödie nicht hatte kommen sehen.

Er ließ Leitner stehen und umrundete den riesigen Sandkasten. Als die Streifenbeamten ihn auf sich zukommen sahen, erstarb ihre Unterhaltung auf der Stelle. Sie verdrückten sich sofort in alle Richtungen, und jetzt konnte Moses endlich den Grund ihrer Neugier erkennen.

Auf der Bank saß ein nackter Mann, der ganz offensichtlich tot war.

Überrascht trat Moses näher. Der Tote saß mit gesenktem Kopf da, so, als würde er ein Nickerchen machen. Er war allem Anschein nach im fortgeschrittenen Alter, stark übergewichtig und splitternackt. Seine Lippen waren bereits blau und seine Haut so weiß, als wäre sie mit einem Bleichmittel sauber geschrubbt worden. Das dünne blonde Haar war tropfnass und klebte in Strähnen auf der Stirn. Offenbar hatte der Mann schon die ganze Nacht über hier im Regen gesessen. Moses umrundete die Leiche. Auf den ersten Blick konnte er keine äußeren Verletzungen feststellen. Nicht einmal Einstiche von Drogenspritzen. Als er sich über den Toten beugte, nahm er einen eigenartigen Geruch wahr. Er erinnerte ihn an den Fischmarkt, aber wirklich einordnen konnte er ihn nicht. Er musterte die Tätowierungen auf dem Oberkörper des Unbekannten. Die meisten waren stark verschwommen und mussten in Jugendjahren gestochen worden sein. Tigerköpfe, Kreuze und

Teufelsfratzen. Das Übliche. Eine der Tätowierungen schien jedoch jüngeren Datums zu sein. Ihre Ränder waren gestochen scharf, die Tinte unter der Haut noch nicht verlaufen. Sie befand sich auf der linken Brust, direkt über dem Herzen, und bestand aus arabischen Schriftzeichen, die sich um eine kunstvoll stilisierte Blüte rankten.

»Vielleicht ist der Typ ein Islamist«, mutmaßte Leitner, der hinter ihm stand und ihm über die Schulter sah. »Oder zumindest einer, der irgendwas mit diesen Wahnsinnigen zu tun hat.«

»Interessant«, sagte Moses, ohne aufzusehen. »Und wie kommen Sie zu dieser Schlussfolgerung?«

»Das ist doch eindeutig ein arabischer Schriftzug!« Leitner deutete mit dem Kaffeebecher auf die Tätowierung. »Vielleicht gehört er zu denen, die aus Syrien zurückgekommen sind. Sollen ja alle möglichen Leute zum Köpfeabschneiden da unten gewesen sein.«

Moses überging den Einwand. »Sind der Gerichtsmediziner und die Spurensicherung schon unterwegs?«

»Der Doc hätte eigentlich schon längst hier sein müssen«, stellte Leitner mit einem Blick auf seine Uhr fest. »Und die SpuSi auch. Aber so wie es aussieht, hatten sie gestern Nacht wieder eine Menge Einbrüche. Es ist schließlich Wochenende.«

»Wer hat ihn gefunden?« Moses richtete sich wieder auf.

»Der Alte da drüben.« Leitner nickte in Richtung des Obdachlosen. »Er hat den Notruf gewählt. Man sollte es nicht glauben, aber offenbar hat heutzutage wirklich *jeder* ein Handy!«

Er schüttelte den Kopf, dann fuhr er fort. »Ich habe schon versucht, irgendetwas aus ihm rauszukriegen. Aber keine Chance, der ist völlig fertig! So, wie es aussieht, ist das hier seine Stammbank.«

»Ich kümmere mich darum«, sagte Moses, während er zu

dem Alten hinübersah. Viel Hoffnung auf brauchbare Hinweise machte er sich allerdings nicht. Die Fahne des Mannes stach ihm in die Nase. Dann wandte er sich wieder an Leitner: »Solange die Spurensicherung nicht da ist, sind Sie mir dafür verantwortlich, dass nicht jeder hier herumtrampelt. Und ich will keine Kinder sehen! Heute ist Sonntag. Am besten, Sie lassen den gesamten Park absperren.«

»Schon geschehen …«

»Gut. Dann sorgen Sie dafür, dass es auch so bleibt. Und lassen Sie die Umgebung absuchen! Vielleicht finden wir ja die Kleidung des Mannes. Und noch etwas: Ich bin der Einzige, der mit der Presse redet, sollte hier jemand auftauchen. *Verstanden?*«

Er sah seinem jungen Kollegen fest in die Augen, um seiner Anweisung Nachdruck zu verleihen. Ein nackter, toter Mann auf einem der beliebtesten Kinderspielplätze der Stadt – für die Geier der Boulevardpresse würde das ein Festessen werden. Er sah die Schlagzeilen bereits vor sich.

»Schon kapiert. Sie sind der Boss!«, erwiderte Leitner und trottete davon.

»Und besorgen Sie mir bitte einen Kaffee«, rief Moses ihm hinterher. »Schwarz, ohne Zucker!«

Mit einem Mal stutzte er. Ihm kam es so vor, als hätte sich gerade das linke Auge des Toten bewegt. Das konnte nicht sein! Moses kniff die Augen zusammen, um genauer hinsehen zu können. Da war es erneut. Das Auge hatte sich eindeutig bewegt. Irritiert beugte er sich noch weiter zu dem Mann herunter. Tatsächlich nahm er eine kleine Bewegung im Auge des Toten wahr. Plötzlich zuckte Moses so heftig zurück, dass er beinahe umgefallen wäre. Im Augenwinkel der Leiche erschien ein winziges Köpfchen, dann drang etwas Lebendiges hinter dem toten Augapfel hervor. Es drängte ins Freie, schlängelte sich über das Gesicht, dann plumpste es auf den nackten Bauch des Mannes und fiel auf die Erde. Moses starrte entgeistert auf die wurmartige Kreatur, die sich im Gras zwischen den Füßen des Toten kringelte. Sie war nur wenige Zentimeter lang, hauchdünn und durchsichtig wie Glas.

»LEITNER!«, brüllte er, nachdem er sich von seinem Schrecken erholt hatte.

Sein Kollege eilte herbei. »Was ist passiert?«

»Ich brauche einen Behälter. Schnell!«

»Einen Behälter?«

»Irgendein Gefäß. Nun machen Sie schon!«

Im offenen Mund des Toten kam nun ebenfalls ein winziger, blasser Wurm zum Vorschein. Und dann noch einer. Diesmal fiel er nicht zu Boden, sondern landete im Schoß des Toten, wo er sich panisch wand. Moses verzog angewidert das Gesicht. Als er hinter die Bank trat, sah er, dass auch aus dem After der Leiche durchsichtige Würmer drangen.

Entsetzt wich Leitner einen Schritt zurück. »Was sind das denn für ekelhafte Viecher?«

Moses nahm ihm ungefragt den Kaffeebecher aus der Hand, entfernte den Deckel und schüttete den restlichen Inhalt aus. Dann ging er in die Hocke, um mit zwei Fingern einen der am Boden herumkriechenden Würmer in den Pappbecher zu bugsieren. Sie fühlten sich glitschig an.

»Was habt ihr denn da Schönes?«, tönte eine ihm bekannte Stimme hinter seinem Rücken.

Moses warf einen Blick über die Schulter und stand auf.

»Sorry, ich bin so schnell gekommen, wie ich konnte«, entschuldigte sich Dr. Kleinhues, der Gerichtsmediziner. Er hatte wie immer tiefe Ringe unter den Augen. »Ging leider nicht schneller. Also, was habt ihr diesmal?«

»Das würde ich auch gerne wissen!«, erwiderte Moses.

Vorsichtig hob er den Deckel des Pappbechers an. Sein Freund lugte neugierig hinein, wobei ihm sein grauer Pferdeschwanz auf die Schulter fiel. Als sich der durchsichtige Wurm auf dem Grund des Bechers heftig bewegte, riss auch er überrascht die Augen auf.

»Vorsicht!«, schrie Leitner neben ihnen. »Der kommt da raus!«

Hastig drückte Moses den Deckel wieder zu.

»Wo bleibt die Spurensicherung?«, schimpfte er, während er sich umsah.

Kleinhues stellte seinen abgestoßenen, mit Badges beklebten Arztkoffer auf die Erde. Er war von schlaksiger Gestalt, und sah wie immer so aus, als wäre er letzte Nacht zusammen mit seinen Leichen um die Häuser gezogen. Seine Auftritte als Frontmann der polizeieigenen Heavy-Metal-Band waren hingegen legendär. Jetzt kniete er nieder, um die Würmer näher in Augenschein zu nehmen, die sich unter der Bank im Gras schlängelten. Inzwischen waren es gut ein Dutzend.

»Merkwürdig«, sagte er. Er legte sich eine der durchsichtigen Kreaturen auf die Handfläche. Sie wand sich wild hin und her. »Das könnte auch ein Fisch sein. Man sieht nicht nur die inneren Organe, sondern auch Kiemen.«

»Bist du sicher?«, wollte Moses wissen. Er kannte sich nur mit Fischen aus, wenn sie auf seinem Teller lagen.

»Nein, natürlich bin ich das nicht. Ich bin schließlich kein Zoologe.« Kleinhues stemmte sich hoch. »Aber mein Vater war zeit seines Lebens ein fanatischer Angler. Ich habe das Rumsitzen gehasst! Das kann ich dir sagen!«

Er öffnete seinen Koffer und zog sich ein Paar Plastikhandschuhe über.

»Ich würde sagen, unser Freund hier hat vermutlich eine Zeit lang im Wasser gelegen«, mutmaßte er, während er den

Toten auf der Bank zu untersuchen begann. Er hob ein Augenlid, danach bewegte er die Finger der leblosen Hand. »Die Leichenstarre hat noch nicht eingesetzt«, stellte er fest. »Wie ich vermutet habe.«

»Vom Park bis zur Außenalster ist es nur ein kurzes Stück«, dachte Moses laut. »Wenn das da wirklich Fische sind, ist er dort vielleicht auch ertrunken.«

»Das könnte sein«, warf Leitner dazwischen. »Die Kollegen von der Wasserschutzpolizei haben erst letzten Monat jemanden aus der Alster gefischt. So ein armes Schwein, das vom Finanzamt in den Ruin getrieben wurde. War groß in der Mopo. Vielleicht hat der da sich ja auch umgebracht!«

Er deutete in Richtung der Leiche, ohne sie anzusehen. Die Würmer machten ihm merklich zu schaffen.

»Dass ich da nicht selbst drauf gekommen bin!«, erwiderte Moses mit gespieltem Erstaunen. Allmählich sehnte er sich nach einem Frühstück. »Bestimmt war es dem Unglücklichen nach seinem Ableben im Wasser zu kalt. Deshalb ist er nackt durch die Stadt marschiert, um sich hier an dieser Stelle ein schöneres Plätzchen zu suchen. Stimmt das mit Ihrer Theorie überein?«

»Nicht direkt …«, gab Leitner missmutig zu.

Moses stieß einen innerlichen Seufzer aus und übergab seinem jungen Kollegen den Becher samt Inhalt. »Solange die Spurensicherung nicht da ist, passen Sie bitte gut darauf auf! Und dann schicken Sie ein paar Leute los, die sich in der Nachbarschaft umhören. Es ist noch früh, aber vielleicht hat ja jemand etwas beobachtet, was uns weiterhilft.«

»Geht klar!« Leitner hielt den Kaffeebecher weit von sich weg und ging davon.

Moses schüttelte den Kopf und wandte sich wieder an seinen Freund Kleinhues. Der hatte inzwischen seine Kamera ausgepackt und damit begonnen, Fotos von dem Toten zu machen.

»Ich weiß, dass es schwierig ist, wenn die Leiche im Wasser gelegen hat«, sagte Moses. »Aber vielleicht kannst du mir trotzdem schon etwas über den Todeszeitpunkt sagen. Was meinst du? Wie lange sitzt er schon hier?«

Kleinhues hielt kurz inne. »Ich wusste, dass das kommt!«, stöhnte er. »Heute ist Sonntag, und man hat mich gerade erst aus dem Bett geholt. Nur mal so nebenbei. Also lässt du mich besser erst mal meine Arbeit machen!«

Moses verkniff sich einen Kommentar und zog den offenen Mantel enger um seinen Körper. Schweigend beobachtete er, wie Kleinhues Fotos von den absonderlichen Würmern machte, die sich noch immer unter der Bank im Gras ringelten. Sonntag hin oder her, dieser Tag dürfte alles andere als geruhsam werden. Schließlich waren nackte, von fischartigen Würmern angefressene Leichen, die auf Kinderspielplätzen herumsaßen, selbst für eine Stadt wie Hamburg nicht gerade alltäglich. Und dies bedeutete wiederum, dass es bei den Ermittlungen zusätzlichen Druck von ganz oben geben würde. All das waren nicht gerade ideale Bedingungen für eine erfolgreiche Arbeit. Also musste er die ihm verbleibende Zeit nutzen. Bevor der Sturm losbrach.

3

Das Polizeipräsidium am Bruno-Georges-Platz fiel aus jedem städtebaulichen Rahmen. Und das in jeder Hinsicht. Der monströse Bürokomplex besaß die Form eines zehnzackigen Sterns, was aufgrund seiner schieren Größe jedoch nur aus der Luft in Gänze zu erkennen war. Seine mehrstöckige Fassade bestand aus jeder Menge Glas, was noch zusätzlich den Eindruck unterstrich, das sternförmige Gebäude wäre vom Himmel gefallen und rein zufällig im gutbürgerlichen Winterhude gelandet. Der Haupteingang am Ende der gewaltigen Treppe wirkte auf jeden Besucher unweigerlich wie das unersättliche Maul eines fremdartigen Kraken. Auch wenn Moses nachvollziehen konnte, dass es für die organisatorischen Abläufe einer Behörde mit beinahe zweitausend Mitarbeitern von Vorteil war, sämtliche Abteilungen unter einem Dach zu vereinen, konnte er diesem monströsen Bauwerk dennoch wenig abgewinnen. Für sein Gefühl hatte eine derart große Behörde etwas Erdrückendes. Und sie erzeugte eine falsche Demut.

Er passierte die Sicherheitsschranke und ging zu den Aufzügen, um hinauf in sein Büro zu gelangen. Während er auf den Aufzug wartete, überlegte er kurz, ob er nicht doch erst noch in die Kantine gehen sollte. Sein Hunger würde vermutlich bald ein ernsthaftes Problem werden. Aber dann blieb er bei seiner Entscheidung. Da er mittlerweile wusste, dass sein Kollege Feldhusen für längere Zeit ausfiel, würde er den Fall wohl oder übel übernehmen müssen. Sein freier Sonntag war somit dahin. Abgesehen davon hatte der ungewöhnliche Fall längst seine Neugier und auch seinen Ehrgeiz geweckt. Wobei er Letzteres nie offen zugeben würde. Aber je schwieriger die Nuss zu knacken war, je raffinierter der Täter zu Werke gegangen war, desto mehr genoss er die Jagd. Auf dem Spielplatz hatte die Spurensicherung ihre Arbeit zwar endlich aufgenommen, aber bis die Kollegen neue Erkenntnisse zutage förderten oder gar auf eine heiße Spur stießen, konnte er nicht warten. Es galt die Zeit zu nutzen, bevor die Presse ihnen auf die Füße trat und Trittbrettfahrer ihnen das Leben schwer machten.

Als die Aufzugtür sich öffnete, trat er ein und wählte die Etage. Kaum hatte sich die Tür wieder zu schließen begonnen, schob sich ein Fuß in den Spalt. Zu Moses' Überraschung stand eine gepiercte junge Frau in Lederjacke und Jeans vor ihm. Sie würdigte ihn keines Blickes. Stattdessen betrat sie den Fahrstuhl und drückte auf die Sechs, dann drehte sie ihm den Rücken zu. Moses musterte die ungewöhnliche Erscheinung aus den Augenwinkeln. Die Frau war nicht groß, eher zierlich, dennoch machte sie einen durchtrainierten, geradezu martialischen Eindruck. Im Gegensatz dazu war ihr Gesicht im Profil auffällig fein, beinahe hübsch, was in einem seltsamen Kontrast zu der Aggressivität stand, die sie mit jeder Faser ihres Körpers ausstrahlte. Diese kurz geschorenen Haare und der Ring in der linken Augenbraue machten die Sache auch nicht besser, dachte Moses. Aber er musste sich eingestehen, dass er neugierig war. Normalerweise liefen junge Frauen in einer solchen Aufmachung nicht ohne Begleitung und Handschellen im Präsidium herum. Und sie fuhren für gewöhnlich auch nicht in den sechsten Stock, die oberste Etage, wo sich das heilige Büro des Direktors befand. Ganz besonders nicht an einem Sonntagmorgen.

»Was gibt es da zu glotzen?«

Moses zuckte unwillkürlich zusammen. Die spiegelnden Metalltüren hatten seine Neugier offenbar verraten, denn die junge Frau hatte sich abrupt zu ihm umgedreht und sah ihn herausfordernd an. Ihre Augen waren tiefgrün.

»Äh, nichts«, entgegnete Moses. Er war völlig perplex. »Was soll denn sein?«

»Dann sind wir uns ja einig!«, erwiderte die junge Frau kalt und drehte ihm wieder den Rücken zu.

Moses fühlte sich wie ein ertappter Schuljunge. Als der Aufzug endlich auf seiner Etage hielt und er dem peinlichen Schweigen entkommen war, atmete er erleichtert auf. Wenn er nicht bald einen Kaffee bekam, konnte er für nichts mehr garantieren.

Auf den Fluren der Abteilung 41, Tötungsdelikte/-ermittlungen, ging es kaum ruhiger zu als an einem normalen Werktag. An Wochenenden hatten die menschlichen Triebe bekanntlich Hochkonjunktur.

Moses betrat sein Büro am Ende des Ganges und warf dabei einen Blick auf seine Chronoswiss, ein Geschenk seines Adoptivvaters. Er hatte die erste Teambesprechung auf Punkt neun Uhr angesetzt. Bis dahin blieben ihm noch zehn Minuten. Genug Zeit, um seinen Körper mit Koffein zu versorgen. Er hängte seinen Mantel an den Wandhaken, schob den Jadebuddha auf dem Fensterbrett zur Seite und kippte das Fenster. Dann warf er seine Kaffeemaschine an. Sie war neben der antiken Jadefigur die einzige Extravaganz, die er sich am Arbeitsplatz leistete. Ansonsten hatte er das typische Behördenmobiliar behalten. Ein einfacher Schreibtisch samt ausgeleiertem Drehstuhl, ein halbhoher Aktenschrank und zwei Stühle. Auf die obligatorische Grünpflanze hatte er beim Einzug dankend verzichtet.

Als endlich das wohlige Gurgeln der Kaffeemaschine den Raum erfüllte, kam ihm Juliane in den Sinn. Er zog sein Handy hervor, doch dann zögerte er. Vermutlich saß sie gerade alleine am Frühstückstisch und war stinksauer auf ihn. Was er verstehen konnte. Anstatt die guten Neuigkeiten gemeinsam zu feiern, pulte er auf Kinderspielplätzen Fischwürmer aus nackten Leichen. *Einen schönen guten Morgen auch!*

Er schmiss das Handy auf den Schreibtisch. Endlich signalisierte die Maschine, dass der Kaffee fertig war. Heiß, stark und schwarz, so wie er es mochte, und schon der erste Schluck weckte seine Lebensgeister. Diese Röstung liebte er ganz besonders. Sie stammte aus einer ebenso kleinen wie feinen Privatrösterei, auf die er zufällig gestoßen war. Moses trat mit der dampfenden Tasse ans Fenster und blickte hinaus in den runden Innenhof. Das Einzige, was es dort zu sehen gab, war ein verloren wirkender Baum inmitten der mehrstöckigen runden Fassade aus endlosen, wabenähnlichen Fensterreihen. Bei diesem ernüchternden Anblick fühlte er sich stets wie ein winziges, in seiner Welt gefangenes Insekt. Rastlos und entbehrlich. Aber der Ausblick war nun einmal der Preis, den er für sein eigenes Reich am Ende des Gangs zahlen musste.

Moses nippte an seinem Kaffee und setzte sich hinter den Schreibtisch. Als er erneut nach seinem Handy greifen wollte, klingelte das Diensttelefon auf seinem Tisch. Mit einem Seufzer nahm er ab.

»Ja, bitte?«

»Wir sind schon vollzählig.«

»In Ordnung. Ich komme.«

Moses nahm einen letzten Schluck und verließ das Büro. Als er kurz darauf den Besprechungsraum betrat, verstummten die Gespräche. Kriminaloberkommissarin Elvers saß wie gewohnt in der Nähe der Tür, während Kriminalkommissar Viteri, der Jüngste in dem kurzfristig zusammengestellten Team, und sein Kollege Leitner am Konferenztisch gegenüber Platz genommen hatten. An der Stirnwand des Raumes hingen auf einem übergroßen Whiteboard die ersten Fotos des Toten und des Spielplatzes. Daneben hing der Ausdruck eines Stadtplans, auf dem sowohl der Fundort der Leiche als auch die unmittelbare Umgebung des Parks zu sehen waren. Oberkommissarin Elvers hatte wieder einmal mitgedacht und ihr Organisationstalent bewiesen. Moses nickte ihr dankend zu und nahm Platz.

»Guten Morgen«, grüßte er in die Runde. »Ich hoffe, Sie hatten im Gegensatz zu mir wenigstens ein Frühstück.«

Dann wurde er ernst.

»Wie Sie bereits wissen, wurde heute Morgen gegen fünf Uhr im Lohmühlenpark eine männliche Leiche aufgefunden. Alter circa fünfzig, besondere Merkmale: Übergewicht und zahlreiche Tätowierungen. Bislang sind Todesursache und -zeitpunkt unbekannt, ebenso die Identität des Mannes. Das Einzige, was sich zu diesem Zeitpunkt mit einiger Sicherheit sagen lässt, ist, dass der Tote vermutlich im Wasser gelegen hat. Sie haben bestimmt schon von den fischartigen Tieren in seinem Körper gehört.«

An dem pikierten Kopfnicken von Elvers und Viteri konnte er ablesen, dass der ungewöhnliche Umstand bereits bekannt war.

»Ist er auch im Wasser gestorben?«, fragte Elvers.

»Das wissen wir leider noch nicht«, erwiderte Moses. »Auf den ersten Blick waren keine äußeren Verletzungen zu erkennen. Wir müssen also auf die Gerichtsmedizin warten. In jedem Fall können wir angesichts der Auffindesituation wohl einen klassischen Selbstmord ausschließen.« Er wandte sich an

Leitner: »Sie waren noch länger vor Ort. Hat die Spurensicherung in der Zwischenzeit vielleicht etwas zutage gefördert, was uns weiterhelfen könnte?«

Wie erwartet, schüttelte Leitner den Kopf. »Sieht ziemlich schlecht aus«, sagte er. »Die Jungs meinen, dass sie in dem Fall nicht viel machen können. Auf dem Spielplatz tummeln sich jeden Tag Hunderte von Menschen. Außerdem hat es in der Nacht stark geregnet.«

»Und die Befragung in der Nachbarschaft?«

»Hat bislang auch nichts gebracht. Niemand hat was gesehen oder gehört. Das Übliche eben.«

»Was ist mit der Kleidung des Toten?«

»Ebenfalls Fehlanzeige.«

»Vielleicht wurde sie von jemandem gestohlen«, warf Oberkommissarin Elvers ein, während sie sich eine rotblonde Locke hinter das Ohr strich. Sie trug ein schlichtes Kostüm und war wie immer ungeschminkt.

»Was ist mit dem Penner?«, wollte Kriminalkommissar Viteri wissen. Er deutete mit einem Kopfnicken auf seinen Kollegen Leitner. »Leo hat uns erzählt, dass er den Toten gefunden hat.«

»Er ist Alkoholiker«, sagte Moses. »Ich habe selbst mit ihm geredet, aber ich denke nicht, dass er etwas Brauchbares weiß.«

»Und wo ist er jetzt?«

»In der Bahnhofsmission. Dort kümmert man sich um ihn. Ich wollte ihn nicht der Presse überlassen.«

»Die ist übrigens schon am Ball«, berichtete Leitner. »Als Sie weg waren, sind die Ersten aufgetaucht. Das Fernsehen war sogar auch dabei.«

Moses legte die Stirn in Falten. »Ich hoffe, Sie haben niemanden an den Tatort vorgelassen …«

»Keine Sorge«, versicherte Leitner ihm. »Ich habe alle an die Presseabteilung verwiesen.«

Indessen deutete Elvers auf die Großaufnahme der merkwürdigen Würmer. »Und diese ekelhaften Tiere da sind wirklich aus der Leiche gekrochen?«, fragte sie.

Moses nickte, woraufhin Elvers erneut das Gesicht verzog. Bis heute wunderte er sich, warum sie vor zwei Jahren auf eigenen Wunsch von der Abteilung Organisierte Kriminalität zu ihnen in die Mordkommission gewechselt war. So unbestechlich, wie sie war, hätte sie in ihrer alten Abteilung sicher eine glänzende Karriere vor sich gehabt. Aber immer, wenn man sie danach fragte, wich sie aus.

»Diese Tiere erinnern mich an diese *Alien*-Filme«, meinte Viteri. Er schob die modische Hornbrille auf seiner Nase zurecht, dann stand er auf, um das Foto auf dem Whiteboard genauer zu studieren. »Diese Würmer sehen aus, als wären sie aus Glas. Man kann sogar die Organe sehen«, stellte er verwundert fest. Er kraulte nachdenklich seinen dichten schwarzen Bart. »Seltsam. Solche durchsichtigen Fische gibt es meines Wissens nur im Ozean und dort in großer Tiefe. Wo kommen die her?«

»Genau das werden Sie für uns herausfinden«, sagte Moses.

»Ich?« Viteri machte ein entgeistertes Gesicht. »Ich mag noch nicht mal Katzen oder Hunde. Schleimige Monster sind nicht mein Ding. Echt nicht!«

Er ließ sich wieder auf den Stuhl sinken. Wenn es darum ging, Daten von zerstörten Festplatten zu fischen oder beschlagnahmte Computer zu knacken, war Viteri nicht zu bremsen. Für die analoge Wirklichkeit galt das eher weniger.

»Sie sollen lediglich jemanden auftreiben, der sich damit auskennt«, beruhigte Moses ihn. »Mehr nicht. Das schaffen Sie schon.«

Viteri wirkte erleichtert. Anders als sein Name vermuten ließ, besaß er keine italienischen, sondern baskische Wurzeln. Seine Großeltern stammten aus dem spanischen Baskenland und gehörten zur ersten Einwandergeneration.

»Und ich habe noch etwas für Sie«, fügte Moses hinzu. Er deutete auf das Bild mit der orientalisch anmutenden Tätowierung. »Ich will wissen, was diese Schriftzeichen bedeuten. Und zwar möglichst schnell.«

»Ich finde, die sehen eindeutig arabisch aus«, wandte Oberkommissarin Elvers ein. »Könnte es nicht sein, dass der Tote mit der Salafisten-Szene zu tun hat?«

»Möglich ist alles«, entgegnete Moses mit einem Achselzucken. Insgeheim hoffte er inständig, dass dies nicht zutraf. Denn sonst kamen noch ganz andere Leute ins Spiel.

»Wo ist die Tätowierung denn?«, fragte Elvers.

»Auf der Brust, links, direkt über dem Herzen.« Moses lehnte sich zurück. »Es dürfte also eine gewisse Bedeutung für ihn gehabt haben.«

»Wenn ihr mich fragt, ist der Typ für einen Terroristen eigentlich zu fett«, warf Leitner ein. »Vielleicht ist es nur ein Liebesschwur an eine schöne Frau …«

Er zwinkerte Elvers zu, die ihn jedoch gekonnt ignorierte.

»Ob Sie mit Ihrer Vermutung recht haben, werden wir hoffentlich bald wissen«, nahm Moses den Faden wieder auf. »Bis dahin möchte ich, dass Sie sich vor Ort noch einmal umsehen. Rund um den Park sind einige Hotels – ich will die Gästelisten. Es könnte ja sein, dass der Tote nicht von hier kommt. Und erkundigen Sie sich, welche Überwachungskameras es in dem Viertel gibt. Vielleicht haben wir ja Glück.«

»Sie meinen, ein toter Mann, der nackt durchs Bild läuft?«, frotzelte Leitner.

»Wenn Sie mir das liefern, bekommen Sie eine Flasche

Champagner«, entgegnete Moses sarkastisch. »Also fangen Sie am besten gleich damit an.«

Es war offensichtlich, dass Leitner nicht sonderlich glücklich über seine Aufgabe war. Sie bedeutete jede Menge Lauferei und Klinkenputzen.

»Und was soll ich tun?«, meldete sich Elvers zu Wort.

»Sie besorgen mir die Identität des Mannes«, entschied Moses. »Solange wir nicht wissen, wer er ist, haben wir keinerlei Ansatzpunkte. Also nehmen Sie bitte Kontakt mit der Vermisstenstelle und der Notrufzentrale auf. Und mit den einzelnen Polizeirevieren. Am besten veranlassen Sie auch gleich noch die Taxizentralen dazu, ihre Fahrer zu befragen. Unter Umständen ist ihnen etwas Merkwürdiges aufgefallen.«

»Geht klar!« Elvers klappte das Büchlein zu, in dem sie sich Notizen gemacht hatte.

»Ach, ja«, fügte Moses hinzu. »Und besorgen Sie sich die Fingerabdrücke. Vielleicht haben das BKA oder Interpol ja etwas in den Datenbanken.«

»Und wie können wir Sie erreichen, wenn wir etwas gefunden haben?«, wollte Viteri wissen. Er rückte seine Brille zurecht.

»Ich werde in der Zwischenzeit bei der Gerichtsmedizin vorbeifahren und Druck machen.« Moses sah auf seine Uhr. »Wir treffen uns in zwei Stunden wieder. Bis dahin haben wir mit ein bisschen Glück erste Ergebnisse. Also los, an die Arbeit!«

Moses sah zu, wie seine Mitarbeiter den Besprechungsraum einer nach dem anderen verließen. Dann trat er vor das Whiteboard, um die Fotos der Leiche näher zu betrachten. Dass der Unbekannte auf dem Spielplatz den Tod gefunden hatte, war in seinen Augen ebenso unwahrscheinlich wie ein Suizid. Dort gab es keine fischartigen Würmer, die sich in Leichen fraßen.

Folglich waren der oder die Täter ein großes Risiko eingegangen, um den Toten in aller Öffentlichkeit auf der Spielplatzbank zu platzieren. Aber weshalb? Wollten sie damit ein Zeichen setzen? Und wenn ja, aus welchem Grund? Und wie war der Mann gestorben, und vor allem wo? Und dann waren da noch diese seltsamen Fische. Zufall oder Teil eines symbolischen Racheaktes? Moses nahm ein Foto von dem Whiteboard und studierte mit gerunzelter Stirn das aufgedunsene Gesicht des Unbekannten. *Wer bist du?*, fragte er das Foto. Bislang ergab nichts einen Sinn. Nichts passte irgendwie zusammen. Doch es war etwas anderes, das ihn wirklich beunruhigte: Eine innere Stimme sagte ihm, dass ihn dieser Fall an seine persönlichen Grenzen führen würde.

4

Er hätte in der Gerichtsmedizin anrufen können, aber aus Erfahrung wusste Moses, dass Untersuchungsberichte oftmals länger dauerten, als ihm lieb war. Sein Freund Kleinhues bildete da leider keine Ausnahme. Also ging er zu seinem Büro, um sein Handy und seinen Mantel zu holen. Er hatte beschlossen, selbst nach Eppendorf zu fahren, um die Dinge zu beschleunigen. Vielleicht ließ sich wenigstens die Todesursache des Mannes klären, denn solange sie die Identität des Toten nicht kannten, hingen sie praktisch in der Luft. So wie es aussah, gab es auch keine zufälligen Zeugen, die ihnen einen Ansatz hätten liefern können. Eine derartige Ausgangssituation bedeutete für jeden Ermittler den Worst Case, und Moses war erfahren genug, um zu wissen, dass jetzt nur Routine weiterhelfen würde. Als er die Teeküche und den Kopierraum passiert hatte und gerade sein Büro betreten wollte, hielt er in der Tür inne. Zu seiner Verblüffung hatte er Besuch. Die gepiercte junge Frau aus dem Fahrstuhl stand am Fenster und hantierte an seiner Buddhafigur.

»Stellen Sie das sofort wieder hin!«, entfuhr es Moses, nachdem er sich von seiner Überraschung erholt hatte. Er bemühte sich ruhig zu bleiben, denn die Jadefigur war nicht nur alt, sondern auch extrem selten und kostbar.

Die Unbekannte warf einen kurzen Blick über die Schulter. Auch sie schien überrascht zu sein, den Mann aus dem Aufzug wiederzusehen.

»Hübsches Teil!« Sie knallte die Figur zurück auf die Fensterbank. Dann drehte sie sich um, wobei ihre Lederjacke knarzende Laute von sich gab.

»Was suchen Sie hier?«, erkundigte sich Moses ungehalten.

»Ich suche nichts. Ich warte.«

»Wenn das so ist, nehme ich an, dass Sie auf mich warten. Also, was wollen Sie von mir?«

»Ich bin die Neue.«

Das verschlug selbst Moses die Sprache.

»Ich soll mich bei Ihnen melden«, ergänzte die junge Frau kaugummikauend.

»Wer sagt das?«, fragte er.

»Der Direktor.«

»Bonnekamp?«

Kriminaldirektor Bonnekamp war der Leiter des LKA. Moses war irritiert.

»Ich soll bei Ihnen meinen Dienst antreten«, fuhr seine Besucherin ungerührt fort. »Übrigens: Sorry wegen vorhin im Fahrstuhl. Niemand hat mir gesagt, dass mein neuer Chef …«, sie stockte, »na ja, dass er so aussieht wie Sie.«

Das klang, als hätte man sie wegen seiner Hautfarbe vorwarnen müssen. Moses atmete tief durch. Diese verklemmte Verlegenheit war mitunter amüsant, aber meistens ging sie ihm gelinde gesagt auf die Nerven. So wie jetzt.

»Also, nachdem das ja jetzt geklärt wäre – was soll ich tun?« Seine Besucherin blickte sich im Büro um.

»Moment, Moment!«, bremste Moses. »Bislang weiß ich von nichts. So schnell geht das nicht!«

Er konnte es nicht ausstehen, überrumpelt zu werden. Weder von dieser forschen jungen Frau noch von seinem Chef. Dass die Stelle von Hendriks nach seinem tragischen Tod neu besetzt werden musste, war ihm durchaus bewusst. Bislang war es jedoch üblich, dass die leitenden Kommissare bei den Personalentscheidungen miteinbezogen wurden. Abgesehen davon widmete sich Bonnekamp normalerweise lieber seinen politischen Ränkespielen als den Personalsorgen seiner Abteilungen.

»Wir werden nichts überstürzen«, sagte Moses deshalb. »Bislang hat mich niemand über Ihr Kommen informiert. Ich kenne ja nicht mal Ihren Namen!«

»Kriminalkommissarin Helwig. Vorname: Katja.«

»Aha.«

Mehr als diese dümmliche Bemerkung brachte er nicht zustande. Er war noch immer wie vor den Kopf gestoßen. Als er ansetzte, um die ungebetene Besucherin endlich loszuwerden, klingelte das Handy auf seinem Schreibtisch. Es war Juliane.

»Einen Augenblick!«, beschied er der neuen Kommissarin genervt, bevor er den Anruf entgegennahm.

»Guten Morgen … Nein, natürlich habe ich das nicht vergessen … Hör mal, ich kann jetzt nicht reden. Ich ruf dich in ein paar Minuten zurück … Nein, versprochen!«

Danach legte er auf. Als er erneut Luft holte, um seine Besucherin abzuwimmeln, klopfte es an der Tür. Jetzt platzte ihm endgültig der Kragen.

»Herrgott noch mal!«, fluchte er. »Kann man nicht mal für fünf Minuten seine Ruhe haben? Ja, bitte?«

Der pickelige Praktikant, der daraufhin sein Büro betrat, streckte ihm sichtlich erschrocken einen Ordner entgegen.

»Das … das hier soll ich Ihnen geben!«, stammelte er.

Moses riss ihm den Ordner aus der Hand. »Ja, danke! Noch etwas?«

»Nein, nein!«, sagte der Praktikant hastig und verschwand.

Moses sah auf das Deckblatt des Ordners.

»Vermutlich meine Personalakte«, kommentierte die junge Frau ungefragt.

Moses überhörte ihre Bemerkung. Stattdessen baute er sich vor ihr auf.

»Am besten, Sie wenden sich an Oberkommissarin Elvers«, sagte er. »Sie wird sich um Sie kümmern.«

»Und wo finde ich die?«

»Den Gang runter, dann links! Suchen Sie einfach jemanden mit roten Locken. Auf Wiedersehen!«

Die junge Frau zögerte. Sie musterte ihn, als witterte sie eine Falle. Dann verließ sie mit düsterer Miene den Raum.

Moses atmete auf. Wenn diese junge Frau Hendriks' Platz einnehmen sollte – na dann Gute Nacht! Er überflog die Personalakte in seiner Hand. Familienname: Helwig. Vorname: Katja. Geboren am 6.8.1985, Familienstand ledig, keine Kinder, Schulabschluss: Mittlere Reife, nach bestandenem Eignungstest Ausbildung an der Polizeiakademie, danach drei Jahre beim Mobilen Einsatzkommando. Mehrere Auszeichnungen im aktiven Dienst. Trotzdem freiwilliger Abschied beim MEK, danach Rückkehr an die Polizeiakademie und Einstieg in die höhere Polizeilaufbahn. Im Frühjahr diesen Jahres Abschluss als Jahrgangsbeste. Freizeitaktivitäten: Mitglied der Polizei-Sportschützen-Mannschaft, Kickboxerin und Freeclimberin.

Moses klappte die Akte zu. Er hatte genug gelesen. Und er war gehörig angefressen. Auch wenn sie einen guten Abschluss aufzuweisen hatte, war ein Adrenalinjunkie so ziemlich das Letzte, was er in seiner Abteilung gebrauchen konnten. Die junge Frau entsprach nicht im Entferntesten dem Anforderungsprofil. Er war schon jetzt gespannt darauf, wie Bonnekamp ihm das erklären wollte. Abgesehen davon gab es genug erfahrene Kommissare beim LKA, die sich besser um das Grünzeug von der Polizeiakademie kümmern konnten als er. Moses schnappte sich seinen Mantel. Er war entschlossen, auf dem Weg in die Gerichtsmedizin einen Umweg über den sechsten Stock zu machen. Er hatte den Verdacht, dass Bonnekamp auch an diesem Sonntag in seinem Büro saß.

Das Vorzimmer des Kriminaldirektors galt gemeinhin als gefährliches Terrain, das man nur mit einem wirklich guten Grund betrat. Denn hier regierte Gertrud. Die zierliche Frau mit dem grauen Haarknoten und dem Gemüt eines Kampfhundes war eine Institution. Niemand wusste zuverlässig, wie alt sie war, ebenso wenig konnte sich beim LKA jemand an die Zeiten vor ihr erinnern. Während ihre Chefs kamen und gingen, klebte sie an ihrem Stuhl wie eine sturmerprobte Muschel auf einem Felsen. Glücklicherweise galt das nicht für die Wochenenden, und somit war die Luft heute rein. Moses betrat das Direktorenzimmer ohne aufgehalten zu werden.

»Da sind Sie ja!«, begrüßte ihn Bonnekamp von seinem überdimensional großen Schreibtisch aus. »Ich hatte Sie früher erwartet! Kommen Sie rein!«

Bei Moses schrillten sofort die Alarmglocken. Bonnekamp war bekanntlich ein unverbesserlicher Karrierist, der sich wenig für die praktische Polizeiarbeit interessierte. Auch wenn es vielleicht derart wendige Charaktere brauchte, um einen Bürokratiedampfer wie das LKA auf Kurs zu halten – Moses selbst war alles Politische grundsätzlich suspekt.

»Setzen Sie sich!«, forderte Bonnekamp ihn auf. Er deutete auf die beiden Ledersessel vor seinem Schreibtisch. »Ich denke, wir sollten uns unterhalten.«

Moses zögerte, und wählte schließlich den linken Sessel. Das Leder fühlte sich kalt an.

Bonnekamp schob einen Teller mit Gebäck über die Tischplatte. »Möchten Sie?«

»Nein, danke! Lassen Sie uns lieber …«

»Das sollten Sie aber!«, unterbrach ihn der Direktor. »Gertruds Backkünste sind weitaus besser, als man vermuten würde. Ihre Kekse sind tatsächlich sensationell. Leider.«

Er tätschelte seinen Bauch und lächelte sein blitzsauberes Lächeln, das durch die schwarz gefärbten Haare noch unechter wirkte. Moses fiel auf, dass er das Jackett über die Stuhllehne gehängt und seine Krawatte abgelegt hatte. Ein Grund mehr, Vorsicht walten zu lassen.

»Ich habe nicht viel Zeit«, versuchte Moses zur Sache zu kommen. »Da Sie mich offensichtlich erwartet haben, wissen Sie ja, warum ich hier bin.«

»Sagen wir, ich habe eine Vermutung«, erwiderte Bonnekamp unbekümmert.

»Gut«, sagte Moses. »Dann machen wir es kurz: Diese junge Frau, die Sie mir da geschickt haben, ist für unsere Abteilung nicht geeignet. Sie ist eine tickende Bombe!«

»Das könnte durchaus sein«, stimmte ihm Bonnekamp lächelnd zu.

Moses glaubte sich verhört zu haben.

»Sie stimmen mir zu?«

Bonnekamp angelte einen weiteren Keks und biss hinein.

»Nun, es könnte sein, dass Sie in Bezug auf die – nennen wir es – Hitzköpfigkeit durchaus recht haben«, sagte er. Er hustete ein paar Kekskrümel auf den Schreibtisch, dann reichte er Moses drei zusammengeheftete Blätter. »Das gehört eigentlich noch in die Personalakte. Ich wollte aber erst mit Ihnen darüber reden.«

Die Blätter entpuppten sich als die Zusammenfassung eines psychologischen Gutachtens.

»Das ist völlig inakzeptabel!«, erregte sich Moses, nachdem er die zusammengefasste Einschätzung des psychologischen Dienstes überflogen hatte. »Diese junge Frau hat nachweislich ein Problem mit Autoritäten und neigt zu Aggressionen. Was sollen wir mit einem Rambo im Morddezernat?«

Er schnaufte und zitierte aus dem Gutachten: »… ›neigt zu unkontrollierten Handlungen‹. Oder hier: ›das subjektive Gefühl, ungerecht behandelt zu werden, kann aufgrund biografischer und familiärer Erfahrungen zu diffusen Aggressionsschüben führen.‹« Er warf die Blätter auf den Tisch. »Haben Sie das etwa nicht richtig gelesen?«

»Doch, natürlich habe ich das«, erwiderte Bonnekamp gelassen.

»Dann verstehe ich es nicht. Klären Sie mich auf.«

Das Lächeln in Bonnekamps Gesicht erlosch. Stattdessen legte er die Fingerspitzen gegeneinander.

»Nun, Ihnen ist doch sicher klar, dass die Stelle des armen Hendriks möglichst schnell wieder besetzt werden muss«, erklärte er ernst. »Andernfalls kommt ein Rechnungsprüfer im Innenministerium noch auf die Idee, dass es auch ohne geht. Verstehen Sie? Diese Pfennigfuchser warten nur auf eine Gelegenheit, um sich mit Einsparungen im Personalschlüssel beim Minister einzuschmeicheln.«

»Aber für die Stelle gibt es doch geeignetere Kandidaten!«, unterbrach ihn Moses. »Unter den Akademieabgängern gibt es bestimt Dutzende, die weitaus bessere Voraussetzungen mitbringen.«

»Das ist sogar ganz sicher so«, stimmte ihm Bonnekamp zu. Er räuspert sich. »Deshalb möchte ich Sie ja auch um einen persönlichen Gefallen bitten.«

Moses horchte auf. Er hatte längst geahnt, dass mehr dahintersteckte als eine Personalentscheidung.

»Ich dachte, Sie schulden mir vielleicht noch etwas«, setzte Bonnekamp nach. Er nahm einen Umschlag aus der Schreibtischschublade und legte ihn vor sich auf die Tischplatte. Dann schob er ihn mit spitzen Fingern in Moses' Richtung.

Der Brief war an ihn persönlich adressiert. Moses erkannte die ungelenke Handschrift sofort.

»Ich glaube, dieses Schriftstück gehört Ihnen«, erklärte Bonnekamp. »Offenbar ist es in der Poststelle untergegangen. Die Grippewelle Anfang des Jahres, Sie wissen schon. Jedenfalls ist das gute Stück auf unerklärliche Weise bei mir gelandet. Und dann muss ich es bei all der Arbeit leider vergessen haben ...«

Er zuckte mit den Schultern und setzte ein scheinheiliges Lächeln auf, das Bände sprach.

Moses starrte noch immer auf den Briefumschlag, der vor ihm auf dem Tisch lag. Er musste sich eingestehen, dass er Bonnekamp unterschätzt hatte. Aber wie viel wusste er wirklich? Hatte er etwa eigene Untersuchungen angestellt, von denen er nichts wusste? Dass der Brief rein »zufällig« in seinem Postfach gelandet war, kaufte er dem Direktor jedenfalls nicht ab.

»Haben Sie den Brief gelesen?«, fragte er, ohne sich seine Nervosität anmerken zu lassen.

»Das brauche ich nicht«, erwiderte Bonnekamp trocken. »Ich denke, wir beide wissen auch so, von wem der Brief ist und was drinsteht. Das ist wirklich eine Tragödie. Besonders seine Witwe und die Kinder tun mir leid!«

Moses hatte darauf bestanden, Hendriks' Frau die Nachricht über den Tod ihres Mannes persönlich zu überbringen. Es war einer der schwersten Momente seiner Laufbahn gewesen. Er sah die völlig aufgelöste Frau und die drei kleinen Kinder noch immer vor sich. Was er ihr damals verschwiegen hatte, war sein begründeter Verdacht, dass Hendriks während der Verfolgung des Hauptverdächtigen in ihrem letzten gemeinsamen Fall mit voller Absicht gegen den Brückenpfeiler gerast war. Auch Bonnekamp und der Versicherung gegenüber hatte er seine Vermutung verschwiegen, damit die junge Witwe und ihre Kinder die Lebensversicherung ausgezahlt bekamen. Es war keine leichte Entscheidung gewesen, seine eigenen Grundsätze über Bord zu werfen. Emotionen waren in seinem Job Gift, das war ihm nur allzu bewusst. Und dennoch hatte er geschwiegen, selbst als er im Nachhinein von der Depression seines jungen Mitarbeiters erfahren hatte. In dem Umschlag vor ihm auf dem Tisch befand sich vermutlich sein Abschiedsbrief und somit ein Schuldeingeständnis.

»Hören Sie, ich bitte Sie lediglich um einen Gefallen«, riss ihn Bonnekamp aus seinen Gedanken. »Sie sollen unsere neue Mitarbeiterin nur ein wenig unter Ihre Fittiche nehmen. Das ist schon alles. Gefallen gegen Gefallen, wenn Sie so wollen.«

Gefallen? Ihm war es immer nur um Hendriks' Witwe und die Kinder gegangen, dachte Moses bitter.

»Ich würde das eher Erpressung nennen«, entgegnete er.

»Da sind Sie nicht der Einzige, der erpresst wird«, Bonnekamp lachte gekünstelt. »Glauben Sie mir! Sie kennen meine Frau nicht!«

Er beugte sich in seinem Drehsessel nach vorn und setzte eine verschwörerische Miene auf.

»Ich will Ihnen reinen Wein einschenken«, fuhr er mit gedämpfter Stimme fort. »Es wird Sie vielleicht überraschen, aber das Schicksal unserer neuen Mitarbeiterin liegt mir aus persönlichen Gründen sehr am Herzen.«

Aha!, dachte Moses grimmig. Endlich ließ sein Gegenüber die Katze aus dem Sack.

»Wie Sie bestimmt wissen, engagiert sich meine Frau seit vielen Jahren sozial«, erklärte Bonnekamp. »Unter anderem in einer Stiftung, die jungen Mädchen aus problematischen Verhältnissen zu einem Schulabschluss verhilft und sie in die Berufswelt begleitet. Nun, wie soll ich sagen: Katja ist sozusagen ihr besonderer Schützling. Sie gehört schon fast zur Familie. Verstehen Sie, was ich meine?«

Moses machte keine Anstalten, etwas zu erwidern. Bonnekamp räusperte sich.

»Ihre Eltern waren schwere Alkoholiker, das heißt, sie sind es vermutlich immer noch«, erklärte er weiter. »Deshalb wurde ihnen schon früh das Sorgerecht entzogen. Sie hat also fast ihre gesamte Kindheit in Heimen verbracht. Bis meine Frau sie letztendlich da rausgeholt hat. Anders ausgedrückt: Sie stand kurz davor, eine kriminelle Laufbahn einzuschlagen. So wie ihre Brüder. Die sitzen alle wegen diverser Delikte hinter Gittern.«

Bonnekamp spielte sichtlich verlegen mit seinem goldenen Siegelring. »Wie Sie vielleicht wissen, sind meiner Frau und mir leider keine eigenen Kinder vergönnt. Vielleicht ist das der Grund, warum Katja meiner Frau so sehr ans Herz gewachsen ist.« Es klang, als sei er über Letzteres nicht besonders glücklich. »Um es kurz zu machen: Meine Frau hat mich gebeten, dafür zu sorgen, dass ihr Schützling bei uns in guten Händen ist. Und die besten, die ich habe, sind nun einmal Ihre.«

Er deutete auf den Teller mit dem Gebäck. »Wollen Sie nicht doch noch probieren?«

»Weiß sie davon?«, fragte Moses. »Ich meine, von Ihrem Engagement oder besser gesagt dem Ihrer Frau?«

»Nein, natürlich nicht!«, wehrte Bonnekamp erschrocken ab. »Sollte Katja jemals davon erfahren, reißt mir meine Frau den Kopf ab! Sie ist der Meinung, dass sonst das ›Selbstvertrauen‹ ihres Schützlings darunter leiden könnte. Also betrachten Sie dieses Gespräch bitte als streng vertraulich!«

Das Selbstbewusstsein der jungen Frau ist das Letzte, worüber er sich Sorgen machen würde, dachte Moses. Er nahm Hendriks' Abschiedsbrief an sich und steckte ihn ein.

»Ich bleibe dabei: diese junge Frau ist völlig ungeeignet für die Stelle. Warum schicken Sie sie nicht ins Rauschgiftdezernat? Da kann sie sich austoben, ohne Schaden anzurichten. Persönliche Berufsziele hin oder her – die Kripo ist doch kein Wunschkonzert!«

»In diesem Fall schon.« Bonnekamp stöhnte. »Jetzt seien Sie nicht so verdammt stur! Ich mache Ihnen einen Vorschlag: Wir vereinbaren eine Probezeit. Sie nehmen unsere neue Kollegin für ein, zwei Fälle in Ihre Obhut – danach sehen wir weiter. Einverstanden?«

»Und was sagt der Personalrat dazu? Die müssen die Personalakte doch ebenfalls gelesen haben.«

Bonnekamp machte eine wegwerfende Handbewegung. »Das Personalratsbüro benötigt dringend eine neue EDV-Ausstattung. Also lassen Sie das ruhig meine Sorge sein.« Seine Augen verengten sich. »Sind wir uns also einig?«

Moses zögerte. Schließlich erhob er sich. Wie er aus einem Rambo mit nachgewiesenem Autoritätsproblem eine fähige Ermittlerin formen sollte, war ihm schleierhaft. Selbst bei dem jungen Hendriks war er ohne Frage kläglich gescheitert. Dabei hatte dieser alle Talente und Voraussetzungen für einen guten Kriminalisten mitgebracht.

Vielleicht war dies die Rache für sein Versagen.

5

Kleinhues blickte mit einem Skalpell in der Hand von dem Obduktionstisch auf, als Moses zur Tür hereinstürmte.

»Wenn du vorhast, jemanden umzubringen, bist du hier falsch!« In seinen Gummistiefeln und dem blutigen Kittel sah er aus wie ein zu schmächtig geratener Schlachtermeister. »Was ist passiert?«

»Frag lieber nicht!« Moses ließ die Metalltür zum Sektionssaal hinter sich zufallen. Wie es im Institut der Rechtsmedizin vorgeschrieben war, hatte er sich im Umkleideraum einen grünen Kittel übergezogen, an seinen Lederschuhen trug er blaue Plastiküberzüge, die bei jedem Schritt auf den weißen Bodenfliesen knisterten. »Hast du eine Aspirin für mich? Mir brummt der Schädel!«

Das grelle Neonlicht, das ihm in die Augen stach, machte seine Kopfschmerzen nicht gerade besser.

»Damit kann ich leider nicht dienen«, erwiderte sein langjähriger Freund schulterzuckend. »Meine Kundschaft hat andere Probleme als Kopfschmerzen.«

Er wendete sich wieder der Leiche aus dem Park zu, die mit geöffnetem Brustkorb auf dem stählernen Obduktionstisch lag. Behutsam, beinahe andächtig, fuhr Kleinhues mit dem Skalpell in den geöffneten Leib, um mit seiner Arbeit fortzufahren.

Dabei rutschte ihm sein angegrauter Zopf über die linke Kittelschulter.

»Reich mir mal das Glas da!«, forderte er Moses auf.

Er nickte in Richtung des metallenen Sideboards, auf dem zahlreiche beschriftete Gefäße in einer Reihe standen. Die meisten waren aus Glas und hatten bereits einen blutigen, unappetitlichen Inhalt. In einem der Gläser schwammen mehrere der durchsichtigen Würmer. Kleinhues legte das Skalpell zurück auf den Rollwagen, auf dem verschiedene Schneide- und Sägeinstrumente auf ihren Einsatz wartete. Dann vergrub er die Hände erneut in der Leiche. Nachdem er ausgiebig in ihrem Inneren herumgewühlt hatte, hob er die Leber heraus und hielt sie Moses unter die Nase.

»Ein Prachtstück, findest du nicht?«, sagte er. »Und auf den ersten Blick kerngesund! Bei dem Körperumfang war das nicht unbedingt zu erwarten.«

Moses runzelte die Stirn. »Hör schon auf damit! Du weißt, dass ich diese Kindereien nicht ausstehen kann!«

Wie jedem Pathologen bereitete es seinem Freund eine geradezu diebische Freude, seine Besucher zu schockieren und auf die Probe zu stellen. Er reichte ihm das gewünschte Gefäß. Das satte Schmatzen, mit dem das tropfnasse Organ hineinglitt, bestätigte Moses wieder einmal darin, dass er diesen Ort zutiefst verabscheute. Auch wenn der Umgang mit dem Tod in gewisser Weise sein tägliches Brot war, an die sterile Atmosphäre in diesen fensterlosen Kellerräumen würde er sich niemals gewöhnen. Hier wurde einem auf schonungslose Weise vor Augen geführt, was am Ende von allem Streben und Sehnen übrig blieb: ein Klumpen aus nutzlosem Fleisch. Und dann war da noch dieser schwer zu beschreibende Geruch, den nicht einmal die schärfsten Reinigungsmittel zu überdecken vermochten. Als besonders unerträglich empfand Moses jedoch den Geruch von verbranntem Fleisch. Erst wenige Monate zuvor hatte er an einem Tatort unter Vorwand die Flucht ergreifen müssen. Ein Mann hatte seine Exfrau mit einer Axt erschlagen und danach vergeblich versucht, ihre Leiche in einer Gartenlaube zu verbrennen.

Noch Tage danach hatte der Gestank die mühsam verdrängten Erinnerungen aus seiner Kindheit in ihm aufsteigen lassen.

»Wie geht es Juliane?« Sein Freund zupfte sich die blutverschmierten Handschuhe von den Fingern. »Wartet sie immer noch, oder hat sie dieses Forschungsprojekt endlich bewilligt bekommen?«

»Noch ist nichts entschieden«, log Moses.

Kleinhues schüttelte den Kopf »Papua-Neuguinea – wie kommt man da überhaupt hin?« Er schmiss die Latexhandschuhe in den Treteimer. »Aber das sieht Juliane ähnlich. Andere erforschen unsere schönen norddeutschen Dialekte, aber das ist ihr natürlich zu gewöhnlich. Bei ihr muss es ja möglichst exotisch sein. Sieh dich an!«

Er zwinkerte seinem Freund zu, aber der überging die Anspielung auf seine afrikanischen Wurzeln.

»Es ist nun mal ihr Traum«, sagte Moses. Wie er inzwischen gelernt hatte, machten über achthundert verschiedene gesprochene Sprachen und Dialekte auf einer einzigen Insel Neuguinea zu einem magischen Sehnsuchtsort für jeden Linguisten. Trotzdem konnte er einfach nicht verstehen, warum Juliane eine monatelange Trennung von ihm in Kauf nahm, ohne auch nur mit der Wimper zu zucken.

»Ich vermisse unsere gemeinsamen Segeltörns jetzt schon«, seufzte Kleinhues, während er sich die Hände über dem Waschbecken wusch. »Wer soll uns jetzt in Zukunft bloß herumkommandieren? Ohne Kapitän gehen wir unter!«, lachte er.

»Lassen wir das Thema!«, sagte Moses entschieden. Er rieb sich mit zwei Fingern die pochenden Schläfen. »Also: Was hast du für mich?«

»Oh, da hat aber einer schlechte Laune!«, lachte Kleinhues, während er seine Hände desinfizierte. Als er fertig war, fuhr er in einem ernsteren Ton fort. »Also schön, kommen wir zur Sache: Bislang kann ich dir nicht viel über den Kerl sagen. Wie du siehst, habe ich mit der inneren Beschau gerade erst angefangen.« Er deutete auf die aufgeschnittene Leiche. »Übrigens solltest du dich bei Kommissarin Elvers bedanken. So schnell hat noch kein Staatsanwalt an einem Sonntagmorgen sein Okay für die Obduktion gegeben!«

»Werde ich ausrichten«, versprach Moses ungeduldig. »Und jetzt gib mir endlich etwas an die Hand! Mir läuft die Zeit davon.«

Da er noch nichts von seinen Kollegen gehört hatte, musste er davon ausgehen, dass bislang weder bei der Vermisstenstelle eine entsprechende Meldung vorlag noch die Abfrage der Fingerabdrücke etwas zutage gefördert hatte. Jetzt blieb nur zu hoffen, dass Leitner mit seiner Zeugensuche vor Ort und den Überwachungskameras Erfolg hatte.

»Sag mir wenigstens, wie lange er schon tot ist«, drängte Moses seinen Freund.

»Das ist schwer zu sagen.« Kleinhues trat an den Tisch und betrachtete nachdenklich die von ihm zuvor leer geräumte Leiche. »Ich bin mir nicht sicher …«

Hinter ihm verdrehte Moses die Augen.

»Er muss im Wasser gelegen haben. Zumindest eine Zeit lang. Was die Körpertemperatur und die Verfallsprozesse natürlich beeinflusst. Aber das hast du dir ja bestimmt schon denken können, nachdem du diese kleinen Tierchen entdeckt hast. Übrigens habe ich noch mehr davon gefunden. Vor allem im Darm.«

Moses versuchte gar nicht erst, sich das vorzustellen.

»Er lag eine Zeit lang im Wasser?«, hakte er nach. »Wie lang genau ist eine ›Zeit lang‹? Einen Tag, eine Woche?«

»Ich schätze mal, acht oder zehn Stunden. Um es genauer sagen zu können, müsste ich die Temperatur des Wassers kennen. Das Aufquellen der Plattenepithele in der Epidermis ist jedenfalls bereits relativ weit fortgeschritten.«

»Und das heißt im Klartext?«

»Die für Wasserleichen typische Waschhaut hat sich bereits ausgebildet.« Der Mediziner zeigte auf die verschrumpelte Haut an den Händen der Leiche. Sie glich den Hautfalten, die sich bildeten, wenn man zu lange gebadet hatte. Nur waren sie hier um ein Vielfaches dicker und überzogen die komplette Hand.

»Dann ist er also ertrunken?«

»Das kommt darauf an, wie man es sieht ...«

»Jetzt spann mich doch nicht länger auf die Folter!«

Moses hatte so langsam die Nase voll von diesem Spielchen.

Kleinhues zupfte sich nachdenklich am Ohrläppchen. »Also, wenn du mich fragst, ob dieser Mann hier ertrunken ist, würde ich sagen: Ja. Wenn du mich aber fragst, ob wir es mit einem Fall von *typischem Ertrinken* zu tun haben, würde ich sagen: Nein.«

»Lars!«, ermahnte Moses ihn. Er wusste, dass sich sein Freund in der Rolle des Orakels gefiel. Er genoss den Auftritt und den Applaus, was sicher auch sein zweites Leben als Rockmusiker erklärte. Dennoch war Moses kurz davor, endgültig die Geduld zu verlieren.

»Ist ja schon gut!«, wehrte sich Kleinhues ein wenig beleidigt. Dann fuhr er fort. »Auf jeden Fall ist unser Mann hier im Wasser gestorben. Allerdings würde ich einen klassischen Badetod ausschließen. Ich vermute, dass er bereits bewusstlos war, als er mit Wasser in Berührung gekommen ist.«

Moses horchte auf. Dies würde die Annahme, dass sie es mit einem Verbrechen zu tun hatten, untermauern. »Bist du dir sicher?«

»Wenn du verlässliche Erkenntnisse willst, musst du auf meinen Bericht warten«, wich Kleinhues aus. »Aber in der Lunge war nur wenig Wasser. Beim normalen Ertrinken kommt es zu einem unwillkürlichen Luftschnappen. Dabei füllen sich die Lungen zwangsläufig mit einer größeren Menge Wasser. Komm, ich zeige dir was! Mir ist da noch etwas aufgefallen!«

Kleinhues trat an das Kopfende des Obduktionstisches. »Wie du siehst, habe ich den Schädel noch nicht geöffnet, aber das hier dürfte dich sicher interessieren.«

Hinter dem Ohr, unmittelbar am Haaransatz des Toten, war eine kreisrunde, schwarz verfärbte Stelle zu erkennen. Sie hatte etwa die Größe einer Zweieuromünze und hob sich deutlich von der unnatürlich blassen Haut ab.

»Ein Bluterguss«, stellte Moses fest. Er beugte sich hinunter, um die eigenartige Verletzung zu betrachten. Auf dem Spielplatz hatten die nassen Haare sie verdeckt.

»Unser Freund hat vermutlich kurz vor dem Ertrinken einen gezielten Schlag abbekommen«, erläuterte Kleinhues. »Der hat ihn bewusstlos gemacht. Das würde zumindest die geringe Menge Wasser in der Lunge erklären.«

»Vielleicht war es ja ein Segelunfall«, mutmaßte Moses. Dass einem unachtsamen Segler bei der Wende der herumschlagende Mastbaum an den Kopf knallte und ihn in einem hohen Bogen über Bord beförderte, war keine Seltenheit.

»Ein Unfall könnte möglich sein. Aber irgendwie passt das auf den ersten Blick nicht zusammen. Für einen unkontrollierten Schlag ist die Verletzung zu eng umgrenzt. Das muss ein kleiner, schwerer Gegenstand gewesen sein. Man kann fühlen, dass der Schädelknochen eine lochartige Fraktur aufweist. Wie von einem Totschläger oder kleinen Hammer.«

»Dann bleiben wir also weiterhin im Geschäft«, stellte Moses nüchtern fest. »Und was ist mit diesen Fischwürmern da?«

Er zeigte zu dem Sideboard mit dem Glas hinüber.

»Die müssen in die Körperöffnungen eingedrungen sein, während die Leiche im Wasser lag. Aber keine Ahnung, wie genau das vonstattengeht und wie lange so etwas dauert. Wie gesagt, ich bin kein Zoologe.«

Er machte eine ratlose Geste.

»So. Und wenn du mehr wissen willst, musst du auf den Bericht warten. Ich muss jetzt leider weg. Ein Notfall. Irgendein Wahnsinniger ist auf die Köhlbrand geklettert und beim Selfiesmachen runtergestürzt.«

»Und wann bekomme ich den Bericht?«

»Wenn du ganz nett bettelst, morgen Vormittag. Ich kann mich schließlich nicht zweiteilen!« Kleinhues bedeckte den Leichnam mit einem Laken.

Moses wollte noch etwas erwidern, doch er wusste, das dies seinen Freund auch nicht dazu bringen würde, den Bericht schneller herauszurücken. »Also gut«, lenkte er seufzend ein. »Mir bleibt wohl nichts anderes übrig. Ich melde mich dann morgen früh bei dir.«

Er warf einen letzten Blick auf die zugedeckte Leiche, dann wandte er sich zum Gehen. Je schneller er diesen Ort verlassen würde, desto besser.

»Ach ja, da ist noch etwas«, rief ihm Kleinhues hinterher.

Moses hielt in der geöffneten Tür inne.

»Unser Freund ist im Salzwasser ertrunken.«

»Im Salzwasser?« Moses ließ die Tür wieder zufallen. »Bist du sicher? Aber er wurde mitten in der Stadt gefunden!«

Manchmal könnte er seinen Freund erwürgen.

»Ich habe die Lungenflüssigkeit bereits nebenan im Labor analysieren lassen«, rief ihm Kleinhues durch den Raum zu. »Weil ich so einen Verdacht hatte. Es ist eindeutig Salzwasser.«

Na, prima!, dachte Moses. Jetzt mussten sie bei ihren Ermittlungen auch noch die gesamte Nordseeküste miteinbeziehen.

»Und grüß Juliane von mir!«, hörte er Kleinhues noch rufen. »Ich drücke ihr die Daumen!«

Dann fiel die Tür hinter ihm zu. Nachdenklich ging er zum Ausgang. Warum zum Kuckuck machte sich jemand die Mühe, einen im Meer Ertrunkenen nach Hamburg zu transportieren, um ihn auf eine öffentliche Bank zu setzen? Das ergab keinen Sinn. Es sei denn, es steckte mehr dahinter als nur der Mord eines Einzelnen. Als Moses auf dem Parkplatz des Universitätskrankenhauses in seinen Alfa stieg, überlegte er noch immer, wie er jetzt vorgehen sollte. Über die Art und Weise, wie der Mann ums Leben gekommen war, ließ sich zum jetzigen Zeitpunkt lediglich spekulieren. Auch wenn der Fundort der Leiche mehrere beteiligte Personen vermuten ließ, war ein Unfall als Todesursache nicht gänzlich auszuschließen. Seine Laune rutschte noch tiefer in den Keller. Von seinen Mitarbeitern hatte er noch immer keine Rückmeldung erhalten. Er passierte die Parkschranke mit seiner Behördenkarte und fädelte sich in den Verkehr ein. Die nächste Teambesprechung war auf vierzehn Uhr angesetzt, und bislang hatte er nicht die geringste Ahnung, mit was er es eigentlich zu tun hatte.

Außer einem orientalisch anmutenden Tattoo und einer Handvoll Würmer gab es nichts, was ihm helfen würde.

6

Die Stadt erwachte allmählich zum Leben. Obwohl Sonntag war, staute sich der Verkehr in der Innenstadt bereits wie an einem gewöhnlichen Wochentag. Die Menschen drängten ins Freie, was nicht verwunderlich war, denn zum ersten Mal seit Langem zeigte sich die Sonne an einem freien Tag. Alle Welt schien nach Licht und Wärme zu hungern. Moses stoppte an einer roten Ampel. Er überlegte, wie viel Zeit ihn ein Abstecher in seine Wohnung kosten würde, um endlich bequemere Schuhe anzuziehen. Außerdem lagen in seinem Badezimmerschrank Kopfschmerztabletten. Als er kurz darauf eine Apotheke entdeckte, die Notdienst hatte, beschloss er, dass seine Füße warten mussten. Er parkte in einer Einfahrt, wofür er sich empörte Blicke von einem Rentnerpaar einhandelte, und nachdem er wie ein Junkie an der Klappe eine Packung Aspirin erstanden hatte, setzte er seinen Weg fort. Auf der Höhe des Eppendorfer Mühlenteichs fiel ihm siedend heiß ein, dass Juliane noch immer auf seinen Rückruf wartete. In seinem Ärger über Bonnekamps Erpressung hatte er sie ganz vergessen. Er wählte ihre Nummer, aber sie hob nicht ab. Das war definitiv kein gutes Zeichen. Allerdings könnte er verstehen, wenn Juliane sauer auf ihn war. Schließlich hatte er ihr hoch und heilig versprochen, sich dieses Wochenende freizuhalten, um das Zustandekommen ihres Forschungsprojekts gebührend zu feiern. Dass er sich still und heimlich davongeschlichen hatte, nahm sie ihm sicher übel.

Als sich eine Lücke bot, scherte er aus, um den rot-weißen Stadtbus zu überholen. Eine Viertelstunde später betrat er das Besprechungszimmer des Dezernats. Intern wurde der Raum, in dem sie ihre Einsatzbesprechungen abhielten, auch »War Room« genannt. Auch wenn Moses eine instinktive Abneigung gegen derart martialische Begriffe hatte, hielt er die Bezeichnung in diesem Fall für durchaus zutreffend. In dem nüchternen Raum fand tatsächlich eine Art Krieg statt. Es war der nie enden wollende Kampf gegen das Unrecht. Und genau aus diesem Grund hatte er sich vor vielen Jahren auch bei der Polizei beworben.

Er griff nach einem leeren Stuhl und setzte sich an die Stirnseite des langen Tisches. Elvers, Viteri und sogar Leitner waren bereits anwesend, was er mit einem wohlwollenden Nicken anerkannte. Er schätzte Pünktlichkeit. Seiner Meinung nach war sie nicht nur Ausdruck von Verlässlichkeit. Er hielt sie für eine kulturelle Errungenschaft.

Moses grüßte in die Runde. Ihm war nicht entgangen, dass die junge Kommissarin, die Bonnekamp ihm aufs Auge gedrückt hatte, fehlte. Als er gerade beginnen wollte und sich an Elvers wandte, um ihr das Wort zu erteilen, kam Helwig herein.

»Sorry«, sagte die Neue. »Aber ich habe den Raum nicht gefunden. Außerdem funktioniert der Scheißautomat nicht.«

Sie setzte sich mit einer Wasserflasche an den Konferenztisch. Zu Moses' Verwunderung schien ihr Erscheinen niemanden zu überraschen. Offenbar hatte Elvers sie den anderen bereits vorgestellt. Dennoch fühlte er sich genötigt, etwas zu sagen. Er räusperte sich.

»Darf ich vorstellen: Kommissarin Helwig«, sagte er. »Ich weiß nicht, inwieweit Sie darüber bereits in Kenntnis gesetzt wurden, aber Frau Helwig wird uns vorübergehend bei unserer Arbeit unterstützen.«

Er betonte das ›vorübergehend‹, woraufhin Helwig ansetzte, etwas zu erwidern. Aber dann funkelte sie ihn nur an, was ihm Genugtuung gab. Auch wenn sie für Bonnekamps infame Erpressung nicht verantwortlich war, so hielt er die junge Kommissarin noch immer für absolut ungeeignet. Unabhängig davon mochte er es nicht, wenn man ihn überging.

»Nun gut«, sagte er. »Nachdem das geklärt ist, kommen wir zum eigentlichen Thema.«

Noch bevor er fortfahren konnte, meldete sich Elvers zu Wort.

»Haben Sie etwas Neues aus der Gerichtsmedizin mitgebracht?«, wollte sie wissen. »Ist inzwischen klar, ob es sich um Mord oder einen Unfall handelt?«

»Im Moment sieht es so aus, als wäre der Mann bewusstlos gewesen und erst dann ertrunken«, berichtete Moses. »Mehr wissen wir noch nicht.«

»Was meinen Sie mit ›bewusstlos‹?«, hakte Elvers nach.

»An seinem Hinterkopf gibt es eine Verletzung, die auf einen schweren Schlag schließen lässt.«

»Also lässt sich eine Fremdeinwirkung nicht ausschließen«, folgerte Viteri.

»Und da ist noch etwas«, sagte Moses. »Der Mann ist in Salzwasser ertrunken.«

»Salzwasser?« Leitner war nicht der Einzige, der ihn ungläubig ansah. »Wir sind hier mitten in der Stadt! Wie soll man da in Salzwasser ertrinken?«

»Na prima!«, stöhnte Elvers. »Mit anderen Worten: Wir müssen davon ausgehen, dass er in der Nord- oder Ostsee ertrunken ist und danach nach Hamburg kutschiert wurde. Warum sollte jemand ein solches Risiko eingehen?«

»Das habe ich mich auch schon gefragt«, erwiderte Moses. »Wir werden es herausfinden. Vorerst bleibt uns nichts anderes übrig, als unsere Ermittlungen über Hamburg hinaus auszudehnen. Die Kollegen aus Cuxhaven schulden mir noch einen Gefallen. Am besten nehmen Sie noch heute Kontakt mit ihnen auf. Irgendwo müssen wir ja anfangen.«

Elvers schlug die Beine übereinander und machte sich eine Notiz.

»Was hat eigentlich die Vermisstenstelle gesagt?«, erkundigte sich Moses, als sie den Kugelschreiber wieder beiseitelegte. »Hat sich mittlerweile jemand gemeldet?«

»Bislang wird niemand vermisst, auf den die Beschreibung auch nur annähernd passt. Auch in der Notrufzentrale hat es gestern keine Meldung gegeben. Zumindest keine, die mit unserem Fall zusammenhängen könnte. Das Gleiche gilt für die Taxis: Keiner der Fahrer hat etwas gemeldet oder beobachtet, was uns weiterhilft. Allerdings waren viele bereits im Feierabend. Die Schichtleiter haben mir aber versprochen, einen Aushang zu machen.«

»Und was ist mit Fingerabdrücken?«

»Ich habe die Scans, die aus der Gerichtsmedizin gekommen sind, durch die Datenbanken jagen lassen. Auch durch die von Interpol.« Ihre im Nacken zusammengebundenen Locken ließen sie noch ernster wirken als sonst. »Kein Treffer zu Mr. Unbekannt. Tut mir leid!«

Das hatte Moses befürchtet. Alles andere wäre zu einfach gewesen.

»Dafür war das mit den tätowierten Schriftzeichen ganz easy!«, warf Viteri in die Runde. »Im Netz gibt es jede Menge Übersetzungsprogramme. Ich musste das Gekritzel nur abfotografieren. Das wars.« Alle sahen ihn gespannt an. Selbst die Neue, die bislang schweigend an ihrer Wasserflasche genuckelt hatte.

»Die Wörter sind tatsächlich arabisch. Genauer gesagt ist es ein Satz.« Er klappte sein Tablet auf und las laut: *»Das Glück ist eine Oase, zu der nur träumende Kamele gelangen.«*

Dann klappte er es wieder zu und blickte triumphierend in die Runde

Es herrschte ratloses Schweigen.

»Also doch kein romantischer Liebesbeweis«, witzelte Leitner schließlich. »Jedenfalls würde ich zu so einem Zweck nicht gerade was mit Kamelen wählen.«

»Vielleicht handelt es sich ja um einen Erkennungscode«, mischte sich die Neue plötzlich ein. Es war das erste Mal, dass sie den Mund aufmachte. Bisher hatte sie scheinbar nur mit halbem Ohr zugehört. »Eine Art Chiffre. Für irgendeine neue religiöse Terrorgruppe, die noch keiner kennt. Diese Typen sind clever.«

Oberkommissarin Elvers runzelte die Stirn. »Also nach einem radikalen Islamisten hört sich das meiner Meinung nach nicht gerade an.«

Moses stimmte ihr zu. Aufgrund der Anschläge in den letzten Jahren dachte jeder bei arabischen Schriftzeichen sofort an Selbstmordattentäter und religiöse Fanatiker. Das Beschämende war, dass er sich selbst nicht davon ausnehmen konnte. Dennoch erschien ihm ein terroristischer Hintergrund unwahrscheinlich. Der Unbekannte war einfach zu blond und zu nackt. Davon abgesehen hätte er mit seiner beträchtlichen Leibesfülle ein Ausbildungscamp in der Wüste kaum überlebt.

»Ich denke, wir sollten vielleicht noch einen richtigen Übersetzer hinzuziehen«, sagte er. »Einen aus Fleisch und Blut. Ein Experte kann uns sicher mehr dazu sagen. Vielleicht gibt es einen kulturellen oder wie auch immer gearteten Hintergrund, der sich einer Maschine nicht erschließt.«

Viteri nickte stumm. Es war nicht zu übersehen, dass er wegen der unterschwelligen Zurechtweisung seines Chefs gekränkt war. Dabei war Moses keineswegs ein Feind von Computern und moderner Technik. Als kriminalistisches Instrument eröffneten sie mitunter ungeahnte Möglichkeiten. So konnten Algorithmen mittlerweile sogar halbwegs verlässlich vorhersagen, wo der nächste Einbruch in Hamburg stattfinden würde. Aber Mord war nun einmal kein Massenphänomen, das verwertbare empirische Daten lieferte. Bei dem Mord an einem Menschen ging es fast immer um Gefühle. Seiner Meinung nach würde auch in Zukunft keine seelenlose Maschine oder kein noch so intelligentes Computerprogramm in der Lage sein, die Komplexität menschlichen Handelns in einer Extremsituation zu erfassen. In seinen Augen gelang dies nur mit Erfahrung und Intuition.

Er wandte sich erneut an Kommissar Viteri. »Sie wollten sich doch wegen dieser Würmer erkundigen«, sagte er in einem versöhnlichen Ton. »Was haben Sie denn dazu herausgefunden?«

Viteri war anzumerken, dass er froh war, sich nach dem vorherigen Dämpfer rehabilitieren zu können.

»An der Uni gibt es einen Fachmann«, erklärte er. »Ein gewisser Professor Kurzleben. Es heißt, der Mann sei so eine Art ›Fischpapst‹. Ich habe ihm eine Nachricht auf den Anrufbeantworter gesprochen. Außerdem habe ich eine Liste mit sämtlichen Fischhändlern und Angelvereinen in Hamburg zusammengestellt.«

»Sehr schön.« Moses ließ sich die ausgedruckte Liste reichen. Als er das Papier überflog, stellte er fest, dass es in der Hafenstadt Hamburg noch weniger Fischgeschäfte gab, als er angenommen hatte.

»Ich habe eine Aufgabe für Sie«, sagte er an die neue Kommissarin gerichtet. Er schob ihr die Liste über den Tisch. »Sie ziehen gleich morgen früh los und klappern diese Geschäfte ab. Ich möchte, dass Sie herausfinden, wer solche Fische verkauft. Nehmen Sie eins von den Fotos da mit!«

Er deutete mit dem Daumen hinter sich.

Helwig verschluckte sich fast an ihrer Wasserflasche. Sie machte eine Geste, als wollte sie fragen, wieso ausgerechnet sie diese Aufgabe übertragen bekam, aber als sie die Miene ihres neuen Chefs sah, fügte sie sich und nahm die Liste ohne Widerworte an sich.

Moses wandte sich indessen an Leitner. Natürlich war ihm nicht entgangen, dass dieser schon seit Beginn ihrer Zusammenkunft auf seinen Auftritt wartete. Diese Selbstinszenierung war typisch für ihn.

»Nun, bevor Sie sich noch die Zunge abbeißen«, sagte er, »wäre es vielleicht ratsam, uns alle an Ihren Neuigkeiten teilhaben zu lassen. Ich denke, dass jetzt der richtige Zeitpunkt ist. Meinen Sie nicht auch?«

Er sah Leitner gespannt an. Nach einem kurzen Moment der Verlegenheit darüber, ertappt worden zu sein, grinste der breit in die Runde, als könnte er es kaum erwarten, endlich seinen Coup zu landen.

»Offenbar bin ich der Einzige hier mit Resultaten«, sagte er. Dann stand er auf, um den Laptop hochzufahren, der die Multimedia-Anlage des Raums steuerte. Auf dem großen Bildschirm an der Wand erschien das schwarz-weiße Standbild einer Überwachungskamera.

»Wir haben tatsächlich Glück«, begann er mit stolzgeschwellter Brust zu dozieren. »Es gibt zwei Kameras in der Nähe des Parks. Eine gehört zur Asklepios-Klinik direkt am Park, die andere ist an der Kreuzung Steindamm/Lohmühlenstraße montiert. Also habe ich den ganzen Vormittag damit verbracht, mir das Material anzusehen. Da der genaue Todeszeitpunkt noch nicht feststeht, war das praktisch die ganze Nacht. Also verdammt viel!«

Er machte eine kunstvolle Pause, so, als würde er auf Beifall warten. Als sich niemand rührte, fuhr er schließlich fort.

»Wie gesagt, ich habe die Aufnahmen durchgesehen. Und siehe da: dabei habe ich das hier gefunden.«

Mit dem letzten Wort hämmerte er den Zeigefinger auf die Returntaste, woraufhin erst einmal nichts geschah. Die Einstellung zeigte weiterhin eine beleuchtete Zufahrt mit einer rot-weiß gestrichenen Schranke. Im Hintergrund waren Bäume und ein Stück Straße zu erkennen. Allein der laufende Timecode in der unteren Bildecke zeigte an, dass der Film lief. Als die Uhr auf 2:28 Uhr sprang, hob Leitner die Hand. »Achtung! Jetzt aufgepasst!«

Plötzlich wischte im Hintergrund etwas Weißes auf der Straße vorbei. Es erschien wie aus dem Nichts und war nach Sekundenbruchteilen wieder aus dem Bildausschnitt verschwunden.

Leitner blickte seine Kollegen triumphierend an. »Das war die Kamera an der Klinik.«

Elvers legte die Stirn in Falten.

»Und was soll das?«, beschwerte sie sich. »Man kann ja überhaupt nichts erkennen.«

Leitner ließ den Film zurücklaufen und hielt das Bild an. Erst jetzt konnte man sehen, dass es sich bei dem weißen Objekt im Hintergrund um einen Lieferwagen handelte. Viel mehr als der Fahrzeugboden und die Räder waren allerdings nicht zu erkennen.

»Ein Lieferwagen, der die Straße langfährt«, meinte Elvers daraufhin. »Na und? Wo ist da die Verbindung zu unserem Fall?«

»Warte es ab«, sagte Leitner.

Nun spulte er den Film weiter vor. Erneut huschte im Hintergrund der Lieferwagen vorbei. Diesmal jedoch in die entgegengesetzte Richtung.

»Wie man an dem Timecode sieht, kommt der Wagen nach exakt vier Minuten und fünfundvierzig Sekunden wieder zurück.«

»Und wenn das ein anderes Auto war?«, gab Elvers zu bedenken.

»Es muss das gleiche sein«, erklärte Leitner. Er genoss seinen Auftritt mit jeder Faser seines Körpers. »Die Straße ist eine Sackgasse. Und sie ist für ein Transportmittel die einzige Möglichkeit, nah genug an den Spielplatz zu kommen. Es gibt keinen anderen befahrbaren Weg.«

»Das bedeutet, wer immer in dem Wagen saß, war für knapp fünf Minuten in dem Park beschäftigt«, schlussfolgerte Moses.

»Genau«, sagte Leitner mit einem breiten Grinsen. »Und das war sicher nicht der Pizzaservice. Wenn die ihre Pizzen mit Lieferwagen ausfahren würden, wären sie bald pleite.«

»Gute Arbeit«, lobte ihn Moses. Und das meinte er ernst.

»Vielleicht hat nur jemand was abgegeben«, sagte Elvers. »Außerdem sieht man weder den Fahrer noch ein Nummernschild.«

»Was ist denn mit der zweiten Kamera?«, warf die Neue ein. »Du hast vorhin gesagt, dass es noch eine gibt. Vielleicht kann man da mehr erkennen.«

Leitner machte eine entschuldigende Geste. »Leider nein. Man sieht nur, wie der Wagen vom Steindamm aus in die Sackgasse am Park biegt und danach wieder rauskommt. Da es eine Gebäudekamera ist, ist sie nicht auf die Kreuzung gerichtet. Das heißt, auch hier kann man weder Fahrer noch Kennzeichen richtig erkennen.«

Er spielte die entsprechende Sequenz ab. Man sah, wie der Lieferwagen aus der Seitenstraße bog, aber um Details erkennen zu können, war die Entfernung zu groß und der Kamerawinkel zu ungünstig.

»Vielleicht können Sie ja was machen«, forderte Moses Viteri auf, nachdem sie sich die kurze Videosequenz mehrmals angesehen hatten. »Immerhin wäre es nicht das erste Mal, dass Sie die Kollegen von der KTU in den Schatten stellen. Was denken Sie?«

»Ich kann es probieren. Aber versprechen kann ich nichts. An meinem Platz fehlt mir das nötige Equipment.« Man merkte ihm an, dass er sich geschmeichelt fühlte.

»Und Sie begeben sich am besten in die Verkehrsleitzentrale«, forderte Moses Leitner auf. »Wir haben die genaue Uhrzeit, und wir wissen, in welche Richtung der Lieferwagen gefahren ist. Also heften Sie sich an seine Fersen! Mit etwas Glück taucht der Wagen in einer der nächsten Verkehrskameras auf. Vielleicht können Sie ihn ja bis zum Startpunkt zurückverfolgen.«

Er nickte in Katjas Richtung. »Unsere neue Kollegin kann Sie dabei unterstützen. Die Fischgeschäfte sind heute ohnehin geschlossen.«

Als er das Leuchten in Leitners Gesicht bemerkte, wusste Moses sofort, dass seine Entscheidung nicht besonders klug gewesen war. Doch bevor er seinen Fehler korrigieren und zurückrudern konnte, platzte eine der Sekretärinnen in den Konferenzraum. Sie war sichtlich verärgert.

»Warum geht eigentlich niemand von euch ans Telefon!«, schimpfte sie. »Da ist ein Anruf für euch. Irgend so ein komischer Kauz. Er behauptet steif und fest, man habe ihn um Rückruf gebeten.«

7

Der Trampelpfad schlängelte sich durch einen Urwald aus verwilderten Rhododendronbüschen und fast baumhohen Fliedersträuchern. Moses und Helwig gingen an einem mit vermoosten Steinen eingefassten Teich vorbei und standen kurz darauf vor einem Fachwerkhaus. Inmitten des wuchernden Gartens wirkte das mit Efeu zugewachsene Haus wie eine Illustration aus einem Märchenbuch.

Helwig stieß einen Pfiff aus.

»Scheiße, Mann! Dass es so etwas mitten in Hamburg gibt. Das Grundstück muss ein Vermögen wert sein!«

Moses blickte sich um. Der Garten war wirklich eine beneidenswerte Oase der Ruhe. Die viel befahrene Straße vor dem Tor war kaum zu hören. Stattdessen hämmerte irgendwo ein Specht. Ein echtes Paradies. Zumindest so lange, bis da draußen jemand mit schlechten Absichten davon Wind bekam, dachte der Polizist in ihm. Moses zog an der altertümlichen Türglocke. Im Nachhinein war er froh, dass er seine Begleiterin doch nicht mit Leitner zusammen in die Verkehrsleitzentrale geschickt hatte, um nach Aufzeichnungen des verdächtigen Lieferwagens zu suchen. So behielt er wenigstens die Kontrolle über sie.

Im Inneren des Hauses knarrten hölzerne Treppenstufen,

kurz darauf erschien ein weißhaariger, vom Alter gebeugter Mann in der Tür. Er sah Moses mit großen Augen an.

»Ah, da sind Sie ja!«, rief er aus, ohne Moses' Dienstausweis zu beachten. »Ich habe Sie erwartet. Kommen Sie! Kommen Sie herein!«

Moses ließ seiner Begleiterin den Vortritt. Das Innere des Hauses war unerwartet hell, was an den großen Sprossenfenstern lag. Dennoch haftete an den altertümlichen Möbeln der Mief der Vergänglichkeit. Die Einrichtung wirkte wie aus der Zeit gefallen. Dazu passten auch die präparierten Fische, die den Kaminsims im Wohnzimmer schmückten.

»Bitte nehmen Sie doch Platz!«, bat der Hausherr, nachdem er sich als Hermann Kurzleben vorgestellt hatte, emeritierter Professor für Ichthyologie am CeNak, dem Hamburger Centrum für Naturkunde.

Moses und Helwig ließen sich auf dem durchgesessenen Sofa nieder. Während sie mit vereinten Kräften den angebotenen Ingwertee abwehrten, kam Moses nicht umhin, in der Physiognomie des Wissenschaftlers eine gewisse Ähnlichkeit mit seinen langjährigen Forschungsgegenständen zu bemerken. Die geröteten Goldfischbäckchen, der leicht heruntergezogene Mund oder das hinter den dicken Brillengläsern schimmernde Blau seiner wässrigen Augen – alles an seinem Gegenüber erinnerte Moses an einen Fisch. Zu allem Überfluss trug Kurzleben eine abgestoßene Tweedjacke und eine altmodische Cordhose, zu der Gummistiefel sicher besser gepasst hätten als die löchrigen Pantoffeln. Moses räusperte sich, um das Wort zu ergreifen, aber der Professor kam ihm zuvor.

»Wussten Sie, dass ich viele Jahre in Afrika geforscht habe? Genauer gesagt am Victoriasee. Die Fischwelt dort ist wirklich einzigartig! Ein Phänomen, sage ich Ihnen! Afrika hat so viel mehr als nur Löwen und Elefanten zu bieten!«

Moses lächelte schwach.

»Wissen Sie«, sprudelte Kurzleben weiter, »ich habe Afrika in den vielen Jahren, die ich dort verbringen durfte, lieben gelernt. Und ganz besonders die Menschen dort! Aber wem sage ich das. Sie kennen sich dort vermutlich weitaus besser aus als ich.«

»Nein«, widersprach Moses. »Das tue ich nicht.«

Um keinen Preis der Welt würde er jemals wieder freiwillig einen Fuß auf afrikanischen Boden setzen. Egal, welche Tiere es dort auch geben mochte.

Mitunter empfand er diese Art von Anmerkungen als furchtbar ermüdend. Die einen reagierten auf seine Hautfarbe mit unverhohlener Abneigung, die anderen warfen sich ihm förmlich an den Hals. Es war, als würde man einen verborgenen Knopf drücken. Aber jeder Fluch hatte auch seinen Segen. Er hatte lange gebraucht, um zu erkennen, dass genau darauf sein Erfolg als Ermittler beruhte. Seine Person erzeugte Emotionen, und wo Gefühle regierten, kam unweigerlich Nichtgesagtes ans Licht. Aber der greise Wissenschaftler war kein Verdächtiger, und deshalb war es das Beste, ihn zu bremsen.

»Herr Professor, wissen Sie, warum wir hier sind?«

Es war ein vergeblicher Versuch. Der Wissenschaftler war nicht davon abzuhalten, weiter in Erinnerungen zu schwelgen.

»Besonders Tansania ist mir ans Herz gewachsen«, schwärmte er. »Es ist quasi zu meiner zweiten Heimat geworden. Waren Sie schon einmal dort? Ein fantastisches Land! Leider war es mir in den letzten Jahren nicht mehr vergönnt, meine Forschungen fortzusetzen …«

Zur Erklärung zeigte er seine gichtkranken Hände.

»Ist ja schön und gut!«, blaffte ihn Helwig an. Sie saß mit verschränkten Armen auf dem Sofa. »Aber wegen Ihren Lebenserinnerungen sind wir nicht hier! Kommen Sie endlich zur Sache!«

Zum ersten Mal war Moses froh, die Neue an seiner Seite zu haben. Ob es reine Ungeduld war oder ob ihr die Situation einfach nur peinlich war, konnte er nicht erkennen. Auf jeden Fall war er dankbar für die klare Ansage.

»Äh, ja natürlich!«, erwiderte Kurzleben. Der barsche Ton der gepiercten Beamtin hatte ihn merklich eingeschüchtert. »Weshalb wollten Sie mich denn sprechen? Wissen Sie, eigentlich wollte ich heute Nachmittag angeln gehen …«

Moses nahm das Glas mit den durchsichtigen Würmern aus der Tüte und stellte es auf den niedrigen Couchtisch.

»Können Sie uns sagen, was das für Tiere sind?«

Kurzleben griff nach dem Gefäß und schob seine Brille zurecht. Mit zugekniffenem Mund betrachtete er den Inhalt von allen Seiten. Dann begann er zu strahlen.

»Anguilla anguilla!«, rief er verzückt aus. »Daran besteht nicht der geringste Zweifel. Allerdings in einem bemerkenswert frühen Stadium«, fügte er staunend hinzu.

Moses und Katja tauschten verständnislose Blicke.

»Ausgesprochen interessant, muss ich sagen«, Kurzleben setzte das Glas in seinem Schoß ab. »Woher haben Sie diese schönen Exemplare, wenn ich fragen darf?«

»Das tut vorerst nichts zur Sache!«, sagte Moses schnell, um seiner jungen Kollegin zuvorzukommen. Er wollte nicht mehr offenlegen als unbedingt nötig. »Abgesehen davon wäre ich Ihnen wirklich dankbar, wenn Sie sich so ausdrücken würden, dass wir Ihnen folgen können. Unser Lateinunterricht liegt lange zurück.«

Kurzleben nahm seine Brille ab, um sie umständlich an seinem Hemd zu putzen. Dann schob er sie zurück auf die knubbelige Nase.

»Das, was Sie dort in dem Glas haben, sind Aale«, sagte er. »Europäische Aale, um genau zu sein. In diesem Wachstumsstadium werden sie aufgrund ihres durchsichtigen Körpers auch Glasaale genannt.« Er tätschelte das Glas in seinem Schoß. »Man sollte kaum glauben, dass diese kleinen Burschen eine fünftausend Kilometer lange Reise über das offene Meer hinter sich haben! Und das, ohne etwas zu fressen!«

»Was für eine Reise?«, wollte Moses wissen. Allmählich wechselte sein Geduldsakku in den roten Bereich. »Demnach sind das also keine einheimischen Fische?«

»Doch, doch!«, erklärte Kurzleben, als hätte er einen begriffsstutzigen Studenten vor sich. »Bei Aalen handelt es sich bekanntlich um katadrome Wanderfische. Anders ausgedrückt: Sie wechseln zum Laichen vom Süßwasser ins Meer. Diese Aale hier in dem Glas wurden in der Sargassosee geboren.«

»Aber das ist ja in der Karibik!«, platzte es aus Helwig heraus.

»Ganz genau!«, stimmte ihr der Professor begeistert zu. »Man sollte es kaum glauben, aber alle bei uns beheimateten Aale kommen dort zur Welt. Wenn die Tiere ihre Geschlechtsreife erreichen, wandern sie die Flüsse hinab und überqueren den Atlantik. In der Sargassosee verbringen sie auch die erste Phase ihres Lebens als Larve. Die sogenannte Leptocephalus-Larve, nebenbei bemerkt. Nach einer gewissen Zeit schwimmen diese Larven dann wieder zurück vor die europäische und nordafrikanische Küste, wo sie sich zu Glasaalen entwickeln. Im Frühjahr wandern diese schließlich in großen Schwärmen flussaufwärts zurück in die Binnengewässer. Während dieser Zeit wandeln sie sich übrigens erneut. Deshalb sprechen wir in dieser Lebensphase von Steigaalen.«

Kurzleben musterte seine Zuhörer über den Brillenrand hinweg.

»Jeder Aal macht das?«, erkundigte sich Helwig ungläubig.

»Absolut. Und Sie können sich vorstellen, zu welch abstrusen Erklärungen dieser Umstand geführt hat. Schließlich war es über viele Jahrhunderte hinweg ein Rätsel, woher die Aale in unseren Flüssen und Seen stammen. Kein Mensch hat je die Fortpflanzung oder das Heranwachsen der jungen Fische beobachtet. Dass Aale aus Schlamm geboren wurden oder von Erdwürmern abstammten, die sich mit Schlangen paaren, gehörte noch zu den harmlosesten Erklärungen. Das kann ich Ihnen versichern!«

Während der Professor begeistert seine Vorlesung abhielt, dachte Moses darüber nach, was die Informationen für ihren Fall bedeuteten.

»Wenn ich Sie richtig verstanden habe«, erkundigte er sich, »dann sind das also Aale, die zu bestimmten Zeiten in der Elbe und damit auch in der Alster vorkommen.«

Er deutete auf das Glas in den Händen des Professors.

»Nein, nein!« Kurzleben schüttelte entgeistert den Kopf. »Diese hier sind noch nicht so weit. Wie gesagt, wenn sie die Flüsse hinaufsteigen, wandeln sie sich erneut. Sie bekommen eine gelbliche Bauchfärbung. Dies hier sind eindeutig *Glasaale*! In diesem Stadium leben sie ausschließlich im Meer.«

Das würde sich mit dem Salzwasser in der Lunge des Toten decken, überlegte Moses. Was wiederum bedeuten könnte, dass der Fall tatsächlich in den Zuständigkeitsbereich einer Dienststelle an der Küste Niedersachsens oder Schleswig-Holsteins fiel.

Seine neue Kollegin schien den gleichen Gedanken zu haben.

»Wenn ich Ihre Vorlesung richtig verstanden habe«, sagte sie, »dann gibt es diese Aale da bei uns nicht. Weder in der Elbe noch in der Alster oder sonst wo in Hamburg. Sind Sie da wirklich sicher? Für uns ist das enorm wichtig!«

Sie schien den alten Mann mit ihrem Blick durchbohren zu wollen. »Selbstverständlich bin ich das!«, empörte sich Kurzleben. »Das sind eindeutig Glasaale. Wie ich gesagt habe.«

Er nahm seine Brille ab und seufzte. »Verstehen Sie mich nicht falsch. Ich würde mich natürlich sehr darüber freuen, wenn es mehr junge Aale bei uns in der Alster oder der Elbe gäbe. Wissen Sie, Aale sind weltweit vom Aussterben bedroht. Aus unseren Flüssen und Seen sind sie mit aller Wahrscheinlichkeit schon bald verschwunden. Aus diesem Grund werden besonders die ganz jungen Aale streng geschützt. Allerdings befürchte ich, dass dies wenig nützen wird. Wie bei so vielem ist es hier womöglich schon zu spät.«

Sein Blick wanderte in den Garten hinaus. Er schien seinen Gedanken nachzuhängen, aber dann sah er Moses unvermittelt an.

»Sie schulden mir noch immer eine Erklärung«, meinte er. »Sie haben mir bislang noch nicht verraten, wie Sie in den Besitz dieser seltenen Exemplare gelangt sind.«

Hinter den dicken Brillengläsern hüpften seine blassen Augen zwischen dem afrikanischen Kommissar und seiner jungen, unfreundlichen Mitarbeiterin hin und her.

»Es tut mir leid«, sagte Moses, während er sich von dem grauenhaft unbequemen Sofa erhob. »Bitte haben Sie Verständnis dafür, dass wir Ihnen im Moment nicht mehr sagen können. Aber wir danken Ihnen für Ihre Auskunft. Sie haben uns sehr weitergeholfen.«

Helwig erhob sich ebenfalls, und Moses nahm das Glas mit den Aalen an sich.

»Sollten wir noch einmal Ihre Hilfe benötigen, melden wir uns bei Ihnen«, fügte er hinzu. »Das heißt, wenn es Ihnen nichts ausmacht.«

»Nein, nein!«, versicherte Kurzleben hastig. »Ich fühle mich geschmeichelt! Ich freue mich immer über ein bisschen Abwechslung. Vielleicht können Sie mir ja noch verraten, aus welcher Region in Afrika Sie ursprünglich stammen. Wie gesagt, aufgrund meiner Forschungsreisen war ich viel dort unterwegs. Vielleicht finden wir ja Gemeinsamkeiten!«

Er blinzelte verschwörerisch, dann begleitete er seine Besucher zur Tür hinaus. Als sie den zugewachsenen Garten betraten, fühlte sich Moses wie befreit.

»Und was jetzt?«, fragte Katja, als sie das quietschende Gartentor erreichten.

»Was meinen Sie damit?«

»Sie haben es gehört: Wenn das mit diesen Fischen stimmt, dann gehört der angeknabberte Typ aus dem Park vielleicht gar nicht zu uns. Kann sein, dass wir gar nicht zuständig sind.«

Das *Wir* störte Moses. Irgendwie. Obwohl er einräumen musste, dass sich seine junge Kollegin nicht schlecht geschlagen hatte. Immerhin hatte sie sich halbwegs zurückgenommen und den greisen Fischprofessor nicht gleich zusammengeschlagen. Doch das änderte nichts daran, dass er erpresst wurde. *Gib ihr wenigstens eine Chance!*, ermahnte er sich. Schließlich war sie nicht für die Methoden ihres heimlichen Beschützers verantwortlich. Außerdem hatte sie recht. Aufgrund der Aale und des Salzwassers in der Lunge war es wahrscheinlich, dass der Fall gar nicht in ihren Zuständigkeitsbereich fiel. Solange sie die Identität des Toten nicht kannten, wussten sie nicht einmal, ob er überhaupt aus Hamburg war.

»Wir fahren zurück ins Präsidium«, entschied Moses, während sie in seinen Alfa stieg. »Vielleicht haben sich die Kollegen an der Küste ja inzwischen zurückgemeldet …«

»… und wir sind raus aus dem Spiel«, ergänzte Helwig grimmig.

Moses warf ihr einen Seitenblick zu, dann startete er den Motor. Insgeheim musste er zugeben, dass er vielleicht gar nicht so unglücklich darüber wäre, wenn der Fall an eine andere Dienststelle wandern würde. Er hatte noch immer dieses ungute Gefühl. Auf der anderen Seite hatten die merkwürdigen Umstände längst seine Neugier und auch seinen Ehrgeiz geweckt. Und war Letzterer erst einmal erwacht, gab es für ihn kein Zurück mehr.

8

Moses überquerte den Goldbekkanal, dann bog er ab und hielt nach einem Parkplatz Ausschau. Die Forsmannstraße war typisch Winterhude. Teuer und eher beschaulich. Das konnte selbst die anbrechende Dunkelheit nicht vertuschen. Und genau das war der Grund, weshalb er sich für dieses Viertel und dieses Haus entschieden hatte. Nachdem er durch den Unfalltod seiner Adoptiveltern über Nacht zu einem wohlhabenden Mann geworden war, hatte ihn sein Steuerberater wochenlang bekniet, seinen Erbanteil zu investieren, anstatt ihn auf der Bank »verhungern« zu lassen. Irgendwann hatte er schließlich nachgegeben. Im Grunde machte er sich nicht viel aus materiellen Dingen, aber wenn er schon gezwungen war, richtig viel Geld auszugeben, dann hatte es dieses in den 1920er-Jahren erbaute Mietshaus am Ende der Straße sein müssen. Auch wenn mancher vielleicht spottete, die Architektur sei kitschig und Pseudo-Jugendstil, ihm gefiel der Kontrast zwischen den klaren, aufgeräumten Linien der lindgrünen Fassade und den verschnörkelten, weiß abgesetzten Verzierungen. Außerdem gab es in dieser Ecke der Stadt weder Graffiti an den Haustüren noch brennende Autos oder Drogenspritzen auf Spielplätzen. Hier konnte man die Tür hinter sich schließen und ganz einfach so tun, als ginge einen der Rest der Welt nichts an.

Er freute sich auf seine Wohnung, denn er war hundemüde, und für heute hatte er die Nase gestrichen voll. Er hatte seine Kommissare nach Hause schicken müssen, obwohl sie immer noch nicht wussten, wer der Tote war. Keine Vermisstenanzeige. Kein Treffer bei den Fingerabdrücken. Nicht einmal ein anonymer Zeuge hatte sich gemeldet. Absolut nichts. Nur ein bohrendes, unbefriedigendes Gefühl. Umso mehr freute er sich jetzt auf eine heiße Dusche.

Ausnahmsweise musste er nicht lange nach einem Parkplatz suchen. Er erspähte einen freien Platz unter einer der vielen Hainbuchen, fast direkt gegenüber dem Haus. Kaum hatte er den Motor abgestellt, winkte ihm Hung bereits von der anderen Straßenseite aus zu. Wie immer außerhalb der regulären Geschäftszeiten kauerte der drahtige Vietnamese auf einem Klappstuhl vor dem Ladengeschäft im Erdgeschoss und hielt nach dem Ordnungsamt Ausschau. Wie Moses vermutete, bediente sein Zwillingsbruder währenddessen die Kundschaft im Laden.

Wie so viele ihrer Landsleute waren die Brüder einst als Vertragsarbeiter von ihrer Regierung in die DDR verscherbelt worden. Nach der Wende hatten sie beschlossen, sich dem großen Treck nach Westen anzuschließen. Ihr winziges Ladengeschäft, ein ehemaliger Friseursalon, war seit Jahren eine Institution in der Nachbarschaft, und da sie in Hinterzimmern des Ladens lebten, lief das Geschäft rund um die Uhr und eben auch an Sonn- und Feiertagen. Ihr Sortiment reichte von Heftpflaster über Windeln und asiatische Kräuter bis hin zu hochprozentigem Schnaps. Moses staunte immer wieder aufs Neue. Es gab praktisch nichts, was die Brüder nicht hinter der Theke hervorzauberten oder aus den überquellenden Regalen ziehen konnten. Als Vermieter und obendrein Vertreter der Staatsgewalt wäre er eigentlich verpflichtet gewesen, dem ordnungswidrigen Treiben Einhalt zu gebieten. Aber in seinen Augen kam hier niemand zu Schaden, und wie sollten die beiden sonst gegen die Discountmärkte und das Internet bestehen? Vergangenen Monat hatte er der Hausverwaltung, beziehungsweise dem Anwalt, hinter dem er sich versteckte, sogar grünes Licht für eine Verlängerung des bestehenden Mietvertrages gegeben. Dass der schwarze Polizist aus der Dachwohnung der Besitzer des Hauses war, ahnten indessen weder die vietnamesischen Zwillingsbrüder noch die übrigen Mieter.

Als Moses über die Straße auf ihn zukam, entblößte das Neonlicht des vollgestopften Schaufensters Hungs beeindruckende Zahnlücke.

»Ah, der Herr Polizist!«, lächelte er vergnügt. »Wieder böse Menschen eingesperrt?«

»Und du? Hältst du wieder Wache?«

Hung drehte die Handflächen gegen den Nachthimmel.

»Ich gucke nur Sterne«, sagte er unschuldig. »Sind sehr viele heute.«

Moses brauchte nicht nach oben zu schauen, um zu wissen, dass es für Sterne noch viel zu früh war. Stattdessen wünschte er Hung eine Gute Nacht und drückte die schwere Haustür mit der Schulter auf.

»Schlaf gut!«, rief ihm der Vietnamese glucksend hinterher. »Und schöne Träume!«

Moses dachte noch über Hungs letzte Worte nach, als er unvermittelt mit der Rentnerin aus dem ersten Stock zusammenprallte.

»Passen Sie gefälligst auf!«, blaffte sie ihn an. »Haben Sie keine Augen im Kopf?«

»Die alte Kruse«, wie sie von allen im Haus nur genannt wurde, besetzte vermutlich schon seit der Grundsteinlegung die Hausmeisterwohnung des Hauses. Moses hatte die alte

Hexe beim Kauf des Hauses übernommen, weil er es nicht fertiggebracht hatte, sie auf die Straße zu setzen, so wie es ihm der Vorbesitzer, ein ausgesprochen netter und liberaler Mensch, geraten hatte. Natürlich hatte er seine Entscheidung schon bald bereut.

Die Kruse schnaufte ihn empört an und quetschte sich mit ihrem Abfallbeutel an ihm vorbei. Moses schüttelte den Kopf und stieg die ausgetretene Holztreppe hinauf zu seiner Dachgeschosswohnung. Er war froh, dass ihm niemand mehr begegnete. Selbst ein Hallo wäre ihm jetzt zu viel gewesen. Nachdem er den Wohnungsschlüssel in das Schloss gesteckt hatte, stutzte er. Beim Verlassen hatte er die Tür mehrmals abgeschlossen. Da war er sich ganz sicher. Adrenalin schoss ihm durch die Adern. Wenn man so viele gewalttätige Menschen hinter Gitter gebracht hatte wie er, war es ratsam, auf der Hut zu sein. Dennoch lehnte er das Tragen von Waffen kategorisch ab, und das vorgeschriebene Schießtraining absolvierte er als lästige Pflicht. Jetzt ertappte er sich jedoch bei dem Gedanken, dass er gerne eine Waffe gehabt hätte. Obwohl seine ausgebaute Dachwohnung nicht viel Versteckmöglichkeiten bot, weil sie aus einem einzigen großen Raum mit Empore und einem angrenzenden Bad bestand, verspürte er wenig Lust darauf, sich hinterrücks niederstechen zu lassen. Also spannte er die Muskeln an, bis das Blut in seinen Ohren rauschte. Er atmete mehrmals tief durch, dann riss er die Tür auf.

Juliane fuhr mit einem Schrei herum. Noch bevor das Küchenmesser in ihrer Hand auf dem Boden aufschlug, fühlte sich Moses wie ein Idiot.

»Ist was passiert?«, stammelte Juliane mit vor Schreck geweiteten Augen.

»Nein, nein«, beruhigte Moses sie. »Ich habe dich nur nicht erwartet. Hallo, was machst du hier?«

Langsam wurde er wirklich paranoid. Immerhin hatte er Juliane den Wohnungsschlüssel geradezu aufgedrängt.

Juliane hob das Messer wieder auf und legte es auf die Arbeitsplatte der Kochinsel. Sie war barfuß und trug eine Jeans, dazu einen schwarzen Pullover, der ihre blonden, zu einem Pferdeschwanz zusammengebundenen Haare noch heller erscheinen ließ. Ein Effekt, der durch ihr dezentes Make-up noch verstärkt wurde.

»Hallo.« Sie kam auf ihn zu, stellte sich auf die Zehenspitzen und gab ihm einen Kuss. »Du hast mir einen Heidenschreck eingejagt! Was sollte das?«

»Tut mir leid«, entschuldigte sich Moses. »Das wollte ich nicht. Ich dachte nur …«

Er verstummte. Das Ganze war ihm unangenehm genug.

»Dachtest du vielleicht, ich wäre ein Einbrecher?«, lachte Juliane, als sie seine Verlegenheit bemerkte. Sie schlang die Arme um seinen Nacken. »Zugegeben, in einer gewissen Weise bin ich tatsächlich eine Einbrecherin. Aber ich will kein Geld, sondern etwas Besseres …«

Sie küsste ihn erneut. Moses spürte die Hitze, die ihr zierlicher Körper ausstrahlte.

Dann befreite sich Juliane mit einem Ruck aus seinen Armen.

»Ich hoffe, du hast Hunger!«, sagte sie. »Ich habe mich nämlich an einem Rezept meiner Großmutter versucht. Wein habe ich mitgebracht. Und den Champagner zum Anstoßen auch.«

Erst jetzt nahm Moses die zugedeckten Pfannen und Töpfe auf den Induktionsplatten wahr. Ebenso wie das Loch in seinem Bauch. Er hatte den ganzen Tag über lediglich einen Snack aus der Präsidiumskantine zu sich genommen.

»Ich dachte, du wärst sauer auf mich.«

Juliane tat überrascht. »Weshalb sollte ich sauer sein?«

»Nun, wegen heute Morgen. Weil ich mich davongeschlichen habe, ohne dich zu wecken.«

»Unsinn!« Sie knuffte ihn in die Seite. »Erstens brauche ich meinen Schlaf. Und zweitens kenne ich dich lange genug, um zu wissen, dass ihr Bullen immer glaubt, ihr müsst die Welt retten.«

Sie wusste genau, dass ihn der Ausdruck »Bulle« ärgerte.

»Du bist wirklich nicht sauer, weil ich unsere gemeinsame Feier verbockt habe?«, fragte er ungläubig. »Es tut mir wirklich leid. Ich weiß, wie viel dir dieses Forschungsprojekt bedeutet. Ich hätte mich wenigstens kurz melden sollen.«

Er hatte es nicht einmal versucht.

»Dann holen wir unsere kleine Feier eben jetzt nach«, sagte Juliane mit gespielter Strenge. »Du kommst genau richtig. Ich muss nur noch den Salat fertig schneiden. Also zieh endlich deinen Mantel aus! Wie ich sehe, bist du wenigstens angemessen gekleidet«, stellte sie mit einem Blick auf seinen Anzug fest.

Sie lächelte, dann wendete sie sich wieder den Töpfen zu.

Moses seufzte. Manchmal wurde er aus dieser Frau einfach nicht schlau. Er hängte seinen Mantel an den frei stehenden Dachträger neben der Tür, der ihm als Garderobe diente. Danach betätigte er den Schalter für das Dachfenster hoch oben im Giebel, um den Essensdunst abziehen zu lassen. Seine sündhaft teure Stereoanlage vertrug kein Fett.

»Was gibt es denn zu essen?«, wollte er wissen, während er sich endlich die unbequemen Halbschuhe von den Füßen streifte. Nach diesem Moment hatte er sich den ganzen Tag gesehnt.

»Es gibt Fisch!«, rief ihm Juliane über die Schulter zu. Sie stand in der offenen Küche und bereitete den Salat zu. »Finkenwerder Scholle. Davor gibt es eine Aalsuppe. Ich hoffe, sie ist mir gelungen. Mach schon mal den Champagner auf!«

Treffer, versenkt, dachte Moses. Nach ihrem Fund im Park stand ihm nicht gerade der Sinn nach Meerestieren. Und schon gar nicht nach Aal.

Er ahnte, dass die Sache nicht gut ausgehen würde, und nahm die Champagnerflasche vom Tisch. Er war liebevoll dekoriert. Juliane hatte alles zusammengekratzt, was sie in seiner schlicht möblierten Wohnung an festlichem Geschirr hatte finden können. Was nicht viel war. Obwohl er sich aufgrund des Vermögens, das seine Adoptiveltern ihm und seinem Adoptivbruder Henning hinterlassen hatten, fast alles hätte leisten können, legte er keinen besonderen Wert auf Luxus. Bis auf wenige Ausnahmen brauchte er nicht viel. Dazu gehörten die MBL-High-End-Anlage samt seiner Sammlung klassischer Musik, die japanischen Tuschezeichnungen und Originaldrucke, die dem Raum ein asiatisches Flair verliehen, und natürlich die *Katarina,* sein Segelboot, das unten in Wedel lag. Aber von dem wussten nur seine engsten Freunde. Er wollte nicht, dass sich seine finanziellen Verhältnisse unter seinen Kollegen herumsprachen. Warum auch immer. Vielleicht, weil er einfach nur der Kommissar sein wollte, von dem er als kleiner schwarzer Junge unter Weißen geträumt hatte.

Nachdem er den Champagner entkorkt und zwei Gläser eingeschenkt hatte, gesellte sich Juliane zu ihm, um mit ihm anzustoßen.

»Auf uns«, hauchte sie.

»Auf dein Projekt!«

Das Klirren der Gläser klang in Moses' Ohren wie ein Schlussakkord. Immerhin war der Champagner erstklassig, das musste er zugeben.

»Setz dich«, forderte Juliane ihn auf. Sie stellte das halb leere Glas zwischen die Teller auf den Tisch. »Das Essen wird sonst noch kalt.«

Während sie davonrauschte, um das Essen aufzutischen, öffnete Moses den Weißwein. Dass es noch schlimmer werden würde als geahnt, wurde ihm klar, als Juliane ihm die dampfende Suppe vor die Nase setzte. Wie sollte er ihr erklären, dass er am Morgen gesehen hatte, wie Miniaale aus den Körperöffnungen einer Wasserleiche gekrochen waren, ohne ihr ebenfalls den Appetit zu verderben? Wo sie sich doch mit dem Überraschungsessen so viel Mühe gemacht hatte.

»Was ist?«, fragte Juliane und sog die heiße Suppe mit gespitzten Lippen von ihrem Löffel. »Willst du nicht wenigstens probieren?«

Während Moses in seiner Terrine herumstocherte, suchte er verzweifelt nach einem Ausweg. Er starrte in die Suppe, und plötzlich kam es ihm so vor, als würden sich Aalstücke zwischen dem Gemüse bewegen.

»Du bist so schweigsam«, sagte Juliane. »Nicht, dass du sonst viel von deinen Heldenmissionen erzählst. Aber irgendetwas beschäftigt dich doch. Also, raus mit der Sprache!«

Sie schob sich ein Stück Fisch in den Mund.

Moses gab sich einen Ruck und legte seinen Löffel beiseite.

»Lass uns nicht von meiner Arbeit reden«, sagte er. »Heute Abend geht es um dich.«

»Um uns!«, verbesserte ihn Juliane.

Moses beobachtete, wie sie an ihrem Weinglas nippte.

»Hast du eigentlich schon den Flug gebucht?«, erkundigte er sich.

Juliane lachte unbekümmert. »Nein, dafür ist es noch viel zu früh. Ich muss erst noch die Tests bestehen. Könnte ja sein, dass ich durchfalle.«

»Was für Tests?« Davon hörte Moses zum ersten Mal.

»Na, den Tropentest. Und danach die Fitnessprüfung. Beides ist für die Teilnehmer Pflicht.«

Immerhin etwas, fand Moses. Soweit er wusste, verfolgte das Forschungsprojekt unter anderem das Ziel, im unwegsamen Bergland Neuguineas Kontakt mit einem isoliert lebenden Eingeborenenstamm aufzunehmen. Beteiligt waren mehrere europäische Universitäten, finanziert wurde das Ganze durch EU- und Sponsorengelder. Während Juliane natürlich von der einmaligen beruflichen »Chance« schwärmte, weil sie für das internationale Team als Linguistin ausgewählt worden war, gefiel Moses die Vorstellung überhaupt nicht. Zwar schrumpften auch die Einheimischen in Neuguinea aller Wahrscheinlichkeit nach keine Köpfe mehr, und sie ernährten sich vermutlich auch nicht mehr von Menschenfleisch, dennoch lauerten in einem unbekannten Dschungel zweifellos Tausende Gefahren. Die mit zwei Beinen zählten vermutlich noch zu den harmloseren.

»Jetzt mach nicht so ein Gesicht«, riss ihn Juliane aus seinen finsteren Gedanken. »Ich dachte, wir feiern heute Abend!«

Moses schob die Aalsuppe von sich.

»Ich habe einfach keinen Hunger«, log er. Dann leerte er sein Weinglas in einem Zug.

Juliane legte behutsam ihr Besteck zur Seite.

»Also schön«, sagte sie ruhig. »Wenn du mir nicht erzählen willst, was dich beschäftigt, kann ich dir auch nicht helfen. Die Frage ist nur, was wir mit dem angebrochenen Abend machen.« Sie sah ihn an. »Was schlägst du vor?«

»Lass uns ins Bett gehen.«

Juliane musterte ihn überrascht.

»Es tut mir leid. Ich bin einfach nur müde …«

9

Warum es ihm so unglaublich schwerfiel, Juliane gegenüber zuzugeben, dass er Angst hatte, sie zu verlieren, wusste er selbst nicht. Jedenfalls hatte er ihren Abend gründlich ruiniert. Sie hatten zwar in der Nacht miteinander geschlafen, und wie immer war es leidenschaftlich und explosiv gewesen. Dennoch war die Stimmung am Morgen angespannt. Auch wenn sie beim Frühstück kein Wort darüber verloren hatten, wurde er den Eindruck nicht los, dass Juliane ähnlich empfunden hatte.

Moses drehte den Zündschlüssel und setzte rückwärts aus der Parklücke. Immerhin hatten sie endlich eine Spur, dachte er grimmig. Vor rund einer halben Stunde war ein Mann vermisst gemeldet worden, dessen Beschreibung auf den Toten aus dem Park passte. Deshalb würde er sich gleich mit Oberkommissarin Elvers treffen. Trotz des Berufsverkehrs, der die Stadt wie jeden Montagmorgen beinahe zum Erliegen brachte, schaffte er es in nur zwanzig Minuten zur angegebenen Adresse. Nachdem er die richtige Hausnummer gefunden hatte und ausgestiegen war, stand er vor einem gewöhnlichen Waschsalon. In der Glastür hing ein *Geschlossen*-Schild. Moses drückte seine Stirn gegen die schmutzige Scheibe, aber im Inneren war niemand zu entdecken. Auch von Kommissarin Elvers fehlte jede Spur. Sein Blick wanderte die Straße entlang. Einige Hausnummern weiter wuchteten Müllmänner in orangefarbenen Overalls Tonnen auf den Müllwagen, während die mit schreiend bunten Schriftzügen umrahmten Türen der Bars und Sexclubs verrammelt waren. Schwarze Pforten in eine Anderswelt, die sich erst am Abend wieder öffnen würden, um die Verlorenen in sich aufzusaugen. Er konnte sich noch gut daran erinnern, wie Henning und er ab und zu nach der Schule über die Reeperbahn geschlichen waren, getrieben von der Hoffnung, zumindest einen Blick in diese verbotene Welt erhaschen zu können. Er wollte gerade in die Innentasche seines hellgrauen Leinensakkos greifen, um sein Handy hervorzuziehen, als ein Streifenwagen um die Ecke bog und genau vor ihm hielt. Auf der Rückbank saß zu seiner Verblüffung seine neue Kommissarin. Sie kletterte aus dem Wagen, und nachdem sie sich mit einem Scherz bei den bemerkenswert gut gelaunten Kollegen für das Mitnehmen bedankt hatte, knallte sie die Wagentür zu.

»Moin!«

»Guten Morgen«, erwiderte Moses irritiert. »Ich habe eigentlich Oberkommissarin Elvers erwartet …« Er versuchte seine Verärgerung halbwegs zu verbergen.

»Ihr Sohn hat Fieber bekommen«, erklärte Helwig trocken. »Sie musste ihn wieder aus dem Kindergarten abholen und erst was organisieren. Deshalb bin ich jetzt hier.« Sie blinzelte Moses herausfordernd an. »Ist das ein Problem?«

Moses wurde das Gefühl nicht los, dass Elvers absichtlich die junge Kollegin geschickt hatte. Schließlich hätte sie auch Leitner oder Viteri informieren können. Vielleicht steckte sie mit Bonnekamp unter einer Decke.

Allmählich leidest du echt unter Verfolgungswahn!, ermahnte er sich.

»Der Waschsalon ist geschlossen«, sagte er, um das Thema zu wechseln. »Scheint niemand da zu sein. Vielleicht haben wir die falsche Hausnummer?«

Im schlimmsten Fall waren sie einem Trittbrettfahrer aufgesessen. Auf der Herfahrt hatte er im Autoradio gehört, dass der Tote aus dem Lohmühlenpark bereits den Weg in die Nachrichten gefunden hatte.

»Ich glaube, wir sind doch richtig«, sagte Helwig plötzlich.

Hinter der schmierigen Scheibe des Waschsalons tauchte eine Gestalt auf. Sie wedelte mit einem Schlüsselbund, dann schloss sie die Tür auf. Vor ihnen stand ein ungewöhnlich attraktiver Mann. Er war mit einer weiten Chino-Hose und einem gemusterten Designerpullover bekleidet, seine nackten Füße steckten in teuren Segelschuhen.

»Sie sind von der Polizei, nehme ich an«, sagte er, während er die Tür aufhielt. »Sorry, ich war hinten im Büro. Dass Sie so schnell kommen, habe ich nicht erwartet!«

Mit Erleichterung registrierte Moses, dass ihm der übliche Anglotz-Moment, bei dem die Kinnlade seines Gegenübers herunterklappte und sich eine dämliche Leere in dessen Gesicht einstellte, diesmal erspart blieb. Andererseits irritierte ihn die Selbstverständlichkeit, mit der der Mann über seine Hautfarbe hinwegging. Immerhin sahen seine Begleitung und er nicht gerade wie typische Kriminalbeamte aus. Auf St. Pauli war eben vieles möglich. Auch ein schwarzer Kommissar.

»Kommen Sie mit!«, winkte der Mann, nachdem er den Waschsalon wieder abgeschlossen hatte. »Am besten, wir gehen nach hinten!«

Der Mann führte sie durch ein Spalier aus Waschmaschinen und Trocknern. Überall lag Müll herum, und es roch nach Erbrochenem. Sie bahnten sich ihren Weg durch leere Bierflaschen und Getränkedosen, Zigarettenkippen und zerfledderte

Zeitschriften. Auf einem der Trockner gammelte ein angebissener Döner, und aus dem umgeworfenen Mülleimer neben dem Waschmittelautomaten hing ein blau-weißer Fanschal. Der Anblick erinnerte Moses daran, dass der HSV am Samstag wieder einmal verloren hatte. Es war eine nicht enden wollende Tragödie.

»Es sieht furchtbar aus, ich weiß«, sagte der Mann, als hätte er Moses' Gedanken gelesen. »Das totale Chaos. Deshalb habe ich Sie ja angerufen.«

Das Büro des Waschsalons entpuppte sich als winziger Verschlag mit Schreibtisch und einem uralten PC. An der Wand hing ein Kalender mit ausgesprochen freizügigen Männer-Akten.

»Ich würde Ihnen ja gerne einen Sitzplatz anbieten – aber Sie sehen ja selbst.« Der Mann schwang gekonnt auf der Ferse herum. Vielleicht war er Tänzer? Dazu würden sowohl die sportliche Figur als auch die affektierte Art passen, mit der er beim Reden gestikulierte.

»Machen Sie sich um uns keine Gedanken«, sagte Moses. »Wir sind Stehen gewohnt.« Er stellte sich und seine Kollegin vor. »Sie haben auf der Wache angerufen, um jemanden als vermisst zu melden. Ist das richtig?«

»Das stimmt.« Der Mann nickte heftig. »Mein Partner ist verschwunden. Ich habe das ganze Wochenende versucht, ihn zu erreichen. Aber Günther ist …« Er stockte kurz, dann fuhr er fort. »Er ist verschwunden. Ich habe Angst, dass ihm etwas zugestoßen ist.«

Er knetete seine schlanken Hände. Moses fiel auf, dass sie manikürt waren.

»Wie lautet denn der Name Ihres Partners?«

»Günther Kilian.«

Da Moses schon immer ein sehr gutes Gedächtnis hatte, verzichtete er für gewöhnlich darauf, sich Notizen zu machen. Umso überraschter war er, als seine junge Kollegin unaufgefordert ein Notizbuch samt Kugelschreiber aus den Tiefen ihrer Lederjacke hervorzauberte. Sie klappte ihr Büchlein auf und notierte sich den Namen und die Adresse des Vermissten.

Moses wandte sich wieder an sein Gegenüber.

»Und wie heißen Sie?«

»Marco Laake.«

»Adresse?«

»Kastanienallee 33. Das ist gleich um die Ecke.«

»Wir wissen, wo das ist«, sagte Moses. »Sind Sie der Eigentümer dieses Waschsalons?«

»Ja. Das heißt zusammen mit Günther. Wir sind gleichberechtigte Partner. Aber eigentlich bin ich Travestiekünstler. Mein Künstlername ist *Doris Night*.« Er sah die beiden erwartungsvoll an. »Vielleicht haben Sie schon einmal von mir gehört?«

Katja blickte von ihrem Notizbuch auf. Sie überging die Frage.

»Waren Sie nur Geschäftspartner oder mehr?«, fragte sie. Sie deutete mit dem Stift auf den Männer-Kalender an der Wand.

Der Travestiekünstler zögerte.

»Wir waren einmal verheiratet«, erklärte er schließlich. »Aber wir haben uns letztes Jahr getrennt. Im Guten. Wir sind immer noch gute Freunde.«

»Sie führen dieses Geschäft aber trotz der Trennung noch zusammen?«, hakte Katja nach. Sie kniff die Augen zusammen. »Als *gute Freunde*?«

Sie klang skeptisch.

»Ganz genau, als Freunde«, schnappte der Travestiekünstler zurück. »Stellen Sie sich vor, so etwas soll es tatsächlich geben!«

Moses hob beschwichtigend die Hand.

»Bleiben wir bei der Sache«, sagte er. »Warum glauben Sie, dass Ihrem Partner etwas zugestoßen ist? Ich meine, es muss ja einen Grund geben, weshalb Sie uns angerufen haben.«

»Günther und ich wollten uns am Sonntag bei mir treffen«, erklärte der Mann. Er knetete erneut die Hände. »Aber er ist nicht aufgetaucht. Obwohl es ziemlich wichtig war.«

»Darf ich fragen, um was es bei diesem Treffen ging?«

»Wir haben ein Angebot für einen zweiten Salon. Drüben in Eimsbüttel.«

»Lohnt sich so ein Waschsalon überhaupt?«, fragte Helwig scharf dazwischen. »Ich meine, kann man damit überhaupt was verdienen?«

»Sonst würden wir es wohl kaum machen«, entgegnete Laake schnippisch.

Das ständige Vorpreschen seiner Mitarbeiterin begann Moses zu stören.

»Niemand will Ihnen zu nahe treten«, sagte er, um den Travestiekünstler zu beruhigen. »Wir sind lediglich hier, um Ihnen ein paar Fragen zu stellen.«

Aufgrund der Beschreibung am Telefon hegte er kaum noch Zweifel, dass dieser Günther Kilian tatsächlich der Tote aus dem Park war. Dennoch hielt er die Information weiter zurück.

»Gibt es vielleicht besondere Merkmale, die uns bei der Suche nach Ihrem Partner helfen würden?«, fragte er. »So etwas wie Narben und Muttermale? Oder eine Tätowierung vielleicht?«

Der Waschsalonbesitzer biss sich auf die Unterlippe. »Ja, die gibt es. Das habe ich schon am Telefon gesagt. Einige Tätowierungen aus der Jugendzeit. Zum Beispiel ein Tigerkopf auf dem rechten Oberarm. Aber der ist kaum noch zu erkennen.

Den hatte Günther, schon lange bevor wir uns kennengelernt haben.«

Die von ihm beschriebene Tätowierung stimmte mit der des Toten überein. Das Tattoo mit dem arabischen Sprichwort erwähnte er interessanterweise nicht.

Auch Helwig war dieser Umstand nicht entgangen. Als sie Luft holte, um darauf hinzuweisen, beschied Moses sie mit einem strengen Blick zu schweigen.

»Und Sie haben wirklich nicht die geringste Idee, wo sich Ihr Partner im Moment aufhalten könnte?«, fragte er stattdessen. »Es könnte doch sein, dass er lediglich über das Wochenende verreist ist. Ans Meer zum Beispiel ...«

Er blickte seinem Gegenüber prüfend in die Augen.

»Niemals!« Laake schüttelte energisch den Kopf. »Das Meer ist nicht sein Ding. Nicht mehr, besser gesagt. Günther war früher auf See, aber dann ist sein Schiff untergegangen, und er wäre fast ertrunken. Irgendwo in der Biskaya. Seitdem hat er panische Angst vor Wasser.«

Moses fuhr sich mit der Hand über den Nacken. *Das wurde ja immer besser!*

»Dann ist er wohl auch kein Angler«, mutmaßte er.

Erneutes Kopfschütteln. »Günther hasst Fisch. Ich glaube, das hat mit dem Schiffbruch zu tun. Aber verrückterweise sammelt er Schiffe.«

»Schiffe?«, kam Helwig ihrem Chef zuvor.

»Ja, Modelle. Diese kleinen Dinger. Er klebt sie stundenlang zusammen. Früher haben wir uns oft deswegen gestritten.«

Moses horchte auf. »Haben Sie sich häufiger gestritten?«

»Nicht mehr und nicht weniger als jedes andere Paar auch.«

Moses bemerkte, wie seine junge Mitarbeiterin von einem Fuß auf den anderen trat und ihm fragende Seitenblicke zuwarf. Offenbar wunderte sie sich inzwischen, warum er die

Katze nicht endlich aus dem Sack ließ. Aber er hielt an seiner Strategie fest. Er hatte das Gefühl, dass der Künstler nicht allein aus Sorge um seinen Freund und Partner so nervös war.

»Wann hatten Sie denn zum ersten Mal das Gefühl, dass mit Ihrem Partner etwas nicht in Ordnung ist?«, wollte er wissen.

Laake legte die Stirn in Falten und überlegte. »Also, wie gesagt, wir wollten uns gestern Morgen in meiner Wohnung treffen. Um die Sache mit dem zweiten Salon durchzurechnen.«

»Aber?«, fragte Helwig scharf. »Spannen Sie uns nicht unnötig auf die Folter! Was war dann?«

Moses biss sich auf die Zunge. Eigentlich hätte er seine Kollegin zurechtweisen müssen, aber Laake fuhr bereits fort. »Günther ist nicht gekommen«, erklärte er pikiert. »Dabei ist er absolut zuverlässig. In der Hinsicht ist er ein echter Spießer, glauben Sie mir! Nachdem sein Handy immer noch aus war, bin ich heute Morgen hergefahren. Und dann war hier das totale Chaos.«

»Dann war der Waschsalon das Wochenende über geöffnet«, stellte Moses fest.

»Ich befürchte schon. Sie müssen wissen, Günther ist derjenige, der den Laden am Laufen hält und regelmäßig nach dem Rechten sieht. Schließlich muss jemand aufpassen, dass sich hier niemand einnistet. Außerdem muss einer dem Geldboten die Tageseinnahmen aus den Automaten übergeben. Und ich kümmere mich um die Buchhaltung und den ganzen Rest.«

Katja verengte die Augen. Offenbar eine Marotte von ihr.

»Den ganzen Rest?«, fragte sie scharf. »Was bleibt denn da noch? Vorne habe ich nur Automaten gesehen.«

»Ämter, Banken, Werbung«, erwiderte Laake kurz angebunden. »Solche Sachen eben. Als Künstler kann ich nicht ständig hier sein. Ich habe Proben und Auftritte. Vor allem am Wochenende.«

Moses runzelte die Stirn. Ihn beschäftigte etwas anderes.

»Dann haben Sie den Laden also heute Morgen offen vorgefunden«, dachte er laut. »Samt dem Chaos.«

»Nein, gestern Nacht schon«, widersprach Laake. »Ich hatte gestern Abend einen Auftritt im *Pulverfass*. Drüben auf der Reeperbahn. Ich trete das ganze Wochenende über in mehreren Nachtclubs auf. Das ist meine große Chance, wissen Sie?«

Er sah erst Moses, dann Helwig erwartungsvoll an. Als er keine Reaktion erhielt, fuhr er enttäuscht fort. »Nach meinem Auftritt bin ich zu Günther in die Wohnung gefahren, um nach ihm zu sehen. Aber er war nicht zu Hause. Und sein Handy war noch immer aus. Deshalb bin ich noch einmal hier in den Salon gekommen. Das war so gegen ein Uhr. Aber auch hier war er nicht. Stattdessen waren die Automaten nicht geleert und alles stand offen. Sie haben selbst gesehen, wie es vorne aussieht!«

»Und dann?«

»Nachdem ich die Penner und Junkies rausgeschmissen habe, habe ich den Laden zugeschlossen. Und dann bin ich ins Bett.«

»Sie sind schlafen gegangen, obwohl Sie sich bereits Sorgen gemacht haben?«, wunderte sich Moses.

«Ich war hundemüde«, erklärte Laake. »Haben Sie mal auf einer Bühne gestanden? Sie glauben nicht, wie anstrengend das sein kann! Außerdem habe ich zu dem Zeitpunkt ja noch gehofft, Günther würde heute Morgen wiederauftauchen. Wie gesagt, was das Geschäft angeht, war er ein absoluter Spießer.«

»Aber heute Morgen war Ihr Partner noch immer nicht da«, folgerte Moses.

»Nein, war er nicht«, bestätigte Laake. »Und da habe ich mir richtige Sorgen gemacht und drüben auf der Wache angerufen.«

»Wann war das genau?«

»So gegen acht.«

Moses wurde das Gefühl nicht los, dass der Mann ihnen nicht alles erzählte. Dennoch durfte er dieses Spiel nicht zu weit treiben.

»Ich schlage vor, Sie kommen erst einmal mit uns«, sagte er. »Meine Kollegin wird Sie ins Präsidium begleiten, um Ihre Aussage zu Protokoll zu nehmen.«

»Was soll ich auf dem Präsidium?«, protestierte Laake lautstark. »Solange Sie mir nicht sagen, was los ist, gehe ich nirgendwohin. Sie verschweigen mir doch was!«

Seine Augen verrieten, dass er Angst hatte, aber Moses wurde das Gefühl nicht los, dass nicht allein die Sorge um seinen Geschäftspartner der Grund dafür war. Aber wovor fürchtete sich dieser Mann? Moses spürte den abwartenden Blick seiner jungen Mitarbeiterin. Da aufgrund der beschriebenen Tätowierungen ohnehin kein Zweifel mehr bestand, dass es sich bei dem Toten aus dem Park um den Gesuchten handelte, hätte er das Foto aus der Gerichtsmedizin gerne stecken lassen. Aber der Travestiekünstler spielte nicht mit. Offenbar blieb ihm keine Wahl. Also setzt er eine professionelle Miene auf, um sich zu wappnen.

»Herr Laake«, sagte er ernst. »Wir müssen Ihnen leider eine traurige Mitteilung machen. Ihr Freund wurde bereits gefunden.«

Er griff in die Innentasche seines Sakkos und zog das Foto hervor.

»Er ist tot.«

10

Laake stützte sich mit geröteten Augen auf den Tisch des fensterlosen Befragungsraums. Von dem selbstbewussten Entertainer war nicht mehr viel übrig. Bei der Identifizierung seines Exmannes war er in der Gerichtsmedizin weinend zusammengebrochen. Jetzt kauerte er wie ein Häufchen Elend auf dem Stuhl und blinzelte gegen das grelle Licht an.

»Sie müssen dieses Ungeheuer finden«, flüsterte Laake, während er in ein Taschentuch schnäuzte.

»Das werden wir«, versicherte ihm Moses. »Seien Sie unbesorgt. Dafür sind wir schließlich da.«

Er vergewisserte sich, dass die Kamera eingeschaltet war, die das Gespräch aufzeichnen würde, und zog das Tischmikrofon näher an sich heran. Dann nannte er Ort und Datum sowie Namen und Dienstrang der anwesenden Kommissare. Eigentlich führte Moses Befragungen wie diese lieber allein durch, aber die Neue war noch nie bei einem Verhör dabei gewesen und hatte ihn deshalb so lange genervt, bis er schließlich eingeknickt war. Wenn sie etwas lernen wollte, dann bitte sehr! Er hoffte nur, dass sie sich zusammenreißen würde.

Er schob das Mikro zurück über den Tisch und richtete es aus.

»Sind Sie so weit? Können wir anfangen?«

Laake drückte seinen Rücken durch und nickte entschlossen. »Was wollen Sie wissen?«

»Zunächst bräuchte ich ihre persönlichen Angaben. Das ist für das Protokoll.«

Der Waschsalonbesitzer nannte Name, Geburtsdatum und -ort sowie seine aktuelle Adresse.

»Sehr schön«, sagte Moses. »Nun erzählen Sie uns doch einmal, in welcher Beziehung Sie zu dem Opfer standen.«

»Wir waren Freunde und Geschäftspartner.«

Moses blickte ihn erwartungsvoll an.

Laake nagte an seiner Lippe. »Und wir waren auch mal verheiratet. Wir haben uns letztes Jahr scheiden lassen.«

»Haben Sie sich im Streit getrennt?«, mischte sich Helwig ein.

»Nein.«

»Bei vielen Morden ist Eifersucht im Spiel«, bohrte sie weiter. *»Du gehörst mir! Du hast mich verraten!* – und dann zack …«

Sie machte eine entsprechende Handbewegung, woraufhin der Travestiekünstler nach Luft schnappte.

Auch Moses war entsetzt. Er hätte seine junge Kollegin am liebsten vor den Augen des Verdächtigen zurechtgestutzt, aber das hätte alles wahrscheinlich nur noch schlimmer gemacht. Also behielt er die Fassung und ging darüber hinweg.

»Wann haben Sie Ihren Partner denn zuletzt gesehen?«, fragte er in einem betont freundlichen Ton.

Leider ohne Erfolg, denn nach dem Auftritt seiner Kollegin war Laake verständlicherweise auf der Hut.

»Warum stellen Sie mir überhaupt all diese Fragen?«, empörte er sich. Er tupfte sich gekonnt eine Träne aus dem Augenwinkel. »Was soll das? Verdächtigen Sie mich etwa? Ich habe Günther nicht umgebracht! Wir haben uns einmal geliebt!«

Helwig runzelte die Stirn und verschränkte die Arme. Trotz

der schlechten Heizungsluft hatte sie die Lederjacke anbehalten, was in Moses allmählich den Verdacht aufkommen ließ, dass sie ihre zweite Haut selbst zum Schlafen nicht auszog.

»Woher wollen Sie denn dann aber wissen, dass er ermordet wurde?«, fragte sie kühl.

Laake wurde ganz bleich. »Aber das haben Sie doch vorhin selbst gesagt! Was soll das? Ihr Bullen wollt mir was unterschieben!«

Moses bemerkte, dass seine zur Schau getragene Trauer von einer Sekunde zur anderen wie weggeblasen war.

»Jetzt beruhigen Sie sich wieder!«, beschied er den aufgebrachten Mann. »Vorerst verdächtigen wir hier niemanden. Aber Sie werden sicher verstehen, dass wir uns ein Bild machen müssen. Und dafür benötigen wir so viele Informationen wie möglich. Also, beantworten Sie bitte meine Frage: Wann haben Sie Ihren Partner zuletzt gesehen?«

Laakes fein geschnittenes Gesicht verriet Misstrauen, aber dann setzte er sich wieder.

»Am Freitag«, sagte er mit tonloser Stimme. »Im Salon. So gegen fünf Uhr. Ich habe die Wochenabrechnung gemacht.«

»Und Ihr Partner war zu dieser Zeit anwesend?«

»Ja.«

»Und danach …?«

»… habe ich ihn nicht mehr gesehen.«

»Und zu diesem Zeitpunkt haben Sie sich noch keine Sorgen gemacht?«

»Nein. Erst nachdem er am Sonntagvormittag nicht zu unserer Verabredung gekommen ist«, erwiderte Laake. »Da habe ich auch erst gemerkt, dass sein Handy ausgeschaltet ist. Was ihm überhaupt nicht ähnlichsieht.«

Helwig rümpfte die Nase. »Ziemlich spät, wenn man so gut befreundet ist, wie Sie behaupten. Finden Sie nicht?«

Moses war erleichtert, dass Laake nicht erneut aufsprang. Stattdessen fuhr er ungerührt mit seiner Schilderung fort.

»Wie gesagt, wir waren am Sonntagmorgen verabredet. Ich habe Ihnen erzählt, dass wir einen zweiten Salon aufmachen wollen.«

Er hielt inne.

«Aufmachen wollten …«, verbesserte er sich.

Laake rang um Fassung. Nachdem er sich wieder gefangen hatte, erzählte er weiter.

»Ich habe am Sonntag zwei volle Stunden auf Günther gewartet, dann musste ich zur Probe. Und danach musste ich mich für meine Show am Abend vorbereiten. Sie ist jedes Wochenende ausverkauft.«

»Sie haben also niemanden benachrichtigt«, stellte Moses fest. »Obwohl Sie sich bereits Sorgen gemacht haben?«

»Nein«, gestand Laake kleinlaut.

Helwig starrte ihn mit ihren blauen Augen an. »Finden Sie das nicht irgendwie merkwürdig?«

»Was meinen Sie jetzt schon wieder damit?«, giftete Laake zurück. »Wollen Sie mir wieder etwas unterstellen? Was soll das Ganze?« Er wandte sich Hilfe suchend Moses zu.

Die Frage stellte der sich mittlerweile auch. Denn noch war der Mann lediglich ein Zeuge. Es gab keinerlei Hinweis darauf, dass er in den seltsamen Tod seines Geschäftspartners und ehemaligen Lebensgefährten involviert war. Und dennoch saß seine junge Kollegin seit Beginn der Befragung kerzengerade auf der Stuhlkante, während ihre kurzen blonden Haarspitzen vor Ungeduld zu vibrieren schienen. Als wartete sie nur auf einen Grund, um dem Mann an die Gurgel zu gehen. Alle seine Befürchtungen hinsichtlich der charakterlichen Eignung seiner neuen Kollegin schienen sich zu bewahrheiten.

»Meine Kollegin meint das nicht so«, stellte er klar, während er Helwig mit einem vernichtenden Blick strafte. »Sie hält sich ab jetzt zurück!«

Dann wandte er sich wieder an Laake: »Erzählen Sie einfach weiter. Sie hatten Sonntagabend Ihre Show.«

»Ja. Und anschließend bin ich mit dem Taxi zu Günther in die Wohnung. Um nachzusehen. Aber niemand hat aufgemacht.«

»Demnach besitzen Sie keinen Schlüssel zu der Wohnung«, folgerte Moses. »Sehe ich das richtig?«

»Wir sind ja nicht mehr zusammen«, erwiderte Laake kleinlaut, als sei ihm das Thema unangenehm. Offenbar war das Verhältnis nach der Trennung doch nicht so rosig gewesen.

»Fahren Sie fort!«, forderte er Laake auf. »Was haben Sie gemacht, nachdem Sie gemerkt haben, dass niemand zu Hause war?«

»Ich bin in den Salon gefahren. Um dort nachzusehen.«

»Um welche Uhrzeit war das?«

»So gegen ein Uhr nachts. Im Salon war das totale Chaos. Die Tür stand sperrangelweit offen. Randalierende Fußballfans, irre Drogenfreaks, besoffene Engländer – Sie wissen ja, was am Wochenende auf dem Kiez rumläuft. Alle hatten es sich gemütlich gemacht.«

»Sie haben die Leute rausgeschmissen?«, fragte Moses ungläubig. *»Allein?«*

Laake lächelte schwach. »Ich bin auf St. Pauli aufgewachsen. Meine Eltern waren beide Alkoholiker. Glauben Sie mir, ich kann mit Betrunkenen umgehen! Nachdem ich alle rausgeworfen hatte, habe ich die Automaten geleert und zugeschlossen. Heute Morgen bin ich dann gleich wieder hin, aber es war immer noch alles so, wie ich es am Abend verlassen hatte. Da hatte ich auf der Wache angerufen. Weil mir dann bewusst wurde, dass was Schlimmes passiert sein musste.«

Moses horchte auf. »Warum waren Sie sich mit einem Mal so sicher?«

»Weil Günther es noch nie verpasst hat, morgens pünktlich aufzuschließen. Bis dahin habe ich gedacht, dass er vielleicht über das Wochenende weggefahren ist. Hätte ja sein können.«

Laake trocknete sich erneut die Augenwinkel.

Wie schon im Waschsalon wurde Moses das Gefühl nicht los, dass sein Gegenüber ihnen etwas verschwieg. Es war dieser ständige Wechsel zwischen angespannter Vorsicht und demonstrativer Offenheit, die ihn misstrauisch machte. »Gibt es vielleicht jemanden, der Ihrem Partner Schaden zufügen wollte?«

»Umbringen, meinen Sie?« Laake lachte schrill. »Nein, ganz sicher nicht! Günther war viel zu gutmütig, um Feinde zu haben.«

»Nahm Ihr Partner vielleicht Drogen?«, wollte Moses wissen.

»Ab und zu vielleicht«, wich Laake aus. »So genau weiß ich das nicht.« Dann hielt er inne, als wolle er etwas hinzufügen, aber schließlich schüttelte er nur den Kopf.

»Sie wollten etwas sagen?«, forderte Moses ihn zum Weiterreden auf.

Laake zögerte, bevor er weitersprach. »Ich denke nicht, dass das eine Rolle spielt, aber wir hatten vor ein paar Monaten mal Ärger. Mit einer Gang drüben aus der Seilerstraße. Die Kids haben den großen Macker markieren wollen und vor Günther mit ihren Messern rumgefuchtelt.«

»Und was wollten diese ›Kids‹ von Ihnen?«

»Na, was wohl: Geld natürlich! Und das ab sofort jeden Monat.«

»Was haben Sie dagegen unternommen?«

Erneut huschte ein Lächeln über das Gesicht des Travestiekünstlers. »Sagen wir so: In so einem Fall habe ich Verbindungen. Wie ich Ihnen bereits erklärt habe, bin ich auf St. Pauli aufgewachsen.«

Moses vermutete, dass es schwer, wenn nicht gar unmöglich sein würde, etwas Genaueres über diese *Verbindungen* in Erfahrung zu bringen. Wann immer er und seine Kollegen gezwungen waren, im Rotlichtviertel zu ermitteln, stießen sie auf einen Zusammenhalt, an dem sie sich nicht selten die Zähne ausbissen.

»Könnten diese Jugendlichen Ihren Partner vielleicht ermordet haben?«, meinte er. »Aus Rache oder falsch verstandener Ehre?«

Laake schüttelte den Kopf. »Denen wurde der Zahn gezogen. Das kann ich Ihnen versichern. Diese Kinder haben sich nie wieder blicken lassen.«

Moses griff in die Mappe auf dem Tisch und zog ein Foto heraus, das er auf den Tisch legte. Es zeigte das arabische Tattoo.

»Sagt Ihnen das etwas?«

Laake nahm das Foto, betrachtete es und legte es wieder zurück.

»Was ist das?«

»Diese Tätowierung hatte Ihr Partner auf der Brust.«

Laake wirkte überrascht. Er nahm das Foto erneut in die Hand.

»Die habe ich noch nie gesehen. Es muss neu sein. Was bedeuten diese Buchstaben denn?«

Moses überging die Frage. Ihn interessierte etwas anderes.

»Wer erhält eigentlich den Geschäftsanteil Ihres verstorbenen Partners? Sie haben doch sicher einen Vertrag abgeschlossen. Ich meine, für den Fall, dass einer von Ihnen stirbt.«

Laake fühlte sich mit einem Mal sichtlich unwohl.

»Ich«, gestand er zögernd. »Weder Günther noch ich haben

eine Familie. Deshalb haben wir festgelegt, dass wir uns gegenseitig beerben.«

Moses wurde hellhörig. Das könnte ein Motiv sein.

»Vielleicht hatte Ihr Exlover ja eine heiße Affäre«, meinte Helwig aus heiterem Himmel. »Eine, von der Sie nichts wissen sollten.«

Moses war über den Themenwechsel ebenso überrascht wie der Angesprochene.

»Das wüsste ich!«, widersprach Laake. »Nein. Günther war seit unserer Trennung solo. Definitiv.«

Moses fuhr sich mit der Hand über den Nacken. Es wurde Zeit, die entscheidende Frage zu stellen.

»Sie haben uns noch gar nicht erzählt, wo Sie am Samstag und in der darauffolgenden Nacht waren«, sagte er beiläufig.

Der Timecode des Überwachungsvideos ließ vermuten, dass die Leiche am Sonntagmorgen gegen zwei Uhr dreißig auf dem Spielplatz platziert worden war. Da sie zuvor mehrere Stunden im Wasser gelegen hatte, konnte der genaue Todeszeitpunkt allerdings nur schwer bestimmt werden. Der inzwischen fertiggestellte Obduktionsbericht ging davon aus, dass der Tod irgendwann zwischen Samstagmittag und sechs Uhr abends eingetreten sein musste. Das war leider ein ziemlich großes Zeitfenster.

»Jetzt antworten Sie endlich!«, platzte Helwig hervor, als Moses' Frage nicht sofort beantwortet wurde. »Oder wollen Sie behaupten, Sie sind das ganze Wochenende auf der Bühne herumgehüpft?«

Laake starrte erst sie an, dann Moses. Man konnte ihm ansehen, wie es in seinem Gehirn arbeitete.

»Ich hatte auch am Samstag einen Auftritt. Und nach meiner Show bin ich …«, sagte er, brach dann aber ab und setzte ein trotziges Gesicht auf. »Ich habe jemanden kennengelernt, wenn Sie es genau wissen wollen. Und die Nacht bei ihm verbracht. Aber ich weiß nicht, was Sie das angeht …«

»Dürften wir vielleicht trotzdem den Namen von diesem Jemand erfahren?«, erkundigte sich Moses mit einem versöhnlichen Lächeln.

»Wie ich schon sagte: Mein Privatleben geht Sie nichts an!«

»Ich denke schon«, stellte Moses daraufhin klar. »Sonst fehlt Ihnen ein Alibi.«

Laake reagierte verwirrt. »*Alibi?* Was für ein Alibi?«

Als ihm die Tragweite des Gesagten dämmerte, sprang er erneut von dem Plastikstuhl auf. »Hören Sie, worum geht es hier eigentlich? Ich dachte, Sie suchen Günthers Mörder!«

»Genau das tun wir!« Moses beugte sich vor und schaltete das Tischmikrofon aus.

»Und wir werden ihn finden«, fügte er mit ernster Miene hinzu. »Das verspreche ich Ihnen!«

11

Er bemühte sich, alle Gedanken beiseitezuschieben und sich ganz auf seinen ersten, unbewussten Eindruck zu verlassen. Dieser verriet meist mehr als jedes angestrengte Beobachten. Also atmete er tief durch und sah sich dann in der fremden Wohnung um. Sein Blick wanderte über das Glasregal mit den liebevoll arrangierten Schiffsmodellen und die einfache, aber geschmackvolle Essgruppe. Er streifte über die Sofalandschaft mit dem übergroßen TV-Bildschirm, die protzige Kommode und den auf alt getrimmten Kristallleuchter an der Decke. Moses wusste nicht, was er von einem Waschsalonbetreiber und ehemaligen Seemann zu erwarten hatte, aber die Wohnung verriet einen ausgeprägten Sinn für Ordnung. Die Stühle rund um den Esstisch waren exakt ausgerichtet, ebenso wie die Nippesfiguren auf der Kommode und die Kissen auf dem Sofa. Selbst die wenigen Bücher wirkten arrangiert. Wie im Showroom eines Möbelmarktes.

Moses steckte die Kreditkarte, mit der er sich Zugang zur Wohnung verschafft hatte, wieder in die Hosentasche. Nirgendwo gab es Spuren einer Auseinandersetzung oder eines heftigen Kampfes. Dabei hatte der Bericht aus der Gerichtsmedizin seine Vermutung bestätigt, dass ein »sauberer« Schlag hinter das Ohr Kilian bewusstlos gemacht hatte und er danach ertrunken ist. Allerdings war die zuvor zugefügte Schädelverletzung bereits so gravierend gewesen, dass das Opfer nach Kleinhues' Einschätzung wegen der eingetretenen Hirnblutungen so oder so gestorben wäre. Rückstände von Drogen im Blut des Toten waren indessen nicht nachgewiesen worden. Es gab auch keine weiteren äußeren Verletzungen, die auf Gegenwehr schließen ließen. Entweder handelte es sich bei dem »perfekten« Hieb um einen Glückstreffer, dachte Moses. Oder aber der Täter war ein Profi mit entsprechender Ausbildung. Was ihm im Moment jedoch kaum weiterhalf, denn die Abfrage der nationalen und internationalen Datenbanken hatte weder bei dem Toten selbst noch bei seinem Expartner einen Treffer erzielt. Beide waren blitzblank. Oder einfach nur clever. Dennoch hatte er noch immer ein schlechtes Gewissen, weil er Laake bei ihrem ersten Gespräch so brutal mit dem Tod seines Freundes konfrontiert hatte. Aber er hatte seine Reaktion testen wollen, weil er das Gefühl nicht losgeworden war, dass dieser etwas verschwieg. Im Nachhinein musste er jedoch zugeben, dass der Mann wirklich geschockt gewesen war. Auch wenn man in Rechnung stellte, dass er im Showgeschäft zu Hause war.

Moses sah sich noch einmal im Wohnzimmer um, danach warf er einen Blick in die Küche und das Bad. Auch hier der gleiche erste Eindruck: Außer der perfekten Ordnung und peniblen Sauberkeit gab es nichts Auffälliges. Dafür versetzte ihn die Größe der Wohnung mehr und mehr in Staunen. Neben dem Schlafzimmer, in dem ein monströses Ölgemälde eines muskulösen Jünglings hing, gab es noch zwei weitere Zimmer. Das kleine schien ein unbenutztes Gästezimmer zu sein, während das andere als Werkstatt für die Schiffsmodelle diente, die ihm bereits im Wohnzimmer aufgefallen waren. Vitrinen beherbergten Dutzende von weiteren Schiffsmodellen. Beim genaueren Hinsehen fiel Moses auf, dass die unzähligen Modellschachteln und Kataloge alphabetisch geordnet waren. Das Zusammenkleben von Schiffen schien eine Art Traumatherapie für den ehemaligen Seemann darzustellen. Beim Verlassen des Hobbyraums zögerte er. Er hatte das Gefühl, etwas übersehen zu haben, doch er wusste nicht, was ihn zurückhielt. Sein Blick schweifte erneut die Regale entlang. Dann fiel ihm ein loser Zettel auf, der zusammen mit einer zusammengefalteten Bauanleitung auf der Werkbank lag. Auf ihm stand nur ein einziges Wort: *Husum*. Und darunter ein Datum. Es war der vergangene Samstag. Hatte Kilian am Tag seines Todes eine Verabredung in Husum gehabt? Und wenn ja, mit wem hatte er sich dort getroffen?

Moses griff zu seinem Handy und informierte Elvers über seinen Fund. Sie versprach, sich sofort mit der für Husum zuständigen Dienststelle in Verbindung zu setzen und weitere Nachforschungen anzustellen. Anschließend kehrte er in das Wohnzimmer zurück. Ihm fiel auf, dass es in der kompletten Wohnung keine privaten Fotos gab. Keine Familie, keine Liebhaber oder verstorbene Haustiere. Das war ungewöhnlich, auch wenn Laake bereits angedeutet hatte, dass Kilian keine Familie hatte. Trotzdem musste der Mann ja eine Heimat haben. Und wie hatte sein Privatleben ausgesehen? Außerdem interessierte Moses dieses Schiffsunglück. Er fragte sich, was die Ursache für den Untergang gewesen sein mochte. Und ob es noch andere Überlebende gegeben hatte. Moses blickte auf seine Armbanduhr. Noch eine Stunde, dann wollte er Juliane zum Mittagessen treffen. Oberkommissarin Elvers hatte ihm am Telefon mitgeteilt, dass sich die Sichtung der Verkehrsvideos leider als Sackgasse erwiesen hatte. Leitner hatte den Fahrweg des ominösen Lieferwagens zwar ein Stück weit rekonstruieren können, danach war der Wagen jedoch aus dem Blickfeld der

Kameras verschwunden, ohne dass auch nur einmal das Kennzeichen zu erkennen gewesen war. Moses stellte sich erneut die Frage, ob er es mit Profis zu tun hatte, die wussten, wie man von der Bildfläche verschwand. Er ging zu dem kleinen Sekretär hinüber, der direkt neben dem Fenster stand. Ein Arbeitszimmer hatte er nicht gefunden, deshalb ging er davon aus, dass das filigrane Möbelstück als Ersatz diente. Erst als er näher trat, bemerkte er das sorgfältig aufgewickelte Stromkabel in der Ecke der Schreibplatte. Es gehörte ohne Zweifel zu einem Laptop, der jetzt nicht mehr da war. Zumindest hatte er bei seinem Rundgang durch die Wohnung keinen entdeckt. Er streifte sich die mitgebrachten Einmalhandschuhe über, dann versuchte er die Schubladen des altmodischen Möbelstücks zu öffnen. Sie klemmten. Die oberste Schublade enthielt allerlei Kleinkram, darunter einige lose Geldscheine. Etwa einhundertfünfzig Euro. Die mittlere war vollgestopft mit Rechnungen und Geschäftskorrespondenz, die den Waschsalon betrafen. In der dritten Schublade befanden sich wiederum zahlreiche Dokumente. Darunter alte Arbeitsverträge, notarielle Beglaubigungen und diverse Zeugnisse. Ein Auto hatte der Tote offenbar nicht besessen, stattdessen fand Moses ein abgegriffenes Seemannsbuch. Aus ihm ging hervor, dass Kilian tatsächlich als Ingenieur zur See gefahren war. Die letzte Fahrt lag mehr als ein Jahrzehnt zurück.

Moses beschloss, beim Eintreffen der Spurensicherung sämtliche Dokumente sicherstellen zu lassen. Als er die Unterlagen zurück in die Schublade legen wollte, bemerkte er auf dem Boden der Schublade einen Reisepass. Er nahm ihn heraus und blätterte durch die Seiten. Weiter hinten waren mehrere Visa eingestempelt. Drei der Stempel stachen ihm sofort ins Auge. Sie galten für Marokko und stammten allesamt aus den letzten anderthalb Jahren. Laut Ein- und Ausreisedatum hatte sich Kilian jeweils vier Wochen dort aufgehalten. Moses steckte den Ausweis ein. Er würde das BKA und den BND kontaktieren müssen. Er konnte es sich zwar nicht vorstellen, aber vielleicht hatte Leitner mit seinem unsinnigen Kommentar ausnahmsweise mal recht und der Tote gehörte tatsächlich zur islamistischen Szene. Oder er war nach Marokko gereist, um sich mit Drogen einzudecken. Mit einem Mal hatte Moses eine Eingebung, und er eilte ins Bad zurück. Vor dem Spiegel hielt er inne. Erneut musterte er den Zahnputzbecher mit den verschiedenfarbigen Bürsten, das Deodorant, den Kamm und die Bürste. Alles war mit größter Sorgfalt arrangiert, daran war nichts Ungewöhnliches. Erst beim erneuten Hinsehen entdeckte er ihn. Der weiße Krümel auf der gläsernen Ablage wurde von dem Zahnputzbecher fast gänzlich verdeckt. Darum hatte er ihn beim ersten Mal nicht bewusst wahrgenommen. Als Moses den Becher zur Seite schob, entdeckte er noch mehr dieser weißen Krümel. Er befeuchtete eine Fingerspitze seines Handschuhs. Der bittere Geschmack und das Kribbeln auf seiner Zunge ließen keinen Zweifel. Es handelte sich um Kokain!

Dass im Blut des Toten keine Spuren von Drogen nachgewiesen werden konnten, musste nicht zwangsläufig bedeuten, dass er und sein Partner nicht doch in irgendeiner Form im Drogengeschäft waren. Die erfolgreichsten Dealer waren bekanntlich clean. Der Waschsalon bot jedenfalls die ideale Verteilerplattform. Quasi rund um die Uhr geöffnet.

Konnte es sein, dass sie es mit einem Mord im Drogenmilieu zu tun hatten? Damit ließe sich vielleicht das öffentliche Zurschaustellen des nackten Leichnams erklären. Die Frage war nur, ob es sich um eine Bestrafung oder eine Warnung handelte. Und wenn Letzteres zutraf, an wen war diese Botschaft gerichtet? Moses zog erneut sein Diensthandy heraus, um das

Drogendezernat zu benachrichtigen. Auch wenn sie die Fingerabdrücke dieses Kilian nicht im System hatten, vielleicht war er ja ein alter Bekannter seiner Kollegen. Moses verließ das Bad und suchte die Nummer aus dem Adressbuch seines Handys heraus. Als er den Kopf hob, blieb er abrupt stehen.

Er blickte in die Mündung einer Pistole.

»*Keine Bewegung!*«, schrie ihn die Polizistin an.

Ihr Kollege hatte ebenfalls die Waffe gezogen. Hinter den beiden stand die Frau mit der Blümchenschürze, der Moses im Treppenhaus begegnet war. Sie hielt einen dicken Schlüsselbund in der Hand.

»*Was machen Sie hier?*«, kreischte die Polizistin, während sie weiter auf sein Gesicht zielte. Sie schien noch nervöser zu sein als ihr dicker Partner.

Moses ballte die Fäuste. Nachdem sich sein Herzschlag beruhigt hatte und er wieder Luft bekam, brüllte er die verdatterte Polizistin an: »Nehmen Sie die Waffe runter! Sofort! Sonst sorge ich dafür, dass Sie nie wieder eine Uniform tragen!«

12

Juliane stellte die Wasserflasche neben ihren Rucksack auf die Bank und biss in das Truthahnsandwich.

»Warum siehst du es nicht einfach locker!«, nuschelte sie mit vollem Mund.

»Locker?«, erregte sich Moses. »Ich bin fast erschossen worden!«

Wenn er an die Nervosität und Angst in den Augen der jungen Polizistin dachte, wurde ihm noch immer speiübel.

»Dann sieh es eben positiv.« Juliane wischte sich über den Mund. »Die Nachbarschaft scheint noch zu funktionieren. Immerhin hattest du keinen Schlüssel für die Wohnung. Dass man dich deshalb für einen Einbrecher hält, ist kein Wunder. Manchmal siehst du wirklich Gespenster! – Willst du auch mal?« Sie hielt ihm das Sandwich unter die Nase.

»Ich habe keinen Hunger«, sagte Moses, woraufhin Juliane nur mit den Achseln zuckte und erneut zubiss.

Vielleicht war er ja wirklich paranoid. Aber an manche Dinge würde er sich eben nie gewöhnen. Er ließ seinen Blick über die unter ihnen liegenden Landungsbrücken und die Hafenanlagen am gegenüberliegenden Elbufer schweifen. Die Terrasse unterhalb der Jugendherberge bot eine atemberaubende Aussicht. Vor dem Hintergrund der dahinziehenden Wolken erhob sich ein ferner Wald aus Kränen, während die Strahlen der warmen Frühlingssonne, die einen Weg durch das Wolkendach fanden, das Elbwasser zum Glitzern brachten. Fähren pendelten über den Fluss, Lotsenboote und Schlepper strebten neuen Aufgaben zu, während voll beladene Touristendampfer zur nächsten Hafenrundfahrt ablegten. Moses liebte diesen Platz. Von einigen Großereignissen wie dem Hafengeburtstag abgesehen war hier oben auf der alten Wallanlage nur wenig los. Dabei war der Ausblick schlichtweg grandios. Außerdem war es »ihr« Platz, denn hier, auf genau dieser Bank, hatten Juliane und er sich kennengelernt. Er erinnerte sich noch lebhaft daran. Sie hatte gerade ihre Dozentenstelle angetreten und war auf Wohnungssuche gewesen, während er selbst wenige Tage zuvor von dem Flugzeugabsturz erfahren hatte. Die Nachricht vom Tod seiner Adoptiveltern hatte ihm den Boden unter den Füßen weggezogen und ihn in ein tiefes Loch gestürzt. Zum zweiten Mal hatte er alles verloren, was ihm lieb und teuer gewesen war. Noch heute fühlte er den Schmerz, und es hatte lange gedauert, bis er wieder Vertrauen in das Leben fassen konnte. Ohne Henning, mit dem er Trauer und Schmerz teilen konnte, wäre er vielleicht nicht mehr auf die Beine gekommen. Natürlich hatte er Juliane erst viel später davon erzählt. Im Grunde fiel es ihm bis heute schwer, über den Unfall seiner Adoptiveltern zu reden. Wie über so vieles andere auch. Aus den Augenwinkeln heraus verfolgte er, wie Juliane neben ihm den letzten Bissen ihres Mittagessens verschlang. Ob ihr wohl auch bewusst war, dass sie das gleiche Kleid trug wie an jenem Herbstnachmittag?

Juliane wischte sich mit der Serviette über die Lippen, stopfte sie in die leere Papiertüte und zerknüllte sie. Für einen Moment sah es so aus, als würde sie versuchen, den Papierkorb zu treffen. Da sie zusammen mit vier Brüdern aufgewachsen war, hätte ihn das nicht sonderlich überrascht. Wie so einiges andere an ihr. Aber dann stand sie doch auf, um das Papierknäuel in den roten Eimer zu werfen.

Moses blieb nicht verborgen, wie sich im Wind ihre Figur unter dem Kleid abzeichnete.

»Tut mir leid wegen gestern«, sagte er, als sie sich wieder neben ihn auf die Bank setzte. »Ich habe uns den Abend vermasselt. Du hast dir mit dem Essen so viel Mühe gegeben.«

Zu seiner Verblüffung lachte Juliane. »Schon okay. Das ist längt verziehen«, meinte sie vergnügt.

Sie gab ihm einen Kuss und schmiegte sich an ihn, damit Moses den Arm um sie legen konnte.

»Aber was war denn los mit dir?«, fragte sie, nachdem sie die atemberaubende Aussicht eine Weile schweigend genossen hatten. »Ich meine, gestern Abend. Was ist passiert?«

»Ach, nichts«, seufzte Moses. »Man hat mir nur eine neue Mitarbeiterin aufs Auge gedrückt. Blutjung und völlig ungeeignet.«

»Ist sie wenigstens hübsch?«

»Wenn man auf durchstochene Augenbrauen und Männerhaarschnitte steht …«

»Wo ist dein Problem?«, meinte Juliane. »Du warst auch mal Anfänger. Außerdem spielst du doch sonst gerne den großen Lehrmeister. So wie bei deinem jungen Kollegen, der bei dem Autounfall gestorben ist.«

»Das ist es nicht …«

»Was ist es dann?«

»Es passt einfach nicht. Das ist alles.« Moses fühlte sich unbehaglich, weil er nur ungern über seine Arbeit redete. Vor allem nicht über seine persönlichen Fehler. Deshalb beließ er es lieber dabei.

»Du bist einfach unverbesserlich!«, beschwerte sich Juliane

daraufhin in seinem Arm. »Bloß nicht über das reden, was dich beschäftigt. Es könnte ja nach Schwäche aussehen.«

»Das sagst du …«

»Und ich habe recht«, sagte Juliane mit Nachdruck. »Das weißt du!«

Sie schmiegte sich an ihn, und während Moses die Wärme ihres Körpers genoss, beobachtete er ein Containerschiff, das langsam die Elbe hinaufglitt. Vielleicht lag Juliane gar nicht einmal so falsch, dachte er. Wenn es um Gefühle oder intime Dinge ging, fühlte er sich mitunter wie blockiert. Er versuchte den Namen des näher kommenden Containerschiffs zu entziffern, aber es war noch zu weit entfernt. Dabei kamen ihm unweigerlich Kilian und seine Schiffsmodelle in den Sinn. Eine Havarie auf hoher See zu überleben, hatte den Mann offenbar nie wieder losgelassen.

Plötzlich löste sich Juliane aus seiner Umarmung. Sie drehte sich ihm zu und sah ihn durchdringend an.

»Du hast gestern Nacht wieder geträumt«, sagte sie mit sorgenvoller Miene.

Moses schwieg. Was sollte er auch darauf schon antworten?

Leider ließ Juliane nicht locker. »Hast du inzwischen mal den Therapeuten angerufen, dessen Nummer ich dir besorgt habe?«

Er wich ihrem Blick aus. »Nächste Woche vielleicht. Ich habe im Moment andere Sorgen.«

Allein Julianes Hartnäckigkeit war es zu verdanken, dass es ihm mittlerweile leichter fiel, mit ihr über seine dunkle Vergangenheit zu sprechen. Selbst Henning oder seinen Adoptiveltern hatte er nie etwas darüber erzählt.

»Du musst dich endlich deiner Geschichte stellen, Stefan!«, beschwor ihn Juliane. »Du kannst doch nicht ewig mit diesem Loch in deiner Vergangenheit leben. Warum siehst du das nicht endlich ein? Verdrängen macht alles nur noch schlimmer! Es hilft nicht.«

»Das weiß ich selbst«, wich Moses aus. »Aber ich traue diesen Psychotypen nun mal nicht über den Weg. Als Kind bin ich von diesen ›Traumatherapeuten‹ quasi traumatisiert worden.«

»Ich weiß, dass das für dich nicht leicht war. Aber komm schon! Wie lange ist das her? Fünfunddreißig Jahre? Die Therapiemethoden haben sich seitdem grundlegend geändert.«

»Kann schon sein«, erwiderte Moses gereizt. »Aber du hast keine Ahnung, wie schlimm so was für einen Achtjährigen ist, der ganz neu in Deutschland ist und noch kein Wort versteht. Ich wollte einfach nur, dass man mich in Ruhe lässt. Aber das hat niemanden interessiert! Stattdessen haben diese selbst ernannten Seelenretter munter an dem kleinen, verängstigten schwarzen Jungen herumexperimentiert. Es würde mich nicht wundern, wenn ich Gegenstand irgendeiner Studie oder Doktorarbeit war.«

»Du hast recht. Ich kann mir wirklich nicht im Entferntesten vorstellen, wie das für dich damals gewesen sein muss.« Ihre Stimme wurde ganz sanft. »Aber was ich weiß, ist, dass es nicht besser wird, wenn du nichts dagegen unternimmst.«

Seine Ankunft in Deutschland lag zwar schon über fünfunddreißig Jahre zurück, und dennoch gab es Momente, in denen es ihm so vorkam, als sei es erst gestern gewesen. Die erzwungenen, schier endlosen Therapiesitzungen und die fremden Leute, die immer nur lächelten und ihn dazu drängten, mit ihnen Spiele zu spielen. Ständig hatten sie alles wissen wollen, obwohl er selbst nur vergessen wollte. Vermutlich hatte er damals beschlossen, das Erlebte in seinem Gehirn wegzuschließen und damit für alle Zeiten ungeschehen zu machen. Wirklich gelungen war ihm das allerdings nie, und mittlerweile war er alt genug, um zu wissen, dass Flucht keine Lösung war. Aber wie sollte er sich seiner Vergangenheit stellen, wenn er sich an nichts mehr erinnerte? Wenn allein diese schrecklichen Albträume übrig geblieben waren? Er konnte sich nicht einmal an das Gesicht seiner leiblichen Mutter erinnern.

Ein Knuff in die Seite riss ihn aus seinen düsteren Gedanken. »Was hast du gesagt?«

»Was dir durch den Kopf geht, wollte ich wissen.« Juliane schmiegte sich wieder an ihn.

Moses legte wieder den Arm um ihre zierliche Schulter.

»Nur ein neuer Fall, der mich beschäftigt«, log er.

»Der Tote auf dem Spielplatz?«, horchte Juliane auf. »Ich habe in der U-Bahn die Schlagzeilen gelesen.«

»Ja. Ich werde einfach nicht schlau aus der Sache.«

»Auf einem Spielplatz!« Juliane erschauderte in seinem Arm. »Das ist echt furchtbar. Du musst zugeben, dass es hier auch nicht viel sicherer ist als sonst wo auf der Welt.«

Moses fragte sich, worauf sie hinauswollte. Dass etwas im Busch war, hatte er schon gespürt. Schließlich kam es nicht oft vor, dass Juliane die kurze Mittagspause zwischen ihren Vorlesungen und Seminaren opferte, um ihn zu treffen. Seitdem sie das Auswahlverfahren gewonnen hatte, war sie rund um die Uhr mit ihrer Forschungsreise beschäftigt.

Die Bestätigung seines Verdachts folgte prompt. Juliane löste sich erneut aus seiner Umarmung.

»Übrigens wollte ich dich um einen Gefallen bitten.«

Der letzte Gefallen, um den man ihn gebeten hatte, war auf eine Erpressung hinausgelaufen. Bonnekamp hatte sogar die Dreistigkeit besessen, ihm dabei Kekse anzubieten.

»Ich muss morgen für ein paar Tage nach Kopenhagen«, sagte sie. »Deshalb wollte ich dich fragen, ob du solange meine Pflanzen gießen kannst.«

»*Morgen schon*? Davon hast du mir gar nichts gesagt.«

»Es ist nur für ein paar Tage«, erklärte Juliane. »Sören hat allen Teilnehmern eine Mail geschickt. Er hält es für eine gute Idee, wenn wir uns bereits vor dem Start des Projekts kennenlernen. Darum hat er das ganze Team nach Kopenhagen eingeladen. Bei der Gelegenheit können wir gleich auch die Tropen- und Gesundheitstests machen.«

»Wer ist denn Sören?« Moses versuchte, beiläufig zu klingen. Irgendwie störte ihn die Vertrautheit, mit der sie diesen Namen aussprach.

»Sören ist der Leiter der Expedition. Habe ich dir nicht von ihm erzählt? Er ist Professor für Ethnologie.«

Und offenbar eine Art Indiana Jones, ergänzte Moses im Stillen.

»Was sagen denn deine Studenten dazu?«, wollte er wissen. »Kannst du überhaupt so schnell weg?«

»Ich habe mir schon eine Vertretung besorgt«, winkte Juliane ab. Sie sprühte mal wieder vor Begeisterung. »Außerdem bin ich Anfang nächster Woche wieder zurück. Also, was ist? Kann ich dir meine Lieblinge überlassen oder nicht?«

Sie lächelte ihn an, zuckersüß, und Moses hätte sie am liebsten auf der Stelle geküsst. Aber er wollte nicht zugeben, dass sie ihn so leicht um den Finger wickeln konnte.

»Na schön«, stöhnte er stattdessen mit gespieltem Widerstand. »Aber ich kann dir nicht versprechen, dass deine ›Lieblinge‹ meine Pflege überleben. Ich habe momentan jede Menge zu tun. Du hast die Schlagzeilen in der Zeitung selbst gelesen. Und das ist erst der Anfang!«

Wie auf Kommando klingelte sein Diensthandy. Es war Leitner. Nachdem er konzentriert zugehört hatte, beendete er das Gespräch mit einem Stirnrunzeln.

»Ich muss leider los«, sagte er.

»Kein Problem, ich sollte auch längst zurück sein. Um zwei

beginnt mein Hauptseminar. Ich bin wahrscheinlich schon zu spät.« Sie schnappte sich ihren Rucksack und verstaute die Wasserflasche.

»Sehen wir uns noch?«, fragte Moses. »Ich meine, bevor du abreist?«

Juliane legte die Stirn in Falten. Sie tat so, als müsse sie angestrengt überlegen.

»Mein Zug geht erst morgen Nachmittag«, erklärte sie mit einem verführerischen Augenzwinkern. »Du könntest also bei mir schlafen – und nicht nur das …«

Sie stellte sich auf die Zehenspitzen, um ihm einen Kuss zu geben, dann eilte sie den bewachsenen Fußweg hinunter zur S-Bahn-Station. Moses blickte ihr hinterher, bis ein Schiffshorn auf der Elbe seine Aufmerksamkeit weckte. Das große Containerschiff war inzwischen auf Höhe des Fischmarkts angelangt. Jetzt bog es schwerfällig und von Schleppern gezogen in den Steinwerder Hafen ein. Nun konnte er auch den Namen am Bug entziffern.

Hope of the Seas.

13

Kriminalkommissar Leitner fuhr wie eine gesengte Sau. Das war allseits bekannt. Dennoch hatte Moses den Fehler begangen, beim Einsteigen nicht auf einen Fahrerwechsel zu bestehen. Nun erhielt er die Quittung für seinen Leichtsinn. Die enge Allee war nicht mehr als ein schlecht asphaltierter, von Bäumen gesäumter Feldweg, was Leitner jedoch nicht dazu veranlasste, den Fuß vom Gas zu nehmen. Bei jeder Bodenwelle setzte der BMW hart auf, und immer wieder schrubbten die Reifen gefährlich über den unbefestigten Fahrbahnrand. Sie jagten durch die Landschaft, als ginge es darum, Leben zu retten. Felder und Bäume flogen an ihnen vorbei, und Moses versuchte Ruhe zu bewahren, während er Bilder von Autowracks vor sich sah, die sich wie ein Handtuch um Baumstämme wickelten. Zuerst bemerkte er den Kühllaster gar nicht. Der Lkw kam im Halbschatten der Bäume auf sie zugerast, und Moses war sofort klar, dass die Fahrbahn ohne Zweifel zu eng für beide sein würde.

Irgendjemand hatte ihm einmal erzählt, dass indische Autofahrer in solch einer Situation gerne ein Spiel spielten. Nach dem Motto: Wer zuerst ausweicht, hat verloren. *Chicken Game* nannten sie es. Jetzt hoffte er inständig, dass sein testosterongefluteter Kollege nicht ebenfalls eine Wiedergeburt anstrebte, denn die beiden Wagen rasten wie zwei Kometen aufeinander zu. Moses krallte sich an den Türgriff. Er erwartete den unvermeidlichen großen Knall, der alles beendete, da riss Leitner in letzter Sekunde das Lenkrad herum und wich auf den unbefestigten Fahrbahnrand aus. Kaum hatte er die Kontrolle über den schleudernden Wagen zurückgewonnen, begann er lauthals zu fluchen.

»So ein Wahnsinniger!«, schimpfte er. »Haben Sie das Schlitzauge gesehen? Der wollte uns glatt umbringen!«

Moses hatte den Asiaten hinter dem Steuer des Lkw ebenfalls bemerkt. Trotz seiner Todesangst.

»Wir sollten dieses Arschloch ausfindig machen!«, erregte sich Leitner. »Das war ein Angriff auf Beamte im Dienst!«

Moses biss sich auf die Zunge. Er hatte gerade nicht die Nerven, sich mit Leitner auseinanderzusetzen.

»Sind Sie sich wegen der Adresse auch wirklich sicher?«, fragte er stattdessen.

Seit sie vor zehn Minuten die ausgebaute Straße auf dem Elbdeich verlassen hatten, waren sie an keiner einzigen menschlichen Behausung mehr vorbeigekommen. Nichts als Felder, Büsche und Hecken. Natürlich gab es in der Hansestadt ruhigere Ecken, aber dies war geradezu eine ländliche Idylle. Um sie perfekt zu machen, fehlten nur die Kuhfladen auf der Straße.

»Wir hätten wohl besser auf der Deichstraße bleiben sollen. Vielleicht drehen wir doch lieber um«, schlug er vor.

»Das Navi sagt hier lang«, grummelte Leitner. »Da drüben, hinter der Baumreihe, ist übrigens die Landesgrenze. Aber die Farm liegt noch auf unserem Gebiet.«

Wenigstens etwas, sagte sich Moses. Dann erweckte ein weißer Gegenstand am grünen Straßenrand seine Aufmerksamkeit. »Stopp!«, fuhr er Leitner an. »Halten Sie an!«

Dieser stieg auf die Bremse und brachte den Wagen mit quietschenden Reifen zum Stehen.

»Setzen Sie zurück!«, befahl Moses.

Leitner legte den Rückwärtsgang ein und fuhr zurück.

Es war ein Schild:

Aalfarm Gamme GmbH & Co. KG.

Das unscheinbare Firmenschild stand an einer Zufahrt, die durch die verwilderte Hecke leicht zu übersehen war. Offenbar gab es hier nicht viel Laufkundschaft. Er trug Leitner auf, zu wenden und der Zufahrt zu folgen. Nach etwa fünfzig Metern endete die Hecke, und sie fuhren auf einen großen asphaltierten Platz mit mehreren modernen Gebäuden. Die großen, sterilen Gewerbehallen machten einen nagelneuen Eindruck, und allein die auf Stelzen stehenden Futtersilos deuteten darauf hin, dass hier Tiere gehalten wurden.

»Das habe ich mir anders vorgestellt«, meinte Leitner, nachdem sie vor der größten Halle aus dem Wagen gestiegen waren. »Mit Teichen oder so. Auf jeden Fall mit mehr Wasser. Das sieht hier ja aus wie in einem Schuhdepot.«

Moses blickte sich suchend um. Er konnte niemanden entdecken. Dafür fielen ihm die beiden LKWs auf. Sie waren himmelblau lackiert, während der Laster, der sie von der Straße gedrängt hatte, weiß gewesen war. Offenbar hatte es sich um einen Kunden oder Lieferanten gehandelt.

»Sehen wir nach, ob wir jemanden finden«, sagte er. »Noch können Fische sich nicht selbst verkaufen. Also muss es jemanden geben, der auf zwei Beinen läuft.«

Sie betraten die Halle durch eine in die Wand eingelassene Tür. Sofort schlug ihnen der typische modrige Geruch in die Nase, den man aus Wohnungen mit Aquarien kannte, eine Mischung aus künstlicher Wärme, Feuchtigkeit und Fisch. Die Ausmaße der klinisch sauberen Halle waren indessen beeindruckend, und noch imposanter war die schier endlose Dreierreihe aus mannshohen, runden Wasserbecken. Kunststoffrohre zogen sich unter der Decke entlang und endeten jeweils über den offenen Pools in einem Futtertrichter. Jedes der Becken war mit einer digitalen Kontrolleinheit für Wassertemperatur und Sauerstoffgehalt versehen, deren Netzwerkkabel in dem polierten Estrich verschwanden. Überall liefen verborgene Pumpen und Maschinen, deren Brummen in Moses den Eindruck noch verstärkte, dass er sich eher in einer automatisierten Fabrik als in einem Fischzuchtbetrieb aufhielt. Einen Menschen konnte er jedenfalls nicht entdecken. Wie sie herausgefunden hatten, war dies der einzige Ort im Umkreis von hundert Kilometern, an denen Aale gehalten wurden.

Leitner formte mit den Händen einen Trichter vor dem Mund:

»Hallo! Jemand zu Hause?«

Sein Ruf verhallte ungehört. Er versuchte es erneut. Diesmal gelang es ihm, das Gurgeln der Wasserpumpen zu übertönen. Zwischen den runden Wasserbecken erschien ein Kopf. Sekunden später kam ein Mann in Blaumann und Gummistiefeln auf sie zugeschlurft.

»Was ihr wollen? Nix verkaufen Tüte Fisch!«

»Wir haben nur ein paar Fragen«, sagte Moses. Er zückte seinen Ausweis. »Wir ermitteln in einem Mordfall.«

Es war nicht ersichtlich, ob Moses' Hautfarbe oder sein Dienstausweis den Angestellten in Verwirrung stürzte. Er glotzte die beiden Beamten an, als seien sie soeben aus einem seiner Fischbottiche gestiegen.

Moses steckte den Ausweis wieder ein. »Sind Sie hier der Chef?«

»No, no!«, wehrte der Mann sofort erschrocken ab. »Ich nur arbeiten! Du warten hier! Ich suche Direktor!«

Direktor?, wunderte sich Moses, während er dem Arbeiter hinterhersah, der am anderen Ende der Halle durch eine Tür verschwand. Viele Angestellte schien es hier nicht zu geben.

»Die Neue macht sich übrigens nicht schlecht«, sagte Leitner plötzlich. »Ich meine, dafür, dass sie ganz frisch von der Akademie kommt, ist sie eigentlich ganz fit.«

Moses fuhr herum und starrte ihn an.

Leitner zuckte mit den Schultern. »Sie müsste nur ein bisschen lockerer sein. Aber dafür hat sie umso mehr Feuer, finden Sie nicht?«

Er grinste verschwörerisch.

Moses sah Leitner nur an. Dann beugte er sich so nah an Leitners Ohr, dass er dessen Shampoo riechen konnte.

»Jetzt hören Sie genau zu«, sagte er gerade so laut, dass seine Stimme das Plätschern der Pumpen übertönte. »Was ich jetzt sage, sage ich Ihnen nur ein Mal: Halten Sie sich zurück! Wir sind nicht auf Liebestour. Wir haben einen Job zu erledigen. *Haben Sie das verstanden?*«

Leitner lief rot an und nickte langsam. Dennoch wollte Moses keinen Zweifel daran aufkommen lassen, wie ernst es ihm mit dieser Sache war. »Wenn mir auch nur der geringste Hinweis auf ungebührendes Verhalten zu Ohren kommt«, fügte er drohend hinzu, »sind Sie raus! Dann gehen Sie bis zur Pensionierung Streife. Darauf können Sie sich verlassen.«

Leitner biss sich auf die Unterlippe. »Schon gut«, erwiderte er mit kleinlautem Trotz. »Ich habs kapiert. Ich wusste nicht, dass Sie genauso wenig Spaß verstehen …«

Bevor Moses explodieren konnte, hob sich das große Rolltor. Ein Gabelstapler fuhr in die Halle und umkurvte die Wasserbecken. Vor dem letzten hielt er an, dann zog er einen Netzcontainer heraus und verließ mit seiner tropfenden Fracht die

Halle. Nachdem sich das Tor wieder geschlossen hatte, entschied Moses, die Angelegenheit vorerst auf sich beruhen zu lassen. Er konnte nur hoffen, dass die Warnung angekommen war, denn er hatte wahrlich Besseres zu tun, als die Triebe seiner Mitarbeiter in Schach zu halten. Er ließ Leitner stehen und trat an eins der kreisrunden Becken, um einen Blick über den Rand zu werfen. Sofort zuckte er zurück. Abertausende von ausgewachsenen Aalen brachten die Wasseroberfläche zum Kochen. Sie bildeten ein schwarz glänzendes, glitschiges Knäuel, das unentwegt in Bewegung war.

Endlich erschien jemand am anderen Ende der Halle.

»Ich bin der Betriebsleiter«, rief ihnen der Mann zu, während er auf sie zugeeilt kam. »Sie wollten mich sprechen?«

Unter seinem Laborkittel trug er einen Maßanzug, wobei die Hosenbeine in quietschgelben Gummistiefeln steckten. Das Namensschild auf der Brust wies ihn als Direktor aus. Sein Name war König.

»Um was geht es denn?«

Moses zeigte ihm seinen Dienstausweis.

»Wir ermitteln in einem Mordfall und haben einige Fragen an Sie. Vielleicht können Sie uns weiterhelfen.«

»Mord?«

Die Augen des Direktors weiteten sich.

Moses zeigte ihm das Foto, das ihm der Travestiekünstler überlassen hatte. »Kennen Sie diesen Mann?«

König starrte auf das Bild. Dann schüttelte er den Kopf. »Ich habe diesen Mann noch nie gesehen. Wer ist das?«

»Sind Sie sicher?«

»Ganz sicher! Ich kenne diesen Mann nicht. Ist er tot?«

Moses tat so, als habe er die Frage nicht gehört. »Und was ist mit Ihren Angestellten? Vielleicht kennen die ihn?«

»Das glaube ich zwar nicht, aber das können Sie meine

Leute gerne selbst fragen.« Er deutete auf die große Werksuhr an der Hallenwand. »In zehn Minuten machen wir Feierabend.«

»Sind Sie der Eigentümer von dem Laden hier?«, fragte Leitner mit einer ausladenden Geste.

»In der Tat«, erwiderte König stolz. »Alles, was Sie hier sehen, habe ich selbst aufgebaut. Mit meinen eigenen Händen.«

Angesichts seiner schwieligen Pranken glaubte Moses ihm aufs Wort.

»Halten Sie in diesen Becken auch Glasaale?«, erkundigte er sich. »Ich meine diese kleinen, fast durchsichtigen Tiere. Sie wissen sicher, wovon ich spreche.«

»Ja, natürlich.« Der Fischzüchter wirkte irritiert. »Selbstverständlich haben wir auch Glasaale. Ohne Nachwuchs könnte ich schließlich dichtmachen. Kommen Sie!«

König führte die Kriminalbeamten zu einem der Becken. Es war das erste in der Reihe.

»Hier«, sagte er. »Das sind unsere Glasaale. Sie sind unser größter Schatz.«

»Wie viele sind denn da drin?«, staunte Leitner angesichts der unglaublichen Masse an zappelnden Miniaalen. In dem engen Pool verdichteten sich ihre durchsichtigen Leiber zu einem einzigen lebendigen Knäuel.

»Da drin ist rund eine halbe Tonne«, erklärte König. »Pro Kilo macht das etwa dreitausend Stück.«

Leitner rechnete angestrengt. »Aber das wären ja …«

»… über fünfzehn Millionen«, kam ihm König zuhilfe.

Leitner lugte ungläubig in den wimmelnden Pool.

»Da möchte ich nicht reinfallen«, meinte er. »Fressen die sich nicht gegenseitig auf?«

»Natürlich! Aale sind immer noch Raubfische. Und da die einen schneller wachsen als die anderen, müssen sie regelmäßig nach Größe getrennt werden. Sonst fressen die Großen die Kleinen. Bei Fischen ist das nicht anders als bei Menschen.« König lachte über seinen eigenen Scherz.

Moses hörte indessen nur mit einem Ohr zu.

»Sind das alle ganz junge Aale?«, fragte er. »Oder haben Sie in den anderen Becken noch mehr?«

»Schön wärs!« Königs Miene verdüsterte sich schlagartig. »Das ist unsere letzte Aalbrut. Und die haben wir bereits vor drei Wochen geliefert bekommen. Seitdem warte ich verzweifelt auf Nachschub. Schließlich muss ich hiervon über die Hälfte wieder abgeben.«

»Abgeben?«, wunderte sich Moses. »An wen denn?«

Königs Miene wurde noch dunkler. »Das Artenschutzabkommen schreibt vor, dass mindestens sechzig Prozent der gefangenen Glasaale wieder ausgesetzt werden müssen, sobald sie die richtige Größe erreicht haben.«

Er klopfte mit seiner schwieligen Hand auf den Beckenrand. »Diese hier sind bald so weit. Dann gehen sie raus in den Besatz. Die Versandstelle sitzt mir schon seit Tagen im Nacken. Die Besatzzeit für Aale endet nämlich diesen Monat.«

»Diese Viecher werden versendet?«, fragte Leitner erstaunt. »Kann man die etwa einfach so im Internet bestellen?«

»Vereine und Angler können die Setzlinge anfordern«, korrigierte ihn König. »Zum Aussetzen in den Flüssen und Seen. Es ist ein europaweites Programm, um den Aal vorm Aussterben zu retten. Außerdem ist das Verschicken keine große Belastung. Aale überleben auch ohne Wasser. Dann atmen sie einfach Luft.«

Das war Moses bisher noch nicht bewusst. Das könnte bedeuten, dass sich die Aale auch nach dem Ertrinken in die Leiche gefressen haben. Auch wenn das unwahrscheinlich war.

»Woher stammen Ihre Glasaale?«, erkundigte er sich. »Aus der Nordsee?«

»Nein, aus dem Atlantik. Aber dort werden Jahr für Jahr weniger gefangen. Mein Importeur kann kaum noch welche auftreiben. Dabei bin ich inzwischen bereit, jeden Preis zu zahlen!«

»Und wer ist Ihr Importeur und Lieferant?«

»Der Dosch.«

Moses war der Name geläufig. Dosch war ein traditionsreiches Familienunternehmen, das seit Generationen eine feste Größe im Fischhandel darstellte.

Plötzlich sprangen überall in der Halle unsichtbare Motoren an, und in den Rohren an der Hallendecke setzte ein ohrenbetäubendes Rasseln ein. Der Lärmpegel machte jede weitere Unterhaltung unmöglich.

»Es ist Futterzeit!«, schrie König über den Lärm hinweg. »Gehen wir woandershin!«

Moses und Leitner folgten ihm aus der Halle, und selbst im Freien klingelten Moses' Ohren noch immer.

»Wir sind eine der modernsten Anlagen Europas«, erklärte König, während sie den Betriebshof überquerten. »Bei uns geschieht alles vollautomatisch. Selbst das Sortieren und Schlachten!«

Kurz darauf durchquerten sie einen weiß gekachelten Raum, in dem eine Apparatur samt Förderband stand. An ihr arbeiteten zwei Männer mit stumpfsinnigem Gesichtsausdruck. Sie nahmen einen toten Aal nach dem anderen aus dem triefenden Netzcontainer und legten ihn ausgestreckt auf das Laufband. Dann verschwanden die Aale in der Maschine, und am Ende plumpsten sie aufgeschlitzt und ausgeweidet in einen bereitstehenden Plastikbehälter. Moses fragte sich, wo die Innereien landeten.

»Wie viele Angestellte beschäftigen Sie?«, erkundigte er sich, während König sie aus der Schlachterei hinaus in ein weiteres Nebengebäude führte. Es war niedriger als die übrigen und sah aus wie eine Baracke.

»Im Moment nur fünf. Wie gesagt, bei uns läuft alles vollautomatisch.«

»Beschäftigen Sie auch Asiaten?«, meldete sich Leitner zu Wort. Er hatte den Vorfall mit dem Lkw nicht vergessen.

»Nein, nur Rumänen. Wie die beiden, die Sie gerade an der Schlachtmaschine gesehen haben. Die kosten zurzeit am wenigsten. Früher, als mein Vater mit dem Geschäft im Hafen angefangen hat, war das natürlich noch anders. Da gabs bei uns nur Deutsche!«

Er grinste Moses schief an und betrat das barackenähnliche Gebäude. Dort überraschten sie drei Arbeiter beim Umziehen. Den kleinsten von ihnen hatten Moses und Leitner bereits in der Halle kennengelernt. Wie sich schnell herausstellte, sprachen die Männer weder ausreichend Deutsch, noch kannten sie den toten Mann auf dem Foto, das Moses herumreichte. Auch die beiden Rumänen von der Schlachtmaschine, die einige Minuten später eintrafen, schüttelten nur sichtlich verängstigt den Kopf. So als befürchteten sie, man wollte sie für das Schicksal des Unbekannten auf dem Foto verantwortlich machen.

Als König die beiden Kommissare nach der erfolglosen Befragung zu ihrem BMW führte, nahm Leitner seinen Chef unauffällig zur Seite.

»Wir sollten uns diese angeblichen Rumänen mal genauer ansehen«, raunte er leise. »Ich würde meinen Arsch darauf wetten, dass die Jungs keine gültigen Papiere haben.«

Moses brannte jedoch etwas ganz anderes unter den Nägeln. Es war eine ganz simple Frage, die er dem Fischzüchter bislang noch nicht gestellt hatte. Denn sollte die Antwort nicht die richtige sein, bedeutete das unweigerlich, dass sich ihre schöne Spur vollends in Luft auflöste.

14

Und nirgendwo gibt es Salzwasser?«, fragte Elvers verwundert.

»Nicht einen Tropfen!« Moses schmiss den Stift auf den Konferenztisch. »Auf dem ganzen Gelände nicht! Abgesehen davon sind seine Aale größer als die, die wir in der Leiche gefunden haben. In den letzten achtundvierzig Stunden können sie unmöglich so schnell gewachsen sein.«

»Sind Sie sich da ganz sicher?«

»Ich habe es auch gesehen«, bestätigte Leitner, obwohl Moses stark bezweifelte, dass ihm dieser Umstand ebenfalls aufgefallen war. »Die waren mindestens doppelt so dick. Und sie hatten eine andere Farbe.«

»Dann passen also weder die Aale noch das Wasser«, kombinierte Viteri. »Also kann Kilian auch nicht auf dieser Fischfarm gestorben sein.«

»Das ist anzunehmen …«

»Schöne Scheiße!«

Viteri rückte seine Hornbrille zurecht, als wollte er seinen Worten Nachdruck verleihen.

»Unter Umständen gibt es zwischen Kilian und diesem König trotzdem eine Verbindung«, wandte Elvers ein. »Eine, die wir noch nicht sehen.«

Sie strich den Rock ihres Kostüms glatt.

»Vielleicht ist der Herr Direktor ja ebenfalls schwul«, schlug Leitner vor. »Könnte doch sein.«

»Wie wir mittlerweile wissen, hat er eine Frau und fünf Kinder«, sagte Elvers.

»Ja, und?« Leitner grinste.

Moses trommelte mit den Fingern auf der Tischplatte. Dann gab er sich einen Ruck.

»Sie haben beide recht: Wir brauchen mehr Informationen über diesen König und seine Firma. Vielleicht gibt es da etwas, das uns weiterhilft. Kümmern Sie sich darum?«

»Kein Problem!«, erwiderte Elvers.

»Und überprüfen Sie bei dieser Gelegenheit auch die Angestellten! Es sind angeblich nur fünf, das kommt mir etwas zu wenig vor«, fügte Moses hinzu, was bei Leitner ein zustimmendes Grunzen auslöste. Danach wandte er sich an die Neue im Team. Sie hatte bislang eisern geschwiegen.

»Wie sieht es mit dem Alibi von diesem Travestiekünstler aus?«

Helwig rutschte auf die Stuhlkante vor. »Habe ich überprüft«, sagte sie kühl. »Die Transe scheint von Samstagvormittag bis Sonntagmorgen um eins tatsächlich ununterbrochen im Club gewesen zu sein. Zumindest behauptet das der Geschäftsführer. Außer den Putzfrauen war der Typ der Einzige, den ich angetroffen habe. Das *Pulverfass* macht erst abends auf. Ich muss da später noch mal vorbei und nachfassen.«

»Sehr gut, machen Sie das«, lobte Moses. Immerhin nahm sie ihre Aufgaben ernst. Doch leider erhielten seine aufkeimenden Hoffnungen sofort wieder einen Dämpfer.

»Aber ich bin mir sowieso sicher, dass wir den Täter schon kennen«, schob Helwig nach. Sie klappte ihre Notizen zu. »Diese Tunte ist der Mörder.«

Als sie bemerkte, dass alle in der Runde sie ungläubig anschauten, ließ sie sich zurückfallen und verschränkte trotzig die Arme.

»So ein Quatsch!«, entfuhr es Leitner. »Weshalb sollte Laake seinen Partner umbringen? Der macht doch die ganze Drecksarbeit für ihn.«

»Das würde mich auch interessieren«, sagte Moses. »Wie kommen Sie zu der Annahme?«

»Ganz einfach: weil sie mal ein Liebespaar waren und außerdem Geschäftspartner sind.«

»Und das ist alles?«

Helwig reckte herausfordernd ihr Kinn. »Leidenschaft, Hass, verletzter Stolz – das sind die Dinge, die Menschen dazu bringen, Morde zu begehen. Oder sehen Sie das anders? Jedenfalls habe ich das so auf der Akademie gelernt. Also sollten wir den Kerl verhaften und an den Eiern packen!«

Moses war nicht nur angesichts der Heftigkeit ihrer Worte verblüfft.

»Moment mal«, sagte er, während seine Kollegen betreten schwiegen. »Um das ein für alle Mal klarzustellen: Solange ich das Sagen habe, wird hier niemand ohne Beweise oder zumindest eindeutige Verdachtsmomente verhaftet! Unsere Aufgabe ist es, nach Beweisen zu suchen. Und sie zu finden. Hat man Ihnen das auf der Akademie nicht auch beigebracht?«

Katja stierte auf ihre Fingerspitzen und erwiderte nichts. In ihr schien es zu brodeln. Moses wandte sich wieder an Oberkommissarin Elvers.

»Der Kokainfund in der Wohnung«, sagte er. »Was gibt es da? Ist schon raus, um welches Zeug es sich handelt?«

»Amphetamine. Der miesen Qualität nach zu urteilen, stammt das Zeug von der Straße. Sagt das Labor.«

Viteri verzog sein schmales, jungenhaftes Gesicht. »Dann

haben wir Drogen in der Wohnung, aber keine Spuren davon im Blut des Toten. Was sagt denn das Drogendezernat?«

»Dort haben sie nichts«, berichtete Elvers. »Weder über Kilian noch über seinen Partner.«

»Vielleicht hatte er ja Stricher zu Besuch«, sagte Leitner. »Diese Jungs stehen doch auf das Zeug.«

»Das wäre eine Möglichkeit«, stimmte ihm Moses zu. »Am besten, Sie machen sich schlau. Finden Sie heraus, ob Kilian Jungs von der Straße zu sich eingeladen hat. Und wenn ja, besorgen Sie mir deren Namen und Adressen.«

Leitner sah aus, als habe man ihm einen Eimer kaltes Wasser über den Kopf geschüttet.

Elvers nutzte die entstandene Pause, um sich zu Wort zu melden. »Übrigens habe ich auch etwas zu dem Schiffsuntergang herausgefunden«, sagte sie. »Also den gab es tatsächlich. Am 12.11.2007 in der Biskaya. Kilian war als Erster Ingenieur auf dem Schiff. Die meisten Seeleute haben überlebt, zwei sind allerdings umgekommen. Nach dem Untergang gab es interessanterweise ein Verfahren gegen die Reederei wegen Verdacht auf Versicherungsbetrug und fahrlässige Tötung. Aber das wurde 2009 eingestellt.«

»Sehr gut«, sagte Moses. »Bleiben Sie da dran. Mich interessiert, was das Schiff geladen hatte. Und treiben Sie einen der Überlebenden auf! Vielleicht kann der uns etwas erzählen, was nicht in den offiziellen Untersuchungsprotokollen steht. Haben wir die Unterlagen der Versicherung schon?«

»Die sträuben sich noch, aber ich bleib am Ball.«

»Was ist eigentlich mit dem Handy des Toten?«, fragte Viteri. »Auch wenn wir keins gefunden haben – er hatte bestimmt eins. Jede Wette. Vielleicht lässt es sich ja noch orten.«

»Unter seinem Namen ist tatsächlich ein Smartphone angemeldet«, bestätigte Elvers ihn. »Leider sendet es kein Signal mehr. Ich habe das bereits prüfen lassen. Aber die Telefongesellschaft hat uns immerhin die Verbindungsdaten zur Verfügung gestellt: So wie es aussieht, hat Kilians Partner am Wochenende tatsächlich mehrmals vergeblich versucht ihn anzurufen. Er selbst scheint dagegen kaum telefoniert zu haben.«

»War er vielleicht in den sozialen Netzwerken unterwegs?«, fragte Moses. »Das müsste sich doch nachvollziehen lassen.«

»Offenbar«, nickte Elvers. »Die entsprechenden Anfragen liegen bereits beim Staatsanwalt. Leider sind die Amerikaner nicht sehr kooperativ, wenn es um den Zugang zu ihren Nutzerkonten geht.«

»Es lebe die Freiheit!«, lästerte Helwig.

Moses verschränkte beide Hände im Nacken und streckte sich. Es war zum Haareraufen. Bislang kamen sie nicht wirklich weiter. Inzwischen gab es zwar etliche Ansatzpunkte für weitere Ermittlungen, aber noch immer fehlte eine konkrete Spur. Sie wussten nicht einmal, ob die Fische direkt nach dem Tod des Waschsalonbetreibers in den Leichnam gelangt waren. Und weshalb hatte man den Toten mit viel Aufwand und Risiko auf der Spielplatzbank platziert? Das war – von den merkwürdigen Aalen einmal abgesehen – nach wie vor das Merkwürdigste an diesem auch sonst ungewöhnlichen Fall. Wollten der oder die Täter damit wirklich eine Botschaft in die Welt senden, oder wollten sie lediglich Spuren verwischen? Moses fluchte im Stillen. Das ergab alles keinen Sinn.

»Was wissen wir über Kilians Familie?«

»Allem Anschein nach hat er keine«, erwiderte Elvers. »Weder Eltern, Geschwister noch sonstige Angehörige. Zumindest keine, die uns bekannt sind.«

»Damit erbt Laake also die Anteile an dem Waschsalon«, gab Viteri zu bedenken.

Elvers nickte. »Laut den Verträgen, die in Kilians Wohnung sichergestellt wurden, geht sein Anteil an ihn über.«

»Da habt ihr euer Motiv!«, warf Helwig trotzig in die Runde.

»Wir sprechen hier von einem Waschsalon«, stöhnte Leitner. »Dafür bringe ich doch niemanden um. Das lohnt sich nicht.«

»Ach, ja?«, giftete Helwig zurück. »Woher willst du Klugscheißer das wissen?«

Bevor Leitner zum Gegenschlag ansetzen konnte, ging Moses dazwischen. »Das reicht jetzt! Wir sind hier nicht im Kindergarten! Und was Sie betrifft«, sagte er an Helwig gewandt, »Sie besorgen sich morgen die Steuererklärungen von Kilian und seinem Partner. Außerdem möchte ich Sie nachher unter vier Augen sprechen.«

Moses machte eine Pause, bevor er fortfuhr. »Die anderen folgen inzwischen den Fischen.«

Elvers, Leitner und Viteri wechselten verständnislose Blicke.

»Diese Aale sind der Schlüssel«, klärte Moses sie auf. »Irgendwo müssen die Fische und der Tote schließlich zusammengekommen sein. König ist der Einzige, der in Hamburg und Umgebung mit Glasaalen arbeitet, aber seine Farm scheidet aus. Vorerst zumindest. Also müssen wir den Weg der Aale zurückverfolgen. Und wie wir wissen, bezieht König seine Aale vom Dosch.«

»Dosch? Den Namen kenne ich doch«, sagte Elvers nachdenklich. »Das ist doch der Fischhändler und Kunstmäzen.«

Als sie an Moses' Reaktion ablas, dass sie richtiglag, stöhnte sie. »Das ist echter Hamburger Geldadel, stinkreich! Der älteste Sohn ist ein Playboy und ständig mit seinen Affären in den Klatschspalten. Die sind nämlich meist verheiratet.«

Moses konnte sich gut an den Dosch-Sprössling erinnern, da er mit ihm und seiner Schwester zusammen zur Schule gegangen war. Aber das brauchte im Moment niemand zu wissen. Es würde nur neugierige Fragen nach seinen familiären Verhältnissen zur Folge haben.

»Helwig, Sie schauen sich die Firma einmal genauer an. Vielleicht finden Sie eine Verbindung zu dem Toten.«

Er sah auf die Uhr.

»Ich denke, wir machen für heute Schluss«, sagte er. »Sie wissen alle, was zu tun ist. Also viel Erfolg!«

Die Kommissare standen zum Gehen auf. Als es Helwig ihren gleichtat, pfiff Moses sie zurück. »Sie bleiben bitte noch.«

Nachdem Elvers, Leitner und Viteri den Konferenzraum verlassen hatten, überlegte Moses, wie er die Sache angehen sollte. Er entschied sich für klare Worte.

»Hören Sie, so geht das nicht«, sagte er. »Ihr Verhalten vorhin war völlig inakzeptabel! Ich weiß, dass Kommissar Leitner manchmal nicht einfach ist, aber wir arbeiten hier im Team. Und das funktioniert nicht ohne Regeln, wozu auch professionelle Umgangsformen gehören. Das gilt auch für das Verhör heute Morgen! Und nehmen Sie endlich diesen Ring aus Ihrer Augenbraue. Haben Sie noch nie was von den Polizeidienstrichtlinien gehört? Es ist mir ja egal, wie Sie in Ihrer Freizeit rumlaufen, aber solange Sie hier sind, erwarte ich von Ihnen ein repräsentatives Erscheinungsbild.«

Helwig blitzte ihn wütend an. Aber dieses Gespräch war längst überfällig gewesen.

»Wenn Sie also weiterhin bei uns arbeiten wollen«, fuhr er fort, »verlange ich von Ihnen Respekt! Sonst muss ich Direktor Bonnekamp bitten, Sie woanders einzusetzen.«

»Lassen Sie dieses Arschloch aus dem Spiel.«

Moses war sprachlos. Das hatte er nicht erwartet.

»Bonnekamp ist ein Schleimer«, sagte Helwig achselzuckend. »Nur seine Alte tut mir leid. Die ist schwer in Ordnung.«

Moses kämpfte noch mit seiner Verblüffung, als der Gescholtene höchstpersönlich in den Konferenzraum stolperte.

»Ah, hier sind Sie!«, rief Bonnekamp erleichtert aus. Er hatte einen hochroten Kopf. »Endlich finde ich Sie.«

Ohne Umschweife ging er auf Moses los. »Sie müssen mir was geben! Der Innensenator hat sich bei mir nach dem Stand der Ermittlungen erkundigt. Er wird schon den ganzen Tag von empörten Müttern bombardiert, und ich konnte ihm nichts sagen. Rein gar nichts!«

Er fuchtelte mit den Händen in der Luft herum. Erst jetzt bemerkte er Helwigs Anwesenheit.

»Äh, hallo!«, sagte er hastig, dann bestürmte er seinen Kommissar weiter: »Ein nackter, toter Mann auf einem Spielplatz. Können Sie sich auch nur im Ansatz vorstellen, was in der Presseabteilung los ist? Wir müssen dem Senator und der Öffentlichkeit was anbieten!«

Sonst leidet womöglich deine Karriere, ergänzte Moses im Geiste. Er schob seelenruhig die Papiere zusammen, auf denen er sich Notizen gemacht hatte. Anschließend sah er demonstrativ auf seine Armbanduhr.

»Ich denke, Sie können jetzt Feierabend machen«, beschied er Helwig, die stumm danebenstand. »Wir sehen uns morgen.«

Der klein gewachsene Direktor machte sich breit und versperrte die Tür.

»Moment«, sagte er. »Das können Sie nicht machen! Sie können die Leute nicht nach Hause schicken. Wir müssen einen Mordfall aufklären.«

»Und genau aus diesem Grund brauche ich ausgeschlafene Mitarbeiter.«

Er sah Helwig auffordernd an. »Schönen Abend noch. Und denken Sie an das, was ich Ihnen gesagt habe!«

Helwig nickte ihm nur kurz zu, und schon hatte sie sich an Bonnekamp vorbeigedrängt und war verschwunden.

»Aber die Presse, der Senator – Sie sind mein bester Mann. Sie können mich jetzt nicht hängen lassen!«

»Entweder wir machen es auf meine Weise …«

»… oder?«

»… oder Sie beglücken jemand anderen mit dem Fall. Das steht Ihnen frei. Immerhin sind Sie der Direktor.«

»Das ist Erpressung!«, empörte sich Bonnekamp.

»Ach, ja?« Moses zog eine Augenbraue hoch. »Ich hätte nicht gedacht, dass Ihnen das besonders viel ausmacht. Abgesehen davon habe ich noch eine wichtige Verabredung.«

Er klemmte sich den Papierstapel unter den Arm und verließ den Besprechungsraum.

Kriminaldirektor Bonnekamp starrte ihm wutentbrannt hinterher.

15

Die Straße war voller Erinnerungen. Sie hafteten an den knorrigen Bäumen und den Peitschenlampen aus den Fünfzigerjahren, ebenso wie an den unauffälligen Toreinfahrten und blickdichten Hecken, hinter denen sich die prachtvollen Häuser nur erahnen ließen. Nichts hatte sich verändert. Selbst die Bushaltestelle nicht, an der er morgens im Dunkeln und bei meist lausigem Wetter auf den Schulbus gewartet hatte. Allenfalls die Schilder waren ein wenig rostiger geworden. Blankenese war noch immer das verschlafene Dorf, das es vermutlich immer schon gewesen war. Daran hatte selbst die Führungsakademie der Bundeswehr, deren ausgedehntes Areal am Ende der Straße begann, mit ihren internationalen Absolventen und Staatsgästen nichts ändern können. Die Menschen, die es sich leisten konnten, hier zu wohnen, lebten in ihrem eigenen »Blankeneser Kosmos«. Aus unerfindlichen Gründen hatte das Schicksal es so eingerichtet, dass ausgerechnet diese Parallelwelt der Reichen für ihn, den namenlosen Habenichts, zur zweiten Heimat geworden war. Auch wenn er sich inzwischen weitgehend aus dieser Welt verabschiedet hatte, so hatte sie ihn zwangsläufig geprägt. Sie gehörte ebenso zu ihm wie die Albträume aus seinem kurzen Leben davor. Paradoxerweise wussten nur seine engsten Freunde von dem sagenhaften Glück, das ihm durch seine Adoptiveltern zuteilgeworden war. Einen »gebildeten« Afrikaner konnten seine Mitbürger erfahrungsgemäß gerade noch verdauen, wohingegen ein »reicher« Afrikaner für viele anscheinend eine offene Provokation darstellte. Abgesehen davon wollte er einfach nur seinen Job als Polizist machen und das Böse bekämpfen. So wie er es sich jeden Morgen an der Haltestelle vorgenommen hatte.

Moses stoppte in der Einfahrt. Er kramte die Fernbedienung aus dem Handschuhfach, und nachdem das Tor lautlos zur Seite geglitten war, rollte er auf das Grundstück. Als er vor dem Portal der Villa aus seinem Alfa stieg, hatte sich das Tor hinter ihm bereits wieder geschlossen. Den größten Teil seiner Jugend war dieser riesige Kasten sein Zuhause gewesen. Nach dem Tod seiner Adoptiveltern hatte er sich lange geweigert, das Haus zu betreten. Jetzt war er froh, dass Henning es mit seiner Familie übernommen hatte und es so am Leben hielt. Moses erinnerte sich noch gut daran, wie er Juliane das erste Mal mitgebracht hatte. Er hatte vor der über hundert Jahre alten Villa den Motor ausgemacht und auf ihre Reaktion gewartet. Doch sie hatte ihn damals einfach nur sprachlos angesehen. Zu seiner Erleichterung hatte sie sich danach jedoch nicht weiter einschüchtern lassen und sich auf Anhieb mit seiner Schwägerin verstanden.

Wie früher nahm er die drei Stufen in einem einzigen Satz, dann läutete er. Das Päckchen versteckte er wohlweislich hinter dem Rücken. Sekunden später wurde die Tür aufgerissen, und Marie, seine achtjährige Nichte, strahlte ihn an.

»Onkel Steff!« Ihre beiden kunstvoll geflochtenen Zöpfe vollführten einen Freudentanz.

»Onkel Steff ist da!«, schrie sie begeistert über die Schulter, dann stürmte sie auf ihn zu und umklammerte seine Beine.

Sofort waren klatschende Füße auf dem Boden zu hören.

Kurz darauf erschien auch das Geburtstagskind, ihre fünfjährige Schwester Emma.

»Hast du mir ein Geschenk mitgebracht, Onkel Steff?«, bestürmte sie ihren Onkel.

Moses lachte. Seine Nichten waren die Einzigen, denen er es erlaubte, ihn *Steff* zu nennen. In seinen Augen war Stefan ärgerlich genug.

»Klar doch«, sagte er. »Denkst du, ich vergesse den Geburtstag meiner kleinen Prinzessin?«

»Ich bin eine Meerjungfrau«, stellte Emma mit gebührendem Ernst richtig. »Wo ist mein Geschenk? Jetzt zeig es mir endlich!«

»Emma!«, schalt sie eine Stimme aus dem Hintergrund. »Sei nicht so ungezogen! Du solltest deinen Onkel erst einmal begrüßen und ins Haus lassen.«

Christa erschien mit einem breiten Lächeln.

»Kein Problem«, sagte Moses. Er beugte sich zu Emma hinunter und zwinkerte ihr zu. »Wer Geburtstag hat, darf auch mal ›ungezogen‹ sein, meinst du nicht?«

Er holte das Geschenk feierlich hinter dem Rücken hervor. Bevor er sichs versah, hatte Emma ihm das Päckchen aus der Hand gerissen und war mit ihrer Schwester im Haus verschwunden.

»Das heißt *danke*!«, rief ihnen Christa hinterher. Sie schüttelte den Kopf. »Manchmal sind die beiden einfach nicht zu bremsen.«

»Sie kommen eben ganz nach ihrer Mutter«, meinte Moses.

»Nimm dich in Acht«, ermahnte ihn seine Schwägerin und schloss ihn in ihre Arme. »Schön, dass du da bist und daran gedacht hast.«

Moses genoss die herzliche Umarmung. Er musste zugeben, dass er Henning nicht nur um seine reizenden Töchter beneidete. Mit Christa hatte er definitiv den Hauptgewinn gezogen.

»Emma hat schon mehrmals nach dir gefragt«, sagte sie, während sie sich aus seinen Armen löste. »Sie wollte wissen, wann du kommst.«

»Tut mir leid, aber ich habe es nicht früher geschafft. Wie war die Party?«, fragte er mit Blick auf die bunten Luftballons am Treppengeländer.

»Frag lieber nicht«, stöhnte Christa. »Acht Mädchen zu beschäftigen ist wie die Dressur eines Hühnerhaufens. Jetzt komm aber erst einmal rein!«

Das Chaos, das sich bereits in der Eingangshalle angedeutet hatte, setzte sich im Wohnzimmer fort. Überall lag Kinderspielzeug herum. Der lange Tisch in der Mitte des Raums war mit buntem Plastikgeschirr und Kuchenresten übersät, während an der Lampe darüber noch Reste von Luftschlangen schaukelten. Moses konnte sich das Geschrei, das hier in den letzten Stunden wohl geherrscht haben musste, gut vorstellen. Die Terrassentür stand zum Lüften weit offen, während sich Marie mit ihrer kleineren Schwester in die Geschenkeecke verzogen hatte. Voller Ungeduld sah sie dabei zu, wie ihre jüngere Schwester mit dem Geschenkband kämpfte. Schließlich stampfte Emma wütend mit dem Fuß auf. Sie zerriss das Band und das Papier, und zum Vorschein kam ein Stofftiger. Nicht besonders originell, das musste Moses zugeben. Aber immerhin hatte er auf die Schnelle überhaupt noch etwas aufgetrieben.

»Ist der süüüß!«, quietschte Emma. Sie kam auf ihn zugeschossen und gab ihm einen feuchten Kuss. »Danke, Onkel Steff!«

Freudestrahlend gesellte sie sich wieder zu ihrer Schwester.

»Sie werden mit jedem Mal größer«, sagte er zu Christa, während sie die beiden Mädchen beobachteten. Sie hockten im Schneidersitz zwischen den Geschenken und führten mittlerweile eine ernste Diskussion darüber, wer das Kinderschminkset als Erste benutzen durfte.

»Du besuchst uns zu wenig«, meinte Christa. Sie drehte den Kopf und musterte ihn.

Sie hatte ein schlichtes, dem Anlass entsprechendes Kleid an, das ihre Figur weder betonte noch verbarg. Ihr mahagonifarbenes Haar hatte sie so zu einem wilden Knoten zusammengesteckt, während die kaum sichtbaren Sommersprossen, die ihre schmale Nase besprenkelten, ihren grünen Augen eine natürliche Heiterkeit verliehen. Seine Schwägerin war ohne Zweifel eine schöne Frau. Das hatte Moses schon immer gefunden, auch wenn sie im Moment ein wenig abgekämpft und erschöpft aussah. Er war sich sicher, dass die Party ein voller Erfolg gewesen war. Ob Kindergeburtstag oder Bürgermeisterempfang – Christa machte auf jedem Parkett eine gute Figur.

»Gehen wir lieber in die Küche«, schlug seine Schwägerin vor. »Die beiden Nervensägen sind beschäftigt, und aufräumen kann ich später noch. Willst du was trinken? Ein Bier?«

»Gerne. Wo ist eigentlich Henning? Hat er dich mal wieder im Stich gelassen?«

Christa verdrehte die Augen. »Dein lieber Bruder versteckt sich oben im Büro. Es gibt Probleme mit der *Lisa II*. Sie liegt in Hongkong fest. Angeblich fehlt irgendein Papier, was weiß ich. Das Geschäft wird einfach immer schwieriger.«

»Ist es so schlimm?«

»Lass uns lieber über dich reden«, erwiderte Christa düster. »Wie geht es dir? Und deiner Freundin? Wie hieß sie gleich?«

»Juliane …«

»Ich fand sie wirklich nett. Du solltest sie öfter mal mitbringen!«

»Das werde ich«, versprach Moses, ohne Julianes Projekt zu erwähnen.

Während er sich auf seinen alten Stammplatz an den Küchentisch setzte, holte Christa ein Bier aus dem Kühlschrank. Er wusste nicht, wie viele Male er schon an diesem Platz gesessen hatte.

»Was beschäftigt dich?« Christa stellte die geöffnete Flasche samt Glas vor ihn auf den abgenutzten Eichentisch. »Du siehst so nachdenklich aus. Und müde.«

»Tue ich das nicht immer?«, konterte Moses und ließ das Glas volllaufen.

Christa beobachtete ihn aufmerksam. »Dann solltest du vielleicht einmal darüber nachdenken, deinen Beruf zu wechseln.«

Moses nahm einen tiefen Schluck und wischte sich über die Lippen.

»Um doch noch Reeder zu werden?«, fragte er scherzhaft. »Die Chance habe ich verpasst. Außerdem glaube ich kaum, dass ich dann besser schlafen könnte.«

»Da könntest du recht haben«, lachte Christa.

»Abgesehen davon bin ich selbst schuld«, sagte Moses. »Ich wollte nie was anderes machen.«

Christa setzte sich neben ihn. Plötzlich wurde sie ernst.

»Ich habe davon gehört«, meinte sie.

»Wovon?«

Christa warf vorsichtig einen Blick über die Schulter, aber ihre Töchter waren im Wohnzimmer beschäftigt. Trotzdem senkte sie instinktiv ihre Stimme.

»Na, der nackte Tote auf dem Spielplatz. Heute Morgen im Kindergarten und in der Schule gab es kein anderes Thema.« Sie schauderte. »Schrecklich! Ich kann mir nicht vorstellen, dass die Eltern in St. Georg jemals wieder unbeschwert auf den

Spielplatz gehen können. Diese Exhibitionisten sind schließlich schon schlimm genug.«

Sie hob den Kopf. »Weißt du schon, was da passiert ist? Angeblich soll der arme Mann von Fischen aufgefressen worden sein.«

»Aufgefressen stimmt nicht ganz«, stellte Moses richtig. »Aber ja, im Moment hält uns dieser Fall mächtig auf Trab.«

»Hast du schon eine Spur?«

»Vielleicht«, wich Moses aus. »Aber darüber kann ich nicht mit dir reden, das weißt du doch. Wo bleibt Henning denn?«

»Ich vermute, er hat dich nicht kommen gehört«, seufzte Christa. »Oder er drückt sich vor dem Aufräumen. Warte, ich gehe ihn holen!«

Sie machte Anstalten, aufzustehen, aber Moses hielt sie zurück.

»Nein, bleib. Ich gehe selbst!«

Er trank sein Glas aus und stieg dann die geschwungene Treppe in den ersten Stock hinauf. Das von unzähligen Händen polierte Holzgeländer strömte noch immer den vertrauten Geruch aus. Es war eine Mischung aus Öl und Wachs, aus Schweiß und Leben. Am Ende der Treppe ging er den »Alten Flur« entlang, der innerhalb der Moses-Familie wohl schon immer so genannt wurde, weil hier in einer langen Reihe die Porträts der Vorfahren hingen. Henning hatte wenigstens die grässlichen Jagdtrophäen abgehängt, vor denen er sich die ersten Jahre fast noch mehr gefürchtet hatte als vor den strengen Blicken der Männer. Am Ende des Ganges blieb er stehen. Durch die Tür tönte eine wütende Stimme.

Moses klopfte und trat ein.

»Was soll das heißen?«, schrie Henning. Er tigerte mit dem Telefon am Ohr auf und ab. »Sie haben mir zugesagt, dass alles seine Ordnung hat. Das habe ich sogar schriftlich!«

Als er Moses bemerkte, erhellte sich kurz sein vor Zorn gerötetes Gesicht. Danach setzte er seine Schimpftirade fort.

»Das lasse ich mir nicht bieten … Dann werden wir die Container eben wieder ausladen … Das ist Ihr Problem! Ich muss mich an meinen Zeitplan halten!«

Moses ließ sich in den antiken Sessel fallen, das einzige echte Möbelstück inmitten von Regalen voller Aktenordner. Er beobachtete seinen Adoptivbruder dabei, wie er seiner Wut am Telefon Luft verschaffte und dabei seine vornehme Zurückhaltung fahren ließ. Es war nicht zu übersehen, dass er weiter zugelegt hatte. Sein kurzärmeliges Hemd spannte bereits am Bauch, und sein Gesicht wirkte von Mal zu Mal aufgedunsener. Von dem einstigen wieselflinken Dribbelkönig auf dem Fußballplatz war jedenfalls nicht viel übrig. Sein Bruder wurde übergewichtig und wirkte ausgebrannt. Das konnte selbst der Zorn nicht verdecken.

»Und wer soll das bezahlen?«, brüllte Henning in den Hörer. »Eins kann ich Ihnen versichern: Für die Mehrkosten werden allein *Sie* aufkommen! Niemand sonst! … Sie hören von mir.«

Er beendete das Gespräch, und für eine Sekunde befürchtete Moses, er würde das Telefon gegen eine der Aktenwände donnern.

»Scheiße! Scheiße! Scheiße!«, fluchte Henning.

Nachdem er genügend Dampf abgelassen hatte, kam er zu dem Sessel herüber und klatschte sich mit Moses ab.

»Schön dich zu sehen«, seufzte er. »Tut mir leid wegen gerade, aber der Anruf war wichtig.«

»Alles klar bei dir?«, erkundigte sich Moses, während Henning hinter seinem Schreibtisch Platz nahm. Auf ihm stapelten sich Unmengen von Papieren. Für den Computer blieb kaum Platz. »Was ist los? Christa hat mir erzählt, dass eins der Schiffe in Hongkong festhängt.«

»Genau das ist das Problem«, schimpfte sein Bruder. »Und das nur, weil einer unserer Frachtkunden den Chinesen eine falsche Ausfuhrgenehmigung vorgelegt hat. Und jetzt lassen die uns mit den Containern an Bord natürlich nicht auslaufen.«

Er machte eine wegwerfende Handbewegung. »Es ist zum Kotzen, glaub mir. Du kannst in diesem Geschäft keinem mehr trauen.«

»War das denn jemals anders?«, gab Moses zu bedenken. »Soweit ich mich erinnere, hat Vater immer das Gleiche gesagt.«

Er hatte die Sprüche des alten, mit allen Wassern gewaschenen Reeders noch im Ohr. Allerdings musste er einräumen, dass er nicht wirklich mitreden konnte. Er war nun einmal kein Geschäftsmann. Dies war mit ein Grund dafür, warum er seinen Erbanteil an der Reederei spontan ausgeschlagen hatte. Abgesehen davon hatte es für Henning einen Schock bedeutet, als ihnen bei der Testamentseröffnung mitgeteilt wurde, dass Henning und er von seinen Adoptiveltern als gleichberechtigte Erben eingesetzt worden waren. Moses vermutete bis heute, dass dies vor allem auf Drängen seiner Mutter hin geschehen war. Sie hatte schon früher alles dafür getan, damit er sich nicht benachteiligt fühlte, und manchmal war sie dabei schon zu ihren Lebzeiten über das Ziel hinausgeschossen. Henning war nun einmal ihr leiblicher Sohn, und in einem gewissen Sinne konnte Moses sein Unverständnis und seine anfängliche Empörung nachvollziehen. Diese Art von Gerechtigkeit hatte er nie eingefordert. Auch, weil sie Henning gegenüber ungerecht war. Nach der Testamentsvollstreckung hatte es ihn zwar einige Mühe und Zeit gekostet, ihr gutes Verhältnis wieder ins Lot zu bringen, aber glücklicherweise betrachtete Henning ihn nach wie vor als Teil der Familie. Bis heute hatte er nicht vergessen, wie Henning sich in ihrer Kindheit schützend vor seinen kleinen Bruder gestellt hatte, als er sich noch nicht selbst gegen die Pöbeleien auf dem Schulhof wehren konnte.

»Stimmt, Probleme gab es wahrscheinlich früher auch«, gab Henning resigniert zu. »Aber heute stehen wir am Abgrund. Seit der Finanzkrise geht die ganze Branche den Bach runter. Kein Mensch braucht mehr Schiffe, dabei sind die Auftragsbücher der Werften noch immer randvoll. Es ist eine einzige Katastrophe!«

Moses beneidete ihn nicht. Wie erdrückend die Last war, das Familienunternehmen zu retten, konnte man ihm ansehen.

»Wie viele Schiffe hast du denn noch fahren?«, wollte Moses wissen.

»Sechs. Unter panamaischer Flagge. Zwei Stückgutfrachter habe ich schon stilllegen müssen. Südamerika ist als Erstes weggebrochen.«

Henning massierte sich die Nasenwurzel, als könne er so die schlechten Zukunftsperspektiven vertreiben.

»Lassen wir das«, meinte er schließlich. »Wie läuft es bei dir?«

»Nicht viel besser, fürchte ich. Wir haben einen neuen Fall, der mir nichts als Rätsel aufgibt.«

»Du meinst den toten Fischmann auf dem Spielplatz?«

Moses war überrascht. Wenn selbst Henning davon wusste, war der Tote in der Stadt Gesprächsthema Nummer eins.

»Ja, stimmt«, gab er zu. »Alles an diesem Fall ist eigenartig.«

»Inwiefern?«

»Du weißt, dass ich nicht über laufende Ermittlungen reden kann«, erwiderte Moses. Plötzlich kam ihm ein Gedanke. Vielleicht konnte ihm Henning helfen. »Sag mal, erinnerst du dich noch an die Dosch-Familie?«

»Du meinst sicher die Tochter. Das war ein steiler Zahn. Wie hieß sie noch?«

»Hilde …«

»Du musst es ja wissen«, scherzte Henning augenzwinkernd. »Die ganze Schule war scharf auf sie. Hat der alte Dosch euch nicht in flagranti erwischt und dich höchstpersönlich rausgeschmissen?«

Moses überging die Anspielung auf den Vorfall. Seine Erinnerungen an den alten Dosch waren nicht die besten. Rassismus und väterliche Hybris waren eine üble Mischung.

«Das ist lange her«, sagte er. »Erzähl mir lieber, was du über die Firma weißt.«

Henning runzelte die Stirn. »Nun ja, dass es ein altes Familienunternehmen ist, weißt du ja. Die sitzen schon seit ewigen Zeiten im Hafen und kontrollieren große Teile des Fischhandels, der über Hamburg läuft. Die Firma hat einen guten Ruf. Abgesehen davon hat der alte Dosch viel Geld in die Kultur gesteckt. Er ist, wenn ich mich richtig erinnere, vor ungefähr vier Jahren im Alter von fast neunzig gestorben. Ich glaube, seitdem sitzt Hilde am Ruder. Ihr Bruder ist währenddessen irgendwo in der Weltgeschichte unterwegs. Soweit ich mich erinnere, war er schon immer eine Null.« Er hielt inne, dann schüttelte er den Kopf. »Mehr kann ich dir nicht sagen.«

»Bist du sicher?«, hakte Moses nach. Er kannte seinen Bruder. »Da ist doch noch etwas.«

»Na ja, es gibt Gerüchte«, gestand Henning zögernd. »Über ernste finanzielle Schwierigkeiten. Aber wer hat die nicht?«

Dann begann Henning nachdenklich in dem Papierhaufen auf dem Schreibtisch zu wühlen. »Komisch, wo du gerade davon sprichst: Ich habe erst letzte Woche die Einladung bekommen. Der alte Dosch soll posthum zum Ehrenbürger der Stadt erklärt werden. Irgendwo habe ich sie noch … Ah, hier ist sie!«, rief er und wedelte mit der Einladung.

Moses stemmte sich hoch und überflog das Schreiben. Den

Briefkopf zierte das Hamburger Stadtwappen mit der dreitürmigen Burg, darunter folgte eine Lobhudelei auf den neuen Ehrenbürger, die, selbst wenn sie nur zur Hälfte zutraf, jeden Heiligen vor Neid erblassen lassen musste. Die offizielle Verleihung der Ehrenbürgerschaft fand heute Abend im Rathaus statt. Danach gab es eine private Feier in der Laeiszhalle. Wie Moses annahm, würde sich alles, was Rang und Namen in der Stadt hatte, dort ein Stelldichein geben.

»Geht so etwas überhaupt?«, wunderte er sich. »Der Alte ist doch schon länger tot.«

Henning machte ein vielsagendes Gesicht. »Nenn es einfach gute PR-Arbeit.«

Oder erfolgreiches Strippenziehen, fügte Moses insgeheim hinzu.

»Gehst du hin?«, erkundigte er sich. »Ich meine, zu der Verleihung heute Abend?«

»Ich habe wirklich Wichtigeres zu tun«, winkte Henning ab. »Und Christa hasst förmliche Veranstaltungen. Du weißt ja, wie sie ist.«

Moses wusste, was Henning meinte. Gerade das machte seine Schwägerin für ihn so sympathisch. Es gab nicht viele Reedergattinnen, die freiwillig auf die Gelegenheit verzichteten, ihre Juwelen und Ehemänner zur Schau zu stellen.

In seinem Kopf formte sich eine Idee.

»Sag mal, kannst du mir einen Gefallen tun?«, fragte er seinen Bruder.

»Klar, was brauchst du?«

»Überlass mir die Einladung.«

16

Moses kamen allmählich Zweifel, ob seine Idee wirklich so gut gewesen war. Am nächsten Tag wäre er ohnehin in der Firma vorstellig geworden. Ganz offiziell. Dennoch, die Einladung auf dem Schreibtisch konnte kein Zufall gewesen sein. Er glaubte fest an die Fügung des Schicksals, seine eigene Geschichte war der Beweis dafür. Warum also nicht das Angenehme mit dem Nützlichen verbinden, sagte er sich. Für einen Rückzieher war es ohnehin zu spät.

»An der nächsten Kreuzung können Sie anhalten«, sagte er.

Der Taxifahrer antwortete mit einer hilflosen Geste, da vor ihnen ein Pulk von Fahrradfahrern fast die gesamte Fahrbahnbreite in Anspruch nahm. Mehr noch als in anderen Stadtvierteln zog es die Menschen in Ottensen nach Einbruch der Dunkelheit ins Freie. Die Kneipen und Bars entlang der Straße waren brechend voll, und die zwischen den Tischen auf dem Gehweg herumwuselnden Kellnerinnen hatten bereits einen Tunnelblick.

»Dort drüben«, beschied Moses den Taxifahrer. »Halten Sie bitte dort an dem Pavillon!«

Wie viele Straßen in Hamburg war auch die Eulenstraße eine Einbahnstraße. Um sich komplizierte Umwege zu ersparen, nutzten Juliane und er deshalb den Pavillon als Treffpunkt.

Und sie war tatsächlich auf die Minute pünktlich. Sie hatte sich für einen legeren anthrazitfarbenen Hosenanzug und schneeweiße Sneakern entschieden. Als sie zu ihm in das Taxi stieg, nahm sie die leichte Jacke, die sie locker über die Schultern gehängt hatte, auf den Schoß. Dann gab sie ihm zur Begrüßung einen flüchtigen Kuss.

»Hallo«, sagte sie. »Wie du siehst, habe ich mich beeilt. Obwohl ich solche Überraschungen eigentlich nicht mag«, fügte sie vorwurfsvoll hinzu. »Wohin fahren wir?«

Moses gab dem Fahrer ein Zeichen, woraufhin das Taxi wieder anfuhr.

»Wir gehen auf eine Party«, entgegnete er. »Lass dich überraschen.«

Erstaunlicherweise gab sich Juliane mit der Antwort zufrieden. Sie schmiegte sich an ihn. Nach fünfzehn Minuten Fahrt hielt das Taxi an der hell erleuchteten Musikhalle, und sie stiegen aus. Die geschickt platzierten Fassadenscheinwerfer tauchten den neubarocken Bau mit seinen filigranen Balkongeländern und den hohen, weißen Sprossenfenstern in ein goldenes Licht. Als Juliane die Flotte aus schwarzen Limousinen sah, die unweit des überdachten Eingangs parkte, runzelte sie die Stirn. Offenbar hatte sie sich unter einer »Party« etwas anderes vorgestellt.

»Willst du mir nicht langsam verraten, was wir hier machen?«, fragte sie, nachdem sie ausgestiegen waren und Moses das Taxi bezahlt hatte.

»Ich möchte dich um deine Hilfe bitten«, antwortete er. »Ich brauche für heute Abend eine hübsche Begleitung.«

»Du meinst ein Püppchen an deiner Seite?« Juliane schaute ihn misstrauisch an.

»Nein, eine kluge und schöne Frau! Ich will da rein, um mich ein bisschen umzuhören.«

Er deutete auf den Eingang, wo zwei muskelbepackte Securitytypen gerade die Einladungskarten eines steinalten Paares kontrollierten. Sie trug ein gewagtes Abendkleid und definitiv eine Perücke, während ihr mumifizierter Gatte in einem Smoking neben ihr herwankte.

»Wir sind wegen deinem Fall hier?« Julianes Stimmung verdüsterte sich hörbar. »Und dafür brauchst du mich?«

Moses zuckte mit den Achseln. »Wenn ich da alleine reingehe, falle ich noch mehr auf. Deshalb brauche ich jemanden an meiner Seite.«

»Dann hättest du vielleicht besser einen Escort-Service bemüht!«, zischte Juliane gereizt. »Zumindest hättest du mich vorwarnen können. Dann hätte ich wenigstens was Passendes anziehen können, oder zumindest nicht diese klobigen Turnschuhe.«

Sie stapfte davon, nur um nach wenigen Metern wieder stehen zu bleiben. »Worauf wartest du? Ich dachte, du arbeitest an deinem Fall!«

Moses ignorierte den schneidenden Ton. Er eilte ihr hinterher, und nachdem ihre Einladungskarte anstandslos akzeptiert worden war, stiegen sie über die breite, mit rotem Teppich ausgelegte Treppe hinauf in das Brahms-Foyer, wo der Empfang stattfand. Hier setzte sich die barocke Pracht der Fassade ungehemmt fort. Weiß-goldener Stuck zierte die hohen Decken und die mit grünem Stoff bespannten Wände, während die weiten Fenster und verspielten Formen der opulenten Fülle zugleich eine geradezu heitere Leichtigkeit verliehen. Selbst die tonnenschwere Figur aus weißem Marmor, die dem Brahms-Foyer seinen Namen gab und den Komponisten in leibhaftiger Größe darstellte, besaß trotz ihrer Wucht und Theatralik etwas von dieser verblüffenden Schwerelosigkeit. An diesem Abend blickte der Komponist allerdings nicht göttergleich auf meist betagte Konzertbesucher hinab. An diesem Abend galt sein strenger Blick einer lärmenden Menschenmenge, die sich um die frei im Raum stehende Eichenholztheke drängte und das Buffet belagerte. Wie Moses vermutet hatte, entdeckte er in der Menge zahlreiche prominente Gesichter. Der offizielle Festakt mit seinen Ansprachen und der Verleihung der Ehrenurkunde war vorüber, und nun floss der Alkohol offenbar reichlich. Zumindest ließ sich das aus dem Lärm schließen, der in einem fast schon beleidigenden Kontrast zu der vornehmen Garderobe der Gäste stand. Es herrschte Bierzeltatmosphäre. Spätestens jetzt dämmerte es Moses, dass sein Vorhaben eine Schnapsidee gewesen war. Was hatte er erwartet? Dass ihm irgendjemand intime Details über den Gastgeber oder den Handel mit Aalen erzählen würde?

Er beugte sich an Julianes Ohr. »Es ist einfach zu voll. Lass uns wieder gehen!«

»Jetzt schon? Wir sind gerade erst gekommen. Lass uns wenigstens was trinken.«

Moses fühlte sich wie ein hilfloser Idiot. Schließlich war er es gewesen, der sie dazu überredet hatte, ihn trotz später Stunde und ihrer bevorstehenden Reise zu begleiten.

»Jetzt zieh nicht so eine Schnute!« Juliane knuffte ihn in die Seite. »Pass auf, ich besorg uns was zu trinken. Vielleicht wirst du dann lockerer.«

Sie schien fest entschlossen, den letzten Abend vor ihrer Abreise nach Kopenhagen zu genießen. Sie ließ ihn stehen und verschwand in der Menschentraube, die sich um die Theke drängte. Moses blieb nicht verborgen, wie sie dabei die Blicke mehrerer männlicher Gäste auf sich zog. Wie immer rangen in seinem Inneren Stolz und Verlustangst miteinander, ohne dass eine Seite je die Oberhand gewann. Nachdem er Juliane in dem Gedränge aus den Augen verloren hatte, lehnte er sich an den stuckverzierten Durchgang und ließ seinen Blick über die Menge wandern. Außer den kostbaren Geschmeiden an den Armgelenken und nackten Hälsen der anwesenden Frauen stach ihm bei vielen der betuchten Paare vor allem der Altersunterschied ins Auge. Weibliche Jugend als Statussymbol. Seit dem Erbauen dieser historischen Räumlichkeiten hatte sich daran wohl nicht viel geändert. Auch wenn die männlichen Alphatiere heute weder Zylinder noch silberne Spazierstöcke trugen.

Plötzlich tippte ihm jemand auf die Schulter.

»Dich hätte ich nicht hier erwartet …«

Moses drehte sich überrascht um. Neben ihm stand eine bemerkenswert attraktive Frau und lächelte ihn an. Ihr fliederfarbenes, eng geschnittenes Cocktailkleid war zweifellos die Kreation eines begabten Haute-Couture-Schneiders. Das Diamantarmband sowie die extravagante Kette an ihrem schlanken Hals verrieten Stil und finanzielle Möglichkeiten.

»Lange nicht gesehen!«, sagte sie mit einem Augenzwinkern, das Moses vollends aus dem Konzept brachte. »Wie geht es dir?«

Moses hatte sie sofort wiedererkannt. Vor ihm stand die »Schöne Hilde«. So hatten sie Hilde Dosch in der Schule genannt. Und sie hatte seitdem nichts von ihrer Ausstrahlung und ihrer Attraktivität eingebüßt.

»Habe ich mich etwa so verändert?«, fragte Hilde mit kokettem Augenaufschlag. Sie schien beschwipst zu sein.

»Nein, nein!«, versicherte Moses eilig. »Ich habe dich sofort erkannt. Ich war nur mit meinen Gedanken woanders. Wie geht es dir?«

Er hatte insgeheim gehofft, seiner ehemaligen Klassenkameradin über den Weg zu laufen. Deswegen war er schließlich hier. Womit er nicht gerechnet hatte, waren die Erinnerungen, die durch diese Begegnung in ihm hochkamen. Plötzlich waren all die Jahre wie weggeblasen, und es stellte sich eine Vertrautheit ein, die man vermutlich nur gegenüber Jugendfreunden empfindet. Sofort stiegen Bilder ihrer gemeinsamen Zeit vor seinem inneren Auge auf. In der zwölften Klasse waren sie eine Zeit lang sogar ein Paar gewesen. Die Schöne Hilde war zwar nicht das erste Mädchen gewesen, mit dem er sexuelle Erfahrungen gemacht hatte, aber sie war doch diejenige, die ihn am stärksten beeindruckt hatte. Noch immer konnte er sehen, wie sie auf einer Klassenfahrt im Zelt nackt vor ihm gestanden hatte.

»Es ist ewig her«, sagte er ein wenig peinlich berührt. »Deine Haare waren damals viel länger.«

Er bemühte sich neutral zu klingen, aber seine ehemalige Jugendliebe hatte allem Anschein nach ähnliche Erinnerungen an ihn.

»Wir waren jung«, lachte Hilde Dosch. »Und so frei!«

Dann leerte sie ihr Champagnerglas in einem Zug.

»Schöne Feier«, meinte Moses. Es war ein hilfloser Versuch, das Gespräch auf ein unverfänglicheres Thema zu lenken.

»Und Glückwunsch! Wegen deinem Vater, meine ich.«

»Danke«, erwiderte die Firmenchefin trocken. Sie hob ihr leeres Glas. »Auf dass uns der alte Tyrann auf ewig erspart bleibe. Prost!«

Moses fühlte sich nicht wohl in seiner Haut. Seine Jugendfreundin war offenbar mehr als nur beschwipst.

»Was ist?«, kicherte sie. »Soweit ich mich erinnere, hast du das Scheusal sogar mal kennengelernt.«

Das hatte er in der Tat. Noch immer sah Moses den alten Dosch vor sich, wie er wie ein Wahnsinniger in das Zimmer gestürzt war, den CD-Player aus dem Regal gerissen und auf dem Boden zertrümmert hatte. Bis heute konnte er sich noch an den Song erinnern. Es war einer dieser unsäglichen Schmachtfetzen von Céline Dion gewesen. Und ebenso wenig hatte er die Drohung des Alten vergessen, dass er jedes »Negerkind« eigenhändig erschießen würde. Moses hatte lange gebraucht, bis er dieses Erlebnis verdaut hatte.

»Wie geht es Henning?«, erkundigte sich Hilde. »Ich habe eigentlich eher ihn erwartet als dich.«

»Ich soll ihn entschuldigen und dich von ihm grüßen«, sagte Moses. Das entsprach sogar der Wahrheit. »Er ist wie immer sehr beschäftigt.«

»Hat er sich von seiner Flaute erholt?«

»Ich denke schon«, wich Moses aus. In den oberen Kreisen der Hamburger Gesellschaft ging es zu wie in einem abgeschiedenen, inzestuösen Bergdorf. Jeder kannte jeden, und jeder wusste Bescheid, und alle beäugten sich gegenseitig voller Neid und Schadenfreude.

»Ich wünsche ihm jedenfalls viel Glück«, sagte Hilde mit plötzlichem Ernst. »Und Durchhaltevermögen. Das brauchen wir alle, im Moment ist es nicht einfach. Aber lassen wir die unerfreulichen Themen. Ich freue mich jedenfalls, dich zu sehen. Hier sind ansonsten nämlich nur tattrige Ganoven versammelt. Auf uns!«

Da war es wieder, dieses vielsagende Augenzwinkern.

Als Hilde mit Moses anstoßen wollte, bemerkte sie seine leeren Hände.

»Du hast ja gar nichts zu trinken!«, empörte sie sich. Sie machte Anstalten, einen der überforderten Cateringmitarbeiter aus der Menge herbeizuwinken, aber Moses hielt sie am Arm. »Nicht nötig«, sagte er. »Ich bin versorgt. Es ist schon jemand auf dem Weg.«

»Ah, nicht allein unterwegs«, schlussfolgerte Hilde. »Ehrlich gesagt hätte mich das auch gewundert. Du warst schon damals in der Schule ein Frauentyp.«

Moses gefiel der Ton nicht, in dem sie das sagte.

»Was ist eigentlich aus dir geworden?«, wollte Hilde wissen. »Beruflich, meine ich. Ich habe nur gehört, dass du nicht ins Familiengeschäft einsteigen wolltest.«

»Ich arbeite bei der Kriminalpolizei.«

»Da hast du ja einen ganz anderen Weg eingeschlagen«, stellte sie fest. »Bist du bei der Mordkommission?«

»Sieht man mir das etwa an?«

»Nein«, lachte Hilde. »Ich erinnere mich nur daran, dass es bei dir immer alles furchtbar gerecht zugehen musste. Mordkommission passt irgendwie zu dir.«

Zu Moses' Erleichterung war das Thema damit offenbar abgehakt. Er nutzte die Gelegenheit.

»Sag mal, kannst du mir einen Gefallen tun?«, fragte er. »Du bist doch im Fischgeschäft.«

»Wohl oder übel, würde ich sagen.«

Anscheinend war sie nicht besonders glücklich darüber, in die Fußstapfen ihres Vaters getreten zu sein.

»Deine Firma importiert doch sicher auch Glasaale«, sagte er in einem beiläufigen Ton. »Ich meine diese Babyaale, die fast durchsichtig sind. Wer kauft denn so etwas?«

»Die Züchter. Und die Angelvereine. Allerdings sind auf dem Markt kaum noch Aale zu bekommen. Abgesehen davon schreibt die EU vor, dass der Großteil der gefangenen Glasaale ohnehin wieder ausgesetzt werden muss. Da ist so gut wie kein Geschäft mehr zu machen.«

Das hatte der Geschäftsführer der Aalfarm ihm auch schon erzählt. Moses fragte sich, warum sich ein so großes Unternehmen wie der Dosch überhaupt die Mühe machte, dieses unlukrative Geschäft aufrecht zu erhalten.

»Darf ich fragen, was das mit deinem Fall zu tun hat?«, erkundigte sich Hilde Dosch.

»Sagt dir vielleicht der Name Günther Kilian etwas?«, überging Moses die Frage. »Ein ehemaliger Seemann. Er betreibt einen Waschsalon auf St. Pauli.«

Auch diesmal erntete er Unverständnis.

»Nicht dass ich wüsste«, antwortete Hilde.

»Vielleicht arbeitet er ja für dich?«

»Das könnte natürlich sein. Da müsste ich mein Personalbüro fragen. Wir haben über hundert Angestellte. Was ist mit diesem Mann?«

Während Moses noch nach einer unverfänglichen Antwort suchte, tauchte Juliane mit zwei Caipirinhas auf.

»Sorry, aber der Barkeeper ist nicht gerade der Schnellste«, entschuldigte sie sich mit einem Seitenblick auf Moses' Bekanntschaft.

Moses nahm seinen Cocktail entgegen. »Juliane, das ist Hilde Dosch, die Gastgeberin des heutigen Abends.« Als sich die beiden in die Augen sahen, wusste er, dass sein Kommen nicht nur eine Schnapsidee gewesen war. Es war ein Fehler gewesen.

»Hilde, das ist Juliane, meine …« Hilde schenkte ihm ihr verführerischstes Lächeln und schaute ihn erwartungsvoll an, was Moses für einen Moment die Sprache verschlug.

»Seine Freundin, Juliane Rehmer«, fiel Juliane ihm ins Wort. Sie streckte Hilde halbherzig die Hand entgegen und funkelte Moses dabei böse an.

»Und woher kennen Sie sich?«, fragte Juliane, während sie mit dem Strohhalm in ihrem mit Crushed Ice gefüllten Glas herumstocherte.

»Aus der Schule.« Hilde Dosch lächelte Moses an. »Wir haben ein paar Jahre zusammen die Schulbank gedrückt. Und wie das in dem Alter nun mal so ist, haben wir so einiges miteinander erlebt, nicht wahr, Stefan?« Letzteres sagte sie mit einer Mehrdeutigkeit in der Stimme und zwinkerte Moses dabei zu, was ihn in Verlegenheit brachte. Er hoffte, Juliane würde einfach darüber hinweggehen, aber als er sie unauffällig von der Seite betrachtete, bemerkte er sofort, dass der Pfeil sein Ziel getroffen hatte.

»Das ist schön, wenn man gemeinsame Jugenderinnerungen teilen kann«, meinte sie trocken. »Vorausgesetzt natürlich, das gilt für alle Beteiligten.«

»Die Erinnerung an die Jugend ist immer noch die schönste«, entgegnete Hilde schnippisch. »Oder war Ihre Jugend so schrecklich?«

Moses sah das Unheil ungebremst auf sich zurasen, aber zu seiner Erleichterung verlor Hilde plötzlich das Interesse.

»Na, dann werde ich mich mal um meine Gäste kümmern«, sagte sie. »Es war schön, dich endlich mal wiederzusehen, Stefan. Ich hoffe, das nächste Mal lässt du mich nicht so lange darauf warten!«

Sie schenkte Moses ein zweideutiges Lächeln, dann entschwand sie in Richtung einer Gruppe grauhaariger Honoratioren, die sie mit lüsternen Blicken in ihrer Mitte begrüßten. Es war nicht zu übersehen, dass sie ihren Auftritt und die ihr geschenkte Aufmerksamkeit genoss.

»Wer war denn diese Zicke?«, schimpfte Juliane.

»Die Schöne Hilde.«

Juliane funkelte ihn an.

»So wurde sie in der Schule genannt«, erklärte Moses achselzuckend. »Offenbar hat sie ihr Temperament bis heute nicht abgelegt. Sie war schon immer etwas direkt.«

»Direkt nennst du das? Das war einfach nur unverschämt!«

»Seit wann bist du so empfindlich? So kenne ich dich ja gar nicht.«

»Ich lasse mich nicht gerne vorführen. Vor allem nicht von

solchen reichen Schnepfen, die glauben, ihnen gehört die Welt und sie können sich alles nehmen, was sie wollen.«

»Jetzt übertreibst du aber«, versuchte Moses die Wogen zu glätten.

»Ach ja? Findest du?«, konterte Juliane. Sie stach mit dem Strohhalm in ihrem Cocktail herum. »Warum verteidigst du sie auch noch? Kann es sein, dass du bei ihr nicht ganz objektiv bist? Ihr habt ja schließlich *so einiges miteinander erlebt*«, äffte sie Hilde nach.

»Ich verteidige niemanden. Warum sollte ich?« Die Unterhaltung nahm allmählich einen gefährlichen Verlauf.

»Ich weiß ja nicht, was zwischen euch gewesen ist«, redete sich Juliane weiter in Fahrt. »Das interessiert mich auch nicht. Aber deshalb musst du nicht einfach so danebenstehen, ohne den Mund aufzumachen!«

Interessant, jetzt war er also der Schuldige. Moses versuchte erst gar nicht, ihr zu widersprechen. Wie er Juliane kannte, würde sie das nur noch wütender machen. Dennoch war er über ihre plötzliche Eifersucht verwundert. So hatte er sie bislang noch nie erlebt. Vielleicht lag es am Alkohol. Mit Unbehagen registrierte Moses, dass sie ihren Caipirinha bereits geleert hatte.

»Ich will hier weg«, sagte sie. »Auf der Stelle!«

Um ihren Sinneswandel zu unterstreichen, knallte sie das Glas einem zufällig vorbeilaufenden Kellner auf das leere Tablett. Dann drängte sie sich durch die Menge und rauschte die Treppe hinunter Richtung Ausgang. Moses blieb nichts anderes übrig, als dem Erstbesten seinen unberührten Cocktail in die Hand zu drücken und ihr hinterherzueilen. Draußen vor dem Eingang holte er sie endlich ein.

»Jetzt warte doch«, sagte er, während sie mit energischen Schritten zu den wartenden Taxen hinüberging. »Ich dachte, wir verbringen den Abend zusammen.« Er fasste sie am Arm. «Jetzt sei doch nicht so empfindlich!«

An Julianes vernichtendem Blick merkte er schnell, dass er es damit nur noch schlimmer machte.

»Ich melde mich, wenn ich aus Kopenhagen zurück bin«, zischte sie. »Und jetzt lass mich bitte los!«

Moses zog seine Hand zurück, und Juliane stieg in das Taxi. Wie ein begossener Pudel blickte er dem Wagen hinterher. Er schüttelte den Kopf und fragte sich, wie er das wieder geradebiegen sollte. Aber als er ebenfalls in eins der wartenden Taxis steigen wollte, um in seine Wohnung zu fahren, erregten laute Stimmen seine Aufmerksamkeit. Etwa fünfzig Schritte von ihm entfernt stritt eine Frau, die ihm den Rücken zugekehrt hatte, mit einem Asiaten in einem makellosen schwarzen Anzug. Erst beim erneuten Hinsehen erkannte er, dass es sich um Hilde Dosch handelte. Sie redete wild gestikulierend auf den Mann ein, der wiederum keine Miene verzog. Moses' Neugierde war geweckt, was nicht zuletzt an der Begleitung des Asiaten lag. Die beiden ebenfalls asiatisch aussehenden Männer standen ein paar Schritte entfernt, um eine gewisse Diskretion zu wahren, und musterten unentwegt die Umgebung. Ohne Zweifel handelte es sich um Bodyguards. Umso mehr fragte sich Moses, worüber seine ehemalige Mitschülerin mit dem Fremden stritt. Er zog sein Handy heraus und machte mithilfe des Zooms ein Foto von den Männern. Er hoffte, dass er trotz der spärlichen Straßenbeleuchtung etwas Brauchbares zustande bringen würde. Als er in das Taxi stieg und sich auf die Rückbank fallen ließ, sah er, dass der kleine Asiate in dem schwarzen Anzug zu ihm herüberstarrte.

Sein Foto war nicht unbemerkt geblieben.

17

Die Lichter der Stadt brachen sich in den Regentropfen auf der Fensterscheibe. Moses betrachtete durch sein unscharfes Spiegelbild hindurch die vorbeigleitenden Bürogebäude und Mietshäuser. Er spürte, wie die Einsamkeit der Nacht in sein Herz kroch. Der Wind peitschte eine schmutzige Plastiktüte über den leeren Gehweg, während sich ein dreibeiniger Hund an einem Abfalleimer zu schaffen machte. Moses beobachtete das abgemagerte Tier, wie es sich beharrlich abmühte, an die Verheißungen in der Tiefe des Mülleimers zu gelangen. Selbst die Clique angetrunkener Teenager, die direkt auf ihn zumarschierte, brachte ihn nicht aus der Ruhe. Moses wandte den Blick ab und massierte seine Nasenwurzel. Julianes heftige Reaktion hatte ihn überrascht. Normalerweise ließ sie sich nicht so leicht provozieren. Er hoffte insgeheim, dass ihre ungewohnt heftige Reaktion ein Zeichen dafür war, dass sie ebenfalls Angst vor der bevorstehenden langen Trennung hatte.

Als das Taxi vor seinem Haus hielt, kam es ihm wie ausgestorben vor. Nirgendwo brannten Lichter. Selbst der Laden der vietnamesischen Zwillinge war geschlossen. Er überließ dem Taxifahrer ein großzügiges Trinkgeld, und nachdem er die Haustür aufgestoßen hatte, stieg er mit bleischweren Beinen die Treppe hinauf. Es kam ihm vor, als würden sich die Stufen mit jedem quälenden Schritt auf wundersame Weise vermehren. Er durfte sein Jiu-Jitsu-Training in Zukunft nicht mehr so schleifen lassen, sagte er sich, als er schnaufend vor seiner Wohnungstür stand. In der letzten Zeit hatte er sich kaum in seinem Dōjō blicken lassen. Das musste sich unbedingt wieder ändern. Als er die Tür aufschloss und eintrat, empfing ihn die Einsamkeit seiner leeren Wohnung. Schon jetzt vermisste er Julianes Lachen und ihre unbeschwerte Lebenslust. Er hängte sein Sakko an den Haken im Dachbalken und sehnte sich nach einer Dusche. Aber dann würde er vermutlich erst recht nicht schlafen können. Also beschloss er, stattdessen die Goldberg-Variationen von Bach, eine seiner Lieblingsaufnahmen, in das CD-Fach seiner Stereoanlage zu legen. Sie stammte von 1955, eingespielt von dem damals erst dreiundzwanzigjährigen Glenn Gould, mit einer Perfektion, die Moses immer wieder aufs Neue mit Ehrfurcht erfüllte. Dann goss er sich einen Fingerbreit von dem vierzig Jahre alten Deanston Single Malt ein, den Henning ihm zu seinem Vierzigsten geschenkt hatte. Nachdem er einen Spritzer Wasser hinzugefügt hatte, ließ er sich erschöpft in seinen Musiksessel sinken. Er schwenkte das Glas mit dem sündhaft teuren, in alten Oloroso-Sherry-Fässern nachgereiften Whisky behutsam hin und her und führte es an seine Nase. Er atmete das süße, tropisch fruchtige Aroma so tief ein, wie er konnte, und als er sich einen winzigen Schluck gönnte, umschmeichelte der einzigartige Geschmack aus Eiche, Citrus und Honig seine Zunge. Gute Musik und ein exzellenter Whisky waren Dinge, wofür es sich seiner Meinung nach zu leben lohnte. Er nippte erneut an seinem Glas, schloss die Augen und lauschte dem virtuosen Klavierspiel des jungen Genies. Er versuchte sich zu entspannen, aber seine innere Unruhe blieb. Zum einen musste er an Juliane denken und daran, wie sie ihn wutentbrannt hatte stehen lassen. Zum anderen beschäftigte ihn, was er vor der Musikhalle beobachtet hatte. Moses griff nach seinem Handy, um sich das Foto des asiatischen Mannes anzusehen. Aufgrund des Zooms und der miserablen Lichtverhältnisse war die Qualität der Aufnahme nicht besonders gut. Dennoch waren die Gesichter des Mannes und seiner Bodyguards zu erkennen. Aber warum hatte sich Hilde Dosch wohl mit dem Unbekannten gestritten? Der Heftigkeit des Wortgefechts nach zu urteilen, war es ganz sicher nicht um ein Blumengeschenk zur Ehrung ihres Vaters gegangen. Gleich morgen früh würde er Viteri damit beauftragen, mehr über diese Männer herauszufinden. Vielleicht landete das neue Gesichtserkennungsprogramm ja einen Treffer. Einen Versuch war es wert.

Moses lehnte sich wieder zurück, um das an Perfektion grenzende Klavierspiel des jungen Kanadiers endlich zu genießen. Er spürte, wie der Alkohol seinen Körper von innen zu wärmen begann, während die Musik für eine wunderbare Klarheit im Geist sorgte. Sie trug ihn davon, enthob ihn aller irdischen Schwere, bis er das Gefühl hatte, an einen Ort ohne Zeit und Raum zu schweben. Dementsprechend ernüchternd war die Landung, als es plötzlich an der Tür klingelte. Moses warf einen Blick auf die Uhr. Es war weit nach Mitternacht. Er stellte die Stereoanlage leiser und ging zur Tür. Als er sie öffnete, stand Juliane vor ihm.

»Es tut mir leid«, sagte sie sichtlich verlegen. »Ich habe mich idiotisch benommen.«

Nachdem Moses sich von seiner Verblüffung erholt hatte, konnte er sich ein Grinsen nur mit Mühe verkneifen. Julianes Miene nach zu urteilen, meinte sie es jedoch todernst.

»Komm erst einmal rein«, forderte er sie auf.

Juliane zögerte, aber dann nickte sie stumm und zog ihren kurzen Sommermantel aus.

»Willst du was trinken?«, fragte Moses.

»Lieber nicht. Ich wollte mich eigentlich nur entschuldigen. Dann gehe ich wieder.«

»Wenn ich dich lasse«, entgegnete Moses mit einem breiten Lächeln. »Und was die Entschuldigung betrifft. Die ist bereits angenommen. Auch wenn mir nicht ganz klar ist, wofür sie überhaupt gelten soll.«

»Das weißt du genau!«

»Schwamm drüber! Ich freue mich jedenfalls, dass du hier bist. Willst du nicht doch einen Schluck?«

Er deutete auf das einsame Glas und die Whiskyflasche, die er auf dem dreibeinigen Tischchen neben seinem Musiksessel abgestellt hatte.

Juliane gab sich geschlagen. »Meinetwegen. Aber nur einen Ich muss früh raus!«

»Musst du etwa noch packen?«, fragte Moses, während er ein zweites Glas aus der offenen Küche holte.

»Nein, ich wollte einfach nur kurz mit dir sprechen«, sagte sie, während sie dabei zusah, wie Moses einen Fingerbreit von der bernsteinfarbenen Flüssigkeit einschenkte und Wasser hinzufügte.

Moses reichte ihr das Glas. »Zum Wohl!«

Sie stießen an.

»Der ist richtig gut«, stellte Juliane fest, nachdem sie einen Schluck probiert hatte. »Wirklich ausgezeichnet.«

Moses freute sich über ihr sachkundiges Urteil. Als sie sich kennenlernten, hatte sie Whiskytrinken für eine ausgesprochen »alberne Machosache« gehalten.

»Schön, dich zu sehen«, sagte er. »Willst du nicht doch bleiben?«

Juliane sah ihm in die Augen.

»Ich muss mit dir reden«, sagte sie ernst. Sie stockte, dann atmete sie tief ein: »Ich habe Angst um uns – Angst, dich zu verlieren. So, jetzt ist es raus!«

Juliane biss sich auf die Unterlippe, was Moses ganz reizend fand. Dann fuhr sie fort. »Vielleicht habe ich deshalb heute Abend ein wenig überreagiert.« Sie lächelte schief. »Ich habe mich kindisch aufgeführt. Ich weiß selbst nicht, was mit mir los war. Obwohl deine Jugendfreundin wirklich unverschämt dreist und attraktiv war!«, schob sie hinterher.

»Warst du etwa eifersüchtig?«, frotzelte Moses.

Juliane funkelte ihn an. »Du bist ekelhaft. Ja, ich war eifersüchtig! Bist du jetzt zufrieden?«

Moses verkniff sich eine Antwort. Dass seine »Jugendfreundin« der eigentliche Grund gewesen war, weshalb sie überhaupt auf dem Empfang gewesen waren, sollte er jetzt besser nicht erwähnen. Es würde die Dinge nur unnötig kompliziert machen.

»Außerdem werden wir uns bald für längere Zeit nicht sehen«, fügte Juliane hinzu. »Das macht mir eben Sorgen. Dir nicht?«

Moses wurde hellhörig. »Wie meinst du das?«

»Nun, wir werden viele Wochen getrennt sein. Herrje, ich weiß nicht einmal, ob es dort im Dschungel überhaupt eine Kontaktmöglichkeit zur Außenwelt gibt! Also werden wir vielleicht lange nichts voneinander hören. Und deshalb habe ich eben Angst. Um uns! Kannst du das nicht verstehen?«

Doch, das konnte er. Sehr gut sogar.

»Darüber habe ich auch schon nachgedacht«, gestand er.

Juliane lächelte unglücklich. »Und zu welchem Ergebnis bist du gekommen?«

»Dass wir das schon irgendwie hinkriegen werden!«, sagte er, obwohl er sich insgeheim selbst nicht sicher war.

»Glaubst du das wirklich? Du wirst auf mich warten und

dich nicht in der Zwischenzeit mit irgendwelchen alten Schulfreundinnen ablenken?«

»Natürlich nicht, das verspreche ich dir«, lachte Moses erleichtert.

Juliane fiel ihm um den Hals und presste ihre Lippen fest auf seine. Er brauchte eine Sekunde, um sich von dem überraschenden Paradigmenwechsel zu erholen, aber dann erwiderte er ihren Kuss. Er schmeckte ihre Zunge, gleichzeitig roch er ihr duftendes Haar, was ihn wie immer schnell um den Verstand brachte. Er spürte, wie sich ihr Oberschenkel in seinen Schritt presste, während ihre Zungen sich immer fordernder, immer gieriger umschlangen. Die Hitze ihres Körpers drang durch den dünnen Stoff des Kleides, es fühlte sich an, als würde sie in seinen Armen glühen. Was dann folgte, war eine Explosion. Sie rissen sich die Kleider vom Leib und liebten sich auf dem Fußboden. Animalisch und wild, als würde es kein zweites Mal geben. Auf dem Höhepunkt ihrer Lust schrie Juliane laut auf und grub ihre Fingernägel tief in seinen nackten Rücken. Den Schmerz nahm er nicht einmal wahr, denn längst trieb er auf einem Ozean aus Verlangen und Erregung davon.

Nachdem sie wieder zu Atem gekommen waren, blieben sie einfach auf dem Parkett liegen. Juliane schmiegte sich an ihn.

»Das war wunderschön!«, hauchte sie ihm zärtlich ins Ohr.

»Und es wird jedes Mal schöner«, stöhnte Moses. »Manchmal macht mir das fast schon Angst.«

Sie küsste ihn auf die Wange.

»Bist du mir noch böse?«

»Ich war dir nie böse.«

»Dann bin ich ja beruhigt. Ich will dich nämlich auf keinen Fall verlieren!«

Moses blickte ihr in die Augen. Er war erleichtert, dass Juliane so empfand. Auch wenn er selbst nicht wusste, wie sie die lange Trennung meistern sollten. Er schloss die Augen und suchte ihre Lippen, um sie erneut zu küssen.

Diese Nacht würde er ganz sicher nicht von brennenden Menschen träumen.

18

Obwohl die Tagschicht gerade erst begonnen hatte, brummte das Polizeipräsidium bereits wie ein Bienenstock. Moses betrat das Gebäude durch den Diensteingang, dann nahm er den Fahrstuhl. Auf dem Weg zu seinem Büro lief er prompt Bonnekamp in die Arme. Dieser hatte vermutlich bereits auf ihn gewartet, denn er stürzte sofort auf Moses zu.

»Wie steht es mit den Ermittlungen in diesem Fischfall?«, wollte Bonnekamp wissen. »Ich hoffe, Sie haben endlich Fortschritte gemacht!«

Fortschritte waren immer gut, dachte Moses. Pech nur, wenn es keine gab.

»Guten Morgen«, sagte er, obwohl sich das Gute an diesem Morgen soeben in Luft aufgelöst hatte.

»Äh, ja, Morgen«, erwiderte Bonnekamp. Nur um dann wieder loszulegen. »Warum gibt es noch keinen Verdächtigen? Die Presse lässt nicht locker! Wenn wir ihnen nicht bald etwas geben, schießen die Spekulationen noch weiter ins Kraut. Inzwischen redet alle Welt wegen diesen Fischen von irgendwelchen perversen Sexpraktiken!«

»Es handelt sich um Aale«, erklärte Moses.

»Mir ist völlig egal, was das für Kreaturen sind!«, erregte

sich Bonnekamp. »Fest steht, dass wir in der Öffentlichkeit wie Trottel dastehen.«

»Ich tue mein Bestes«, sagte Moses. Und wenn Sie mir nicht im Weg stehen würden, ginge es vielleicht schneller, fügte er im Stillen hinzu.

Bonnekamp stach Moses mit dem Zeigefinger in die Brust, was ein wenig lächerlich wirkte, da er mehr als einen Kopf kleiner war. »Das ist nicht genug!«, sagte er. »Bringen Sie mir einen Verdächtigen!«

»Und wenn es keinen gibt?«

»Dann suchen Sie ihn. Das ist schließlich Ihr Job. Wir müssen der Öffentlichkeit was anbieten. Sonst entsteht der Eindruck, dass wir hier rumsitzen und uns einen schönen Tag machen.«

Was wiederum auf den Direktor zurückfallen würde und damit seine Karriere beeinträchtigen könnte, dachte Moses bitter.

»Sie könnten mir einen Gefallen tun«, meinte er, ohne auf die Forderungen seines Vorgesetzten weiter einzugehen.

Bonnekamps Augen verengten sich. Er wurde misstrauisch. »Hat das was mit dem Fall zu tun?«

Moses nickte. »Ich brauche einen Durchsuchungsbeschluss.«

»Ah, dann haben Sie also doch einen Verdächtigen?«, frohlockte Bonnekamp. »Bis wann brauchen sie den Beschluss?«

»Heute noch. Es geht um die Firma Dosch. Fischgroßhandel. Ich –«

»Dosch-Fisch?«, unterbrach ihn Bonnekamp. »Sie wissen, dass es sich um eins der ältesten und wohlbemerkt auch spendabelsten Hamburger Unternehmen handelt?«

»Das ist mir bewusst.«

Bonnekamp machte ein gequältes Gesicht. »Muss das wirklich sein? Gleich ein offizieller Durchsuchungsbeschluss? Haben Sie wenigstens konkrete Hinweise?«

Moses wusste, dass er außer seinem diffusen Bauchgefühl nichts vorzuweisen hatte. Er versuchte es dennoch.

»Niemand sonst handelt mit importierten Babyaalen«, sagte er.

»Importiert?«, horchte der Direktor auf. »Diese Fische kommen aus dem Ausland?«

»Sieht ganz danach aus.«

Bonnekamp stöhnte auf und verdrehte die Augen.

»Das wird ja immer schlimmer«, jammerte er. Offenbar sah er bereits die politischen Verwicklungen. Er fuhr mit dem Finger seinen geschlossenen Hemdkragen entlang, um sich Luft zu verschaffen.

»Na schön«, sagte er schließlich. »Bringen Sie mir was Handfestes. Dann sorge ich dafür, dass Sie Ihren Durchsuchungsbeschluss bekommen. Aber ich warne Sie! Ich hoffe, Sie wissen, worauf Sie sich da einlassen! Der Dosch-Clan verfügt über Verbindungen. Und über erstklassige Anwälte.«

Dann verstummte er, um in einem versöhnlichen Ton fortzufahren. »Wie macht sich Katja denn eigentlich so?«

»Katja?«

»Kommissarin Helwig. Ich hoffe, Sie haben die junge Dame im Griff.«

»Bislang gibt es keinerlei Probleme«, behauptete Moses, um dem Thema aus dem Weg zu gehen.

Bonnekamp klopfte ihm auf die Schulter.

»Na, sehen Sie. Geht doch!«, meinte er gönnerhaft. »Ich muss Sie jetzt leider allein lassen. Mein Wagen wartet schon. Ich habe einen Termin im Senat. Also legen Sie los!«

Er ging in Richtung Fahrstuhl und dreht sich dann noch einmal um. »Ach ja, und noch etwas: Ich verlasse mich darauf, dass Sie mich ab sofort auf dem Laufenden halten!«

Moses sah Bonnekamp mit gerunzelter Stirn hinterher.

Manchmal fiel es ihm schwer, diesem Karrieristen gegenüber die Fassung zu bewahren. Vor allem, wenn sich dieser noch dazu als schamloser Erpresser entpuppte. Auch wenn er die Absicht hatte, dem Schützling seiner Frau wirklich zu helfen, noch heiligte der Zweck nicht die Mittel. Auf der anderen Seite trug er allein die Schuld an seiner Situation. Durch sein Verschweigen der Hintergründe von Hendriks' Unfalltod hatte er sich angreifbar gemacht.

Als Moses das Großraumbüro der Abteilung 41 betrat, stellte er erstaunt fest, dass sich seine neue Kommissarin bereits an ihrem Schreibtisch eingerichtet hatte. Und auch ihr Piercing hatte sie tatsächlich herausgenommen.

»Moin!«, rief er in den Raum. Dann ging er zu Viteri hinüber, der an seinem Platz am Fenster saß.

»Ich habe eine Aufgabe für Sie«, sagte er. »Ich habe Ihnen gestern Nacht ein Foto geschickt. Können Sie es so weit bearbeiten, dass die Gesichter deutlicher werden?«

»Schon erledigt!« Viteri schubste seine Brille zurecht, gleichzeitig drückte er eine Taste auf seiner Computertastatur. Auf dem Bildschirm erschien das Foto, das Moses von Hilde Dosch und den asiatischen Männern gemacht hatte. Sie waren jetzt wesentlich besser zu erkennen.

»Sehr gut!«, sagte Moses. »Dann lassen Sie das Ganze einmal durch die Gesichtserkennung laufen. Ich will wissen, wer diese Männer sind.«

»Welche Männer?«, erkundigte sich Helwig, während sie von ihrem Platz zu ihnen herüberkam.

Moses trat einen Schritt zur Seite, damit sie einen Blick auf den Monitor und das Foto werfen konnte.

»Die kommen mir irgendwie bekannt vor«, sagte Helwig.

»Sie kennen diese Männer?«, staunte Moses.

»Nein, so meine ich das nicht. Aber ich erkenne diese Sorte.

Wir hatten beim MEK mehrmals Einsätze gegen diese Gangster. Da bekommt man einen Blick dafür.«

»Gangster?«, hakte Moses nach. »Wie meinen Sie das?«

»Triaden. Oder chinesische Mafia, wenn Ihnen das mehr sagt.«

»Sind Sie sich da sicher?«

»Schauen Sie sich die beiden Schlägertypen im Hintergrund doch an. Sehen die vielleicht wie Bodyguards aus, die man bei einer seriösen Agentur buchen kann? Außer natürlich, man will Leute einschüchtern. Abgesehen davon sind diese hässlichen Vögel mindestens zwei Köpfe größer als der Zwerg, der mit der Frau redet. So ist es bei denen immer.« Sie zuckte mit den Achseln. »Ist wohl so eine Art Statussymbol.«

Moses rieb sich das Kinn. Helwig hatte seinen Verdacht bestätigt. Das Gefühl, dass diese Männer keine gewöhnlichen Geschäftspartner waren, hatte ihn überhaupt erst veranlasst, sie zu fotografieren. Aber was hatte die chinesische Mafia mit einem Hamburger Traditionsunternehmen wie Dosch-Fisch zu tun? Und dieses wiederum mit dem Tod des homosexuellen Waschsalonbetreibers? Wo war die Verbindung, wenn es überhaupt eine gab? Moses musste sich eingestehen, dass er noch immer im Nebel stocherte.

Viteri legte den Kopf in den Nacken.

»Warum fragen Sie nicht einfach Elvers?«, schlug er vor. »Die kennt sich mit solchen Sachen aus. Mafia und so. Das war doch früher ihr Ding.«

Elvers saß an ihrem Schreibtisch und telefonierte. Jetzt blickte sie zu ihnen hinüber. Offenbar hatte sie mitbekommen, dass ihr Name gefallen war. Sie beendete das Gespräch, dann kam sie zu ihnen.

»Sehen Sie sich das mal an«, forderte Moses sie auf.

Als sich Elvers über Viteris Schulter beugte, um das Foto auf dem Monitor näher in Augenschein zu nehmen, kam es Moses so vor, als würde sie zurückschrecken. Obwohl sie versuchte, sich nach außen hin nichts anmerken zu lassen, blieb ihm die Reaktion nicht verborgen.

»Was ist mit diesen Männern und der Frau?«, fragte Elvers kühl.

»Die Frau ist Hilde Dosch, die Chefin von Dosch-Fisch, unserem Aalhändler. Und diese Männer dort sind – wie Kollegin Helwig vermutet – chinesische Mafiosi. Sie haben sich übrigens heftig gestritten.«

»Oder einer hat dem anderen gedroht«, murmelte Elvers düster.

»Was meinen Sie damit?«

»Nichts«, sagte Elvers knapp. »Ich hole mir einen Kaffee.«

Dann verließ sie ohne ein weiteres Wort den Raum.

»Was war das denn?«, wunderte sich Viteri.

Das wüsste Moses auch gerne, weshalb er seiner Kommissarin wortlos folgte. Als er sie auf dem Flur eingeholt hatte, wollte er wissen, was los war.

»Was soll schon sein?«, wich Elvers aus. »Ich habe eben eine Aversion gegen diese Leute.«

»Dann hat Helwig also recht, und es handelt sich um Kriminelle?«

Elvers nagte an ihrer Unterlippe. Schließlich nickte sie.

»Ich kann mich daran erinnern, den Kleinen auf dem Foto schon einmal gesehen zu haben«, sagte sie tonlos. »Während meiner Zeit bei der OK haben wir eine Kampagne gegen eine Triade aus Hongkong gestartet.« Sie stockte, dann sah sie ihn flehend an: »Hören Sie, ich will damit nichts zu tun haben! Versprechen Sie mir, dass Sie mich da raushalten, ja?«

Moses war irritiert. So kannte er seine sonst so abgeklärte Kollegin gar nicht. Sie schien tatsächlich Angst zu haben.

»Es geht erst mal nur um Informationen«, beruhigte Moses sie. »Vielleicht haben diese Männer ja überhaupt nichts mit unserem aktuellen Fall zu tun. Aber um das ausschließen zu können, brauchen wir so viele Informationen wie möglich. Also, was können Sie mir über diesen Mann und seine Organisation erzählen?«

Elvers sah auf ihre Hände. Sie zögerte, dann stieß sie einen tiefen Seufzer aus.

»Also gut«, sagte sie. »Soweit ich mich erinnere, war das Bild von diesem Typen in den Akten eines Falls. Wir haben vermutet, dass er einer der Bosse ist. Es ging damals um Menschenschmuggel. Haben Sie schon einmal etwas von der 14K gehört?«

Moses schüttelte den Kopf.

»Das ist eine chinesische Triade mit geschätzten 20000 Mitgliedern. Sie stammt ursprünglich aus Hongkong, operiert aber weltweit.«

»Auch hier in Hamburg?«

»Natürlich«, lachte Elvers bitter. »Der Hafen ist eine globale Drehscheibe, ein Knotenpunkt. Hier laufen die großen Handelsströme zusammen. Und das bedeutet eine Menge Möglichkeiten. Auf St. Pauli, rund um die Schmuckstraße, gab es Anfang des 20. Jahrhunderts sogar ein echtes Chinatown.«

»Das wusste ich nicht«, gestand Moses.

»Das tun die wenigsten.« Elvers setzte eine finstere Miene auf. »Wie dem auch sei. Für uns war es damals so gut wie unmöglich, in diese Organisation einzudringen. Sie agiert fast ausschließlich innerhalb der chinesischen Gemeinde, und das ist eine extrem geschlossene Gesellschaft. Wir Außenstehenden bekommen von den Aktivitäten gar nichts mit. Hinzu kommt, dass alle panische Angst haben. Daran haben wir uns monatelang die Zähne ausgebissen. Wenn es um eine dieser Triaden geht, werden Sie nicht einmal einen Übersetzer finden. Das garantiere ich Ihnen!«

»Dann gibt es also mehrere Organisationen?«

»Sicher«, bejahte Elvers. »Rund ein Dutzend. Die 14K ist eine der größten. Aber das sind nur die, die weltweit operieren. Innerhalb Chinas gibt es noch viel mehr. Diese Geheimbünde existieren bereits seit Ende des 17. Jahrhunderts. Soweit ich mich erinnere, wird allein die Zahl der Triadenmitglieder in Hongkong auf 300000 geschätzt.«

»Und womit machen die ihr Geld?«

»Mit allem, was Profit verspricht. In Europa hat es mit Heroin angefangen, mittlerweile sind sie überall unterwegs. Schutzgelderpressung, gefälschte Medikamente und Markenprodukte, Drogen, Falschgeld, Prostitution. Damals ging es um Menschenschmuggel. Wir sind durch Zufall auf ein Netzwerk gestoßen, das im großen Stil Chinesen illegal über Osteuropa nach Deutschland geschleust hat.«

»Gab es Verurteilungen?«

»Nie. Hinter den kulturellen Mauern ihrer Gemeinschaft sind diese Gangster so gut wie unangreifbar. Ohne Verbündete auf der anderen Seite haben Sie keine Chance. Und die werden Sie niemals finden. Gegenüber dem Strafenkatalog einer Triade war die Inquisition ein Wellnessprogramm, glauben Sie mir! Diese Menschen schrecken vor nichts zurück. Die leben in einer anderen Welt und einer anderen Zeit.«

»Haben Sie deshalb die OK verlassen?« Moses spürte, dass da noch mehr war.

»Mit diesen Wahnsinnigen will ich nichts zu tun haben«, sagte sie. »Nicht noch einmal. Also lassen Sie mich da bitte raus!«

»So wie ich Sie bislang eingeschätzt habe, gehen Sie doch sonst keinen Schwierigkeiten aus dem Weg«, hielt Moses dagegen. »Das sieht Ihnen überhaupt nicht ähnlich.«

Elvers sah ihn an: »Normalerweise bekomme ich auch kein zerschnittenes Foto von meinem Sohn per Post zugeschickt.«

Als Moses nichts erwiderte, weil ihm schlichtweg die Worte fehlten, fügte sie hinzu: »Ich hol mir jetzt meinen Kaffee.«

Moses blickte ihr hinterher, bis sie am Ende des Flurs in der Teeküche verschwunden war. Er dachte noch darüber nach, was er soeben über die Kontakte seiner Jugendfreundin erfahren hatte, als Helwig ebenfalls auf den Gang trat.

»Da waren zwei Anrufe«, rief sie ihm zu. »Kommissar Leitner ist jetzt in Husum. Er meldet sich wieder, sobald er weiß, warum Kilian dort gewesen ist.«

»Und der zweite Anruf?«, fragte Moses, als Helwig näher gekommen war.

»Der war von Kilians Anwalt. Offenbar hat er erst heute Morgen mitgekriegt, dass er einen Mandanten weniger hat.«

»Und was will er von uns?«

Helwig stemmte ihre Fäuste triumphierend in die Hüfte. »Sieht ganz so aus, als hätte ich recht gehabt: Kilian wollte seinen Geschäftspartner verklagen. Wegen Betrug und Unterschlagung!«

19

Moses rüttelte an der schwarz lackierten Tür. Sie war verschlossen. Aber wenn der Schönling, den sie in Laakes Wohnung aus dem Bett geschmissen hatten, nicht gelogen hatte, befand sich der Gesuchte in diesem Club. Doch der war verrammelt, und eine Klingel gab es nicht.

Helwig holte aus und trat mit ihrem Stiefel gegen die massive Tür. Sie schepperte kaum wahrnehmbar.

»Und jetzt?« Sie klang frustriert. »Scheint niemand da zu sein. Entweder der Vogel ist getürmt, oder sein Lover hat uns angelogen.«

Moses hatte vorher noch nie etwas von diesem Club gehört. Er studierte die Fotos im Schaukasten. Sie zeigten Ausschnitte aus dem aktuellen Bühnenprogramm eines Travestiestars mit dem Künstlernamen Doris Night. Mit der gewaltigen Federboa und der Perücke war Laake kaum wiederzuerkennen.

»Vielleicht gibt es noch einen Hintereingang«, sagte er. »Sehen wir nach!«

In diesem Moment hörten sie, wie die Stahltür des Clubs von innen entriegelt wurde. Nachdem sie sich quietschend geöffnet hatte, erhob sich vor ihnen ein Berg aus Fleisch. Der kahlköpfige Koloss hatte die Statur eines Sumoringers, Moses schätzte sein Gewicht auf mindestens hundertachtzig Kilo.

»Was soll der Krach?«, grunzte der Berg gereizt. »Wir haben geschlossen!«

»Wir suchen Herrn Laake«, sagte Moses.

»Und?« Der Berg musterte ihn mit rot geränderten Augen. Er verschränkte die Arme über seinem gewaltigen Bauch. Angesichts der Körpermasse wirkten sie lächerlich klein.

»Wir müssen dringend mit ihm sprechen.« Moses zückte seinen Dienstausweis. »Hauptkommissar Moses. Und das hier ist meine Kollegin, Kommissarin Helwig.«

Der Riese würdigte die Ausweise keines Blickes. Stattdessen starrte er die beiden Beamten wortlos an. Dann wandte er den Kopf, ohne die Treppe hinter ihm frei zu geben.

»Doris!«, brüllte er in den Keller hinunter. Es klang wie das Donnern bei einem Erdrutsch. »Hier ist ein schwarzer Bulle für dich!«

Dann sah er Moses und seine junge blonde Kollegin wieder an, ohne die Miene zu verziehen. Allmählich wurde es Moses zu bunt. Er war kurz davor, andere Saiten aufzuziehen, als die erlösende Antwort aus der Tiefe des Kellers kam: »Wenn es ein schwarzer Bulle ist, lass ihn rein! Der ist echt!«

Der Berg grunzte unzufrieden, trat aber zur Seite und gab die Treppe frei. Moses und Helwig quetschten sich an ihm vorbei und stiegen in den Keller hinab. Unten angekommen, war Moses positiv überrascht. Er hatte ein dunkles, miefiges Kellerloch erwartet, aber das Gegenteil war der Fall. Der Laden war frisch renoviert. Offenbar hatte er noch nicht lange geöffnet, was vermutlich auch der Grund war, warum er ihn nicht kannte. Der unerwartet hohe Raum war ganz im Retrolook eingerichtet, wobei das Interieur einen Pariser Salon des 19. Jahrhunderts imitierte. Mit blutrotem Plüsch überzogene Sitzpolster, goldene Spiegel und schwarze, kunstvoll geschnitzte Ziersäulen. An der Decke hing ein opulenter Kristallleuchter, in dem sich das intime Licht der geschmackvoll gestalteten Theke spiegelte. Wer immer für die Einrichtung verantwortlich gewesen war, hatte weder Mühe noch Kosten gescheut. Am Ende der Bar, gegenüber der polierten Teakholztheke und der winzigen Tanzfläche, befand sich eine Bühne mit einem Klavier. Links davon entdeckte Moses eine Tür mit einem handbemalten Schild. »Backstage! Zutritt verboten!«

Laake alias Doris Night war indessen nirgends zu sehen.

»Sind Sie der Besitzer hier?«, wandte sich Moses an den Sumoringer, der hinter ihnen die steile Treppe heruntergestampft war.

»Ich bin für die Sicherheit zuständig«, knurrte der Riese.

Damit war das Gespräch für ihn offenbar beendet, denn er verschwand ohne ein weiteres Wort durch einen zweiten Ausgang, den Moses erst jetzt bemerkte. Helwig warf ihm einen genervten Blick zu, den Moses ignorierte. Da Leitner noch in Husum weilte und er Viteri auf diese chinesische Triade angesetzt hatte, war ihm nichts anderes übrig geblieben, als seine neue Kommissarin mitzunehmen. Nur für den Fall, dass er tatsächlich eine Verhaftung vornehmen musste. Ihm wäre es lieber gewesen, Elvers hätte ihn begleitet. Aber die hatte ihn ja darum gebeten, im Hintergrund bleiben zu dürfen.

»Hannes meint es nicht so« Laake trat hinter dem Bühnenvorhang hervor. »Er sieht immer aus, als würde er jeden auffressen wollen.«

Oder zerquetschen, dachte Moses. Laake sprang leichtfüßig von dem Podest herunter und kam auf Helwig und ihn zu. Er trug einen schneeweißen Leinenanzug und rote Ballerinas. Auf seinen geölten Haaren lag ein Haarnetz.

»Haben Sie Günthers Mörder gefunden?«, wollte er wissen.

»Wir müssen uns mit Ihnen unterhalten«, überging Moses die Frage.

»Unterhalten? Worüber?« Laake nahm eine abwehrende Haltung ein. »Ich habe Ihnen alles gesagt. Außerdem habe ich jetzt keine Zeit. Gleich kommt der Musiker zur Probe.«

Er deutete auf das Klavier.

»Es dauert nicht lange«, sagte Helwig grimmig. »Wir haben neue Beweise.«

»Es hat sich etwas Neues ergeben«, korrigierte Moses seine Kollegin mit einem Seitenblick. »Etwas, was uns Kopfzerbrechen bereitet. Darüber würden wir gerne mit Ihnen reden.«

Laake verschränkte seine rasierten Arme. »Ach ja? Und was soll das sein, wenn ich fragen darf? Ich habe Ihnen und Ihrer unfreundlichen Kollegin bereits alles gesagt. Mehr weiß ich nicht.«

»Ich schlage vor, wir setzen uns erst einmal«, sagte Moses ruhig.

Laake zögerte, dann führte er die Kommissare zu einer der Sitznischen entlang der Wand, die so ausgerichtet waren, dass sie trotz einer gewissen Abgeschiedenheit einen freien Blick auf die Bühne und die Tanzfläche boten. Als Moses und Helwig sich darin niederließen, versanken sie beinahe in dem roten Plüsch.

Moses beugte sich vor und stützte seine Ellbogen auf den im Boden fest verankerten Tisch. Er beobachtete den Travestiekünstler, der ihm gegenüber Platz genommen hatte. Er konnte weder Angst noch aufkommende Panik an ihm feststellen. Entweder er fühlte sich sicher, oder er war einfach nur ein guter Schauspieler, was bei seinem Beruf natürlich naheliegend war.

Laake erwiderte seinen Blick. »Also, was sind das für angebliche Beweise? Spannen Sie mich nicht länger auf die Folter.«

»Wir haben einen Anruf erhalten«, erklärte Moses. »Aus einer Anwaltskanzlei. Genauer gesagt von einem Anwalt, der

Ihren verstorbenen Partner vertritt. Vertreten hat«, verbesserte sich Moses.

»Ja, und?«

»Laut Erklärung des Anwalts wollte Ihr Partner Ihr gemeinsames Geschäftsverhältnis auflösen. Und er plante Sie zu verklagen: wegen Unterschlagung und Betrug.«

»Wodurch Sie zu unserem Hauptverdächtigen werden«, ergänzte Helwig.

»Das war nur ein Fehler in der Abrechnung! Mehr nicht.«, empörte sich Laake. »Die Sache hatten Günther und ich doch längst geklärt.«

Moses hob die Hand, um ihn zu bremsen. »Zudem hat die Auswertung Ihrer Handydaten ergeben, dass Sie Kilian am Samstag um genau zwölf Uhr dreiunddreißig angerufen haben. Worüber haben Sie gesprochen?«

»Herrgott noch mal«, schimpfte Laake. »Ich habe Günther nicht umgebracht!«

»Sondern?«

»Nichts ›sondern‹! Ich war das ganze Wochenende hier im Club. Das haben Sie doch bereits überprüft.«

»Nun, vielleicht haben Sie ja jemanden damit beauftragt. Sie haben selbst mit Ihren Kontakten ins Milieu geprahlt, wenn ich mich recht erinnere«, sagte Moses. »Vielleicht ist darunter auch jemand, der zu mehr bereit ist, als nur Jugendliche einzuschüchtern, die zu viele Gangsterfilme gesehen haben.«

Moses musterte ihn mit einem prüfenden Blick.

»Das ist Bullshit!«, schrie Laake und sprang auf. »Hören Sie endlich auf, mir andauernd etwas zu unterstellen!«

Von Unterstellung konnte keine Rede sein, dachte Moses. Wie sie von dem Anwalt erfahren hatten, gab es Belege dafür, dass Laake bei der Abrechnung systematisch betrogen hatte.

Plötzlich bebte die Bühne, und der Kopf des Sumoringers tauchte hinter dem Vorhang auf: »Brauchst du mich?«

»Äh, nein, schon gut, Hannes!«, winkte Laake ab. »Alles in Ordnung!«

Er setzte sich wieder, und der kahle Schädel verschwand.

»Können wir jetzt weitermachen?«, fragte Moses. Als Laake zögernd nickte, fuhr er fort. »Hören Sie, wir müssen ein Gewaltverbrechen aufklären. Sie können natürlich weiterhin alle Vorwürfe abstreiten, aber das nützt am Ende niemandem. Es existieren genug Beweise für Ihren Betrug. Das hat uns der Anwalt Ihres Partners versichert. Also, geben Sie endlich zu, dass Sie Ihren Geschäftspartner finanziell hintergangen haben?«

Laake biss sich auf die Unterlippe. Jetzt hatte Moses ihn da, wo er wollte. Offenbar wog er gerade die Dinge gegeneinander ab. Und natürlich wog ein Mordverdacht schwerer als jeder noch so geartete Betrug. Deshalb dauerte es nicht lange, bis er einknickte.

»Günther hat sich nie um die Finanzen gekümmert«, sagte er kleinlaut.

»Ach, und das gibt Ihnen das Recht, ihn zu bestehlen?«, konterte Helwig scharf.

»Was wissen Sie denn schon?«

»Immer mit der Ruhe!«, ging Moses dazwischen. Dann wandte er sich an Laake, der nervös auf dem roten Plüschpolster herumrutschte: »Fahren Sie fort.«

»Keine Ahnung, wie er dahintergekommen ist«, sagte Laake. »Vielleicht hat er die Tageseinnahmen gezählt, obwohl das eigentlich die Geldtransportfirma macht. Aber jetzt, wo ich darüber nachdenke … In der letzten Zeit hat er sich ständig beklagt, dass er mehr Geld braucht. Er wollte sogar unbedingt mehr Maschinen anschaffen, obwohl es im Salon keinen Platz dafür gibt.«

Moses führte sich Kilians Wohnung vor Augen. Außer den Schiffsmodellen war ihm nichts aufgefallen, was auf einen besonders teuren Lebensstil hingedeutet hätte.

»Wissen Sie, wofür Ihr verstorbener Partner das Geld hätte brauchen können?«, fragte er.

»Keine Ahnung«, erklärte Laake händeringend. »Für einen seiner Jungen vielleicht.«

»Was für Jungen?«, horchte Moses auf.

»Günther stand auf hübsche Jungs. Was mich ehrlich gesagt schon immer gestört hat.«

»Seit wann wissen Sie, dass Ihr Partner Ihnen auf die Schliche gekommen ist?«, hakte Moses nach.

Laake senkte den Blick. »Er hat es mir gesagt. Vor zehn Tagen. Deshalb habe ich ihn ja zum Frühstück eingeladen. Ich wollte die Sache aus der Welt schaffen …«

»Das ist Ihnen ja gelungen«, meinte Helwig grimmig.

»Was soll das denn schon wieder heißen?«

»Ohne Kläger keine Anzeige …«

»Günther ist nicht gekommen!«, empörte sich Laake. »Außerdem war ich es, der Sie angerufen hat. Zählt das überhaupt nicht?«

Er sah Moses Hilfe suchend an, der Laakes Frage ignorierte. »Und nachdem Ihr Partner nicht erschienen ist«, sagte er stattdessen, »sind Sie in seine Wohnung und haben den Laptop entwendet.«

Dem Entertainer war die Verblüffung deutlich anzumerken. »Woher wissen Sie das?«

»Haben Sie den Laptop, oder haben Sie ihn nicht?«

»Ja«, räumte Laake kleinlaut ein. »Er ist bei mir zu Hause.«

»Demnach besitzen Sie also doch einen Schlüssel für die Wohnung des Toten«, folgerte Moses. »Warum haben Sie uns angelogen?«

»Ich wollte doch nur wissen, was Günther gegen mich plant. Bevor … bevor er wieder auftaucht.«

»Nun gut«, sagte Moses. Er schälte sich aus der Sitzecke. »Kommissarin Helwig wird Sie in Ihre Wohnung begleiten, um den Laptop zu holen.«

»Ich muss mich noch umziehen«, entgegnete Laake. Er deutete auf den weißen Leinenanzug und seine Ballerinas.

»Gut«, sagte Moses. »Wir warten draußen auf Sie.«

Helwig schien mit seiner Entscheidung nicht einverstanden zu sein, aber sie folgte ihm wortlos die steile Kellertreppe hinauf. Als sie ins Freie traten, war es mit ihrer Zurückhaltung allerdings vorbei.

»Was ist, wenn er durch einen Hinterausgang abhaut? Ich verstehe nicht, warum Sie den Kerl nicht einfach verhaften.«

Moses blinzelte gegen die plötzliche Helligkeit an. »Weil er nicht der ist, den wir suchen.«

»Ich sehe weit und breit niemanden, der ein besseres Motiv hätte! Oder spinne ich etwa?«

»Und wie erklären Sie sich die Aale?«, widersprach Moses. Er bemühte sich ruhig zu bleiben.

»Keine Ahnung«, gestand Helwig leicht verunsichert. »Vielleicht hat er ja Leute, die so was für ihn machen.«

»Das könnte schon sein«, räumte Moses ein. »Aber würden Sie ein derart aufsehenerregendes Spektakel inszenieren lassen? Mit Fischen auf einem Spielplatz? Nur um einen einfachen Geschäftsbetrug zu vertuschen?«

»Vielleicht ging es ja nur darum, mit was Spektakulärem von dem Naheliegenden abzulenken. Könnte doch sein.«

Moses musste zugeben, dass dieser Gedanke nicht komplett abwegig war. In diese Richtung hatte er tatsächlich noch nicht gedacht. Trotzdem blieb er bei seinem Vorhaben.

»Begleiten Sie Laake in seine Wohnung, und stellen Sie den

Laptop sicher«, trug er Helwig auf, bevor er sich zum Gehen wandte. »Danach geben Sie ihn Viteri. Er soll sich darum kümmern. Ich komme später ins Präsidium nach.«

»Und wann ist das?«, rief ihm Helwig hinterher. »Was haben Sie vor?«

Moses stieg wortlos in den Alfa, der vor dem Nachtclub parkte. Er redete nicht gerne über sein Bauchgefühl. Zumal er sich selbst nicht wirklich sicher war. Aber er hatte das unbestimmte Gefühl, dass die Lösung des Falls nicht in einer Transvestitenbar auf St. Pauli zu suchen war, sondern auf der anderen Seite der Elbe.

20

Die wuchtigen Stahlträger der Brücke schienen für die Ewigkeit gegossen zu sein. Sie erinnerten an ein vergangenes Zeitalter, und das Licht, das seinen Weg durch die schwere Stahlkonstruktion fand, tanzte stakkatohaft auf der Autoscheibe. Unter ihm schob sich die Norderelbe dahin, und als er auf der anderen Seite die Freihafenbrücke wieder verließ, begrüßte ihn das dem Verfall ausgelieferte Überseezentrum. Wo einst Massen von Stückgut umgeschlagen wurden, verfielen die Gebäude, Rost überzog die einst so betriebsamen Bahngleise. Das verlassene Gelände war eine mahnende Erinnerung an die Schnelllebigkeit der Zeit. Nirgendwo manifestierte sich die rasante Veränderung, das ständige Sterben und Wachsen, so sichtbar wie hier im Hafen. Moses beschleunigte wieder, und nachdem er den O'Swaldkai und das Fruchtzentrum rechts hinter sich gelassen hatte, bog er nach Westen und folgte dem Gleisgewirr des Verschiebebahnhofs. An der Wasserschutzpolizeischule nahm er den Veddeler Damm, der bis ans Ende der Elbinsel führte. Dann parkte er direkt am Wasser und stellte den Motor ab. Neugierig musterte er das schmucklose Backsteingebäude, an dem ein noch schlichteres Firmenschild hing:

DOSCH – FISCHGROSSHANDEL

Bei dem ältesten und größten Fischhändler Hamburgs hatte Moses mit einem repräsentativeren Auftritt gerechnet. Aber das lang gezogene, zweistöckige Gebäude erinnerte eher an eine Baracke als an eine Firmenzentrale, in der vermutlich Millionen umgesetzt wurden. Ein über Jahrhunderte gewachsenes hanseatisches Understatement, dachte Moses. Er stieg aus dem Wagen und betrat das Gebäude. Kaum hatte er das schlichte Foyer betreten, wurde er eines Besseren belehrt. Die Empfangsdame, die hinter dem altmodischen Tresen thronte, war alles andere als ein Understatement. Sie war rasend blond und besaß Modelmaße, was Moses als Zugeständnis an die vermutlich meist männliche Kundschaft in der Fischbranche verbuchte. Während er auf die junge Frau zuging, lächelte sie ihn an.

»Welcome to Hamburg!«, sagte sie. Offenbar hielt sie ihn für einen ausländischen Geschäftspartner. »How can I help you?«

Moses lächelte zurück: »Indem Sie mich bei Ihrer Chefin anmelden.«

Das Strahlen im Gesicht der jungen Frau gefror, während sie ihre Verlegenheit tapfer zu überspielen versuchte.

»Haben Sie denn einen Termin?«, fragte sie. Dabei beugte sie sich ein wenig vor, wodurch der Ausschnitt ihrer Bluse noch tiefer wurde.

»Nein«, erklärte Moses. »Aber wenn Sie ihr sagen, dass ich hier bin, wird Sie sicher Zeit für mich haben.«

»Und wen soll ich ankündigen?«

»Sagen Sie ihr einfach, Céline Dion ist hier.«

Damit war die Verwirrung perfekt. Die Sekretärin glotzte ihn an, als hätte er nicht alle Tassen im Schrank.

»Tun Sie es einfach«, forderte Moses sie auf.

Die junge Frau zögerte, dann griff sie endlich zum Hörer. Offenkundig war sie noch immer so peinlich berührt, dass sie sich nicht mehr anders zu helfen wusste.

»Hier ist der Empfang«, sagte sie in den Hörer an ihrem Ohr. »Vor mir steht ein Herr, äh, der Sie sprechen möchte.«

Kurze Pause.

»Das weiß ich nicht. Er sagt, ich soll Ihnen sagen, Céline Dion ist hier ...«

Während der erneuten Pause lächelte sie Moses verlegen an.

»Ja, das ist er«, hörte er sie leise sagen. Dann fuhr sie lauter fort: »Gut ... Ja, das mache ich.«

Sie beendete das Gespräch und legte den Hörer zurück in die Schale. Sie wirkte erleichtert.

»Gehen Sie einfach die Treppe da hinten rauf. Dann rechts und immer weiter geradeaus«, sagte sie. »Frau Dosch erwartet Sie.«

»Danke«, erwiderte Moses mit einem Kopfnicken.

Dann begab er sich in den ersten Stock. Als er den langen Gang entlangging, warf er einen Blick in die größtenteils verglasten Büros. Zumindest im Inneren des Gebäudes hatte die Moderne Einzug gehalten. Dutzende von gestressten Angestellten brüteten vor ihren Computerbildschirmen, verfolgten bunte Kurslinien und aktuelle Marktpreise. Moses hatte den Eindruck, als befände er sich eher bei einem Broker als bei einem Fischhändler. Die Männer und Frauen waren derart konzentriert bei der Sache, dass sie ihn nicht einmal bemerkten. Als er das Ende des Flurs erreicht hatte, blieb er stehen, um einen Blick auf das kleine Türschild zu werfen.

H. Dosch

Geschäftsführerin

Er klopfte und trat ein. Seine Jugendfreundin thronte hinter einem gläsernen Schreibtisch, der zweifellos die Vorzüge ihrer schlanken Beine zum Vorschein bringen sollte. Moses konnte sich gut daran erinnern, dass sie schon zu Schulzeiten ihre weiblichen Reize perfekt einzusetzen wusste. Zumindest in dieser Hinsicht schien sich die Schöne Hilde treu geblieben zu sein. Der Rock ihres petrolfarbenen Kostüms war für eine Geschäftsfrau aufsehenerregend kurz, ihre offenen Haare glichen einer Löwenmähne. Moses musste zugeben, dass seine ehemalige Schulfreundin noch immer eine außergewöhnlich attraktive Frau war. Und vermutlich war sie noch immer die Draufgängerin, die sich nahm, was sie wollte.

»Kleinen Moment noch«, sagte Hilde, ohne von der Liste aufzublicken, die sie gerade mit einem Stift in der Hand durchging.

»Lass dir Zeit«, erwiderte Moses. »Ich habe es nicht eilig.«

Er sah sich um. Das Büro war mit teuren, aber dezenten Möbelstücken eingerichtet. Nur der gläserne Schreitisch wirkte ein wenig übertrieben. Dafür war der Blick aus dem Fenster imposant. Über einen Schuppen hinweg konnte man das Wasser und die Elbphilharmonie auf der anderen Seite sehen. Im Licht der Nachmittagssonne funkelte die verglaste Fassade wie ein geschliffener Edelstein.

»So«, sagte Hilde, während sie die Liste zur Seite legte. »Tut mir leid, aber ich musste noch kurz eine Lieferung überprüfen.«

Sie stand auf und ließ sich zur Begrüßung auf die Wange küssen. Moses machte das Ritual mit, obwohl er schon seit seiner Jugend eine Aversion gegen die aufgesetzten Begrüßungsrituale in bestimmten Gesellschaftskreisen hatte.

»Céline Dion!«, lachte seine Jugendfreundin. »Dass du dich daran noch erinnern kannst.« Sie sah ihn erwartungsvoll an. »Wer hätte gedacht, dass ich dich so schnell wiedersehe? Du warst gestern einfach verschwunden. Dabei hätte ich mich gerne noch ein wenig mit dir unterhalten«, fügte sie mit einem koketten Augenaufschlag hinzu. Dann trat sie an den antiken Getränkewagen, dessen Zustand einen generationenübergreifenden Einsatz vermuten ließ. »Willst du was trinken?«

»Nein, danke. Ich bin im Dienst.«

»Im Dienst? Jetzt machst du mich aber neugierig!«

»Sollen wir uns setzen?« Moses deutete auf die Sitzgruppe, die aus zwei modernen Sesseln und einem Sofa bestand.

Hilde Dosch musterte ihn unsicher, folgte aber schließlich seiner Aufforderung.

»Was ist los?«, wollte sie wissen, nachdem sie ihren Rock glatt gestrichen und auf dem Sofa Platz genommen hatte.

Moses wählte den Sessel gegenüber. Er hielt es für ratsam, eine gewisse Distanz zu wahren. Einer männerfressenden Löwin kam man besser nicht zu nah.

»Ich muss dir ein paar Fragen stellen«, begann er. »Das ist auch schon alles.«

»Moment!« Hilde hob lächelnd ihre Hand. »Bevor du mich verhaftest: Dann warst du gestern Abend also nicht zufällig in der Musikhalle. Warst du da etwa auch im Dienst?«

»Sowohl als auch«, wich Moses aus.

Hilde zog eine gezupfte Augenbraue hoch.

»Ich ermittele in einem Mordfall. Hast du vielleicht mitbekommen. Im Moment kennt die Stadt kein anderes Thema.«

»Du meinst die Leiche auf dem Spielplatz? Ja, davon habe ich gelesen. Das war schließlich überall in der Presse. Aber was hat das mit mir zu tun?«

Moses legte die Fingerspitzen gegeneinander. »Vielleicht hast du dann ja auch gelesen, dass wir zusammen mit der Leiche auch Fische gefunden haben. Glasaale, um genau zu sein.«

»Ja, und?«, wunderte sich Hilde. »Ich verstehe immer noch nicht, worauf du hinauswillst.«

»Ihr seid die Einzigen im Hafen, die Glasaale importieren. Das hat man mir jedenfalls gesagt.«

Hilde lächelte Moses an. »Dann warst du also der ›Kommissar aus Afrika‹, der auf der Aalfarm ›rumgeschnüffelt‹ hat!

Nach deinem Auftauchen gestern Abend hätte ich mir das eigentlich schon denken können.«

Interessant, dachte Moses. Allem Anschein nach hatte es dieser kleinspurige Direktor auf der Farm für nötig gehalten, Hilde Dosch über seinen Besuch zu informieren.

»Dann gehört die Fischzucht draußen in Altengamme also euch?«

»Nein, aber wir sind daran beteiligt. Es ist die modernste Anlage Europas.« Hilde Dosch schlug ihre langen Beine übereinander. »Leider entpuppt sich das Ganze immer mehr als totale Fehlinvestition.«

»Und woher bezieht ihr eure Aale?«, fragte er.

»Aus dem Atlantik, soweit ich weiß.« Hilde legte den Kopf zu Seite. »Warum interessiert dich das überhaupt?«

»Ich muss wissen, wie die Fische in den Leichnam gekommen sind.«

»Hast du *in* den Leichnam gesagt?«

Moses nickte. »Die Aale haben sich durch die Körperöffnungen ins Innere gefressen.«

Hilde Dosch verzog angewidert das Gesicht und schüttelte sich. Er zog ein Foto des Toten aus der Innentasche seines Sakkos hervor. Es war im Leichenschauhaus gemacht worden.

»Hast du diesen Mann schon einmal gesehen? Vielleicht hat er mal für dich gearbeitet? Sein Name ist Günther Kilian. Ein ehemaliger Seemann.«

Hilde beugte sich vor und warf einen hastigen Blick auf das Foto des Toten.

»Nein!«, stieß sie erschrocken hervor. »Diesen Mann habe ich noch nie gesehen.«

»Bist du sicher, dass du ihn nicht vielleicht doch von irgendwoher kennst?«, hakte er nach. »Er könnte doch bei dir gearbeitet haben, ohne dass du ihm je begegnet bist.«

»So groß sind wir auch wieder nicht«, entgegnete Hilde. »Nein, ich kenne meine Mitarbeiter. Zumindest jedes einzelne Gesicht. Und der da gehört nicht dazu!«

Etwas Ähnliches hatte er bereits befürchtet. Er konnte sich noch immer nicht erklären, was die Verbindung zwischen Kilian und diesen verfluchten Fischen war.

»Okay, ich verstehe. Aber vielleicht kannst du mir ja sagen, wann ihr das letzte Mal Aale importiert habt? Und an wen ihr sie weiterverkauft habt?«

»Da fragst du mich zu viel. Das müsste ich nachsehen.«

»Würdest du das bitte tun?«

»Ich würde dir ja gerne helfen, aber ich kann dir nicht so einfach die Kontakte meiner Geschäftspartner weitergeben«, wandte Hilde ein. »Das sind Geschäftsgeheimnisse. Immerhin habe ich den Ruf der Firma zu verteidigen.«

Sie machte Anstalten, sich von dem Sofa zu erheben.

Moses hob die Hand und lächelte sie provozierend an. Anscheinend musste er bei Hilde andere Maßnahmen ergreifen. »Ich könnte mir natürlich auch einen Durchsuchungsbeschluss besorgen. Aber warum der Aufwand? So eine offizielle Durchsuchung schlägt nur unnötig hohe Wellen. Zumal die Presse bereits von dem Fall Wind bekommen hat. Und wir wollen doch beide unnötigen Ärger vermeiden, oder etwa nicht?«

Hilde setzte sich wieder. Die versteckte Drohung war angekommen.

»Lassen wir die Presse aus dem Spiel«, sagte sie. »Was schlägst du vor?«

»Du sagst mir einfach, von wem ihr eure letzte Lieferung bekommen habt und wohin die Aale gegangen sind. Mehr will ich nicht.«

Hilde sah ihn für den Bruchteil einer Sekunde erschrocken an. Sie presste ihre Lippen zusammen und betrachtete ihre rot lackierten Fingernägel. Dann drückte sie den Rücken durch. »Ohne Rücksprache mit meinen Kunden kann ich dir diese Information nicht geben.« Sie klang, als hätte sie eine Entscheidung gefällt. Leider war es die falsche. »Ich bin meinen Geschäftspartnern gegenüber zur Diskretion verpflichtet. Wir sind ein seriöses Unternehmen, und meinen Ruf setze ich nicht einfach so aufs Spiel. Abgesehen davon möchte ich zuerst wissen, was diese schreckliche Sache überhaupt mit meiner Firma zu tun haben soll.«

Das wüsste ich auch gerne, sagte sich Moses im Stillen.

»Ich suche lediglich ein paar Informationen«, versuchte er die Wogen zu glätten. »Also: Du lässt mich einfach die Liste deiner Abnehmer einsehen, und schon bin ich wieder weg. Keiner der Kunden wird etwas davon erfahren. Ansonsten bleibt mir wohl nichts anderes übrig, als den offiziellen Weg zu gehen.«

»Einen Durchsuchungsbefehl bekommst du nie!«, lachte Hilde trotzig auf.

»Vielleicht«, gestand Moses. »Vielleicht ist der Untersuchungsrichter aber auch ein guter Freund von mir. So oder so wird die Presse Wind davon bekommen. Willst du es wirklich darauf ankommen lassen?«

Hilde spielte mit ihrem Armband, dessen Diamanten vermutlich den Wert eines Kleinwagens hatten. Schließlich reckte sie ihr Kinn und sah ihn an. Offenbar zeigte die Drohung diesmal Wirkung: »Dein Wort darauf, dass niemand etwas davon erfährt? Weder die Presse noch sonst jemand?«

»Nicht aus meinem Mund«, erwiderte Moses und wunderte sich, dass seine ehemalige Jugendfreundin so viel Aufhebens um diese Liste machte. Er hätte nicht gedacht, dass sie ein derart brisantes Firmengeheimnis darstellte. Zumindest nicht im Fischgeschäft.

»Und danach sehe ich dich nie wieder?«, versicherte sich Hilde. Sie zögerte noch immer.

»Wenn du darauf bestehst …«

»Ja, das tue ich!«, sagte sie und funkelte ihn wütend an, dann erhob sie sich erneut und strich ihren Rock glatt. »Warte hier! Ich bin gleich wieder zurück!«

Moses kam nicht umhin, die Selbstsicherheit zu bewundern, mit der sie sich auf ihren High Heels bewegte. Nachdem sie den Raum verlassen hatte, legte er die Hände in den Nacken und streckte sich. Das Vibrieren seines Handys riss ihn aus seinen Gedanken. Ein Blick auf das Display genügte, um ihm einen kalten Schauer über den Rücken zu jagen. Juliane! Er hatte ganz vergessen, dass er ihr heute morgen versprochen hatte, sie zum Bahnhof zu bringen.

»Tut mir leid. Ich habe so viel zu tun. Ich habe einfach nicht mehr daran gedacht«, sagte er schnell, nachdem er den Anruf entgegengenommen hatte.

»Keine Sorge, ich wollte dich eigentlich nur anrufen, um dir zu sagen, dass mein Seminar ausgefallen ist. Und ich mich deshalb dazu entschieden habe, einen Zug früher zu nehmen.«

Allem Anschein nach konnte sie es kaum erwarten, nach Kopenhagen und zu diesem Sören zu kommen, dachte Moses grimmig.

»Wo bist du gerade?«

Moses biss sich auf die Zunge. Dies war vielleicht nicht der geeignete Moment, um Juliane zu sagen, dass er bei der Frau saß, wegen der sie sich am Abend zuvor gestritten hatten. Er sah auf die Armbanduhr.

»Ich arbeite. Deshalb weiß ich nicht, ob ich es noch rechtzeitig schaffe.«

»Wohin?«

»Zum Bahnhof. Um mich von dir zu verabschieden.«

»Dafür ist es ein bisschen spät. Ich sitze längst im Zug. Wir haben Elmshorn gerade hinter uns gelassen.«

Shit, schoss es Moses durch den Kopf.

»Sorry«, sagte er zerknirscht. »Aber bei uns ist gerade viel los. Du kennst das ja.«

Eine ziemlich schwache Ausrede. Aber zumindest war es die Wahrheit.

»Immer noch der gleiche Fall?«

»Ja. Und ich komme keinen Schritt weiter. Wann kommst du zurück?«

»Willst du mich etwa vom Bahnhof abholen?«

»Ich könnte es ja versuchen …«

Er hörte Juliane etwas erwidern, aber ihre Stimme entschwand in den Äther. Dann drang nur noch ein Rauschen an sein Ohr. Vermutlich war der Zug in ein Funkloch geraten.

Moses legte auf. In diesem Moment kehrte Hilde mit einem Ausdruck in der Hand zurück.

»Hier!«, sagte sie und überreichte ihm das Blatt Papier. »Das sind die letzten Aalimporte und ihre Abnehmer. Du wirst sehen, dass bei diesen Importen nicht viel rumkommt. Eigentlich kann man es gleich ganz sein lassen.«

Moses nahm die Liste im Sitzen entgegen und überflog die Aufstellung. In den letzten drei Monaten hatte die Firma insgesamt vier Mal Glasaale importiert. Die letzte Lieferung betrug insgesamt sechs Tonnen. Fünf Tonnen waren direkt an die Aalversandstelle gegangen, eine Tonne war an die Zuchtfarm in Altengamme verkauft worden. Zugegeben, das war wirklich nicht gerade viel. Zumindest sofern er das beurteilen konnte. Allerdings hieß das auch, dass der großspurige Direktor gelogen hatte. Als Leitner und er dort gewesen waren, musste es auf dem Gelände irgendwo noch jüngere Glasaale gegeben haben. Sicher in einem der vielen Bottiche. Aber aus welchem

Grund hatte er das vor ihnen verheimlicht? Moses nahm sich vor, Leitner noch einmal dort hinauszuschicken, um sich genauer umzusehen und dem Mann auf den Zahn zu fühlen. Er ging die Liste weiter durch. Als er das Datum der letzten Aallieferung las, stutzte er. Der besagte Frachter hatte am Samstag, also an dem Tag, an dem Kilian der Gerichtsmedizin zufolge ermordet worden war, im Hamburger Hafen angelegt. Dann stockte er erneut. Mit einem Mal war er wie elektrisiert.

»… und jetzt möchte ich, dass du gehst!«, hörte er Hilde aus weiter Ferne sagen. »Ich will dich hier nie wieder sehen. Und denk an dein Versprechen: Das bleibt unter uns.«

Aber Moses reagierte nicht, sondern starrte nur auf das Papier in seiner Hand. Es war der Name des Frachters, der ihm ins Auge stach:

HUSUM

21

War dies die Verbindung, die er gesucht hatte? Allem Anschein nach bezog sich die Notiz aus Kilians Wohnung nicht auf den Ort, sondern auf ein gleichnamiges Schiff. Das Datum, die Aale an Bord des Frachters – das konnte unmöglich ein Zufall sein. Moses trat an den Rand des Parkplatzes und ließ seinen Blick über das gegenüberliegende Elbufer schweifen, wo sich der Kirchturm von St. Michaelis über der Innenstadt erhob. Seit der Fertigstellung der vorgelagerten Elbphilharmonie wirkte der Michel, seit Jahrhunderten markantes Wahrzeichen der Stadt, als wäre er geschrumpft. Im Licht der tief stehenden Nachmittagssonne erinnerte ihn das wellenförmige Dach des gewaltigen Neubaus an eine funkelnde Krone, die man der Stadt übergestülpt hatte. Er suchte seinen Autoschlüssel und ging zu seinem Wagen. Sein erster Impuls war es gewesen, Hilde von der Notiz des Ermordeten zu erzählen, aber dann hatte er es doch vorgezogen, seine Entdeckung für sich zu behalten. Noch wusste er nicht, welche Rolle Hilde in seinem Fall spielte. Auch wenn ihre Erschütterung über das Schicksal des Toten echt gewesen zu sein schien. Ihre gemeinsame Zeit lag zwar schon lange zurück, aber Moses kannte sie immer noch gut genug, um dies beurteilen zu können.

Er stieg in den Wagen und griff nach seinem Handy. Soweit

er sich erinnerte, arbeitete in der Hafenmeisterei ein alter Bekannter. Er hoffte nur, dass er noch nicht Feierabend gemacht hatte. Doch er hatte Glück. Als er wieder aufgelegt hatte, ließ er den Motor anspringen und fuhr auf dem Veddeler Damm zurück, bis er die Kaianlagen auf dem Kleinen Grasbrook erreicht hatte. Dort parkte er erneut, und nach einem kurzen Fußmarsch entlang der auf der Pier verlegten Krangleise fand er, was er gesucht hatte. In der Abenddämmerung ragte der Rumpf des Frachters wie eine unbezwingbare Wand aus Stahl vor ihm auf. Es war nicht zu übersehen, dass der Frachter dringend einer Überholung bedurfte. Von dem Schiffsnamen am Bug waren sowohl das H am Anfang als auch das M am Ende fast gänzlich abgeblättert. Moses sah sich um. Um ihn herum war es ruhig und dunkel, lediglich das andere Ende der Pier war taghell erleuchtet. Gabelstapler sausten umher, und Kräne hievten Container von Bord eines in gleißendes Flutlicht getauchten Schiffes. Niemand schien sich über einen Spaziergänger wie ihn zu wundern. Mit dem Wegfall der EU-Binnengrenzen hatte sich auch hier viel verändert. Er konnte sich noch gut an die Zeiten erinnern, in denen der Zutritt in den Hafen streng kontrolliert wurde, weil er Zollgrenzgebiet war.

Moses legte den Kopf in den Nacken und sah an der Stahlwand empor. Nirgendwo auf dem riesigen Schiff brannte Licht. Zumindest konnte er keins von seinem Standpunkt aus erkennen. Er lief den Schiffsrumpf entlang, bis er vor der herabgelassenen Gangway stand. Die Schiffstreppe schmiegte sich seitlich an den Schiffskörper und endete auf halber Höhe in einer offenen Luke. Auch hier war niemand zu sehen. Selbst sein mehrfaches Rufen blieb unbeantwortet. Dann vibrierte sein Handy. Moses nahm den Anruf unbesehen entgegen, was er sofort bereute. Es war Bonnekamp.

»Wo stecken Sie, Mann? Ich warte schon seit Stunden auf Sie!«

»Ich bin unterwegs.« Moses überraschte es nicht, dass Bonnekamp um diese Uhrzeit noch im Präsidium war.

»Warum in Herrgotts Namen haben Sie diese Tunte nicht verhaftet?«

»Sie meinen Laake?«

»Wen sonst!«

»Es gibt noch andere Spuren.«

»Vergessen Sie diesen Mafiaquatsch. Sie haben einen Verdächtigen, und ich will, dass Sie ihn in Untersuchungshaft nehmen und verhören. Stattdessen treiben Sie sich sonst wo herum.«

»Ich habe Ihnen doch gesagt, dass ich mitten in einer Ermittlung bin.«

»Wenn das so ist, dann ermitteln Sie gefälligst an der richtigen Stelle! Der Innensenator verliert allmählich die Geduld, und ich auch. Also verhaften Sie diesen Kerl endlich!«

Du kannst mich mal!, dachte Moses. Nachdem Bonnekamp aufgelegt hatte, ließ er seinen Blick die Gangway entlangwandern. Noch immer war niemand an der offenen Luke oder oben an Deck des Frachters zu sehen. Also holte er tief Luft und setzte seinen Fuß auf die wackelige Laufbrücke. Während er nach oben stieg, tastete er sich mit einer Hand an der salzverkrusteten Schiffswand entlang. Als er das Schiffsinnere durch die Luke betrat, blickte er in einen langen Tunnel mit Notbeleuchtung. Er rief erneut, aber außer dem Surren eines versteckten Aggregats herrschte in den dunklen Gängen Grabesstille. Was hatte Kilian an Bord dieses Geisterschiffes gewollt?, fragte er sich. Alles deutete darauf hin, dass der Waschsalonbetreiber nur hier mit den Aalen in Kontakt gekommen sein konnte.

Moses schluckte das mulmige Gefühl, das ihn beim Betreten des Schiffes überkommen hatte, herunter und versuchte sich kurz zu orientieren. Dann machte er sich auf die Suche nach der Brücke. Irgendjemand musste doch auf dem Schiff Wache halten. Doch anscheinend war das nicht der Fall. Während er die schummrigen Gänge entlang ging, lief ihm niemand über den Weg. Schon bald hatte er sich hoffnungslos in den Decks verirrt. Dann entdeckte er endlich ein Licht. Als er darauf zusteuerte, kreuzte plötzlich eine kleine Gestalt seinen Weg. Als er etwas näher kam, konnte Moses erkennen, dass es sich um einen noch sehr jungen Mann handelte, der ihn von oben bis unten musterte, dann aber ohne ein einziges Wort weiterging. Bevor Moses auch nur reagieren konnte, war er auch schon um die nächste Ecke verschwunden.

»Hallo! Warten Sie!«, rief Moses. »Where is the Captain?«

Moses setzte an, dem Mann hinterherzueilen, aber dann kam er sich mit einem Mal lächerlich vor. Vielleicht war dies einfach nicht der richtige Zeitpunkt. Er beschloss, morgen früh wiederzukommen und sich die ganze Sache bei Tag anzusehen. Dann würde er hoffentlich auch auf ein menschliches Wesen treffen, dem er Fragen stellen konnte. Genervt trat er den Rückweg an, und nach mehreren Anläufen hatte er endlich den Weg nach draußen gefunden. Nachdem er die Gangway hinabgelaufen war und wieder festen Boden unter den Füßen spürte, fühlte er sich seltsam erleichtert. Die Atmosphäre auf dem unbeleuchteten Frachter hatte etwas Beklemmendes an sich. Sofort kamen unliebsame Erinnerungen in ihm hoch. Andererseits konnte er stolz auf sich sein. Immerhin hatte er seit seiner Ankunft in Deutschland zum ersten Mal wieder solch ein Schiff betreten. Und das freiwillig. Moses schlug den Kragen seines Sakkos hoch. Vom anderen Ende des Kais drang gedämpfter Lärm herüber. Noch war das Entladen des Containerschiffs im

Gange. Die Scheinwerfer erhellten nicht nur das festgemachte Schiff und die Entladekräne an Land, sondern auch einen Teil des Hafenbeckens. In ihrem Licht wirkte das brackige Wasser schwarz wie Tinte. Moses lief ein Schauer über den Rücken. Als er sich gerade auf den Weg zu seinem Auto machen wollte, hörte er oben an Deck des Frachters einen lauten Knall. Es klang, als hätte jemand eine Metalltür zugeschlagen. Kurz darauf kam ein bärtiger Mann die Gangway herunter. Kaum war er unten, näherte sich ein tiefergelegter Mercedes mit getönten Scheiben, in den der Mann wortlos einstieg. Dann fuhr der unsichtbare Fahrer mit durchdrehenden Reifen wieder an, und Moses hechtete in letzter Sekunde zur Seite. Fluchend blickte er dem davonrasenden Wagen hinterher. Zumindest hatte er sich das Kennzeichen gemerkt.

Als Moses eine halbe Stunde später vor seinem Haus nach einem Parkplatz suchte, sah er sich bereits in seinem Musiksessel entspannen und den unerfreulichen Tag vergessen. Leider schaffte er es gerade einmal bis zur Haustür, denn Hung saß vor seinem Laden und winkte ihn mit energischer Geste zu sich.

»Setz dich!« Der alte Vietnamese zeigte auf den leeren Schemel, der seinem Zwillingsbruder gehörte. »Willst du essen?«

»Nimm es mir nicht übel«, wehrte Moses ab. »Aber ich bin furchtbar müde. Es war kein besonders erfolgreicher Tag. Also, was ist los?«

Er nahm auf dem dreibeinigen Hocker Platz. Er kannte Hung lange genug, um zu spüren, dass etwas vorgefallen sein musste.

»Wir müssen reden«, erklärte Hung mit ernster Miene.

»Na, dann schieß mal los«, seufzte Moses. Das grelle Neonlicht über dem Schaufenster brannte in seinen müden Augen. »Aber mach es bitte kurz! Ich muss sofort ins Bett.«

»Du hattest Besuch«, sagte Hung.

»Besuch? Von wem?«, wunderte sich Moses. Er erwartete niemanden. Abgesehen davon kannten nur wenige seine Privatadresse.

»Soldaten«, erklärte Hung mit einem freudlosen Lächeln. Er wandte sich über die Schulter und rief nach seinem Zwillingsbruder. Dann drehte er sich wieder um. »Wir essen«, sagte er mit einer Miene, die seinen Entschluss unumstößlich machte.

Im Inneren des Geschäfts hörte man jemanden lauthals auf Vietnamesisch fluchen. Sekunden später erschien Tengs grauhaariger Kopf in der Ladentür.

»Was schreist du?«, beschwerte er sich. »Ich arbeite.«

»Bring uns was zu essen! Aber was Gutes!«

»Du frisst uns noch arm!«, jammerte Teng und verschwand.

»Ehrliche Armut – rar gesät!«, rief Hung seinem Zwillingsbruder hinterher. Er kicherte über seine gelungene Retourkutsche.

Auch wenn Moses die Frotzeleien zwischen den Brüdern gewohnt war, verlor er allmählich die Geduld.

»Jetzt spann mich nicht länger auf die Folter! Wer hat mich wann besucht? Und was meinst du mit ›Soldaten‹?«

»Killer.« Hung fuhr sich mit einer eindeutigen Handbewegung über die Gurgel. »Böse Menschen mit schlechtem Karma.«

Moses war ernsthaft beunruhigt. »Und was wollten diese Männer?«

»Nur gucken.«

Moses verdrehte die Augen. Er war kurz davor, den zierlichen Alten zu schütteln, bis die Worte aus ihm herauspurzelten.

»Sie haben nur gefragt, wo du bist«, erklärte Hung. »Mehr nicht.«

In dem Moment trat sein Bruder aus dem Laden. Er überreichte Moses einen Teller mit vietnamesischen Frühlingsrollen, samt Fischsoße und frischen Kräutern. Normalerweise liebte Moses diese in Reispapier gewickelten Rollen, zumal Teng sie nach einem Originalrezept selbst herstellte. Aber im Moment hatte er wirklich keinen Appetit.

»Du sagst, dass sie nach mir gefragt haben«, bohrte Moses weiter, obwohl er längst einen Verdacht hatte, zu wem diese mysteriösen Männer gehörten. »Haben sie denn sonst nichts gesagt?«

»Nein. Ich habe ihnen gesagt, dass du nicht da bist. Dann sind sie wieder gegangen. Aber ich kenne diese Männer«, sagte Hung und nahm seinem Bruder eine Bierflasche aus der Hand. »Sie tragen schwarze Anzüge und machen schlimme Dinge. In China, in meiner Heimat, überall auf der Welt. Du musst wachsam sein! Sie beobachten dich. Du bist nur eine Maus, sie sind die Schlange.«

Er nahm einen Schluck aus der Flasche und rülpste ungeniert.

Na, dann prost!, dachte Moses. Offenbar hatte das spontane Foto, das er vor der Musikhalle von Hilde und ihren asiatischen Bekannten geschossen hatte, für Unruhe gesorgt. Aber woher hatten diese Leute seine Privatadresse? Ob sie den Taxifahrer ausfindig gemacht hatten, der ihn nach dem Streit mit Juliane in seine Wohnung gefahren hatte? Er musste sich eingestehen, dass er sich nicht besonders wohl bei dem Gedanken fühlte, dass sich die chinesische Mafia für ihn interessierte. Und noch unangenehmer war der Umstand, dass er nicht einmal den Grund dafür kannte. Was zum Teufel hatte Kilians Tod mit einer Triade aus Hongkong zu tun? Bislang gab es nicht den geringsten Hinweis auf eine Verbindung. Oder war er einfach nur zu blind, um die Zusammenhänge zu erkennen?

Moses drückte Teng den Teller mit den Frühlingsrollen in die Hand, dann wünschte er den Zwillingen eine Gute Nacht. Als er den Hausflur betrat, tat er dies mit einer Vorsicht, die er vor Hungs Warnung nicht an den Tag gelegt hätte. Der alte, mit allen Wassern gewaschene Vietnamese hatte sich sicher nicht geirrt. Während er hinauf in seine Dachwohnung stieg, zwang er sich, nicht auf jedem Stockwerk nach dunklen Ecken zu suchen. Dennoch prüfte er seine Wohnungstür genau, bevor er sie aufschloss, und erst nachdem er sie wieder hinter sich verriegelt hatte, entspannte er sich ein wenig.

Er warf sein Sakko über einen Stuhl und streifte die Schuhe ab. Anschließend holte er seine Dienstwaffe aus dem Wandsafe und legte sie auf den Beistelltisch. Danach goss er sich einen Fingerbreit von seinem Whisky ein. Aber kaum hatte er sich mit dem Glas in der Hand in den Sessel fallen lassen, wusste er, dass er die lang ersehnte Entspannung vergessen konnte. Sein Blick fiel auf die Pistole, die in Griffweite lag, und mit einem Mal kam er sich furchtbar albern vor. Dass ein paar asiatische Männer nach ihm gefragt hatten, war noch kein Grund, in Panik zu verfallen. Er stellte das Glas ab, dann schloss er die Waffe wieder in dem Safe ein. Anschließend sah er auf sein Telefon, weil er sich fragte, ob Juliane sich vielleicht gemeldet hatte, ohne eine Nachricht auf dem Anrufbeantworter zu hinterlassen. Sie hasste es, mit »Maschinen« zu reden. Aber er fand keinen Eintrag in der Liste. Vermutlich war sie mit ihren zukünftigen Kollegen im Kopenhagener Nachtleben unterwegs, um sie besser »kennenzulernen«, dachte er verärgert.

Schlecht gelaunt ging er ins Badezimmer, um heiß zu duschen. Dass dadurch bei der alten Kruse unten in der Hausmeisterwohnung die Wasserleitung zu gurgeln anfing und er sich wegen der Uhrzeit unter Garantie ihr Gekeife würde anhören müssen, war ihm in diesem Augenblick egal. Er genoss das heiße Wasser, das jeglichen Schmutz von ihm spülte, während ihm die Hitze fast die Haut verbrühte. Als er sich endlich sauber genug fühlte, trocknete er sich ab. Dabei berührte er zwangsläufig die Narbenwülste auf der Innenseite seines rechten Oberarms. Er hob den Arm und betrachtete das mysteriöse Zeichen. Es bestand aus drei senkrechten, sauber ausgeführten Schnitten mit einer quer darüberliegenden Wellenlinie, die an eine Schlange erinnerte. Bis heute kannte er weder ihre Herkunft noch ihre Bedeutung. Dass die Narbe eine Botschaft in sich trug und nicht, wie er sich früher eingeredet hatte, das zufällige Überbleibsel eines Unfalls war, war ihm mit zunehmendem Alter bewusst geworden. Aber für was stand dieses immerwährende Zeichen? Bislang hatte er sich nie getraut, seiner Bedeutung auf den Grund zu gehen. Irgendetwas hielt ihn davon ab. Etwas, das er noch nicht mal sich selbst wirklich erklären konnte. Vielleicht war es Angst, weil die Narbe zu seinem vorherigen Leben gehörte.

Er hatte es sich angewöhnt, ihre Existenz zu verdrängen und sie vor neugierigen Blicken zu verbergen. Selbst seine Freundinnen hatten die Narbe immer erst spät zu Gesicht bekommen. Juliane bildete da keine Ausnahme. Moses warf das Handtuch über die Stange und verließ das Bad. Er leerte das Whiskyglas in einem einzigen Schluck, dann kletterte er auf die Empore im Dachgiebel, die ihm als Schlafzimmer diente. Nackt auf dem Bett liegend wartete er darauf, dass ihn die Müdigkeit übermannte. Er schloss die Augen und lauschte dem einsetzenden Regen, der auf die Scheibe des Dachfensters fiel. Während er von dem immer stärker werdenden Prasseln davongetragen wurde, vernahm er mit einem Mal ein leises Scharren. Es klang, als würde eine Schar Tauben auf den Ziegeln über ihm herumstolzieren. Dann glaubte er, aus dem Augenwinkel eine Bewegung wahrgenommen zu haben. Er drehte den Kopf, um sich zu orientieren, aber das, was er sah, war seltsam verschwommen. Der fremde Junge stand direkt neben seinem Bett und musterte ihn. Wie ein Tier in einem Käfig. Stumm und ohne Mitleid. Moses' Herz gefror. Er versuchte zu fliehen, diesem kalten, unbarmherzigen Blick zu entkommen, aber sein Körper schien sich in einen Felsen verwandelt zu haben. Er konnte sich nicht rühren. Plötzlich zog der fremde Junge ein Einwegfeuerzeug aus der Tasche seiner gescheckten Uniformhose und entzündete es. Moses spürte die Hitze der winzigen Flamme am ganzen Körper. Sie tanzte vor seinem Gesicht und leckte gierig nach seinem Leben.

22

Als das Polizeipräsidium in Sicht kam, erkannte Moses sofort, was los war. Kriminaldirektor Bonnekamp stand auf der Eingangstreppe, umringt von zahlreichen Journalisten. Dem Rummel nach zu urteilen, war das Medieninteresse an dem »Fisch-Toten«, wie die Zeitungen den Fall inzwischen getauft hatten, bislang nicht abgeflaut. Bonnekamp stand auf der obersten Stufe und fuchtelte wichtigtuerisch mit den Armen. Moses hätte wetten können, dass er auf Zehenspitzen stand, um in der Kamera größer zu wirken, und vermutlich beglückte er die anwesenden Medienvertreter soeben mit einer nichtssagenden Erklärung, in der er selbst im besten Licht erschien. Moses fuhr auf den Parkplatz. Dass Bonnekamp beschäftigt war, kam ihm mehr als gelegen, denn die letzte Nacht steckte ihm noch gehörig in den Knochen. Diesmal waren seine Albträume besonders intensiv gewesen. Als er wieder zu Bewusstsein gekommen war, hatte er sich schweißgebadet auf der Empore vor seinem Bett wiedergefunden. Warum die Träume ihn zurzeit in derart kurzen Abständen heimsuchten, konnte er sich selbst nicht erklären. In der letzten Zeit hatte ihre Häufigkeit eigentlich eher etwas nachgelassen. Auf jeden Fall war sein Chef der Letzte, dem er jetzt begegnen wollte. Solange Bonnekamp beschäftigt war, hatte er wenigstens seine Ruhe. Doch er hatte sich zu früh gefreut. Auf dem Weg zum Fahrstuhl versperrte ihm eine junge Reporterin den Weg.

«Ich blogge für FlashHamburg«, sagte sie forsch, während sie ihm ein Smartphone mit eingeschaltetem Mikro unter die Nase hielt. »Haben Sie kurz Zeit für mich? Ich habe ein paar Fragen.«

Die junge Bloggerin wirkte trotz ihres forschen Auftretens eher zerbrechlich. Der kurze Rock und die klobigen Stiefel an den zierlichen Füßen verstärkten diesen Eindruck im Grunde nur noch. Moses ließ sich dennoch nicht erweichen.

»Ich bin leider in Eile«, erwiderte er knapp. »Wenden Sie sich bitte an die Presseabteilung.«

Oder an den Direktor, wäre ihm beinahe herausgerutscht, denn Bonnekamp besaß im Gegensatz zu ihm ein ausgeprägtes Faible für Mikrofone. Die junge Frau ließ sich jedoch nicht so einfach abspeisen. Sie wippte herausfordernd auf den Fußballen.

»Die Menschen haben ein Recht darauf zu erfahren, was in ihrer Stadt passiert«, sagte sie trotzig. »Also, was können Sie mir zu diesem Fisch-Mann sagen? Handelt es sich wirklich um die Tat eines Profis?«

Moses stutzte.

»Wie kommen Sie darauf?«, fragte er ungewollt scharf.

»Man hört das ein oder andere«, grinste die Bloggerin. »Das ist schließlich mein Job. Wie lange dauert es noch, bis Sie den Täter festnehmen können? Und handelt es sich jetzt um einen ausländischen Bandenkrieg oder nicht?«

»Nein«, sagte Moses mit Bestimmtheit. »Sie sollten nicht auf alles hören, was Ihnen zu Ohren kommt.«

Bis zu einem gewissen Punkt konnte er nachvollziehen, warum Bonnekamp wie ein aufgescheuchtes Huhn durch die Gegend rannte. Ausländer, Mafia und ein Ritualmord auf einem beliebten Spielplatz – das war eine politische Mischung, die einem früher oder später um die Ohren fliegen musste. Aber wie kam die junge Frau zu ihren Vermutungen?

»Wie sind Sie überhaupt hier hereingekommen?«, wollte er wissen. Es wurde Zeit, das Ganze zu beenden. »Sie haben hier nichts verloren. Soweit ich weiß, findet die Pressekonferenz draußen vor dem Eingang statt.«

»Da erfährt man eh nichts«, winkte die Bloggerin ab. »Nur leeres Geschwafel. Ich brauche echte Facts!«

Moses ließ die kesse junge Frau kurzerhand stehen und betrat den Fahrstuhl.

»Wird es noch mehr Tote geben?«, rief sie ihm hinterher, während sich die Fahrstuhltüren schlossen.

Moses war stinkwütend. Alles deutete darauf hin, dass es eine undichte Stelle gab, durch die Ermittlungsergebnisse nach außen drangen. Er wusste auch schon, wen er sich vorknöpfen musste. Oben in der Abteilung wurde Moses bereits erwartet. Helwig kam sofort auf ihn zu.

»Wo waren Sie gestern?«, wollte sie wissen. »Ich habe die ganze Zeit versucht, Sie zu erreichen!«

Moses überging die Frage ebenso wie den anmaßenden Ton. »Um was ging es denn?«

»Um diesen Laake. Er hat sich plötzlich geweigert, mir den Laptop auszuhändigen.«

»Und was haben Sie gemacht?«

»Ich habe die Tunte überredet.«

Moses befürchtete das Schlimmste. Dennoch ersparte er sich weitere Fragen und einen Hinweis auf die Dienstvorschriften. Wie sie Laake »überredet« hatte, würde sich spätestens zeigen, wenn dieser sich bei ihm beschwerte.

»Wo ist der Laptop jetzt?«, erkundigte er sich.

»Ich habe ihn weitergegeben.« Sie nickte in Viteris Richtung.

»So, wie Sie es gesagt haben. Aber ich fürchte, das hat nichts gebracht.«

Moses ging zu dem jungen Kommissar hinüber, der mit angestrengten Gesicht über Kilians Laptop brütete.

»Und, wie sieht es aus?«

»Scheiße.« Viteri schob seine schwarze Brille die Nase hoch, dann hämmerte er weiter auf der Tastatur herum »So sieht es aus! Ich kriege das verdammte Passwort einfach nicht geknackt.«

»Jetzt enttäuschen Sie mich aber«, sagte Moses.

Viteri drehte den Kopf und schoss wütende Blitze in seine Richtung.

»Schon gut«, beruhigte Moses ihn. »Das war nur ein Scherz! Ich weiß, dass Sie Ihr Bestes geben.«

»Mit dem richtigen Equipment wäre das alles kein Problem«, beschwerte sich Viteri und widmete sich wieder dem Laptop.

»Vielleicht ist das Ding bei den Profis in der technischen Abteilung besser aufgehoben«, wandte Helwig ein.

Viteri tat so, als hätte er sie nicht gehört. Dann trat Elvers zu ihnen. »Ich habe die Versicherungsunterlagen von dem Schiffsuntergang in der Biskaya durchgesehen«, berichtete sie. »Die sind endlich gekommen. Offenbar handelte es sich wirklich um ein tragisches Unglück. Schuld war ein Sturm.«

»Und die Reederei selbst?«, fragte Moses. »Vielleicht liegt anderswo etwas gegen sie vor?«

Elvers schüttelte den Kopf. »Nein, nichts. Sie scheint sauber zu sein. Die Personalabteilung hat mir sogar die Besatzungsliste von damals geschickt. Leider lässt sich im Moment keiner von Kilians damaligen Bordkameraden auftreiben – die sind alle auf See. Dafür habe ich etwas Interessantes über die Dosch-Firma herausgefunden!« Sie machte eine bedeutungsvolle Pause. »Das Unternehmen war in den letzten Jahren immer wieder in erheblichen finanziellen Schwierigkeiten. Einige reden sogar von drohendem Konkurs.«

»Das ist in der Tat interessant«, sagte Moses. »Und welche Verbindung gibt es zu diesen Chinesen?«

»Bislang keine.« Elvers zuckte mit den Achseln. »Ich habe meine Exkollegen darauf angesetzt und ihnen das Foto übermittelt. So wie es aussieht, hatten Sie recht«, sagte sie an ihre neue Kollegin gewandt. »Der Zwerg in dem Anzug ist in der OK bekannt. Ebenso seine Gorillas.«

Moses nahm ein Stück Papier und schrieb die Autonummer des Mercedes nieder, der ihn im Hafen beinahe überfahren hatte. »Besorgen Sie mir doch bitte den Halter von diesem Fahrzeug hier«, bat er Elvers und gab ihr den Zettel.

»Was hat es damit auf sich?«, wollte sie wissen.

»Das weiß ich noch nicht«, gestand Moses. »Ist nur so ein Gefühl.«

Dann wandte er sich an Leitner, der gerade mit einer Kaffeetasse in der Hand hereinkam.

»Gut, dass Sie kommen! Ich habe eine Aufgabe für Sie. So wie es aussieht, handelt es sich bei dem Wort ›Husum‹ nicht um die Stadt, sondern um einen Schiffsnamen.«

»Ein Schiff?« Leitner legte die Stirn in Falten. »Warum hat mir das keiner gesagt! Ich habe mir in diesem Kaff die Hacken wund gelaufen!«

»Nun, diesmal werden Sie sich nicht viel bewegen müssen«, entgegnete Moses. »Setzen Sie sich ans Telefon. Bevor wir uns den Frachter und die Besatzung vorknöpfen, will ich alles wissen. Wer fährt auf dem Schiff? Was war die letzte Fracht? Auf welchen Routen ist es unterwegs? Bringen Sie so viel in Erfahrung, wie Sie können! Laut Hafenmeisterei hat die Reederei die Liegezeit verlängert, weil es irgendein Maschinenproblem gibt und sie auf ein Ersatzteil warten müssen. Noch liegt die

Husum also im Hafen. Es ist unser Glück, dass der Frachter nicht längst auf der Weiterfahrt nach Schweden ist.«

»Oder Schicksal«, brummte Helwig.

Leitner sah sie kurz an, dann fragte er Moses: »Wie sind Sie überhaupt darauf gekommen? Ich meine, dass der Name ein Schiff und nicht die Stadt ist?«

»Recherche«, erwiderte Moses knapp. Er hatte ganz sicher nicht vor, seine private Verbindung zu Hilde Dosch offenzulegen.

Aber Leitner ließ nicht locker. »Hat dieser Frachter vielleicht etwas mit dieser Firma zu tun, die die Aale importiert? Wollten Sie denen nicht gestern einen Besuch abstatten?«

»Das habe ich«, räumte Moses ein. »Und wie sich herausgestellt hat, ist die *Husum* letzten Samstag mit einer Ladung Glasaale an Bord in Hamburg eingelaufen.«

»Also genau an Kilians Todestag!«, meinte Helwig.

Sie erntete zustimmendes Gemurmel. Moses hielt sich indessen bedeckt.

»Zumindest ist der Frachter die bislang einzige Verbindung zwischen Kilian und diesen Aalen«, stellte er klar. Er vermied es, voreilige Schlüsse zu ziehen.

»Und wo sind diese Glasaale jetzt?«, hakte Leitner nach.

»Ach ja«, räumte Moses ein. »Das habe ich noch gar nicht erwähnt: Die Aale sind an die Farm nach Altengamme geliefert worden. Komplett.«

Leitner boxte mit der Faust in seine schwielige Hand. »Dieser aufgeblasene Mistkerl von Direktor! Dann hat er uns also angelogen! «

Und nach unserem Auftauchen hat er sofort seine Lieferantin informiert, ergänzte Moses im Geiste. Was wiederum bedeutete, dass seine Jugendfreundin ihn keineswegs zufällig auf dem Empfang angesprochen hatte. Schließlich hatte sie selbst zugegeben, dass man sie über seinen Besuch auf der Aalfarm in Kenntnis gesetzt hatte.

»Chef!«, rief Elvers plötzlich. Sie holte etwas aus dem Faxgerät. »Das hier sollten Sie sich mal ansehen.«

Sie reichte Moses das mehrseitige Fax. Es handelte sich um den Auszug aus einer Polizeiakte und betraf den Halter des tiefergelegten Mercedes, den er gestern im Hafen beobachtet hatte. Er hatte richtig getippt. Der Mann war kein Unbekannter.

Tarik Mokhtari; geboren 1980 in Hamburg-Billstedt; deutscher Staatsbürger mit marokkanischen Wurzeln. Mehrfach vorbestraft wegen Körperverletzung und diverser Drogendelikte. Ehemaliges Mitglied im Taekwondo-Nationalteam und Betreiber einer Kampfsportschule. Zurzeit auf Bewährung.

Moses reichte das Papier an seine Kollegen weiter. Gleichzeitig erzählte er ihnen, was er am Abend zuvor im Hafen beobachtet hatte.

»Offenbar geht es wieder mal um Rauschgift«, stellte Elvers fest. »Ich gehe jede Wette ein, dass auf diesem Schiff Drogen geschmuggelt werden.«

»Kilian ist nie im Zusammenhang mit Drogen auffällig geworden«, entgegnete Leitner.

»Und was ist mit den Amphetamin-Spuren in seinem Bad?«

Leitner schüttelte energisch den Kopf. »Sein Blut war sauber. Punkt.«

»Komm schon: Nicht jeder Dealer nimmt das Zeug selbst.«

»Vielleicht hat das eine mit dem anderen ja gar nichts zu tun«, warf Helwig ein.

Alle sahen sie an.

»Könnte doch sein, dass Kilian gar nicht wegen der Drogen

auf diesem Schiff war«, erklärte sie. »Vielleicht hat ihn sein feiner Geschäftspartner einfach in eine Falle gelockt. Könnte doch sein.«

»Vergiss endlich diese Transe«, stöhnte Leitner. »Wir haben sein Alibi überprüft. Sogar mehrmals. Es ist wasserdicht!«

»Immerhin hat er ein Motiv!«, giftete Helwig zurück.

Leitner schürzte die Lippen. »Wir suchen einen Mörder. Keinen Betrüger, schon vergessen?«

»Immer langsam«, ging Moses dazwischen. »Konzentrieren wir uns vorerst auf das Wesentliche. Und das ist dieser Frachter. Ich will nicht, dass er am Ende vor unserer Nase ausläuft und wir wie Idioten dastehen.« Er sah in die Runde. »Ich werde mir mal diesen ehemaligen Champion auf Bewährung genauer ansehen. In der Akte steht, dass er in Barmbek eine Kampfsportschule betreibt. Also, legen Sie los! Ich bin in zwei Stunden zurück. Dann nehmen wir uns diesen Frachter vor.«

Als Leitner sich ebenfalls von seinem Platz erheben wollte, pfiff Moses ihn noch einmal zurück.

»Sagen Sie mal, auf welcher Seite stehen Sie eigentlich?«, sagte er so laut, dass es jeder im Raum hören konnte.

Leitner wirkte völlig verdattert. Bevor er den Mund aufmachen konnte, um etwas zu erwidern, fuhr Moses fort.

»Ich warne Sie«, sagte er. »Wenn Sie noch einmal hübschen Reporterinnen interne Informationen über unsere Ermittlungen zustecken, wird das Konsequenzen haben! Dringt das durch den Testosteron-Nebel in Ihrem Hirn?«

Leitner zuckte unter dem vernichtenden Blick zusammen.

»Äh, ich wollte nur …«, stotterte er.

»Es ist mir egal, was Sie wollten! Sie untergraben mit Ihrem kindischen Verhalten die Arbeit Ihrer Kollegen. Ist Ihnen das nicht klar?«

Leitner sah betreten zu Boden.

»Gehen Sie an die Arbeit!«, sagte Moses zornig.

Es gab nur wenige Dinge, die ihn in Rage versetzten. Fehlende Loyalität gehörte dazu.

23

Moses trommelte ungeduldig mit den Fingern auf das Lenkrad. *Nun nimm schon ab!* Um diese Uhrzeit musste sein Bruder eigentlich in der Reederei sein und sich gegen den drohenden Weltuntergang stemmen. Als die Ampel auf Grün sprang, erklang über die Freisprechanlage endlich Hennings Stimme.

»Moses.«

»Ich bins. Ich brauche deine Hilfe«, sagte Moses, während er anfuhr. »Hast du kurz Zeit?«

»Zeit? Machst du Witze? Ich müsste längst bei Gericht sein. Ich hoffe, die sind nicht pünktlich. Ruf mich heute Abend an.«

»Es ist wirklich dringend! Bitte!«

Ein Stöhnen war zu hören, gefolgt von einem nicht jugendfreien Fluch.

«Also schön, aber fass dich kurz! Um was geht es?«

»Im Hafen liegt seit Samstag ein Stückgutfrachter, die *Husum*. Fährt unter panamaischer Flagge, wie ich gesehen habe. Ich brauche Informationen über die Reederei, das Schiff und die Besatzung.«

»Warum kommst du damit zu mir?« Ein Krachen ertönte. Es klang, als wäre etwas zu Boden gefallen.

»Alles in Ordnung?«, erkundigte sich Moses besorgt.

»Ja, Mann! Dieses verdammte Ding!« Erneute Pause. »Ich binde mir nur gerade die Schuhe. Warum setzt du nicht deine Leute darauf an? Dafür werden sie schließlich bezahlt. Von uns Steuerzahlern, nebenbei bemerkt.«

Moses stöhnte lautlos. So kannte er Henning.

»Weil du Dinge hörst, die in keiner Datenbank zu finden sind«, sagte er. »Was hat der Kapitän für einen Ruf in der Branche? Was erzählt man sich hinter vorgehaltener Hand über den Reeder und das Schiff? Gerüchte und Geschichten – du weißt, was ich meine.«

»Zum Klönschnack habe ich wirklich keine Zeit. Ehrlich!«

»Hör dich nebenbei einfach nur mal um. Okay?«

Es ertönte das Rascheln von Stoff in der Leitung, dann konnte er Henning wieder hören.

»Okay, okay, ich versuchs. Aber das kostet dich mindestens einen Abend Babysitten! Ich melde mich.«

»Danke.«

Moses beendete das Gespräch. Er fuhr an Kampnagel vorbei und wechselte dann auf die andere Spur, um nach der Brücke am Osterbekkanal links abzubiegen. Die Kampfsportschule lag im Zentrum von Barmbek-Süd, und nachdem er den grausam eingezwängten Fluss überquert hatte, forderte ihn das Navi auf, der Straße weiter bis zur nächsten großen Kreuzung zu folgen. Wenig später fand er, was er gesucht hatte.

Die Sportschule war in einem niedrigen, etwas heruntergekommenen Ziegelbau untergebracht. Die ehemaligen Ladenfenster des barackenähnlichen Gebäudes waren mit schwarzen Tüchern verhängt, auf einer der Scheiben prangte in gelben Klebelettern der Name der Schule, darunter, nur unwesentlich kleiner, der Name des Inhabers: Tarik Mokhtari. Als Moses die Straße entlangblickte, entdeckte er den aufgemotzten Mercedes aus dem Hafen. Er parkte nicht weit entfernt auf der anderen Seite. Zumindest war er nicht umsonst gekommen. Er holte seine stets fertig gepackte Sporttasche aus dem Kofferraum seines Alfas. Da sein Job keine festen Trainingszeiten zuließ, hatte er sich im Laufe der Zeit angewöhnt zu trainieren, wann immer sich die Möglichkeit dazu bot. Seit über einer Woche war er nicht mehr in seinem Dōjō gewesen. Es wurde Zeit, das Versäumte nachzuholen. Er warf sich die Tasche über die Schulter und betrat die Kampfsportschule.

Die abgestandene Luft in diesem großen Raum roch nach Schweiß und Putzmitteln, und für einen kurzen Moment blendeten ihn die Neonröhren an der nackten Betondecke. Ihr kaltes Licht betonte den maroden Zustand, in dem sich das zweckentfremdete Gewerbegebäude befand. Dass hier womöglich Drogen gehandelt wurden, passte irgendwie ins Bild. Die Mitte des Raumes dominierte ein erhöhter, mit Seilen umspannter Boxring, während entlang der Seitenwände abgewetzte Boxsäcke von der unverputzten Decke hingen. An einem übten zwei asiatisch aussehende Teenager diverse Fußtritte, während neben ihnen drei angegraute Herren ohne Sinn und Verstand auf die knallroten Sandsäcke einprügelten. Angestellte, die in der Mittagspause ihrem Frust freien Lauf ließen, schloss Moses. Der tätowierte Bodybuilder, der vor dem bodentiefen Spiegel Schattenboxen betrieb, war da schon ein anderes Kaliber. Moses kam nicht umhin, die Schnelligkeit und Beweglichkeit zu bewundern, die er trotz der beeindruckenden Muskelmasse immer wieder aufblitzen ließ. Ansonsten befand sich niemand in dem Trainingsraum, was Moses auch nicht verwunderte. Es war schließlich Mittagszeit. Er sah sich weiter um. Schon beim Eintreten hatte er den Durchgang bemerkt, der vermutlich zu den Umkleideräumen und Duschen im hinteren Teil des Gebäudes führte. Wahrscheinlich befanden sich dort auch die Geschäftsräume. Auch die Kamera an dem stählernen Deckenträger, die unmittelbar auf den Eingang gerichtet war, war ihm nicht verborgen geblieben. Er nahm an, dass sein Eintreten von jemandem beobachtet worden war. Wie zur Bestätigung tauchte dieser Jemand im Durchgang auf.

Tarik Mokhtari war größer, als es das Foto in der Polizeiakte vermuten ließ. Der Deutschmarokkaner war mit einer ausgewaschenen Jogginghose und einem schwarzen Muskelshirt bekleidet, das seine breiten Schultern noch mehr betonte. Die geschmeidigen Bewegungen, mit denen er auf Moses zukam, verrieten sofort den Kampfsportler. Ebenso wie seine knollenartig deformierten Ohren. Ein Resultat unzähliger Tritte und Schläge.

»Kann ich dir helfen?«, fragte Mokhtari, während er näher kam. Seine schwarzen Locken glänzten vor Haargel, während seine schlanke Figur und die mediterranen Gesichtszüge sofort seine Herkunft verrieten. Ein ausgesprochener Frauentyp, dachte Moses.

»Kommt drauf an«, erwiderte er, ohne sich von der Stelle zu rühren. »Ich suche einen Platz zum Trainieren. Vorübergehend.«

»Du bist nicht von hier?«

Das klang eher wie eine Feststellung.

»Nein«, bestätigte Moses die Vermutung. »Berlin. Ich bin nur für ein paar Tage in der Stadt. Aber ich will in Form bleiben. In meinem Alter rostet man sonst ein.«

»Wem sagst du das!«

Der ehemalige Leistungssportler musterte Moses, der mit der Sporttasche über der Schulter vor ihm stand und ihn beinahe überragte.

»Sag mal, sind wir uns nicht schon mal begegnet?«, meinte er misstrauisch. »Ich habe dich doch schon mal gesehen!«

Moses ließ sich seine Überraschung nicht anmerken. Er hatte nicht damit gerechnet, dass Mokhtari ihn im Hafen wahrgenommen hatte. Schließlich war es dunkel gewesen. Jetzt war er froh, dass er wenigstens nicht das gleiche Sakko trug wie am Abend zuvor. Es blieb ihm nichts anderes übrig, als zu improvisieren.

»Sehen wir Afrikaner nicht alle gleich aus?«, sagte er mit einem breiten Lächeln. »Ich meine, für den Rest der Welt?«

Unterschwellige Anspielungen auf einen möglichen Rassismus waren zwar nicht fair, aber es funktionierte auch diesmal.

»Sorry, Alter!«, sagte Mokhtari, wobei sein Misstrauen ein Stück weit verflog. »Ich wollte dir nicht zu nahe treten. Aber euch Brüder kann man wirklich nicht auseinanderhalten!«

»Schon okay«, erwiderte Moses gelassen.

»Wenn du willst, kannst du gerne bei mir eine Runde trainieren. Wirf einfach was in die Kaffeetasse, wenn du fertig bist. Ich heiße übrigens Tarik.«

Moses ergriff seine ausgestreckte Hand. »Sam.«

»Komm mit, ich zeig dir alles.«

Moses folgte dem Deutschmarokkaner in die hinteren Räume. Die blechernen Metallschränke in der Umkleidekabine und die vergilbten Kacheln in den Duschen erinnerten ihn an ein abgelebtes Landschulheim, auch die Toiletten bedurften dringend einer Renovierung. Eine beleuchtete Vitrine weckte seine Neugier. Sie war mit Pokalen und Medaillen vollgestopft.

»Sind die alle von dir?«, erkundigte er sich, als Mokhtari neben ihn trat.

»Ja. Jedes einzelne Stück.«

»Beeindruckend«, gestand Moses. Mehrere deutsche Taekwondo-Meisterschaften, Vize-Weltmeister, Siegerpokale im Teamwettbewerb. Sogar eine Olympiamedaille in Bronze befand sich in der Sammlung.

»Ich hoffe, deine Schüler wissen einen echten Champion zu schätzen. Bist du noch aktiv?«, fragte Moses, obwohl er die Antwort bereits aus der Akte kannte.

»Die Zeiten sind vorbei. Mein Sprunggelenk ist kaputt.« Es klang verbittert.

»Was ist passiert?«

»Ein Motorradunfall«, entgegnete Mokhtari knapp, dann wechselte er abrupt das Thema. »Also, jetzt weißt du, wo alles ist. Wenn was ist – ich bin hinten im Büro.«

Er deutete auf die Tür, auf der ein martialisches Plakat für eine überaus fragwürdige Kampfsportveranstaltung namens Fight Club Extreme warb.

»Ich komm schon klar«, versicherte Moses.

Nachdem der Deutschmarokkaner hinter der Tür verschwunden war, ging Moses in den Umkleideraum. Er schlüpfte in seinen blütenweißen Gi und verknotete den schwarzen Gürtel vor dem Bauch. Danach verstaute er seine sorgfältig gefalteten Sachen und die Schuhe in einem der verbeulten Blechschränke. Da er kein eigenes Schloss mitgebracht hatte, musste er ihn wohl oder übel unverschlossen lassen. Immerhin war er so vorausschauend gewesen, alles, was ihn als Polizist hätte enttarnen können, draußen im Auto zu lassen. Moses überprüfte ein letztes Mal den Sitz des Gürtels und seines Kampfanzuges, dann begab er sich barfuß zurück in den großen Übungsraum.

Die beiden Teenager feixten mittlerweile einfach nur herum, während der Bodybuildertyp mit einem kiloschweren Vorschlaghammer auf einen am Boden liegenden Lkw-Reifen eindrosch. Jeder einzelne Schlag ließ nicht nur seine Muskelberge, sondern auch das gesamte Gebäude erbeben. Die drei Büromenschen hatten vermutlich das Ende ihrer Mittagspause erreicht, denn sie suchten erschöpft, aber selig lächelnd ihre leeren Trinkflaschen zusammen. Ansonsten war niemand zu sehen, was in Moses allmählich Zweifel am Sinn seiner Undercoveraktion weckte. Solange sich der Verdächtige in seinem Büro verkroch, konnte er nicht viel herausfinden. Aber da er sich nun schon einmal umgezogen hatte, konnte er genauso gut eine kurze Übungseinheit absolvieren. Außerdem kribbelte es ihm in den Zehenspitzen, wie immer, wenn er seinen Anzug trug und seine nackten Füße den stumpfen Mattenboden berührten.

Es gab drei Dinge, auf die er nicht verzichten konnte: gute Musik, einen ehrlichen Single Malt und Sport. In seinem Fall war das Jiu-Jitsu. Dieser Sport begleitete ihn schon seit etlichen Jahren. Es war Henning gewesen, der ihn damals zu seiner ersten Stunde genötigt hatte. Er war wohl zu dem Entschluss gekommen, dass sein Adoptivbruder inzwischen alt genug war, sich selbst zu wehren. Wahrscheinlich auch weil er, wie er es ausgedrückt hatte, keine Lust mehr hatte, sich auf dem Schulhof für ihn die Nase platt hauen zu lassen. Also war Moses notgedrungen dem nächstbesten Jiu-Jitsu-Verein beigetreten. Warum es ausgerechnet dieser Kampfsport hatte sein müssen, konnte er im Nachhinein nicht sagen. Aber es war ein Schritt gewesen, der sein Leben geprägt hatte, denn das Jiu-Jitsu hatte ihm nicht nur Selbstvertrauen verliehen und ihm Respekt auf dem Schulhof verschafft. Es hatte ihm zugleich einen Zugang zur fernöstlichen Philosophie und Kultur eröffnet.

Im Gegensatz zu dem traditionellen Dōjō, in dem er seit vielen Jahren trainierte, war an diesem Ort allerdings weder das eine noch das andere zu spüren.

Moses begann sein Programm mit sanften Dehnübungen. Die neugierigen Blicke der beiden Teenager ignorierte er dabei. Danach absolvierte er achtzig Liegestütze, gefolgt von der gleichen Anzahl Sit-ups und Kniebeugen. Als er sich beweglich genug fühlte, setzte er zu einer ersten Schrittfolge an, die er behutsam zu immer komplexeren Bewegungsabläufen ausbaute.

Dabei verbannte er jeden Gedanken aus seinem Kopf. Er entleerte seinen Geist, während er immer tiefer in seinen Körper hineinhörte. Dann ließ er seine Muskeln und Sehnen die Bewegungsabläufe abrufen, die sich durch endlose Wiederholungen in seinem Gedächtnis eingebrannt hatten. So lange, bis er sich verausgabt hatte. Schwer atmend gönnte er seinen Gelenken eine Ruhepause, indem er ins leichte Stretching überging. Wie immer genoss er es, jede Faser seines Körpers zu spüren. Auch wenn er eigentlich hier war, um nach einer möglichen Verbindung zwischen dem ermordeten Waschsalonbesitzer und dem vorbestraften Sportclubbetreiber zu suchen. Während er sich in dem Laden umschaute, beschlich ihn allerdings der Verdacht, dass seine neue Kommissarin womöglich recht hatte. Vielleicht gab es die gar nicht. Andererseits konnte es nicht schaden, ein paar Informationen zusammenzutragen, bevor sie sich den Frachter im Hafen und dessen Besatzung vorknöpften. Zumindest redete er sich das ein, als er wieder seine Übungen aufnahm.

»Du bist gut«, sagte jemand hinter ihm.

Moses hielt inne und drehte sich um. Der ehemalige Champion lächelte schmal. Er hatte ebenfalls einen weißen Kampfanzug angelegt.

»Du machst Jiu-Jitsu«, stellt er trocken fest. »Ich habe dich beobachtet.«

»Stimmt.«

»Welcher Dan?«

Moses beschlich ein ungutes Gefühl. Er ahnte bereits, worauf das Ganze hinauslief.

»Der vierte«, gestand er zögernd.

»Wie kommt jemand wie du zum japanischen Kampfsport?«, erkundigte sich Mokhtari. In seiner Frage schwang ehrliche Neugier mit.

»Hat sich so ergeben«, wich Moses aus. »Reiner Zufall. So wie immer. Und bei dir?«

»Ich wollte abhauen«, entgegnete der Deutschmarokkaner. »Aus der Welt, in der ich damals gelebt habe.«

Er musterte Moses, als wolle er dessen Fähigkeiten abwägen.

»Was hältst du von einem kleinen Kampf?«, fragte er.

»Ich wollte mich nur ein bisschen bewegen«, wiegelte Moses ab. Genau das hatte er befürchtet. »Vielleicht beim nächsten Mal.«

Der Exchampion tat so, als hätte er ihn nicht gehört. Er durchquerte den Raum, nahm Handschuhe und Brustpanzer aus einem Regal und warf sie Moses zu.

»Du kannst nicht Nein sagen!«, meinte er. »Sieh dir den Scheißladen doch mal an! Denkst du, hier kommt jemals jemand rein, mit dem es sich lohnt zu kämpfen? Also mach mir die seltene Freude! Wenn du gewinnst, kannst du so lange bei mir trainieren, wie du willst.«

Damit saß Moses endgültig in der Zwickmühle. Entweder ließ er sich auf einen Kampf ein, oder er gab sich auf der Stelle als Polizist zu erkennen. Er war hin- und hergerissen. Dass er am Ende den Brustpanzer umschnallte und die Handschuhe überstreifte, war nicht gerade professionelles Verhalten, wie er sich eingestehen musste. Aber er konnte der Herausforderung einfach nicht widerstehen. Sie schmeichelte seiner Eitelkeit. Tanaka, sein Sensei, würde ihm angesichts dieses kindischen Verhaltens sicher eine Predigt halten.

»Vielleicht passt der!« Mokhtari warf ihm einen gepolsterten Kopfschutz zu.

»Nicht nötig«, erwiderte Moses und legte ihn zur Seite. Diese unpraktischen Dinger behinderten nur. Außerdem hatte er nicht vor, allzu oft den Kopf hinzuhalten. Es wurmte ihn, dass sein Gegner es nicht einmal für nötig hielt, sich aufzuwärmen und Schutzkleidung anzulegen. Moses stieg in den Ring und legte seinen Zahnschutz ein. Nachdem sie einander gegenüber Aufstellung genommen hatten, verbeugten sie sich voreinander. Dann begannen sie damit, sich langsam zu umkreisen. Moses blieb nicht verborgen, dass Mokhtari sofort eine Angriffsposition eingenommen hatte. Er wusste, dass ihm vor allem die Tritte des Taekwondo gefährlich werden konnten, während sein Jiu-Jitsu Vorteile im Bodenkampf mit sich brachte. Plötzlich bemerkte er aus dem Augenwinkel die Gesichter der Teenager und des Boxers, die an die Ringseile getreten waren. Auch die drei Bürohengste, die sich bereits fertig umgezogen auf dem Weg nach draußen befunden hatten, waren stehen geblieben, um dem Zweikampf zuzusehen. Dann zuckte Moses unmerklich zusammen. Da war ein neues Gesicht im Hintergrund. Es war derselbe bärtige Mann, der am Abend zuvor von Bord der *Husum* gegangen und in den Mercedes eingestiegen war. Bevor er weiter darüber nachdenken konnte, schnellte das rechte Bein seines Gegners auf ihn zu. Moses blockte den Tritt im letzten Moment mit dem Unterarm, gleichzeitig warf er den Kopf in den Nacken, sodass die nachfolgende Faust sein Kinn um Haaresbreite verfehlte. Er hatte sich nur für einen Sekundenbruchteil ablenken lassen, aber sein Gegenüber hatte die Gelegenheit sofort erkannt. Dahinter steckte eine Menge Wettkampferfahrung. Sein Gegner war noch besser, als er befürchtet hatte. Seine Bewegungen waren schnell, die Schläge und Tritte kamen wie aus dem Nichts heraus. Moses spürte, wie das Adrenalin seine Adern durchflutete. Er schob die nackten Füße über den Ringboden und konzentrierte sich auf die winzigen unwillkürlichen Augenbewegungen seines Gegners, die eine Aktion vorausahnen ließen. Dann täuschte er einen Kin Geri, einen Fußtritt, an, und als Mokhtari auswich, bekam er den Anzugkragen mit den Fingerspitzen zu fassen. Er riss ihn zu sich, um einen Hüftwurf anzusetzen, aber sein Gegner entwand sich seinem Griff mit einer geschickten Drehung. Der Exchampion wirbelte herum und ging seinerseits mit einer rasenden Kombination zum Angriff über. Moses wich bis in die Seile zurück, parierte die prasselnden Schläge und Tritte, so gut es ging, doch dann erwischte Mokhtari ihn doch und ihm blieb trotz des Brustpanzers die Luft weg.

»Alles klar?«, nuschelte Mokhtari mit dem Zahnschutz im Mund.

»Kein Problem.«

Moses schüttelte sich. Inzwischen war ihm klar, dass er sich nie auf diesen Kampf hätte einlassen dürfen. Was zum Teufel hatte ihn nur geritten? Jetzt würde er den Preis für seine Eitelkeit zahlen müssen. Wenigstens würde er sich so teuer wie möglich verkaufen, dachte er zornig, während er sein Gegenüber nicht aus den Augen ließ. Wenn es ihm nicht gelang, diese Kampfmaschine auf den Boden zu zwingen, lief er Gefahr, windelweich geprügelt zu werden. Unglücklicherweise schien Mokhtari seine Gedanken zu erahnen, denn er achtete stets auf die nötige Distanz, sodass es ihm unmöglich war, einen Wurf anzubringen. In seiner Not kamen Moses die Worte seines Lehrers in den Sinn. *Nutze deine Schwäche zum Sieg!*, hatte Tanaka ihm in ihren zahllosen gemeinsamen Übungsstunden stets eingebläut. Wenn es ihm gelang, seinen Gegner in Sicherheit zu wiegen, würde er vielleicht noch halbwegs unbeschadet aus dieser Sache herauskommen. Also schob er das linke Bein ein paar Zentimeter weiter vor, und sein Gegner schluckte den Köder sofort. Der Fersentreffer auf seinem Oberschenkel war knallhart, und ein scharfer Schmerz durchzuckte seinen Muskel. Moses biss die Zähne zusammen, gleichzeitig verlagerte er das Gewicht deutlich auf das andere Bein, um seinen Gegner glauben zu lassen, er sei ernsthaft gehandicapt. Offenbar hatte er ihn richtig eingeschätzt, denn die gespielte Schwäche verleitete Mokhtari dazu, in seiner Vorsicht nachzulassen. Er verlor ein klein wenig an Körperspannung und war völlig überrascht, als Moses auf dem vermeintlich tauben Bein einen Schritt nach vorne machte. Moses packte Mokhtari am Anzug, warf ihn mit einem Tsurikomi Goshi zu Boden, und trotz heftiger Gegenwehr gelang es ihm schließlich, seinen Gegner auf dem Boden zu fixieren. Nachdem er seine Beine wie einen Schraubstock um Mokhtaris Hals und Schulter gelegt hatte und ihm die Luft zu nehmen drohte, blieb dem Exchampion nichts anderes übrig, als aufzugeben. Er klopfte ab.

»Nicht schlecht!«, zischte er, nachdem Moses ihn aus seinem Haltegriff entlassen hatte.

Er spuckte den Zahnschutz in die Ringecke und rieb sich den geröteten Hals. Seinem Blick war anzumerken, dass er die Niederlage als Demütigung empfand. Sie fraß an seinem Ego, und Moses rechnete bereits damit, dass er erneut auf ihn losgehen würde. Aber dann besann er sich offenbar der Zuschauer am Ring. Er ordnete seinen Anzug neu, anschließend verbeugte er sich vor seinem Gegner, so wie es die Tradition vorschrieb. Moses erwiderte die respektvolle Geste. Der tätowierte Bodybuilder nickte ihm daraufhin anerkennend zu, während die Teenager und die drei Bürohengste ihn mit offenem Mund anstierten. Der bärtige Seemann im Hintergrund hingegen musterte ihn mit kühlem Desinteresse. Er wirkte aufgebracht und trat ungeduldig von einem Bein auf das andere.

Mokhtari warf dem Mann einen kurzen Blick zu, dann wandte er sich wieder an Moses.

»Denke ja nicht daran, die Stadt zu verlassen, ehe ich eine Revanche bekomme!«, drohte er. Offenkundig versuchte er vor den Zuschauern das Gesicht zu wahren. »Was hältst du von morgen? Um die gleiche Zeit. Ich warte auf dich!«

Ohne eine Antwort abzuwarten, schwang er sich mit der Geschmeidigkeit einer Katze über die Seile.

Eine Revanche kannst du bekommen!, dachte Moses. Allerdings dürfte die anders ausfallen, als du denkst.

Zu seiner Erleichterung gesellte sich zunehmend ein gewisses Hochgefühl. Gewinnen konnte überaus befriedigend sein. Bescheidenheit hin oder her. Während er zu seinem Handtuch ging, beobachtete er, wie der bärtige Seemann Mokhtari beiseitezog. Dieser wiederum schien über sein Erscheinen nicht sonderlich erfreut zu sein, denn er warf einen hastigen Blick über die Schulter. Dann bugsierte er seinen Besucher durch eine Metalltür hinaus in den Hinterhof.

Moses schnappte sich sein Handtuch. Vielleicht war sein Kampf doch noch zu etwas nütze. Er begab sich ohne Hast zu den Duschen und hoffte, dass ihm niemand folgte. Beim Rundgang durch den Club hatte er bemerkt, dass die Waschräume ein Fenster zum Hinterhof besaßen. Das Glück war auf seiner Seite. Niemand folgte ihm, und das kleine Fenster im leeren Waschraum war gekippt. Er stellte sich direkt darunter, um hören zu können, was draußen gesprochen wurde. Er verstand nicht jedes Wort, aber soweit er es durch den Fensterspalt mitbekam, beschwerte sich Mokhtari gerade darüber, dass der Bärtige sich bei ihm blicken ließ, obwohl er doch auf Bewährung draußen sei und deshalb vorsichtig sein müsse. Zwischen den beiden entwickelte sich ein heftiges Wortgefecht, und da sie sich nicht in unmittelbarer Nähe des Fensters stritten, ging vieles von dem Gesagten unter. Soweit Moses sich jedoch aus den einzelnen Wortfetzen zusammenreimen konnte, verlangte der Seemann mehr Geld. Wegen der Verzögerung und des damit verbundenen Risikos. Mokhtari drohte ihm daraufhin mit seinem Onkel. Es ging hin und her. Am Ende versprach der Exchampion, das Geld am heutigen Abend in den Hafen zu bringen. Wann genau, war nicht mehr zu verstehen, da sich die beiden Männer zu weit vom Fenster entfernt hatten.

Plötzlich rauschte die Klospülung, und Moses fuhr herum. Einer der beiden asiatischen Teenager trat aus der Kabine des angrenzenden Toilettenraums und wusch sich die Hände. Dann verließ er den Waschraum, ohne Moses eines Blickes zu würdigen. Unwillkürlich erinnerte er sich an Hungs Warnung. Das konnte unmöglich ein Zufall sein. Aber hatte der Junge ihm wirklich nachspioniert? Oder war Moses einfach nur paranoid? Er musste sich eingestehen, dass er darauf keine Antwort hatte. Aber in jedem Fall hatte er soeben genug erfahren. Und er wusste auch schon, wie er die Sache angehen würde. Sollte sein Plan funktionieren, wären ihre weiteren Ermittlungen ein Leichtes. Sie würden sich eine Menge Zeit und Mühe ersparen.

24

Zollinspektor Schleicher streckte sich, und da er beinahe zwei Meter maß, stieß er dabei an das Dach des Vans.

»Dass wir noch einmal zusammenarbeiten, hätte ich nie gedacht«, sagte er, während er sich umständlich seine Uniformhose hochzog. Moses konnte sich ein Grinsen nicht verkneifen. Seine Marotten hatte sein ehemaliger Kollege seit seinem Ausscheiden bei der Kripo offenkundig nicht abgelegt.

»In wie vielen Fällen haben wir zusammen ermittelt?«, fragte Schleicher. »Zwanzig? Dreißig?«

»Es waren einige …«

»Ja. Nur haben wir sie leider nicht alle gelöst!«, seufzte der ehemalige Hauptkommissar.

Moses nickte. Jeder ungelöste Fall war wie eine offene Wunde.

»Ich habe mich immer gefragt, warum du so plötzlich bei uns ausgestiegen bist«, sagte er. »Was war der Grund?«

»Zu blutig«, erwiderte Schleicher.

Nachdem er seine langen Gliedmaßen in der Enge des Vans neu sortiert hatte, sah er wieder durch die getönten Scheiben nach draußen. Gemeinsam beobachteten sie erneut die Autos und Lkws, die über die Brücke auf den Kleinen Grasbrook gefahren kamen.

»Irgendwann hast du das Gefühl, der Tod und das Blut kleben an dir«, sagte Schleicher mit einem Mal. »Ich weiß nicht, ob du das verstehst. Dagegen ist das hier ein sauberer Job. Hier stirbt niemand. Abgesehen davon bin ich regelmäßig zu Hause, was meine Kinder freut und meine Frau bei Laune hält.«

Er zwinkerte Moses zu. Dann wurde er wieder ernst.

»Wäre es nicht einfacher, wenn wir direkt mit den Hunden an Bord gehen? Anstatt uns hier die Ärsche wund zu sitzen? Meine Leute stehen noch immer bereit. Ich brauche ihnen nur ein Zeichen geben.«

»Ihr habt den Frachter nach dem Einlaufen doch schon gefilzt«, gab Moses zu bedenken. »Und nichts gefunden.«

Offenbar klang er vorwurfsvoller als beabsichtigt, denn Schleicher fühlte sich persönlich angegriffen. Sein sympathisches Pferdegesicht verdüsterte sich.

»Wir tun unser Bestes«, brummte er beleidigt. »Außerdem war das nur eine Routine-Stichprobe. Hast du eine Ahnung, wie viele Drogenverstecke es gibt? Bei einem Schiff dieser Größe?«

Moses hob die Hand, um Schleicher zu beschwichtigen. »Schon gut, so habe ich das nicht gemeint. Ich finde nur, wir könnten es jetzt genauso gut auf meine Tour versuchen.«

Er öffnete die Schiebetür, und nachdem er sich vergewissert hatte, dass die Lastwagen auf dem Speditionsparkplatz ausreichend Sichtschutz boten, kletterte er heraus. Graue Wolkenfetzen hingen über den lang gezogenen Lagerhallen. Er konnte das nahe Wasser zwar nicht sehen, aber spüren. Er genoss die frische Luft und die Möglichkeit, aufrecht zu stehen. Seit zwei Stunden saßen sie nun schon in Bereitschaft, ohne dass sich ihr Zielobjekt hatte blicken lassen. Moses war frustriert. Bislang hatten sie sich durch sein Vorgehen weder Zeit noch Mühe gespart. Er winkte Helwig herbei, die sich mit den in

Bereitschaft stehenden Zollbeamten unterhielt. Mit der abgewetzten Lederjacke und ihrem radikalen Haarschnitt wirkte sie zwischen den Beamten in ihren korrekten Uniformen ein wenig deplatziert.

Moses winkte sie zu sich.

»Immer noch nichts?«, fragte Helwig, als sie zwischen die Trucks trat.

»Nein. Vielleicht will er warten, bis es richtig dunkel wird. Oder es hat eine Verzögerung gegeben.«

Langsam wurde er ebenfalls unruhig. Plötzlich klingelte sein Handy. Als er auf dem Display Bonnekamps Büronummer erkannte, drückte er den Anruf weg.

»Wie sieht es vorne an der Pier aus?«, wollte er von Helwig wissen.

»Alles ruhig. Man könnte meinen, das ist ein echtes Geisterschiff. Niemand zu sehen.«

»Trauen Sie sich das überhaupt zu?« Moses sah sie prüfend an. Er gab sich keine Mühe, seine Skepsis zu verbergen. »Wenn Mokhtari auftaucht, wissen wir nicht, was uns erwartet.«

»Kein Problem.« Helwig machte eine wegwerfende Handbewegung. »Ich habe schon Schlimmeres überlebt.«

»Also schön. Dann lassen Sie uns noch einmal durchgehen, was wir bislang über das Schiff haben.«

Helwig zog ihr Notizbuch aus der Gesäßtasche ihrer Jeans. Moses erinnerte sich daran, wie verblüfft er gewesen war, als er zum ersten Mal ihre Handschrift zu Gesicht bekommen hatte. Sie war ausgesprochen feminin und akkurat.

Helwig blätterte kurz durch die Seiten, dann las sie vor: »Die *Husum* wurde 2003 in Emden gebaut und fährt nach mehreren Besitzerwechseln seit etwa fünf Jahren für die NLC.«

»Nie gehört.«

»Netherland Logistic – eine niederländische Reederei mit

Sitz in Rotterdam. Die setzen den Frachter vor allem auf der Nordafrika-Route ein. Das heißt, er pendelt regelmäßig zwischen Casablanca, Hamburg und Stockholm. Die Ladung besteht meistens aus Südfrüchten oder anderen landwirtschaftlichen Produkten. Wenn Saison ist, transportieren sie in speziellen Containern auch diese Aale oder andere lebende Fische. Übrigens ist in den Dingern unterwegs Salzwasser.« Sie blickte auf, um Moses' Reaktion zu sehen. Als diese ausblieb, versenkte sie ihren Zeigefinger wieder in ihrem Buch. »Ach ja, das hatte ich vergessen: Laut der niederländischen Reederei ist diese Dosch-Firma ein ganz normaler Kunde. Sie fahren schon lang für die.«

Helwig blätterte in ihrem Büchlein auf die nächste Seite.

«Über die Besatzung haben wir nichts in den Akten«, referierte sie weiter. »Keine Vorstrafen oder Ähnliches. Auch bei Interpol und Europol nicht. Die Namensliste haben wir jedenfalls. Aber bis auf den Kapitän, den Ersten Offizier, den Bootsmann und den, äh, Schiffsingenieur sind alle Ausländer. In der Mehrzahl Filipinos.« Sie klappte ihr Notizbuch zu. »Mehr gibts nicht.«

Henning hatte ihm in der Zwischenzeit Ähnliches berichtet. Über das Schiff gab es in der Branche offenbar keinerlei Gerüchte.

Helwig legte den Kopf zur Seite. »Wissen Sie, was ich nicht auf die Reihe kriege?«, sagte sie. »Ich frage mich schon die ganze Zeit, wieso ein schwuler Waschsalonbetreiber sich überhaupt freiwillig auf einen solchen Seelenverkäufer begibt. Ich habe nicht den Eindruck, dass er ein knallharter Dealer gewesen ist.«

Das frage ich mich auch, sagte sich Moses im Stillen. Eine Verwicklung in den internationalen Drogenhandel drängte sich zwar auf, aber daran glaubte er ebenso wenig. Das passte nicht in das Bild, das er sich von dem Toten gemacht hatte. So oder so, jetzt bot sich immerhin die Möglichkeit, den Knoten mit einem Schlag zu zerschlagen und den verworrenen Mordfall zu klären. Ohne zeitraubende Termine beim Staatsanwalt. Allerdings musste sich Mokhtari dazu endlich blicken lassen.

Als Helwig das Notizbuch wieder einsteckte, bemerkte er zum ersten Mal, dass sie unter der Jacke ihre Dienstwaffe trug.

»Was haben Sie da?«, fragte er scharf.

Helwig reagierte verdutzt. »Meine Dienstwaffe. Was sonst?«

»Legen Sie die ab! Bei dem, was ich vorhabe, brauchen wir keine Waffe.«

»Keine Sorge: Ich kann damit umgehen.«

»Wir brauchen keine Waffen«, beharrte Moses. »Also bitte!«

Helwig zögerte und sah ihren Chef streitlustig an. Bevor sie eine Entscheidung fällen konnte, wurde die Schiebetür des Vans aufgerissen.

»Es geht los! Die Zielperson ist unterwegs!«, rief Schleicher ihnen zu.

Moses fiel insgeheim ein Stein vom Herzen. Hätten sich Leitner und Elvers nicht bald gemeldet und Mokhtaris Ankunft angekündigt, hätte er die ganze Aktion abgebrochen. Er eilte zum Zollwagen zurück.

»Wo ist er jetzt?«, fragte er durch die offene Seitentür.

»Laut deinen Kollegen ist er in weniger als zehn Minuten hier. Willst du selbst mit ihnen reden?«

Er hielt Moses das Funkgerät hin.

»Nicht nötig. Haben deine Leute die Beschreibung des Wagens?«

»Entspann dich«, beruhigte ihn Schleicher. »Für uns ist das Alltag.«

»Seid trotzdem vorsichtig!«, mahnte Moses. »Wir wissen nicht, ob er bewaffnet ist. Außerdem ist er Kampfsportler.«

»Wir machen das schon«, sagte Schleicher, während er ungelenk aus dem Auto kletterte. »Mach es dir bequem, und sieh zu, wie die Profis solche Dinge regeln. Jetzt übernimmt der Zoll!«

Er lachte und klang dabei wie ein wieherndes, angeschossenes Pferd. Gleichzeitig zog er die Jacke mit den Rangabzeichen an, die er über die Sitzlehne gehängt hatte, und setzte die Dienstmütze auf.

Kurz darauf konnten Helwig und Moses beobachten, wie der Mercedes mit den getönten Scheiben von den Zollbeamten aus dem Verkehr gewunken und zu ihnen auf den Parkplatz der Spedition geleitet wurde. Offenbar glaubte Mokhtari an eine Routinekontrolle, denn er folgte den Anweisungen der Beamten ohne Widerstand. Nachdem er gebeten worden war, aus dem Wagen zu steigen, trat Moses zwischen den geparkten Trucks hervor. Als Mokhtari den Mann, von dem er wenige Stunden zuvor im Ring gedemütigt worden war, auf sich zukommen sah, schaute er ihn verdutzt an. Und als sich dieser als Kommissar der Kriminalpolizei zu erkennen gab, verwandelte sich seine Verwirrung in Wut. Er biss die Zähne so fest zusammen, dass seine Wangenmuskeln zu sehen waren.

»Was für eine Überraschung!«, begrüßte Moses ihn. »So schnell sieht man sich wieder.«

»Du hast mich verarscht!«, zischte der Deutschmarokkaner, während er breitbeinig an seinem Wagen stand und nach Waffen abgetastet wurde.

»Du wolltest doch eine Revanche«, entgegnete Moses gelassen, während er die Sporttasche vom Beifahrersitz des Mercedes nahm. Er zog den Reißverschluss auf. Die Tasche war voll mit Geldbündeln, die mit bunten Gummibändern zusammengehalten wurden. Es handelte sich überwiegend um Fünfzigeuroscheine.

»Ey, das Geld gehört mir«, protestierte Mokhtari. Er versuchte sich zu bewegen, woraufhin er sofort von zwei Zollbeamten grob gepackt wurde.

Der Exchampion versteifte sich und ballte die Fäuste. »Nehmt sofort eure Finger weg!«

»Lasst ihn los!«, mischte sich Moses ein, bevor Schlimmeres passieren konnte. »Ich glaube, unser Freund ist vernünftig genug, seine Grenzen zu kennen.«

Nachdem die Beamten ihn auf Schleichers Nicken hin losgelassen hatten, entspannte sich Mokhtari ein wenig.

»Das Geld gehört mir!«, protestierte er wieder.

»Und wozu fährt man so viel Bargeld spazieren?«, wollte Helwig wissen, während sie zu ihnen trat. »Noch dazu, wenn man auf Bewährung draußen ist?«

Auch Leitner und Elvers waren mittlerweile ausgestiegen.

»Das ist meine Sache!«, wehrte sich Mokhtari. »Ich wollte … vielleicht wollte ich einfach nur ein Boot kaufen.« Er sah die Kommissare herausfordernd an. »Ein Boot zu kaufen ist schließlich nicht verboten.«

»Das überprüfen wir«, sagte Moses. »Meine Kollegen werden sich darum kümmern. Solange muss ich Sie allerdings bitten, unser Gast zu sein. Also bitte!«

Er deutete auf den Van des Zolls.

»Arschloch!«, spuckte Mokhtari aus. »Ich gehe nirgendwohin!«

»Dann ist Ihnen eine Anzeige wegen Widerstand gegen Vollzugsbeamte also lieber? Ich dachte, Sie sind auf Bewährung. Das könnte teuer werden!«

Moses sah ihn drohend an.

»Scheißtyp!«, zischte Mokhtari. Er zögerte, aber dann ließ er sich wutschnaubend von den Zollbeamten zum Wagen führen. Nachdem er unter lautstarkem Protest darin Platz genommen hatte, wandte sich Leitner an seinen Chef.

»Wollen Sie das wirklich durchziehen?«, fragte er Moses. »Was ist, wenn die Sache vorzeitig auffliegt?«

»Ich finde auch, dass das Risiko zu hoch ist«, pflichtete ihm Elvers bei. »Wir wissen nicht einmal, mit wem wir es zu tun haben.«

Auch Schleicher schien von Moses' Vorhaben nicht wirklich überzeugt. Er kratzte sich am Kinn, hielt sich aber zurück.

»Keine Sorge«, erwiderte Moses. »Es wird schon schiefgehen. Und was unsere Tarnung betrifft: Ich finde, wir beide sehen nicht gerade wie ›Bullen‹ aus.«

Er lächelte Kommissarin Helwig zu, und jeder wusste, was er damit meinte.

»Dann lassen Sie sich wenigstens verkabeln«, sagte Elvers.

Moses schüttelte den Kopf. »Falls wir dann gefilzt werden, ist der Deal geplatzt. Bevor wir die Drogen oder was auch immer zu Gesicht bekommen haben. Wir brauchen diese Lieferung. Nur dann können wir den Frachter festsetzen und die Besatzung in U-Haft nehmen, um sie ausgiebig zu verhören.«

Er schmiss die Geldtasche auf die Rückbank des Mercedes.

»Sind Sie so weit?«, fragte er an Helwig gewandt.

»Klar. Von mir aus kann es losgehen!«

Schleicher klopfte seinem Kollegen auf die Schulter. »Viel Glück!«, wünschte er Moses. »Und vergiss nicht: Ein Zeichen genügt, und wir sind in zwei Minuten bei dir!«

Moses nickte stumm. Dann stieg er zu Helwig in den Mercedes.

25

Moses öffnete das Fenster, um den penetranten Nikotingeruch in der Limousine etwas erträglicher zu machen. Helwig, die schweigend neben ihm saß, schien der Gestank nicht zu stören. Moses wusste immer noch nicht, ob es eine kluge Entscheidung gewesen war, ausgerechnet sie mitzunehmen. Aber er hatte sich gegen ein Körpermikrofon entschieden, und deshalb brauchte er jemanden an seiner Seite. Er würde zwar sein Handy wie vereinbart eingeschaltet lassen, aber natürlich konnte jederzeit die Verbindung abbrechen. Für den Fall, dass etwas Unvorhergesehenes geschah, benötigte er Unterstützung und einen Zeugen. Und Helwig eignete sich mit ihrem Aussehen und Auftreten nun einmal perfekt für die ihr zugedachte Rolle. Moses steuerte den Mercedes an den aufgestapelten Containern vorbei, und als der an der Pier vertäute Frachter in Sicht kam, spürte er, wie sich sein Herzschlag beschleunigte. Er stellte den Wagen ab, dann stiegen Helwig und er aus. Nachdem er sich die Sporttasche mit dem Geld über die Schulter geworfen hatte, gingen sie die letzten Meter zu Fuß.

Auf dem Liegeplatz neben der *Husum* wurde gerade das Unterdeck eines Containerschiffs mit fabrikneuen Autos bestückt. Das Beladen war im vollen Gange. Wie Insekten lösten sich unablässig die einzelnen Limousinen aus den Kolonnen, die auf dem weitläufigen Parkplatz auf ihre Verschiffung warteten und dann über eine gekrümmte Rampe im Bauch des Frachters verschwanden. Indessen achtete niemand auf das ungewöhnliche Paar, das zielstrebig auf den benachbarten Liegeplatz zuhielt.

Je näher Moses und Helwig dem Frachter kamen, desto höher wuchs er vor ihnen in den Himmel. Obwohl die *Husum* der Größe nach eher in die mittlere Kategorie fiel, wirkte das Schiff auf Moses noch immer riesig. Unweigerlich musste er daran denken, was sein Exkollege über mögliche Verstecke an Bord eines solchen Stahlkolosses gesagt hatte. Ein Grund mehr, Mokhtaris »Geschäftspartner« dazu zu bringen, ihre Ware freiwillig herauszurücken. Mit Genugtuung stellte er beim Näherkommen fest, dass die Gangway nach wie vor herabgelassen war. Dennoch wirkte das Schiff wie bei seinem Besuch am Abend zuvor merkwürdig unbelebt. Während auf dem Liegeplatz nebenan rege Betriebsamkeit herrschte, lag die dunkelgrün gestrichene *Husum* wie ein toter Wal an ihren Trossen. Nicht eine Menschenseele war an Bord zu sehen.

Moses blickte die Gangway hoch. Auch in der offenen Luke ließ sich niemand blicken. Er wandte sich an Helwig. Ihr Schweigen machte ihn zunehmend nervös. Seit sie in den Mercedes gestiegen waren, hatte sie keinen Ton mehr von sich gegeben.

»Alles in Ordnung?«, erkundigte er sich.

»Natürlich.«

»Sie sind so schweigsam.«

»Ich konzentriere mich. Das habe ich beim MEK gelernt. Rumquatschen lenkt nur ab.«

Moses erschrak ein wenig angesichts der Entschlossenheit, die seine junge Kollegin ausstrahlte. Wohl war ihm dabei nicht.

Er überprüfte, ob die Handyverbindung zu ihren Kollegen stand, danach ließ er das Gerät in eingeschaltetem Zustand in die Brusttasche seines Armani-Sakkos gleiten.

»Also gut, dann bringen wir es hinter uns!«

Als Helwig ihren Stiefel auf die Metalltreppe setzte, konnte er sie gerade noch zurückhalten.

»Moment. Ich gehe zuerst!«

Helwig runzelte verärgert die Stirn. »Ist doch egal, wer zuerst geht. Was macht das schon für einen Unterschied?«

»Einen großen«, sagte Moses.

Dann stieg er das Laufbrett hoch. Er war fast oben, als ein Matrose in der offenen Luke auftauchte und ihm und Helwig breitbeinig den Weg versperrte.

»Wohin wollt ihr?«

»Bring mich zu deinem Boss«, erwiderte Moses lässig. »Tarik schickt uns. Also beweg deinen weißen Arsch!«

Der Besatzungsliste zufolge konnte es sich bei Mokhtaris bärtigem Geschäftspartner nur um den Ersten Offizier des Schiffes handeln. Ob der Kapitän und die übrige Besatzung ebenfalls involviert waren, würde sich noch zeigen. Bei dem bulligen Seemann, der ihm in einem verschwitzten T-Shirt den Weg versperrte, tippte Moses auf den Exfremdenlegionär Paul Rogge, der laut den Schiffsunterlagen als Bootsmann auf der *Husum* gemeldet war. Dieser Mann hatte ohne Zweifel etwas Militärisches an sich. Allerdings schien er aus dem Konzept geraten zu sein, denn er glotzte das ungleiche Paar noch immer unentschlossen an. Die schlecht verheilte Narbe, die sich von der Schläfe aus bogenförmig bis hin zu seiner Wange zog, trug nicht gerade dazu bei, sein brutales Erscheinungsbild zu mildern. Moses konnte sich gut vorstellen, wie dieser Mann im Namen der Grande Nation Angst und Schrecken in der Welt verbreitet hatte. Umso bemerkenswerter war die Nonchalance, mit der Helwig seinen anzüglichen Blicken begegnete. Sie zuckte mit keiner Wimper.

»Ihr beiden gehört also zu Tarik«, wandte sich der Bootsmann schließlich wieder an Moses, nachdem er Helwigs weibliche Reize ausgiebig begutachtet hatte. Er klang misstrauisch. »Wo ist der kleine Wichser? Warum ist er nicht hier?«

»Tarik hat sich beim Training verletzt«, erwiderte Moses gelassen. »Deshalb sind wir jetzt hier. Und wir sind nicht mit leeren Händen gekommen.«

Er ließ die Tasche von der Schulter gleiten und fing sie im Fallen geschickt mit der linken Hand auf. Seine rechte Hand behielt er frei. Vielleicht würde er sie noch brauchen. Aber sein Gegenüber dachte nicht daran, handgreiflich zu werden. Stattdessen huschte ein Lächeln über sein Gesicht. Geld war wohl noch immer das überzeugendste Argument. Helwig und er folgten Rogge in das Innere des Schiffes. Er bewegte sich schnell und mit der traumwandlerischen Sicherheit von vielen Jahren auf hoher See durch das Gewirr der Gänge und Treppen. Als sich in einem schlauchartigen Gang ein dunkelhäutiger Filipino an ihnen vorbeiquetschen wollte, bedachte der Bootsmann ihn mit einer Flut an Flüchen, woraufhin der verängstigte Matrose eilends das Weite suchte. Helwig und Moses wechselten vielsagende Blicke. Kurz darauf standen sie in einem mit billigem Furnier getäfelten Aufenthaltsraum. Offenbar die Offiziersmesse des Frachters. Die zweckmäßige Einrichtung und das unverrückbare Mobiliar verströmten das Ambiente eines Wohnmobils mit Bullaugen, während der überquellende Aschenbecher auf dem verschraubten Tisch auf endlose Stunden quälende Langeweile schließen ließ.

»Ihr wartet hier!«, befahl der Bootsmann. Dann bediente er sich der schiffseigenen Sprechanlage, ohne die beiden aus den Augen zu lassen.

»Komm runter«, sagte er. »Wir haben Besuch.«

Danach hängte er den Hörer wieder ein und lehnte sich mit verschränkten Armen an die Wand. Moses blieb nicht verborgen, dass er die Schweizer Armbanduhr an seinem Handgelenk unverhohlen musterte. Er schien deren Wert zu schätzen und verzog missmutig seinen Mund. Offenbar gefiel ihm das Ergebnis nicht, zu dem er gekommen war. Zumindest nicht am Handgelenk eines Schwarzen. Als er gerade erneut damit begann, Helwig mit seinen Blicken auszuziehen, betrat sein herbeigerufener Partner die Messe. Wie Moses erwartet hatte, handelte es sich um den Unbekannten mit dem schwarzen Vollbart, der Mokhtari heute mittag besucht hatte. Jetzt wiesen ihn die drei goldenen Streifen auf den Schultern seines weißen Uniformhemds als Erster Offizier aus. Als er das fremde Paar in der Messe erblickte, stutzte er.

»Wer sind die?«, fragte er seinen Bootsmann.

Moses erinnerte sich, in der Besatzungsliste gelesen zu haben, dass der Erste Offizier der *Husum* Dierks hieß. An den Vornamen konnte er sich nicht erinnern.

»Der Scheiß-Marokkaner schickt sie. Angeblich ist er verletzt.«

Dierks trat so dicht vor Moses, dass dieser den schlechten Atem riechen konnte.

»Ich kenne dich«, sagte er. »Warst du nicht in Tariks Kaschemme?«

»Könnte sein«, erwiderte Moses ungerührt. In seiner Uniform wirkte sein Gegenüber fülliger, als er ihn in Erinnerung hatte. Sein blütenweißes Hemd spannte sich über einem beachtlichen Kugelbauch. Dennoch verriet sein Auftreten, dass er es gewohnt war, Befehle zu erteilen.

»Und was ist mit der da?« Dierks nickte in Helwigs Richtung. »Was will die Schnepfe hier?«

»Ich passe auf ihn auf«, sagte Helwig, bevor Moses reagieren konnte.

Jetzt sah Dierks sie zum ersten Mal richtig an.

»Willst du mich verarschen?«, fragte er. Dann fixierte er Moses erneut. »Ich habe den Kerl hier gegen Tarik kämpfen sehen. Der braucht keinen, der auf ihn aufpasst!«

»Sie ist meine Begleitung«, erwiderte Moses ruhig.

Er wuchtete die Sporttasche auf den Tisch, woraufhin etliche Kippen aus dem übervollen Aschenbecher kullerten. »Kommen wir also lieber zum Geschäft. Hier ist das Geld. Wo ist die Ware?«

Dierks trat einen Schritt zurück und hob die Hände. »Hey, immer langsam. Ich traue euch Brüdern nicht. Solange wir nicht nachgezählt haben, läuft gar nichts!«

Moses behielt die Hand weiter auf der Tasche. Er musste herausfinden, wo die Lieferung versteckt war, sonst war ihre Maskerade umsonst. Er riss den Reißverschluss auf, sodass die Geldbündel sichtbar wurden.

»Ich will erst nachzählen«, beharrte Dierks.

»Nachzählen könnt ihr immer noch«, sagte er. »Ich will zuerst die Ware sehen. Wie sagen die Deutschen so treffend: Ich kaufe keine Katze im Sack!«

Mit einem Mal ließ Rogge seine behaarten Arme sinken. Er grunzte wütend.

»Du willst dir doch nicht von so einem Affen was vorschreiben lassen!«, schimpfte er. »Es ist mir egal, was dieser Bimbo gerne hätte!«

Er bewegte sich auf Moses und die Tasche zu. Dierks, der wenige Stunden zuvor Zeuge von Moses' Fähigkeiten geworden war, versuchte seinen Bootsmann noch aufzuhalten. Aber das war nicht nötig, denn Rogge blieb wie angewurzelt stehen.

Er blickte in den Lauf einer Pistole.

»Ich hab doch gesagt, dass ich auf ihn aufpasse!«, sagte Helwig ohne einen Hauch von Nervosität in der Stimme, während der Exlegionär langsam vor ihr zurückwich.

»Steck die Waffe weg«, sagte Moses ruhig.

Helwig setzte an, um zu widersprechen. Aber dann ließ sie die Pistole sinken und steckte sie zurück in den Bund ihrer Jeans.

Moses bedachte Dierks und Rogge mit einem breiten Lächeln. »Sie ist manchmal ein wenig nervös. Können wir jetzt wieder über das Geschäftliche reden?«

Als Dierks etwas erwidern wollte, platzte ein weiterer Seemann in die Offiziersmesse. Er trug einen verschmierten Blaumann und war ausgesprochen schmächtig. Er war jünger als seine Bordkameraden, Moses schätze sein Alter auf Anfang dreißig. Sein blasses, mit Ölflecken übersätes Gesicht besaß etwas Jungenhaftes.

»Dieses Miststück von Pumpe läuft jetzt wieder«, sagte er, während er sich mit einem schmutzigen Lappen die Hände säuberte. Als er Moses und Helwig bemerkte, hielt er irritiert inne: »Gibts hier ’ne Party, von der ich nichts weiß?«

»Die beiden gehören zu Tarik«, erklärte Dierks knapp. »Sie haben das Geld dabei.«

»Na endlich!« Der Neuankömmling schmiss den schmierigen Lappen auf die mit Plastik überzogene Eckbank. »Je schneller wir aus der Sache raus sind, desto besser!«

Dierks wandte sich an Moses: »Wo wir gerade dabei sind: Wenn Tarik uns noch einmal so lange hängen lässt, kann sich sein Onkel einen anderen Transporteur für sein Scheißzeug suchen. Ich bin sicher, das würde ihm nicht gefallen. Du kannst von Glück reden, dass wir eine neue Pumpe gebraucht haben und der Alte sich mal wieder ins Koma gesoffen hat und sich noch im UKE ausnüchtern muss! Sonst wären wir längst wieder auf See!«

Moses horchte auf. Offenbar hatte der Kapitän ein Alkoholproblem, und die Mannschaft ging ihren Geschäften hinter seinem Rücken nach.

»Ich werde Tarik ausrichten, was du gesagt hast«, sagte Moses. »Obwohl ich weiß, dass er sich darüber im Klaren ist. Deshalb gibt es auch keinen Grund, das Geld hier nachzuzählen.«

Moses klopfte auf die Tasche.

»Hey, was ist das denn?«, rief Rogge plötzlich aus.

Er bückte sich und hob etwas von dem abgenutzten Linoleumboden auf. Moses erstarrte. Helwig ebenso. Es war ihr Notizbuch. Es musste ihr beim Ziehen der Waffe aus der Tasche gerutscht sein.

Bevor ihn jemand daran hindern konnte, hatte der ehemalige Fremdenlegionär bereits die erste Seite aufgeschlagen. Moses wusste, was nun kommen würde. Rogge kniff die Augen zusammen, dann lief er plötzlich rot an. Gleichzeitig schwollen die Adern an seinem Hals fingerdick an.

»Das sind Bullen!«, brüllte er. »Verfluchte Bullen!«

Er warf Moses das Buch ins Gesicht, aber der riss den Kopf zur Seite, sodass es an ihm vorbeisegelte. Gleichzeitig zog er sein Handy heraus und sagte das vereinbarte Codewort.

26

Moses knibbelte ungeduldig an der Tischkante herum. Er war allein in der Messe. Nachdem Schleicher mit seinen Leuten auf den Frachter gestürmt war, um Helwig und ihn aus der misslichen Lage zu befreien, war das Trio abgeführt worden. Da sie zu diesem Zeitpunkt noch nicht wussten, ob außer dem Ersten Offizier, dem Bootsmann und dem jungen Ingenieur noch weitere Besatzungsmitglieder verwickelt waren, hatte er die restliche Mannschaft auf dem Frachter festsetzen lassen. In diesem Augenblick waren die Zollbeamten dabei, das gesamte Schiff mithilfe der Hunde zu durchkämmen. Elvers, Leitner und Helwig begleiteten sie. Er selbst hatte es vorgezogen, die Suche den Routiniers zu überlassen. Deshalb blieb ihm jetzt nichts anderes übrig, als zu warten. Genervt schnippte er eine der herumliegenden Kippen von dem Resopaltisch. Falls sie die Lieferung nicht fanden, würden das Trio und Mokhtari schnell wieder auf freiem Fuß sein. Was unter Umständen bedeutete, dass die *Husum* auslief, noch bevor sie eine Verbindung zu ihrem Mordfall beweisen konnten. Und er wusste nur zu gut, wem er das zu verdanken hatte! Entgegen seinem ersten Impuls hatte er darauf verzichtet, Helwig vor versammelter Mannschaft zusammenzustauchen. Dafür war die Sache zu ernst. Dass sie ihr Notizbuch verloren hatte, war eine Sache. Das konnte passieren. Dass sie jedoch trotz seiner ausdrücklichen Anweisung ihre Waffe getragen hatte, konnte Moses noch immer nicht fassen. Diesmal würde eine einfache Standpauke nicht reichen. Moses massierte sich den Nacken. Er musste sich eingestehen, dass er noch immer vor einem Rätsel stand. Was seine ohnehin miese Stimmung nicht gerade hob. Dass Kilian in den Drogenhandel verwickelt war, kam ihm nach wie vor unwahrscheinlich vor. Auch wenn er es nicht wirklich begründen konnte. Aber was hatte der Waschsalonbesitzer dann hier auf diesem Schiff gewollt? Hatte es mit seinem früheren Berufsleben als Seemann zu tun? Moses blickte sich in der leeren Offiziersmesse um. Die Aale im Körper des Toten ließen vermuten, dass Kilian genau hier gestorben war. Aber aus welchem Grund? Moses ließ seinen Blick erneut über die zweckmäßige und wenig ansprechende Einrichtung des Aufenthaltsraumes wandern. Was war an Bord dieses Schiffes geschehen? Schließlich stand er auf und öffnete ein vor Schmutz starrendes Bullauge, um frische Luft hereinzulassen. Unter ihm tuckerte ein Touristendampfer auf Hafentour vorbei. Sonnengerötete Gesichter wandten sich ihm zu, und Kinder winkten ehrfürchtig.

Eine Stimme riss ihn aus seinen Gedanken.

»Komm mal mit. Das musst du dir ansehen«, rief ihm Schleicher zu. Er musste sich bücken, um sich nicht den Kopf am Türrahmen zu stoßen.

»Hast du was gefunden?«

»Ich weniger«, meinte sein Exkollege scherzhaft. »Aber der Hund. Am besten, du siehst es dir selbst an.«

Moses ließ sich nicht zweimal bitten. Er folgte seinem ehemaligen Kollegen durch die Gänge und Treppen immer tiefer in den Bauch des Schiffes hinunter. Sie durchquerten einen nur spärlich beleuchteten Frachtraum. Hier stapelten sich die Kisten und Container, die auf ihren Weitertransport nach Skandinavien warteten. Dazwischen taten sich immer wieder auffällige Lücken auf. Moses vermutete, dass sie von den für Hamburg bestimmten Gütern stammten, die man bereits entladen hatte. Darunter mussten sich auch die Spezialcontainer mit den importierten Glasaalen befunden haben, sagte er sich, während er sich beeilte, um nicht den Anschluss zu verlieren. Schleicher lief auf seinen langen schlaksigen Beinen mit einem Tempo voraus, als wäre das Schiff sein Zuhause. Als sie an einer Kühlkammer vorbeikamen, bemerkte Moses einen Filipino, der mit allerlei Werkzeug an der Tür herumhantierte. Offenbar hatte ihn noch niemand zur Befragung in die Mannschaftsmesse geschickt. Als der junge Matrose seine neugierigen Blicke bemerkte, zuckte er schüchtern mit den Schultern. »Kaputt!«

Moses folgte seinem ehemaligen Kollegen weiter bis in den angrenzenden Maschinenraum. Dort waren bereits alle versammelt. Leitner, Helwig und Elvers standen zusammen mit den Zollbeamten vor einem abmontierten Laufgitter. Sie starrten in ein Loch zu ihren Füßen, während ein schwarzer Schäferhundmix überglücklich auf seinem Belohnungsspielzeug herumkaute.

»Was habt ihr gefunden?«, wollte Moses sofort wissen.

»Nicht viel«, gestand der Hundeführer. »Aber hier war mal etwas.«

»Und was?« Moses konnte seine Enttäuschung nicht verbergen.

»Suzi ist auf Kokain, Heroin, Cannabis und Amphetamine trainiert. Ich vermute aber eher Kokain oder Haschisch. Das Schiff kommt aus Marokko.«

»Haschisch ja – aber Kokain?« Helwig lupfte ungläubig die Augenbraue.

»Das kommt aus Südamerika.« Schleicher zog seine rutschende Hose hoch. »Die Kartelle dort bringen das Zeug nach Nordafrika und von da aus nach Europa.« Er nahm seinem Kollegen die Taschenlampe aus der Hand. Dann ging er in die Hocke und leuchtete in das Versteck. »Seht ihr die Ölreste? Die Lieferung war luftdicht eingeschweißt und mit Schmieröl eingerieben. Deshalb hat die Hündin bei der Routinekontrolle nicht angeschlagen. Aber dort unten war eindeutig etwas!«

Moses verdrehte die Augen, verkniff sich aber einen Kommentar. Sich den Frust und Zorn anmerken zu lassen, die in seinem Inneren um die Vorherrschaft rangen, wäre unprofessionell gewesen. Aber es war exakt das eingetreten, was er befürchtet hatte. Ohne die Drogen hatten sie nichts in der Hand. Weder gegen Mokhtari noch gegen die Besatzung.

»Die Typen sind gerissen«, sagte Schleicher, während er sich mühsam hochstemmte. »Wegen der Verzögerung haben sie die Ware sicherheitshalber von Bord geschafft.«

»Aber warum der ganze Aufwand?«, wunderte sich Leitner. Er lehnte mit verschränkten Armen an einem der monströsen Dieselmotoren, deren Höhe mindestens ein Deck maß, und ließ seine Muskeln spielen. Ohne Zweifel wollte er mit dieser Schwarzenegger-Pose die Kollegen vom Zoll beeindrucken.

»Vielleicht haben sie ihren Geschäftspartnern nicht mehr vertraut«, mutmaßte der hagere Oberinspektor. »Wenn es wirklich Haschisch war, haben wir es wahrscheinlich mit einem Familienclan zu tun. Der eine Teil sitzt hier in Europa und kümmert sich um den Verkauf, der andere Teil hockt vor Ort und produziert das Zeug. Hauptsache, alles bleibt innerhalb der Familie.«

»Und der Transport nach Europa?«, warf Helwig ein, während sie neugierig die imposanten Maschinen um sich herum inspizierte.

»Genau das ist der Knackpunkt für die ehrenwerten Familien«, erklärte Schleicher, als hätte er eine begriffsstutzige Schülerin vor sich. »Da sie nicht über eigene Kapazitäten verfügen, müssen sie für den Transport auf andere Organisationen oder eben ›Freiberufler‹ zurückgreifen. Wie die drei, die wir vorhin festgesetzt haben. Es ist gar nicht selten, dass sich mehrere Besatzungsmitglieder zusammenfinden, um eine eigene ›Spedition‹ für illegale Güter aufzuziehen. Das kann wiederum alles sein, was verboten ist. Die Palette ist endlos.«

»Und wie kommen diese Leute an ihre ›Kunden‹?«, fragte Elvers. Sie musste achtgeben, dass sie mit ihren Absätzen nicht in dem Bodengitter hängen blieb.

»Ganz einfach«, erwiderte Schleicher. »Sie bieten ihren Transport-Service auf dem Schwarzmarkt an. Praktischerweise gibt es ja heute solche Dinge wie das Darknet.«

»Aber was ist mit dem Kapitän?«, hakte Elvers nach. »Der muss doch auch davon gewusst haben. Er hat immerhin das Sagen auf dem Schiff.«

»Nicht unbedingt«, widersprach Schleicher. Je länger er redete, desto schulmeisterlicher wurde sein Ton. Augenscheinlich gefiel es ihm, seinen ehemaligen Kollegen von der Kripo noch etwas beizubringen. »Wie wir vorhin gehört haben, ist der Kapitän dieses Schiffes aller Wahrscheinlichkeit nach Alkoholiker. Ich möchte wetten, dass die Mannschaft seine Sucht schon seit Langem deckt. So genießen sie alle Freiheiten. Vermutlich ahnt er nicht einmal etwas von den Nebengeschäften seiner Mannschaft.«

Moses rieb sich das Kinn. Ein Kapitän, der ständig betrunken ist, dürfte in der Tat nicht viel von dem mitbekommen, was an Bord seines Schiffes geschieht. Zumal die übrige Besatzung aus ausländischen Seeleuten bestand, die sich sicher nicht mit ihren »weißen« Chefs anlegen wollten.

»Wo habt ihr die drei hingebracht?«, fragte er.

»Zu euch ins Präsidium. Wie du es wolltest. Obwohl sie eigentlich uns gehören!«, fügte er mahnend hinzu.

»Dafür schulde ich dir was. Erinnere mich daran!«

Moses war sich seines Dilemmas nur allzu gut bewusst. Er würde die drei früher oder später an das Drogendezernat übergeben müssen, denn solange es keine Verbindung zu seinem Mordfall gab, ging es allein um die vermutete Einfuhr illegaler Drogen. Und damit gehörten weder der Fall noch die Verdächtigen ihm. Er sah auf seine Uhr und beschloss, die Verhöre bis morgen aufzuschieben. Es war bereits spät, und erfahrungsgemäß förderte eine Nacht in der U-Haft die Kooperationsbereitschaft der Verdächtigen mitunter auf geradezu spektakuläre Weise. Plötzlich klingelte sein Handy. Er entfernte sich ein paar Schritte von den anderen und warf einen Blick auf das Display. Der Anruf war anonym. Als Moses das Gespräch dennoch entgegennahm, hörte er zuerst nur Rauschen. Unterhalb der Wasserlinie, tief unten im Bauch des stählernen Schiffsrumpfs, war der Empfang lausig. Dennoch drangen einzelne Wortfetzen an sein Ohr. Sie kamen aus weiter Ferne, und er hatte große Mühe, etwas zu verstehen. Aber es war eindeutig eine weibliche Stimme, und sie klang aufgeregt. Juliane? Mit einem Mal war er beunruhigt.

»Zum Telefonieren musst du nach oben«, riet ihm Schleicher, der sein besorgtes Gesicht bemerkt hatte. »Hier unten hast du keinen Empfang. Mich wundert, dass es überhaupt geklingelt hat.«

»Entschuldigt mich kurz«, sagte Moses daraufhin. »Bin gleich wieder da.«

Dann stieg er die Metallleiter hoch, in der Hoffnung, ein Deck höher vielleicht besseren Empfang zu haben. Dabei kam er erneut an der Kühlkammer vorbei, deren Türschloss zuvor repariert worden war. Der Filipino war verschwunden, aber das Werkzeug lag noch immer auf dem Boden herum. Moses nahm an, dass er in seiner Arbeit unterbrochen und zusammen mit den übrigen Matrosen in die Mannschaftsmesse gebracht worden war, wo er vom Zoll überprüft wurde. Als er an der offen stehenden Tür der Kühlkammer vorbeilief, hielt er mit einem Mal inne. Dann machte er kehrt. Das Licht brannte, und der weiß ausgekleidete, etwa zehn mal zehn Meter große Raum war bis auf ein paar Regale völlig leer. Aber das war nicht der Grund, warum er wie angewurzelt stehen geblieben war. Was im Vorbeigehen seine Aufmerksamkeit erregt hatte, waren vielmehr die in die Innenseite der Metalltür gekratzten arabischen Schriftzeichen. Den Schleifspuren nach zu urteilen, hatte jemand versucht, die Wörter zu entfernen, aber an manchen Stellen waren sie noch immer deutlich lesbar. Auch ohne die Buchstaben lesen zu können, erkannte Moses sie sofort wieder.

Es waren die gleichen Worte, die sich der ermordete Waschsalonbetreiber auf die Brust hatte tätowieren lassen.

27

Moses starrte auf die in die Tür geritzten Schriftzeichen. Offenbar war derjenige, der versucht hatte, die Schrift zu entfernen, dabei gestört worden. Von der Seite konnte man einen Teil noch immer erkennen. Plötzlich fielen ihm Juliane und das Handy in seiner Hand wieder ein. Hastig eilte er nach oben, doch als er schließlich in der Dunkelheit auf das Oberdeck trat, hatte er die Telefonverbindung verloren. Moses fluchte.

Dann klingelte es erneut. Hastig drückte er die Taste.

»Juliane?«

»Endlich erreiche ich dich!«

Moses konnte seine Überraschung nicht verbergen. Am anderen Ende der Leitung war seine Jugendfreundin Hilde. Ihre sonst so kühle Stimme klang leicht panisch.

»Ich muss dich sehen! Kannst du kommen? Bitte!«

»Es ist mitten in der Nacht!« Woher hatte sie seine private Nummer? »Was ist denn los?«

»Das kann ich dir am Telefon nicht sagen! Ich brauche deine Hilfe!«

»Wo bist du jetzt?«

»Zu Hause. Ich habe Angst! Draußen auf der Terrasse ist jemand!«

»Ruf die Polizei! Wenn du willst, schicke ich dir jemanden vorbei«, sagte Moses.

»Nein! Das geht nicht! Und ich muss dir was zeigen. Bitte! Kannst du nicht herkommen?«

Moses war hin- und hergerissen. Am Ende ließ er sich die Adresse geben, obwohl er sich noch genau an die Dosch-Villa erinnern konnte. Sie war eines der imposantesten Anwesen an der Elbchaussee. Als er ein Geräusch hörte, drehte er sich um. Hinter ihm lehnte Elvers über der Reling und blickte schweigend über das schwarze Hafenbecken hinweg zum anderen Elbufer, wo das Lichtermeer der Stadt die Sterne am Nachthimmel unsichtbar machte. Moses fragte sich, wann sie an Deck gekommen war.

»Gibt es Probleme?«, fragte Elvers. Als sie keine Antwort erhielt, zuckte sie mit den Schultern, als wollte sie sich entschuldigen. »Ich brauchte frische Luft. Da unten kann man ja kaum atmen.«

Sie deutete auf das weiß gestrichene Deck zu ihren Füßen.

»Gut, dass Sie da sind«, sagte Moses. »Ich muss weg. Sie müssen für mich übernehmen. Sorgen Sie dafür, dass die Seeleute in der Mannschaftsmesse befragt werden. Ach ja, und organisieren Sie ein KTU-Team! Sie sollen die leer geräumte Kühlkammer unter die Lupe nehmen.«

»Leer geräumt?«, wunderte sich Elvers. »Ich dachte, die Besatzung lebt auf dem Schiff.«

»Der Größe nach ist sie nicht für den Proviant gedacht, sondern eher für den Transport verderblicher Waren wie Obst.«

»Oder Rauschgift …«

»Das wird sich zeigen. Würden Sie das bitte übernehmen?«

»Kein Problem«, seufzte Elvers. Angesichts der späten Stunde sprühte sie nicht gerade vor Enthusiasmus.

»Und danach machen Sie Feierabend«, sagte Moses. »Das gilt

für alle. Wir haben morgen früh eine ganze Reihe von Verhören vor uns!«

Elvers tippte sich an die Stirn und lächelte gequält. Dann stieg sie wieder unter Deck. Moses eilte indessen die Gangway hinunter und lief zu dem Mercedes. Um die Schlüssel zu Leitners Dienstwagen zu holen, blieb jetzt keine Zeit. Er fragte sich, was Hilde dazu gebracht haben konnte, ihn um diese Uhrzeit anzurufen. Ihre Angst hatte nicht gespielt geklungen. Dennoch traute er ihr nicht. Schon damals in der Schule war sie eine resolute Anführerin gewesen. Sie war durchaus imstande, die Dinge selbst in die Hand zu nehmen. Wozu brauchte sie also seine Hilfe? Für einen kurzen Moment war er versucht, eine Polizeistreife zu schicken und nach Hause zu fahren, um sich ins Bett zu legen. Aber dann erinnerte er sich daran, wie vehement sie dieses Angebot abgelehnt hatte. Sie wollte nur mit ihm persönlich sprechen. Offenbar hatte seine ehemalige Jugendfreundin etwas zu verbergen, und er würde herausfinden, was das war. Das Bett musste also warten.

Moses fuhr über die Freihafenbrücke. Da zu dieser Stunde kaum Verkehr auf den Straßen herrschte, hatte er auch Altona schnell hinter sich gelassen. Er fuhr an der Elbe entlang bis zum Hirschpark. Die Villa Dosch hatte er schnell gefunden. Plötzlich kamen all die Erinnerungen wieder. Als hätte jemand die Zeit um fünfundzwanzig Jahre zurückgedreht. Er fragte sich, ob der ozeangroße Pool noch immer in Betrieb war.

Als er auf das Tor zufuhr, flammten plötzlich Scheinwerfer auf. Kurz darauf setzte sich die massive Wand vor ihm in Bewegung. Offenbar hatte er die Überprüfung der Kameras überstanden. Während er dabei zusah, wie das Tor zur Seite glitt, fiel ihm ein, dass er nicht einmal wusste, ob seine Jugendfreundin verheiratet war. Er würde es herausfinden. Er fuhr durch das offene Tor auf das Grundstück, und nachdem er die dichte Baumreihe durchquert hatte, die das weiträumige Anwesen säumte, trat er im Mondlicht auf eine Rasenfläche, deren Größe jedem öffentlichen Park zur Ehre gereicht hätte. In ihrer Mitte erhob sich die Villa aus der Gründerzeit. Sie glich eher einem Schloss und stellte die feudale Sehnsucht ihres Erbauers unverhohlen zur Schau. Moses bezweifelte, dass sich im Fischhandel heutzutage auch nur annähernd so viel verdienen ließ wie früher. Quasi-Monopol hin oder her. Er steuerte mit eingeschalteten Scheinwerfern über den schnurgeraden Kiesweg, der vor dem Haupteingang in einem Rondell endete. Kaum war er aus dem Auto gestiegen, öffnete Hilde bereits die Tür. Die mächtigen Säulen, mit denen das Eingangsportal umrahmt war, ließen die toughe Unternehmerin ungewohnt zerbrechlich wirken. Ein Eindruck, der durch das Licht, das hinter ihrem Rücken aus dem Haus fiel, noch unterstrichen wurde.

Er nahm die Steinstufen in zwei großen Schritten.

»Ich bin froh, dass du so schnell gekommen bist!«, begrüßte ihn Hilde erleichtert.

Sie war barfuß, und wie Moses mit leichtem Unbehagen registrierte, war sie frisch geschminkt und trug einen dieser raffinierten Hausanzüge aus fließender Seide, die vorgaben, die Reize eines weiblichen Körpers zu verhüllen, und doch alles offenlegten.

»Ich hoffe, es ist wirklich wichtig«, sagte er, ohne sich sein wachsendes Unbehagen anmerken zu lassen. »Es ist spät, und ich bin ziemlich müde.«

Er hätte längst gemütlich zu Hause sitzen können, dachte er. Mit einem Whisky und der seltenen Miles-Davis-Aufnahme, die Juliane für ihn auf dem Schanzenflohmarkt aufgestöbert hatte.

»Ich weiß, dass es spät ist.« Hilde Dosch lächelte verlegen.

Sie fuhr sich durchs Haar, dann trat sie zur Seite, um ihn hereinzulassen. »Es tut mir wirklich leid. Willst du nicht erst einmal reinkommen?«

Als Moses an ihr vorbei das Haus betrat, roch er ihren alkoholisierten Atem. Erst jetzt bemerkte er, dass nicht nur in der Eingangshalle, sondern in sämtlichen Räumen der Villa Licht zu brennen schien. Die schweren Vorhänge hatten nichts davon nach draußen dringen lassen.

Hilde Dosch bedeutete ihm zu folgen. Barfuß führte sie ihn an historischen Ölgemälden und modernen Skulpturen vorbei. Das Geräusch ihrer nackten Füße auf den schwarz-weißen Bodenfliesen weckte in Moses Erinnerungen an ihre gemeinsame Jugendzeit. Und an Hildes cholerischen Vater.

»Willkommen in meinem Reich«, lachte seine Jugendfreundin gequält, nachdem sie Moses in ein überraschend gemütliches Zimmer geführt hatte. »Das ist der einzige Ort in diesem baufälligen Palast, an dem es nicht zieht. Und an dem man sich nicht mit seinem eigenen Echo unterhalten muss. Willst du was trinken?«

Sie steuerte auf die im Renaissance-Stil gehaltene und mit filigranen Einlegearbeiten verzierte Hausbar zu.

»Nein, danke«, sagte Moses. »Erzähl mir einfach, was los ist. Wer war auf deiner Terasse? Ich habe niemanden gesehen.«

Hilde griff nach der Ginflasche und goss sich das Glas voll, das sie auf dem kleinen Marmortisch abgestellt hatte. Moses fiel auf, dass ihre Hände zitterten.

Hilde drehte sich um und sah ihn flehend an. Moses musste sich eingestehen, dass sie trotz ihres nicht mehr jugendlichen Alters und der Last, die sie als Unternehmerin trug, noch immer eine überaus begehrenswerte Frau war.

»Wollen wir uns setzen?« Hilde deutete auf die Sitzgruppe vor dem Kamin.

»Nein, danke«, entgegnete Moses weit schroffer als beabsichtigt. »Also, was ist los?«

Sie überging seine Frage.

»Spielst du eigentlich noch immer Cello?«, fragte sie.

Moses war überrascht. Schließlich war sein Musikunterricht nur ein kurzes Intermezzo gewesen.

Hilde nippte unsicher an ihrem Gin.

»Sie haben Witze darüber gemacht«, meinte sie mit einem schiefen Lächeln. Sie wirkte angetrunken. »Du weißt schon, der ›Mohr und sein Cello‹, solche Sachen eben. Es war schon eine verrückte Zeit. Irgendwie waren wir frei und ohne Sorgen.«

»Das ist lange her.« Das Gespräch entwickelte sich in eine Richtung, die Moses nicht gefiel. »Du hast mich doch nicht angerufen, um über alte Zeiten zu plaudern. Und wenn doch, muss ich dich enttäuschen. Ich bin wirklich nicht in der Stimmung!«

»Schon gut«, sagte seine Jugendfreundin. »Mir ist im Moment ebenso wenig nach Spaß zumute wie dir. Das kannst du mir glauben …«

Sie nippte hastig an ihrem Glas.

»Du hast am Telefon gesagt, dass du Angst hast. Jetzt sag mir endlich, was hier los ist und wer auf deiner Terasse war.«

Hilde biss sich auf die Unterlippe. Schließlich gab sie sich einen Ruck. Sie leerte das Ginglas in einem Zug, dann blickte sie Moses in die Augen.

»Ich habe furchtbare Angst«, sagte sie. »Komm mit ins Schlafzimmer. Dann weißt du, weshalb.«

Moses folgte ihr in den ersten Stock der Villa. Als sie vor einer der vielen Türen stehen blieben, atmete Hilde tief durch. Moses blieb nicht verborgen, dass sie am ganzen Körper zitterte. Schließlich trat sie mit ihrem nackten Fuß gegen die angelehnte Tür.

»Geh du vor«, sagte sie hastig und wich zurück.

Moses trat in das geräumige Schlafzimmer. Auf den ersten Blick konnte er nichts Ungewöhnliches entdecken. Nur, dass in diesem Raum die Zeit stehen geblieben war. Ein Edelholzbett mit gedrechseltem Baldachin, ein wuchtiger antiker Kleiderschrank, ein Perserteppich, der mindestens so alt war wie das Haus selbst – das Zimmer glich einem Lager für exquisite Antiquitäten. Oder einem Museum, dachte Moses, während er sich umdrehte. Hinter ihm hatte Hilde das Zimmer betreten und der Tür einen leichten Stoß versetzt, sodass sie hinter ihnen langsam wieder zufiel. Moses zuckte unwillkürlich zusammen. An der Innenseite hing eine schwarze Katze. Jemand hatte sie mit allen vier Pfoten an das Türblatt genagelt.

»So habe ich sie gefunden«, sagte Hilde mit brechender Stimme.

Moses war schockiert. Damit hatte er nicht gerechnet.

»Weißt du, wer das war?«

Hilde schüttelte den Kopf.

»Lüg mich nicht an!«, drohte Moses. »Wer war das?«

»Das … das … das kann ich dir nicht sagen«, flüsterte Hilde. Sie wich seinem Blick aus.

»Und warum nicht?«

»Weil …« Hilde verstummte. Sie hob den Kopf und sah ihn an. »Weil ich es eben nicht kann. Bitte, glaub mir. Ich kann dir einfach nicht mehr dazu sagen.« Hilde sah ihn verzweifelt an.

»War das etwa dein asiatischer Freund?«

Hilde zuckte unmerklich zusammen. »Welcher asiatische Freund?«

»Ich meine den Kleinen in dem teuren Anzug. Du hast dich mit ihm vor der Musikhalle gestritten. Wir wissen, dass er zur chinesischen Mafia gehört. Machst du mit denen Geschäfte? Sag mir die Wahrheit!«

»Das ist nur ein Investor«, wich Hilde aus. »Nur weil er Chinese ist, gehört er noch lange nicht zur Mafia. Lass uns wieder nach unten gehen. Ich will das nicht länger sehen.«

Sie nickte, ohne hinzusehen, in Richtung der toten Katze. Als sie das Zimmer verlassen wollte, hielt Moses sie am Arm zurück.

»Hilde, du musst mir sagen, was hier vor sich geht! Wobei soll ich dir helfen?«

Hilde biss sich auf die Lippe, und Tränen traten in ihre Augen. Schließlich platzte es aus ihr heraus.

»Mach es mir doch nicht so schwer!«, flehte sie. »Du hast mit deinen Ermittlungen alles noch viel schlimmer gemacht. Am meisten würdest du mir damit helfen, wenn du einfach keine weiteren Fragen mehr stellst. Und nicht weiter in meinen Sachen herumschnüffelst. *Okay?* Das ist das Einzige, worum ich dich bitte!«

»Du hast mich also angerufen, damit ich keine Fragen mehr stelle?«, fragte Moses. Er konnte sich kaum noch beherrschen, denn inzwischen keimte in ihm der Verdacht, dass seine Jugendfreundin ihn deshalb herbestellt hatte: Er sollte den Dingen nicht weiter auf den Grund gehen. Wenn sie wirklich Hilfe durch das Gesetz gewollt hätte, hätte sie genauso gut die Polizei rufen können. Aber warum war sie in Gefahr?

Hilde riss sich von ihm los.

»Du verstehst das nicht«, sagte sie unter Tränen. »Wenn du mir wirklich helfen willst, dann halt dich aus meinen Angelegenheiten heraus! Um der alten Zeiten willen. Um mehr bitte ich dich doch gar nicht.«

Moses spürte, dass weder die Angst noch die Verzweiflung gespielt waren. Er hatte seine Jugendfreundin noch nie so aufgelöst erlebt. Dennoch blieb er hart.

»Solange du mir nicht die Wahrheit sagst, kann ich nichts für dich tun«, sagte er. »Ich bin Kriminalbeamter, es ist mein Job, Fragen zu stellen. Abgesehen davon habe ich einen Mord aufzuklären. Also sag mir endlich, was hier vor sich geht!«

Er nickte in Richtung der angenagelten Katze.

»Den Toten, den du mir heute Morgen gezeigt hast, kenne ich wirklich nicht!«, jammerte Hilde mit schwerer Zunge. »Mit diesem Kerl habe ich nichts zu schaffen. Das schwöre ich! Und meine Geschäftspartner auch nicht.«

Moses horchte auf.

»Was für Partner sind das?«, bohrte er. »Und welche Geschäfte machst du mit denen?«

»Was spielt das für eine Rolle?«, sagte Hilde, während sie leicht schwankend ihren Hausanzug glatt strich.

»Eine ziemlich große«, sagte Moses erbost. »Wenn du mir nicht endlich sagst, was das alles zu bedeuten hat, kann ich dir auch nicht helfen! So einfach ist das.«

Er drängte sich an seiner Jugendfreundin vorbei aus dem Schlafzimmer.

Hilde versuchte, ihn aufzuhalten. »Und was ist mit der Katze?«

»Ich schicke dir jemanden vorbei«, erwiderte Moses knapp. Als er auf dem Treppenabsatz war, hörte er, wie seine Jugendfreundin ihm betrunken nachrief.

»Du erbärmlicher Feigling! Ich hätte dich nie um Hilfe bitten sollen!«

28

Sind Sie jetzt völlig verrückt geworden?«, ereiferte sich Bonnekamp.

Er plusterte sich derart auf, dass Moses fürchtete, er würde jeden Moment platzen.

»Erst lassen Sie unseren einzigen Verdächtigen laufen, und dann erfahre ich soeben vom Innensenator, dass Sie hinter meinem Rücken mit dem Zoll zusammen Nacht-und-Nebel-Aktionen durchführen. Sind Sie jetzt komplett größenwahnsinnig? Ein ganzes Schiff lahmlegen!«

»Ohne Kapitän kann die *Husum* ohnehin nicht auslaufen«, wandte Moses ein. »Meines Wissens liegt er noch immer im Krankenhaus.«

»Papperlapapp! Das interessiert mich nicht.« Bonnekamp stand auf und stützte beide Fäuste auf den Schreibtisch. »Wissen Sie überhaupt, was das für Kosten bedeutet? Wenn sich in der Welt herumspricht, dass bei uns im Hafen unbefugte Kriminalkommissare mal eben so Schiffe in Beschlag nehmen können, kann Hamburg dichtmachen – und wir alle auch!«

Als Moses am Morgen bei seiner Ankunft im Präsidium eine Notiz auf seinem Schreibtisch vorgefunden hatte, dass der Direktor ihn umgehend zu sprechen wünschte, hatte er bereits damit gerechnet, dass Bonnekamp bereits davon Wind bekommen hatte, dass er die *Husum* mithilfe seines Freundes vom Zoll festsetzen hat lassen. Und er davon nicht gerade begeistert war. Schließlich waren bislang weder Drogen noch andere illegalen Dinge gefunden worden, und das Geld allein würde keinen Staatsanwalt beeindrucken. Überraschend war jedoch, dass die Angelegenheit so schnell bis zum Innensenator vorgedrungen war. Andererseits konnte er sich denken, wer heute Morgen zum Telefon gegriffen hatte.

»Und was ist mit dem Durchsuchungsbeschluss?«, fragte er.

»Welchem Durchsuchungsbeschluss?«

»Für Dosch.«

Bonnekamp starrte ihn fassungslos an. »Sie kapieren es einfach nicht, oder?«

»Offensichtlich nicht.«

Bonnekamp sank kopfschüttelnd auf seinen Schreibtischstuhl.

»Den Beschluss können Sie vergessen«, sagte er. »Sie haben schon genug angerichtet. Bringen Sie mir was Konkretes, dann reden wir darüber. Bis dahin halten Sie sich zurück! Sie haben keine Beweise. Ich meine, können Sie nachweisen, dass diese Männer etwas getan haben, das in unseren Zuständigkeitsbereich fällt? Wir sind verdammt noch mal nicht die Drogenfahndung!«

»Nein«, sagte Moses. »Das sind wir nicht.«

»Na, bitte!«, triumphierte Bonnekamp. »Dann arbeiten Sie gefälligst an unserem Fall! Sonst sehe ich mich endgültig gezwungen, ihn jemand anderem zu übertragen.«

Plötzlich klingelte Moses' Handy. Er machte eine entschuldigende Geste und nahm das Gespräch entgegen.

»Ja, bitte?«, meldete er sich. Dann bedeckte er das Mikro mit der Hand. »Die Gerichtsmedizin«, erklärte er mit einem Lächeln.

Bonnekamp sah ihn wütend an. Während Moses mit Kleinhues telefonierte, tigerte er in seinem Büro auf und ab.

»Die Katze ist vergiftet worden?«, fragte Moses ins Telefon. »Mit Schlaftabletten? Danke, dass du dich sofort darum gekümmert hast … Ja, ja, ich weiß, dass du kein Veterinär bist … Keine Fische und keine Katzen mehr, versprochen!«

Moses bedankte sich bei seinem Freund und beendete das Gespräch.

Bonnekamp blieb stehen und stierte ihn entgeistert an. »Katze? Was für eine Katze?«

»Es geht um eine Spur«, murmelte Moses geistesabwesend.

»Was für eine Spur? Um Himmels willen, was ist hier eigentlich los?«

Moses hörte nicht mehr zu. Ihn beschäftigte ein ganz anderer Gedanke. Eine Triade würde sich gewiss nicht die Umstände machen, Katzen Schlaftabletten einzuflößen. Sie hätten der armen Kreatur ganz einfach das Genick gebrochen. Was wiederum nur einen Schluss zuließ: Hilde Dosch hatte ihm gestern Nacht ein Theater vorgespielt!

Zwar kannte er noch nicht den Grund, aber seine Jugendfreundin hatte ohne Zweifel etwas zu verbergen. Und wenn er schon keinen Durchsuchungsbeschluss bekam, dann musste es eben einen anderen Weg geben, um dahinterzukommen, was das war.

»Hallo?«, polterte Bonnekamp. »Ich rede mit Ihnen!«

»Entschuldigung«, sagte Moses geistesabwesend. »Ich war in Gedanken.«

Bonnekamp starrte ihn fassungslos an. Er sog die Luft ein, um etwas zu erwidern, dann stapfte er kopfschüttelnd davon.

Noch immer in Gedanken versunken ging Moses in sein Büro. Seine Jugendfreundin hatte ihm ohne Zweifel etwas vorgegaukelt. Aber aus welchem Grund? Als er sich einen Espresso brühen wollte, gab die Maschine seltsame Laute von sich, wodurch seine Laune noch weiter sank. Es war schon das zweite Mal nach Ablauf der Garantie, dass der Kaffeeautomat streikte. Er schwor sich, der Servicehotline diesmal gehörig die Meinung zu zeigen. Er trat ans Fenster und blickte in den kreisrunden Innenhof des Polizeipräsidiums, der noch vollständig im Schatten lag. Er fuhr sich mit der Hand über den Nacken. Nach der vergangenen Nacht hatte er einen anständigen Wachmacher dringend nötig.

Was hatte seine ehemalige Jugendfreundin nur dazu gebracht, eine Katze an ihre Schlafzimmertür zu nageln? War sie wirklich so verzweifelt? Als ein Klingelton den Eingang einer SMS verkündete, nahm er das Handy von seinem Schreibtisch. Es war Juliane.

Guten Morgen. Wo warst Du? Habe gestern Abend versucht
Dich zu erreichen.
Kuss
Jule
PS: Arbeite nicht zu viel!

Moses tippte eine nichtssagende Antwort und schaltete das Handy aus. Als er das Gerät beiseitelegte, betrat Helwig sein Büro. Ohne anzuklopfen.

»Soll ich den Ersten reinbringen?«, fragte sie kaugummikauend.

»Ja. Tun Sie das!«

»Und welchen?«

»Bringen Sie zuerst den Jüngeren. Den Schiffsingenieur.«

Von ihm versprach sich Moses am meisten. Wenn ihn sein Instinkt nicht trog, war er das schwächste Glied der Kette.

Als Helwig sich umdrehte, um den ersten Verdächtigen zum Verhör zu holen, pfiff Moses sie kurz zurück.

»Wenn Sie bei der Befragung dabei sein wollen, halten Sie sich bitte zurück!«, ermahnte er sie. »Vergessen Sie nicht: Sie sind nur dabei, um zu lernen.«

»Yes, Sir!« Helwig tippte sich an die Stirn und verließ sein Büro.

Moses stieß einen Seufzer aus. Er wusste jetzt schon, dass das nicht gut gehen würde. Sogar Leitner wäre vermutlich ein besserer zweiter Mann bei der anstehenden Befragung gewesen als seine neue unbeherrschte Kollegin. Aber der war gemeinsam mit Elvers und einem fachkundigen Beamten der Fischereibehörde auf dem Weg zur Aalfarm, um den Betrieb diesmal gründlicher zu überprüfen. Mit anderen Worten, ihm blieb keine andere Wahl.

Kurz darauf wurde der Ingenieur von seiner neuen Kommissarin hereingeführt.

Moses zeigte auf den leeren Stuhl vor ihm: »Bitte setzen Sie sich.«

Der Mann gehorchte nur zögernd, während Helwig es demonstrativ vorzog zu stehen. Sie lehnte sich mit gekreuzten Armen an die Wand.

»Guten Morgen«, grüßte Moses, während er sein Gegenüber eindringlich musterte. »Ich hoffe, Sie hatten eine angenehme Nacht.«

Der Mann vor ihm machte einen überaus nervösen Eindruck. Seine dunklen Augen wanderten hin und her, so als suchten sie einen Ausweg. Ihr intensives Schwarz bildete einen merkwürdigen Kontrast zu seiner ansonsten blassen Erscheinung. Die vielen Stunden ohne Sonnenlicht unten im Bauch des Schiffes schienen ihn förmlich ausgebleicht zu haben. Seine Haut war so hell wie gestreckte Milch, und die strähnigen Haare, die bis über den Kragen seines Monteuranzugs fielen, waren eher weiß als blond.

»Sie heißen?«, begann Moses, nachdem er den Aufnahmeknopf gedrückt hatte. »Den vollen Namen bitte!«

»Den kennen Sie doch schon!«

Moses lächelte freundlich. »Ich möchte ihn aber gerne aus Ihrem Mund hören. Also, bitte. Tun Sie mir den Gefallen.«

»Lars Becker.«

»Geboren?«

»Am 18.4.1988. In Flensburg.«

»Seit wann fahren Sie auf der *Husum*?«

»Seit zwei Jahren.«

»Und in welcher Funktion?«

»Ich bin der Leitende Ingenieur.«

Becker kratzte den Dreck unter einem Fingernagel hervor.

»Sind Sie dafür nicht ein bisschen zu jung?«, fragte Helwig. »Ich meine, für die Verantwortung?«

»Ist das ein Problem für Sie?« Becker drehte sich herausfordernd zu ihr hin.

»Nein. War nur eine Frage.« Helwig kaute weiter auf ihrem Kaugummi.

Moses überging das kurze Zwischenspiel und schob dem Seemann ein Foto von Mokhtari zu. Es stammte aus der Polizeiakte des Deutschmarokkaners.

»Kennen Sie diesen Mann?«

Becker beugte sich kurz vor, dann schüttelte er den Kopf. »Nein. Nie gesehen. Wer soll das sein?«

»Ein guter Freund von Ihrem Bootsmann und Ihrem Offizier. Gestern Abend kam es mir so vor, als würden Sie ihn kennen. Zumindest kannten Sie seinen Vornamen.«

Becker schwieg und betrachtete erneut seine Fingernägel. Moses legte ein weiteres Foto vor ihn auf den Tisch. Es stammte aus der Gerichtsmedizin und zeigte den ermordeten Waschsalonbetreiber.

»Und was ist mit diesem Mann hier?«, fragte er. »Haben Sie den etwa auch noch nie gesehen?«

»Was ist mit ihm?«, wollte Becker wissen, nachdem er einen flüchtigen Blick auf das Foto der Leiche geworfen hatte.

»Er wurde ermordet«, sagte Moses ruhig. »Und jetzt suchen wir seinen Mörder.«

Becker rutschte auf seinem Stuhl herum. Es war offensichtlich, dass er sich nicht traute, Moses in die Augen zu schauen.

»Damit habe ich nichts zu tun«, behauptete er.

»Aber mit dem Drogenhandel schon«, sagte Moses. »Daran sind Sie also beteiligt, wenn ich das richtig verstehe.«

In Beckers Augen blitzte Trotz auf. »Was für ein Drogenhandel? Der Zoll hat nichts Illegales auf dem Schiff gefunden. Was wollen Sie mir hier anhängen? Ich will endlich einen Anwalt sprechen!«

Wie Moses aus der Reaktion schloss, hatte das Trio bei der Verhaftung gegenseitig Stillschweigen vereinbart. Eine gute Strategie, wie er ärgerlicherweise einräumen musste. Denn ohne Drogen gab es auch kein Verfahren und somit keine Handhabe, die Verdächtigen länger festzuhalten. Eigentlich war es verwunderlich, dass sich noch kein Anwalt eingeschaltet hatte.

»Woher stammen eigentlich diese Aale, die die *Husum* an Bord hatte?«, fragte Moses.

Der plötzliche Themenwechsel verwirrte den Seemann. Zugleich schien ihn die Frage in Alarmbereitschaft zu versetzen.

»Aus Casablanca«, erwiderte Becker vorsichtig. »Dort haben wir die Viecher geladen. Wieso?«

»Und wie werden diese Tiere transportiert?«

»In speziellen Containern.«

»Und was ist in diesen Containern?«

»Soweit ich weiß, ist da Meerwasser drin. Warum interessiert Sie das?«, fragte er misstrauisch.

»Nur so«, entgegnete Moses, während er sich demonstrativ eine Notiz machte. »Ich denke, Sie können gehen. Das wärs fürs Erste.«

Er nickte Helwig zu, die sich diesmal erfreulicherweise aufs Zuhören beschränkt hatte. Sie stieß sich von der Wand ab, dann führte sie Becker hinaus, der wegen des abrupten Endes des Verhörs völlig verdattert war.

Moses blickte ihm nachdenklich hinterher. Auch ohne die beiden anderen Verdächtigen verhört zu haben, hatte sich seine Vermutung bestätigt. Der blasse junge Mann war eindeutig das schwächste Glied der Kette. Er lehnte sich zurück und verschränkte die Hände hinter dem Kopf. Kurz darauf brachte Helwig den Bootsmann der *Husum*, Paul Rogge, in sein Büro. Nachdem dieser Platz genommen hatte, schaltete Moses das Tonbandgerät wieder ein. Diesmal bemühte sich Moses gar nicht erst um Freundlichkeit. Sein Gefühl sagte ihm, dass der ehemalige Fremdenlegionär jede Art von Wohlwollen nur als ein Zeichen von Schwäche deuten würde.

»Falscher Affenarsch!«, stieß Rogge hervor, kaum dass er Platz genommen hatte. »Dich merke ich mir!«

Moses ließ sich nicht provozieren. Nachdem er Ort und Datum der Vernehmung in das Tischmikrofon gesprochen hatte, richtete er es auf den Verdächtigen aus.

»Nennen Sie uns bitte Ihren Namen, Geburtsdatum und -ort«, sagte er. »Laut und deutlich.«

Der bullige Seemann zog eine Grimasse: »Mit so einem wie dir rede ich schon gar nicht!«

»Wollen Sie, dass meine Kollegin die Fragen stellt?« Moses nickte zu Helwig hinüber, die wieder an der Wand lehnte.

Rogge drehte sich umständlich um. Sein Blick glitt über ihren Körper.

»Nein. Die ist mir zu mager«, sagte er.

»Wir warten noch immer auf Ihren Namen!«, sagte Moses scharf.

Rogge knirschte mit den Zähnen, schließlich gab er seine Personalien zu Protokoll.

»Sie heißen Paul Rogge?« Moses tat überrascht. »Ich dachte, Ihr Name sei Hermann Vermathen.«

Der Bootsmann starrte ihn finster an. Davon unbeeindruckt zog Moses eine Akte aus seinem Schreibtisch und schlug sie auf.

»Hermann Vermathen«, las er laut. »Geboren in Itzehoe. Mehrere Verurteilungen wegen diverser Delikte, unter anderem wegen gefährlicher Körperverletzung. Vorzeitige Entlassung am 1. November 2010. Danach freiwilliger Eintritt in die Fremdenlegion. Mehrere Auslandseinsätze in Nordafrika.«

Moses klappte die Akte zu, lehnte sich wieder zurück und legte die Fingerspitzen gegeneinander.

»Merkwürdigerweise stimmen die Fingerabdrücke dieses Mannes mit Ihren überein«, stellte er fest. »Könnte es sein, dass Sie bei unseren französischen Nachbarn ihr Gedächtnis verloren haben?«

»Das geht Sie einen Scheißdreck an!«, erwiderte Rogge. »Ich sage gar nichts. Ich will einen Anwalt.«

»Den können Sie später auch noch sprechen«, sagte Helwig streng. »Wir sind hier nicht im Kino.«

Sie lehnte noch immer kaugummikauend an der Wand.

»Blöde Fotze!«, spuckte Rogge aus, nachdem er sich nach ihr umgedreht hatte.

Moses legte erneut Kilians Bild auf den Tisch. »Erkennen Sie diesen Mann wieder?«

»Nein, nie gesehen.«

»Sein Name ist Günther Kilian. Er besitzt einen Waschsalon. Wir haben Grund zur Annahme, dass er auf Ihrem Schiff war.«

»Und danach war er tot«, fügte Helwig hinzu. »Fischfutter.«

»Das ist nicht mein Problem«, erwiderte Rogge kalt. »Ich kenne diesen tätowierten Fettsack nicht!«

Interessant, dachte Moses. Bislang hatte sich der Exfremdenlegionär nicht einmal die Mühe gemacht, einen genaueren Blick auf das Foto vor ihm zu werfen.

»Wo waren Sie am letzten Samstag?«, fragte Moses.

»Letzten Samstag? Da sind wir eingelaufen. Was soll die Frage?«

»Und danach, ich meine, nach der Ankunft des Schiffes?«

»Ich habe die Hamburg-Ladung gelöscht. Dafür werde ich bezahlt.«

»Auch die Glasaale?«, fragte Helwig.

»Auch die, Schätzchen!«

»Und wo sind die Aale jetzt?«

»Was weiß ich! Damit habe ich nichts zu schaffen. Wenn die Ladung von Bord ist, ist mein Job erledigt.«

Der Bootsmann kratzte sich am Hals. Moses sah, dass er stark schwitzte. Der Narbenwulst an seiner Schläfe glänzte wie ein frisches Feuermal. Schon bei ihrem ersten Zusammentreffen hatte er sich darüber gewundert, wie man solch eine Verletzung überleben konnte. Dieser Mann war dem Tod augenscheinlich von der Schippe gesprungen. Der Versuch, ihn einzuschüchtern, wäre nur Zeitverschwendung.

»Zurück zu diesen Aalen«, sagte Moses. »Die interessieren mich. Wo genau hat die *Husum* die Tiere an Bord genommen?«

»In Casablanca. Wie immer!« Rogge schien das Thema nicht zu behagen. »Was soll die Fragerei?«

»Das lassen Sie ruhig meine Sorge sein«, erwiderte Moses.

Er war mehr denn je davon überzeugt, dass Kilian an Bord des Frachters den Tod gefunden hatte. Ganz gleich, was Elvers und Leitner bei ihren Nachforschungen in dem Zuchtbetrieb in Altengamme herausfinden würden. Aber aus welchem Grund hatte er sterben müssen? Wo war die Verbindung zwischen dem Waschsalonbetreiber, dem vermuteten Drogengeschäft sowie seiner Jugendfreundin und der chinesischen Triade? Wenn die überhaupt etwas damit zu tun hatten. Viteri war es zwar inzwischen gelungen, sich Zugang zu Kilians Laptop zu verschaffen, aber das hatte sie ebenfalls keinen Schritt weitergebracht. Auf der Festplatte war nichts zu finden, was erklären würde, warum Kilian sich das Einlaufdatum des Frachters notiert hatte. Die meisten seiner E-Mails betrafen geschäftliche Angelegenheiten rund um den Waschsalon, der Rest war Spam. Auch die Durchsicht der gespeicherten Fotos hatte nichts erbracht. Kilian schien seinen Laptop schon lange nicht mehr für private Zwecke benutzt zu haben. Und ein Handy hatten sie schließlich nicht finden können. Moses musste sich eingestehen, dass er noch immer im Nebel stocherte. Gleichzeitig quälte ihn das Gefühl, etwas Naheliegendes übersehen zu haben.

Er legte die Nahaufnahme von Kilians nackter Brust vor den Bootsmann. »Sagt Ihnen diese Tätowierung etwas?«

Rogge rümpfte die Nase. »Das Gekrakel ist Arabisch.«

»Wissen Sie, was das bedeutet?«, hakte Moses nach. »Als Mitglied der Fremdenlegion waren Sie doch in Nordafrika. Laut meinen Unterlagen sogar mehrere Jahre.«

»Aber nicht, um die Sprache zu lernen«, lachte der Bootsmann höhnisch. »Wir waren da unten, um den Kameltreibern Feuer unterm Hintern zu machen. Die übrige Zeit haben wir Sand gefressen.«

»Dann haben Sie diese Worte noch nie gesehen?«

Rogge kniff seine kleinen Augen zusammen. »Rede ich vielleicht chinesisch?«

»Wir haben auf Ihrem Schiff den gleichen Spruch gefunden. Es handelt sich übrigens um ein Sprichwort«, erklärte Moses. »Also, wie kommt das?«

Diese Information schien Rogge tatsächlich zu überraschen.

»Auf dem Schiff?«, fragte er. »Wo?«

»An der Tür der Kühlkammer«, antwortete Moses, während er sein Gegenüber durchdringend musterte. »Tief unten im Schiff. Und jetzt frage ich mich, wie das sein kann. Aber vielleicht haben Sie ja eine Erklärung …«

29

Moses war sich bewusst, dass ihm nichts anderes übrig blieb, als das Trio nach der Befragung wieder gehen zu lassen. Sosehr ihm das auch gegen den Strich ging. Er warf einen sehnsüchtigen Blick auf seine Kaffeemaschine. Vielleicht gelang es ihm, sie doch noch zum Leben zu erwecken.

»Mann, ist das ein Unsympath!«, schimpfte Helwig, als sie zurück in sein Büro kam. »Und was jetzt?«

»Wir machen weiter. Holen Sie den Nächsten rein. Den Ersten Offizier. Wie hieß er gleich?«

»Dierks«, erwiderte Helwig und machte auf dem Absatz kehrt.

Als er wieder allein war, streckte sich Moses ausgiebig, um die Verspannungen in seinen Muskeln zu lösen. Das schmerzhafte Stechen, das dabei seine rechte Rippe durchzuckte, erinnerte ihn auf unerfreuliche Weise an den Kampf mit dem ehemaligen Taekwondo-Champion. Bislang hatte sich sein Einsatz nicht im Geringsten ausgezahlt. Er setzte sich hinter seinen Schreibtisch. Keine drei Minuten später führte Helwig den Ersten Offizier der *Husum* in sein Büro. Er trug seine blaue, mit goldenen Rangabzeichen besetzte Uniform und vermittelte keineswegs den Eindruck eines eingeschüchterten Delinquenten. Der Mann war es gewohnt, Befehle zu geben.

In einer Notsituation war er es, der über Leben und Tod entschied. Moses war sich bewusst, dass diese Nuss genauso hart zu knacken sein würde wie die vorherige.

»Bitte nehmen Sie Platz«, forderte er den Offizier auf.

»Wenn es Ihnen nichts ausmacht, bleibe ich lieber stehen«, erwiderte Dierks. Er legte die Hände hinter seinem Rücken ineinander und stand mit gestreckter Brust kerzengerade vor ihm.

»Das geht leider nicht.« Moses deutete auf das Aufnahmegerät und das Tischmikrofon. »Also, bitte! Seien Sie so nett!«

Nur widerstrebend kam Dierks der Aufforderung nach. Er wirkte übermüdet, seine Uniform war zerknittert, und er war ungekämmt. Zusammen mit dem dichten schwarzen Vollbart verlieh ihm dieser Umstand ein beinahe wildes Aussehen. Nichtsdestotrotz saß er mit durchgedrücktem Rücken auf der Stuhlkante. Nachdem er widerwillig seine Personalien zu Protokoll gegeben hatte, ging Dierks sofort wieder in die Offensive.

»Sie haben nicht den geringsten Grund, mich festzuhalten«, beschwerte er sich. »Das Gleiche gilt auch für meine Besatzung. Meine Reederei bereitet schon rechtliche Schritte gegen Sie vor!«

Moses hob die Augenbrauen. »Das ist interessant. Woher wissen Sie das? Meines Wissens waren Sie die Nacht über unser Gast.«

»Ich werde Sie anzeigen!«, stieß Dierks hervor.

»Das steht Ihnen natürlich frei«, erwiderte Moses unbeeindruckt. »Bis dahin beantworten Sie bitte meine Fragen. Wie lange fahren Sie schon auf der *Husum*?«

Dierks sah sich empört nach Hilfe um, aber Helwig, die wieder kaugummikauend an der Wand lehnte, begegnete ihm mit einem Blick, der selbst Moses erschaudern ließ.

»Was werfen Sie mir überhaupt vor?«, versuchte sich Dierks erneut zu wehren. »Warum halten Sie mich fest?«

Moses ging nicht darauf ein. »Beantworten Sie einfach meine Frage. Wie lange sind Sie schon als Erster Offizier auf dem besagten Frachter?«

Dierks schnappte nach Luft, aber dann gab er seinen Widerstand auf. Offenbar hatte er eingesehen, dass seine Uniform nicht die erhoffte Wirkung erzielte.

»Also gut«, sagte er widerwillig, während er sich über den Bart strich. »Ich bin seit drei Jahren auf der *Husum*. Sie ist mein zweites Schiff als Erster.«

»Und die ganze Zeit unter Kapitän Peters?«

»Ja. Warum?«

»Wussten Sie von seinem Alkoholproblem?«

»Wovon reden Sie?« Dierks tat überrascht. »Der Käpt'n trinkt nur ab und zu einen über den Durst. Wie wir alle. Dagegen ist doch nichts zu sagen.«

Er spielt seine Rolle nicht schlecht, dachte Moses. »Soweit ich weiß befindet sich Ihr Kapitän deshalb gerade im Krankenhaus«, entgegnete er. »Und wenn ich mich recht erinnere, haben Sie bei unserer ersten Begegnung auch noch etwas anderes behauptet. Ich meine, Ihr genauer Wortlaut war ›ins Koma saufen‹. Hätten Sie so etwas als der verantwortliche Offizier nicht melden müssen?«

»Worauf wollen Sie hinaus?«, fragte Dierks vorsichtig.

»Dazu kommen wir noch«, erwiderte Moses. »Wie ich vermute, weiß Kapitän Peters nicht einmal etwas von Ihren Nebengeschäften. Richtig?«

»Was für Nebengeschäfte?«, empörte sich Dierks. »Ständig unterstellen Sie mir etwas! Sie haben mein Schiff doch durchsucht und dabei nichts Illegales gefunden!«

»Und wie erklären Sie sich dann die fünfzigtausend Euro?«

»Das ist Geld, das mir dieser Marokkaner geschuldet hat. Eine rein private Sache. Ich wüsste nicht, was die Polizei das angeht. Hören Sie, was werfen Sie mir eigentlich vor?«

Moses sah ihn an.

»Rauschgiftschmuggel und Mord«, sagte er ruhig.

»Mord?«

Dierks gab sich entgeistert. Auf Moses wirkte seine Reaktion allerdings aufgesetzt. Er legte ihm das Foto des ermordeten Waschsalonbesitzers vor.

»Kennen Sie diesen Mann?«

»Nein.«

Dierks hatte nicht richtig hingesehen. Wie schon der Bootsmann. Als wüsste er bereits, was auf dem Foto zu sehen war.

»Vielleicht hat er mal zu Ihrer Mannschaft gehört«, warf Helwig ein. »Denken Sie nach!«

Dierks schüttelte den Kopf. »Wenn er unter mir gefahren wäre, würde ich das Gesicht kennen. Außerdem sind die meisten Matrosen Farbige.«

»Fahren Sie eigentlich regelmäßig die Marokko-Route?«, erkundigte sich Moses.

»Ja. Weshalb?«

»Und haben Sie dann auch immer lebende Aale an Bord?«

»Nur in der Saison. Hören Sie, ich muss zurück aufs Schiff, um das Auslaufen vorzubereiten. Laut der Reederei kommt morgen ein neuer Kapitän an Bord.«

Moses ließ sich nicht beirren. »Überprüfen Sie die Ware beziehungsweise den Inhalt der Aalcontainer?«

»Nein. Wir übernehmen die Dinger nur.«

»Aber Sie können sie jederzeit öffnen, wenn sie an Bord sind?«

»Ja. Aber warum sollten wir?«

»Zum Beispiel, um etwas darin zu verstecken«, sagte Moses, während er sein Gegenüber fixierte. Auf einmal wirkte der selbstbewusste Offizier auffällig nervös.

»Wie lange ist die Kühlkammer denn schon defekt?«, setzte Moses nach.

»Unsere Kühlkammer?« Dierks machte eine wegwerfende Handbewegung. »Sie ist nicht defekt. Nur der Schließmechanismus der Tür. Wieso interessiert Sie das?«

»Und warum ist sie dann leer?«

»Nach dem Ausladen von verderblicher Ware stehen Wartungs- und Reinigungsarbeiten an«, erklärte Dierks. »Die lassen sich auf hoher See schließlich schlecht durchführen.«

»Und dieser Schriftzug? Wie kommt der in Ihre Kühlkammer?«

Moses holte die Fotografie hervor, die die KTU auf seine Veranlassungen hin gemacht hatte. Leider hatten die Kollegen von der Spurensicherung keine weiteren Hinweise gefunden. Er tippte mit dem Zeigefinger auf das Foto.

»Seltsamerweise hatte der Tote auf diesem Foto hier den gleichen Spruch auf seiner Brust tätowiert, den wir auf Ihrem Schiff gefunden haben. Haben Sie dafür vielleicht auch eine Erklärung?«

Dierks wirkte angesichts des Fotos tatsächlich irritiert. Wie schon seine beiden Kameraden zuvor. Entweder wussten sie tatsächlich nichts von dem eingekratzten Spruch, oder sie waren allesamt ausgezeichnete Schauspieler.

»Keine Ahnung, wer das da eingeritzt hat!«, sagte Dierks. »Das müssen die Filipinos gewesen sein. Die leben an Bord in ihrer eigenen Welt. Wir auf der Brücke mischen uns da nicht groß ein.«

»Soll das heißen, Sie wissen überhaupt nicht, was Ihre Mannschaft an Bord so alles treibt?«, fragte Helwig ungläubig.

Dierks sah sie an. »Solange die ihre Arbeit machen, interessiert das keinen. Warum sollte es?«

Für Moses war diese Einstellung nicht neu. Durch seinen Bruder kannte er die Zustände in der internationalen Schifffahrt. Er beugte sich vor und schaltete das Aufnahmegerät aus.

»So, das wäre es fürs Erste«, sagte er.

»Ich kann gehen?« Dierks schien dem plötzlichen Ende der Befragung nicht zu trauen.

»Ja«, erwiderte Moses mit einem Lächeln. »Vorerst zumindest.«

Dierks erhob sich und strich seine zerknitterte Uniform glatt. Als sich Helwig ebenfalls von der Wand löste, hob Moses die Hand. »Unser Gast findet sicher allein den Weg nach draußen!«

Verdutzt hielt Helwig inne. Sie machte ein fragendes Gesicht, aber Moses beachtete sie nicht.

»Schönen Tag noch!«, rief er dem Seemann nach, bevor die Tür hinter ihm zufiel.

Helwig stemmte die Fäuste in die Seite.

»Warum lassen Sie die drei laufen?«, wollte sie wissen. »Der Typ und seine beiden Kumpel haben ganz sicher was mit diesem Drogendeal zu tun!«

»Ohne Zweifel«, stimmte ihr Moses zu. »Und außerdem sind sie höchstwahrscheinlich Mörder.«

»Mörder? Aber warum verhaften wir sie dann nicht?«

»Weil wir bislang nichts beweisen können. Weder das eine noch das andere. Eine gründliche kriminaltechnische Untersuchung des ganzen Frachters würde viel zu lange dauern. Die Zeit haben wir nicht. Und wenn wir Glück haben, finden wir dabei lediglich den Beweis, dass Kilian an Bord war. Und das würde uns auch nicht weiterhelfen.«

Wenn wir die Drogenlieferung gefunden hätten, sähe die Sache besser aus, dachte er. Jetzt konnte er das Auslaufen der *Husum* kaum verhindern.

Plötzlich hatte er eine Eingebung. Warum war er nicht früher darauf gekommen? »Moment mal!«, platzte es aus ihm heraus. »Kilians Leichnam wurde doch höchstwahrscheinlich mit einem weißen Lieferwagen in den Park transportiert. Richtig? Was ist, wenn der gleiche Wagen auch dazu benutzt wurde, um die Drogen vom Schiff zu schaffen …«

»… und sie vorübergehend zu bunkern!«, vollendete Helwig den Satz. Sie hatte sofort begriffen, worauf Moses hinauswollte. Er hatte es die ganze Zeit vor Augen gehabt. Sie wussten, dass die Übergabe noch nicht stattgefunden hatte. Und auf dem Frachter war nichts zu finden. Davon konnten sie nach der gründlichen Durchsuchung mit den Hunden ausgehen. Demnach musste die Ware irgendwo zwischengelagert sein. Am besten dort, wo sie sicher und beweglich war.

»Wir haben doch alle Namen«, sagte Moses. »Überprüfen Sie, ob jemand an Bord der *Husum* nach dem Einlaufen einen weißen Lieferwagen gemietet hat. Wenn das der Fall ist, müssen wir alle Parkhäuser und bewachten Parkplätze abklappern.«

Er griff nach seinem Diensttelefon, um die Kollegen von der Drogenfahndung zu informieren und sie um Unterstützung bei der Suche zu bitten. Bevor er die interne Kurzwahl tippen konnte, hatte er jedoch Kommissar Viteris Stimme im Ohr: »Gut, dass Sie drangehen! Hier ist jemand in der Leitung, der unbedingt mit Ihnen sprechen will.«

»Wer ist es?«

»Keine Ahnung. Er spricht nur gebrochen Deutsch. Ich habe nicht viel verstanden. Nur dass er den, äh, ›african man‹ sprechen will.«

»Gut. Stellen Sie ihn durch!«

»Ja, bitte?«, meldete sich Moses.

Die Stimme am anderen Ende der Leitung klang aufgeregt. Er verstand kaum ein Wort.

»I saw you yesterday … Dangerous people on the ship … I have something for you.«

»Okay, okay, beruhigen Sie sich!«, sagte er. Offenbar sprach der Anrufer kein Deutsch, weshalb er ins Englische wechselte: »Yes, you are talking to the right man.«

»You will meet me? At the ship?«

»Sure, I will come … 10 o'clock? … Be careful!«

Danach legte er auf und betrachtete nachdenklich das Telefon auf seinem Schreibtisch. Er ahnte bereits, wen er heute Abend am Anlegeplatz der *Husum* treffen würde. Und vielleicht bedeutete das ja endlich den lang ersehnten Durchbruch in diesem verzwickten Fall, dachte er grimmig.

Helwig hob indessen neugierig ihre Augenbrauen. Sie hatte aufmerksam zugehört und wartete auf eine Erklärung. Als Moses jedoch nicht darauf einging, hielt sie es nicht länger aus.

»Wer war das?«, fragte sie neugierig. »Hatte der Anruf etwas mit unserem Fall zu tun?«

»Vielleicht«, erwiderte Moses gedankenversunken. »Vielleicht aber auch nicht …«

Dann schnellte er plötzlich hoch. »Sie kümmern sich bitte um die Suche nach dem Mietwagen. Ich muss mal weg.«

30

Als das Essen gebracht wurde, legte er die Fotos zu seinem Fall neben sich auf die Eckbank und bedeckte sie mit der Serviette. Irgendwie wurde er das Gefühl nicht los, etwas übersehen zu haben, und deshalb würde er sie sich später noch einmal genauer ansehen. Aber jetzt musste er sich erst einmal für das Treffen mit dem unbekannten Anrufer am Abend stärken. Er hatte einen Bärenhunger, und fiel über die köstlich duftenden Gerichte her, die der Kellner vor ihm ausbreitete. Auch das Hauptgericht war wie immer hervorragend. Kaum hatte er aufgegessen, tauchte Madame Nu neben ihm auf. Sie musste ihn beim Essen beobachtet haben.

»Du sehr hungrig«, sagte sie, während sie ihren Gast mit dem für sie typischen Blick, einer Mischung aus verschmitzter Heiterkeit und mütterlicher Strenge, musterte.

Madame Nu war die Besitzerin des winzigen asiatischen Restaurants. Ihr Gesicht glich einer faltigen Landkarte, und obwohl sie selbst für eine Vietnamesin ungewöhnlich klein, beinahe winzig war, strahlte sie eine Zähigkeit aus, die Moses imponierte. Trotz ihres biblischen Alters wies das pechschwarze, auf dem Hinterkopf zusammengeknotete Haar nicht eine graue Strähne auf. Was sie, wie Moses mutmaßte, zweifellos der Haarfärbeindustrie zu verdanken hatte. Aus unerfindlichen Gründen hatte ihn die winzige alte Frau in ihr Herz geschlossen. So genoss er unter anderem das außergewöhnliche Privileg, an dem Ecktisch direkt neben der Kasse sitzen zu dürfen, der ansonsten ausschließlich der Chefin vorbehalten war. Die übrigen sieben Tische der »Lotus Bar«, eines Thai-Restaurants, das eigentlich keins war, weil hier kein einziger Thailänder arbeitete, waren bis auf den letzten Platz besetzt. Und das, obwohl es noch sehr früh war. Die Gäste beugten sich über dampfende Teller und Schüsseln mit »original« thailändischen Köstlichkeiten. Der Laden war wie jeden Tag rappelvoll. Madame Nu verstand allerdings nicht nur etwas von Marketing, sie war zweifelsohne auch eine hervorragende Köchin. Die Zwillinge hatten ihm das Lokal empfohlen: Niemand in der Stadt könne besser Fisch zubereiten als Madame Nu. Moses sah keinen Grund, ihnen zu widersprechen.

Moses griff nach der Serviette und säuberte seine Lippen.

»Dein Pad Ped Pla war wieder mal fantastisch!«, schwärmte er, während er den leeren Teller von sich schob.

Madame Nu musterte ihn streng. Dann fuhr sie mit ihrer winzigen Hand verächtlich durch die Luft: »Ach, du lügst! Schwarze Männer übertreiben immer!«

»Nein, nein«, versicherte Moses. Er war pappsatt und hatte sich schon lange nicht mehr so wohlgefühlt. »Du bist eine wahre Künstlerin. Für deinen Fisch könnte ich sterben!«

Erst jetzt schien Madame Nu zufrieden. Jedenfalls nickte sie, und die Andeutung eines Lächelns huschte über die Faltenlandschaft in ihrem Gesicht. Dann setzte sie sofort wieder eine strenge Miene auf.

»Warum du bist allein?«, wollte sie wissen. »Wo ist deine Frau? Mit den Männerhosen?«

Moses lachte. »Ich bin im Dienst. Außerdem ist Juliane nur meine Freundin. Wir sind nicht verheiratet.«

»Freundin? Pah!« Madame Nu fuhr erneut mit ihrer winzigen Hand durch die Luft. »Männer müssen heiraten! Sonst nichts wert!«

»Ich werde es Juliane ausrichten, wenn sie zurückkommt«, sagte Moses.

Madame Nus Falten wurden noch tiefer. »Sie nicht zu Hause?«

»Sie ist beruflich verreist. Nach Dänemark«, erwiderte Moses. Ihm fiel ein, dass er vergessen hatte, Julianes Urwald zu gießen.

»Allein?«, fragte die alte Frau.

»Nicht allein, es sind noch andere dabei. Ein ganzes Team von Wissenschaftlern.«

»Das nicht gut«, befand Madame Nu. »Heirate endlich! Dann du musst dich auch nicht bekochen lassen von alten Frauen.«

»Ich werde deinen Rat beherzigen«, versicherte Moses amüsiert.

Madame Nu musterte ihn prüfend, dann stieß sie einen undefinierbaren Laut aus und ließ ihren Blick durch das mit billigen Plastikmöbeln ausgestattete Lokal schweifen. In diesem Moment erschien ein verschwitztes Gesicht in der Küchendurchreiche. Der junge, auffallend gut aussehende Mann sagte etwas auf Vietnamesisch, woraufhin Madame Nu von der Eckbank rutschte.

»Ich muss kochen«, sagte sie. »Sonst ich muss morgen betteln!«

Moses lachte. »Bringst du mir bitte die Rechnung?«

»Du überhaupt noch genug Geld?« Die alte Frau deutete mit ihrem spitzen Kinn auf die Sitzbank. Erst jetzt bemerkte Moses, dass die Fotos offen herumlagen. Obenauf eine Nahaufnahme der Glassaale.

»Du dein Geld solltest zusammenhalten!«, tadelte ihn die alte Frau. »Oder du jetzt ein großer Boss?«

Moses war verwirrt. Als Madame Nu in die Küche verschwinden wollte, rief er ihr nach: »Halt, warte! Warte!«

Madame Nu drehte sich zu ihm um.

Moses schälte sich aus der Sitzecke. »Wieso ›großer Boss‹? Was meinst du damit?«

Die alte Frau zuckte mit den Schultern. »Babyaale nur für reiche Männer. Leute wie ich sich nicht können leisten. Und du auch nicht!«, schob sie mahnend hinterher.

Moses war wie elektrisiert. Er nahm das Foto mit den Aalen und hielt es Madame Nu unter ihre winzige Nase. »Du meinst diese Tiere hier? Bist du dir da ganz sicher?«

Die alte Frau nickte zunehmend irritiert.

»Was ist an diesen Tieren so besonders?«, fragte Moses. »Erzähl mir was du weißt! Das ist wichtig!«

»Du nicht wissen?«, fragte Madame Nu mit einer Mischung aus Unglaube und Skepsis.

»Nein«, stöhnte Moses. »Deshalb spann mich nicht länger auf die Folter! Was hat es mit diesen Fischen auf sich?«

Madame Nu musterte ihn, schließlich seufzte sie. »Gut, du vielleicht kannst nicht wissen: Babyaale in Vietnam alte, ganz alte Delikatesse. Sehr kostbar! Aber heute gibt keine mehr. Alle weg! Aufgegessen! Jetzt Fangen verboten und großes Geschäft. Nur Politiker und Gangster können bezahlen!«

»Und in China?«, hakte Moses nach. »Gilt das zum Beispiel auch für Hongkong?«

»Alle wollen Babyaale«, wich Madame Nu aus.

»Und bei uns? Ich meine, hier in Hamburg?« Moses musste seine Ungeduld zügeln. Plötzlich wurde ihm so einiges klar. »Weißt du, wer hier in der Stadt heimlich Babyaale verkauft? Bitte, ich muss das wissen!«

Madame Nu wich angesichts seiner Heftigkeit zurück.

»Ich nicht wissen«, erwiderte sie knapp. »Das sind gefährliche Männer. Du auch nicht solltest wissen wollen!«

Mit diesen Worten verschwand sie in der Küche, wo sie mit lautem Geschnatter begrüßt wurde. Moses blieb indessen konsterniert zurück. Er wusste, dass es zwecklos war, die alte Frau unter Druck zu setzen. Sie würde ihm nicht mehr sagen. Aber das war auch nicht mehr nötig.

Jetzt wusste er, worin die Verbindung zwischen der China-Mafia und seiner Jugendfreundin bestand. Und warum Hilde Dosch alles unternahm, damit er wieder von der Bildfläche verschwand.

Aber was hatte Kilian damit zu tun?

Er warf einen Blick auf seine Uhr. Bis zu dem Treffen mit dem unbekannten Anrufer blieb ihm noch reichlich Zeit. Er klemmte das Geld für sein Essen unter die Tischvase, dann eilte er aus dem Restaurant. Auf dem Weg zu seinem Wagen klingelte sein Handy. Es war Leitner.

»Ja, was gibts?«, meldete sich Moses.

»Volltreffer!«, schrie ihm Leitner triumphierend ins Ohr. »Ich habe es von Anfang an gewusst!«

»*Was* haben Sie gewusst?«, erwiderte Moses genervt.

»Na, was schon? Dass mit dieser ominösen Aalfarm was nicht stimmt, natürlich! Ich hatte von Anfang an den richtigen Riecher!«

Moses versuchte ihn zu bremsen. »Bitte, der Reihe nach: Was haben Sie auf der Farm gefunden?«

»Aale! Jede Menge Aale!«

»Drücken Sie sich endlich genauer aus!«, schimpfte Moses, obwohl er bereits ahnte, was Leitner ihm gleich berichten würde.

»Es sind zu viele«, erklärte Leitner am anderen Ende der

Leitung. »Glasaale, meine ich. Viel mehr, als eigentlich da sein dürften. Der Typ von der Fischereibehörde ist aus allen Wolken gefallen. Es sind fast drei Tonnen mehr als in den Papieren angegeben. Die Jungs vom Zoll wollen deshalb heute noch eine Razzia bei der Importfirma durchführen.«

»Heute noch?«, fragte Moses. Das ging überraschend schnell.

»Ja«, sagte Leitner. »In genau zwei Stunden. Sie haben Angst, dass sonst was vertuscht wird.«

»Also gut«, sagte Moses, nachdem er kurz nachgedacht hatte, »Sie und Elvers bleiben so lange da draußen wie nötig. Danach melden Sie sich im Präsidium.«

»Alles klar, Chef!«

Als Leitner auflegen wollte, fügte Moses noch hinzu: »Halt, warten Sie! Das war gute Arbeit. Von Ihnen beiden.«

»Ich werde es ausrichten«, erwiderte Leitner.

Moses beendete das Gespräch. Die Nachricht von der unmittelbar bevorstehenden Razzia in der Dosch-Firma brachte ihn in eine Zwickmühle. Natürlich konnte er seine Jugendfreundin nicht über die Durchsuchung informieren, aber sie hatte ihn von Anfang an angelogen. Und deswegen wollte er sie zur Rede stellen.

Das war eine persönliche Sache.

31

Moses nickte der verdutzten Empfangsdame grimmig zu, dann stürmte er in den ersten Stock und an dem Großraumbüro vorbei. Seit seinem ersten Besuch kannte er den Weg. Doch Hilde Dosch war nicht in ihrem Büro.

Schließlich entdeckte er seine Jugendfreundin in der Teeküche. Als er direkt vor ihr stand, zuckte Hilde derart heftig zusammen, dass der Inhalt ihrer Tasse beinahe auf ihr Kostüm schwappte. Moses ließ ihr keine Zeit, um sich von dem Schrecken zu erholen.

»Du hast mich angelogen!«, sagte er scharf.

»Wo … wo kommst du denn her?«, stotterte Hilde.

»Das spielt keine Rolle! Also: Warum hast du mir nicht von Anfang an die Wahrheit gesagt? Dann hätte ich vielleicht etwas tun können. Stattdessen tötest du auch noch dieses arme Tier!«

»Ich weiß nicht, was du meinst …«, wich Hilde aus.

»Lass das!«, zischte Moses. »Die Katze an deiner Schlafzimmertür wurde mit Tabletten vergiftet. Ich wette, dass wir genau diese Tabletten in deinem Arzneimittelschrank finden würden. Ich denke, du bist mir eine Erklärung schuldig!«

Hilde stellte die Tasse ab. »Lass uns bitte in mein Büro gehen!«

Moses rührte sich nicht vom Fleck. »Ich gehe nirgendwohin. Nicht bevor du mir alles erzählt hast!«

Hilde warf einen nervösen Blick über die Schulter. »Bitte! Hier kann uns jeder hören!«

»Das ist nicht mein Problem!«, entgegnete Moses schroff.

»Du verstehst das nicht!«, sagte Hilde trotzig.

»Dann erkläre es mir.« Moses kreuzte die Arme.

Hilde reckte ihr Kinn und nahm eine herausfordernde Haltung ein. »Ich hatte keine andere Wahl ...«

»... als Katzen an Türen zu nageln?«

»Bitte nicht so laut!« Hilde blickte erneut hastig zu der offenen Tür hinüber. »Ich wollte der Sache nur ein wenig Nachdruck verleihen. Du hättest mich doch sonst nicht ernst genommen. Vielleicht ...«, sie stockte kurz und lächelte ihn an, »... vielleicht hätte ich doch besser mit dir ins Bett gehen sollen.«

Moses fehlten die Worte. Immerhin gehörten dazu zwei.

»Hör endlich auf, dir etwas vorzumachen! Wie konntest du so etwas tun? War das deine Idee? Oder haben dich deine chinesischen Freunde dazu gezwungen?«

»Welche chinesischen Freunde?«

»Tu bitte nicht so! Ich habe gesehen, wie du dich mit diesem Triadenboss gestritten hast. Es gibt sogar ein Foto von euch beiden. Es geht um diese Aale, stimmt's?«

»Ich weiß nicht, wovon du redest«, sagte sie trocken.

»Dann sage ich es dir. Ein Teil der Glasaale, die wir auf der Farm gefunden haben, ist illegal importiert worden.«

»Woher weißt du ...«, stammelte Hilde.

»Warte, ich bin noch nicht fertig!«, schnitt Moses ihr das Wort ab. »Und diese illegal eingeführten und nicht deklarierten Glasaale verkaufst du an die Chinesen. Erzähl mir jetzt nicht, dass das nicht stimmt!«

Hilde wich seinem Blick aus. Als sie den Kopf wieder hob, zitterte ihre Unterlippe.

»Du hast ja keinen blassen Schimmer«, sagte sie tonlos.

»Nein, habe ich nicht«, erwiderte Moses. »Deshalb frage ich dich. Erklär es mir.«

»Ich sage nichts mehr ohne meinen Anwalt«, wehrte sich Hilde halbherzig.

»Den wirst du brauchen. Aber ich bin nicht hier, um dich zu verhaften. Das ist auch kein Verhör. Es ist ein privates Gespräch zwischen dir und mir. Ich kann natürlich auch einen deiner Mitarbeiter nach euren illegalen Geschäften befragen, falls dir das lieber ist.«

Er machte Anstalten, die Teeküche zu verlassen, aber Hilde hielt ihn zurück.

»Warte! Das kannst du nicht machen!«, flehte sie, während sie einen ängstlichen Blick zur Tür warf. »Also gut, was willst du wissen?«, sagte sie mit Tränen in den Augen.

»Alles!« Moses verschränkte die Arme.

Hilde sah erneut in Richtung Tür. Sie rang mit sich selbst. Schließlich schien sie zu erkennen, dass ihr keine andere Wahl blieb.

»Es war nicht meine Idee«, stöhnte sie gequält. »Die haben mich dazu gezwungen. Sie wollten unbedingt diese Aale.«

»Und was macht die chinesische Mafia mit den Tieren, die du für sie ins Land schmuggelst?« Nach Madame Nus Ausführungen konnte sich Moses die Antwort darauf bereits denken.

»Wieder exportieren«, stieß Hilde leise hervor. »Was sonst? Sie bringen die Tiere nach Asien. Da sind sie so gut wie ausgestorben, die Preise sind astronomisch. Weit über tausend Euro pro Kilo!«

Moses staunte nicht schlecht. Bei drei Tonnen machte das mindestens drei Millionen Euro.

»Und was passiert dort mit den Tieren?«, wollte er wissen.

»Die meisten landen im Kochtopf«, fuhr Hilde im Flüsterton fort. Dabei ließ sie die offene Tür nicht aus den Augen. Offenbar befürchtete sie, dass jede Sekunde einer ihrer Angestellten in der Teeküche erschien. »Aber das Problem ist, dass es auch bei uns immer weniger Glasaale gibt.«

»Und deshalb sind sie streng geschützt«, sagte Moses. Als seine Jugendfreundin nichts darauf erwiderte, bohrte er weiter: «Und wie hast du das angestellt? Den Schmuggel, meine ich? Wie hast du so viele Aale am Zoll vorbeigeschleust?«

Hilde knetete die Hände. Sie rang mit sich selbst, schließlich strich sie sich eine Strähne hinter das Ohr. In ihrem Gesicht spiegelte sich Verzweiflung.

»Man braucht nur mehr in die Container zu füllen, als in den Papieren angegeben ist«, sagte sie. »Glaubst du, das würde irgendjemand nachwiegen?«

»Und der Überschuss wird dann auf der Aalfarm wieder entnommen«, folgerte Moses. »Und weitertransportiert. Wohin genau?«

»Keine Ahnung«, erwiderte Hilde mit gedämpfter Stimme. »Sie holen die Fische mit ihren eigenen Leuten und Lkws. Ich weiß nur, dass die Glasaale mit dem Flugzeug nach Hongkong gebracht werden. Wie genau, weiß ich nicht. Wahrscheinlich als ganz normale Fracht getarnt. Das ist bei Aalen kein Problem. Sie brauchen nicht immer Wasser.«

Insgeheim ärgerte sich Moses maßlos darüber, dass er den Aalen nicht viel früher nachgegangen war.

»Wie lange machst du das schon?«

»Das war die vierte Fangsaison«, gestand Hilde, ohne ihn anzusehen.

Moses war sprachlos. Wenn die Sache nicht so ernst gewesen wäre, hätte er beinahe laut gelacht. Auf der *Husum* wurden demnach seit Jahren sowohl Drogen als auch Glasaale geschmuggelt – ohne dass die jeweiligen kriminellen Parteien das Geringste voneinander ahnten. Willkommen im Hamburger Hafen! Aber wie passte der homosexuelle Waschsalonbetreiber da hinein? Auf diese Frage hatte er noch immer keine Antwort.

»Bitte, Stefan!«, flehte Hilde. »Du hast ja keine Ahnung, was das für Leute sind!«

Moses legt die Stirn in Falten. »Stimmt. Und ich frage mich noch immer, wie du dazu kommst, mit diesen Gangstern gemeinsame Sache zu machen.«

Hilde knetet erneut die Hände. »Ich hatte eine Durststrecke und brauchte dringend Kapital. Sonst hätte ich die Firma verkaufen müssen. Nach über hundertfünfzig Jahren. Stell dir das mal vor! Mein Vater hätte sich im Grab umgedreht. Ich hatte einfach keine andere Wahl. Die Wirtschaftskrise hat uns damals alle hart getroffen. Frag deinen Bruder! Der weiß, wovon ich rede.«

»Lass Henning aus dem Spiel!«, zischte Moses.

Hilde schreckte unwillkürlich zurück.

»Bitte, Stefan!«, sagte sie. »Ich weiß, dass ich einen Fehler gemacht habe. Ich hätte mich nie mit diesen Leuten einlassen dürfen!«

»Das hättest du dir besser früher überlegt«, sagte Moses, obwohl sein Zorn inzwischen verflogen war.

»Bitte«, flehte ihn Hilde weiter an. Sie packte seinen Arm. »Warum lässt du die Sache nicht einfach auf sich beruhen? Wenn das Ganze an die Öffentlichkeit kommt, bin ich ruiniert! Diese naive Naturschützer und die Presse werden mich steinigen. Dann kann ich mich in dieser ehrenwerten Stadt nicht mehr blicken lassen! Und wenn die Chinesen erfahren, dass ich mit dir geredet habe, ziehen sie sofort ihr Kapital aus der Firma, und zig Familien verlieren ihre Existenzgrundlage. Oder es geschieht noch Schlimmeres. Diese Leute sind gefährlich! Willst du das wirklich verantworten? Nur wegen ein paar Fischen?«

»Tut mir leid. Das liegt nicht mehr in meiner Hand«, sagte Moses.

Mittlerweile empfand er Mitleid mit seiner Jugendfreundin. Der Zoll konnte jeden Moment anrücken und die Firma auf den Kopf stellen. Er befreite sich aus Hildes Griff.

»Abgesehen davon ermittle ich in einem Mordfall«, sagte er. »Vergiss das nicht.«

»Mit dem Tod von diesem Mann habe ich nichts zu tun!«, beschwor Hilde ihn. Ihre Augen füllten sich erneut mit Tränen. »Das musst du mir glauben! Und die Chinesen auch nicht! Deswegen setzen sie mich ja unter Druck! Sie sind nervös, weil du überall herumschnüffelst und Fragen stellst. Ich schwöre dir, die haben mit diesem Mord nichts zu tun!«

Moses sah sie lange an.

»Weißt du, was? Ich glaube dir sogar«, sagte er schließlich.

»Dann lass die Sache doch auf sich beruhen. Bitte!«, flehte Hilde. »Um der alten Zeiten wegen. Es sind doch nur ein paar Fische!«

»Tut mir leid. Ich muss dich leider darüber in Kenntnis setzen, dass in wenigen Minuten deine Firma durchsucht wird. An deiner Stelle würde ich jetzt deinen Anwalt anrufen. Viel Glück.«

Dann wandte er sich zum Gehen. Hilde starrte ihm fassungslos hinterher. Als er bereits auf dem Flur war, schrie sie ihm wütend hinterher: »Ich hätte dich nie um Hilfe bitten sollen. Du warst schon immer so ein elender Prinzipienreiter!«

Die Angestellten, die an ihm vorbeieilten, wichen ihm erschrocken aus. Moses war die ganze Situation unangenehm. Er strebte dem Ausgang entgegen, und als er das Firmengebäude verließ, lief er Zollinspektor Schleicher in die Arme. Ihm folgte eine Beamtenschar, die nun abrupt zum Stehen kam. Einige seiner Leute trugen Uniform, andere waren in Zivil. Sie hatten jede Menge leere Kartons dabei.

»Was machst du denn hier?« Schleicher schwankte zwischen Erstaunen und Skepsis.

»Bevor ihr den Laden hier auf den Kopf stellt, musste ich noch etwas klären«, erwiderte Moses.

»Wegen deinem Mord?«

»Das auch«, sagte Moses. »Natürlich.«

Schleicher zog erleichtert die rutschende Hose hoch. »Na, dann hoffe ich, dass du Erfolg hattest. Übrigens hat mir euer liebenswerter Direktor die Hölle heißgemacht, weil ich dir bei dem Trio den Vortritt gelassen habe. Bonnekamp hat sich aufgebläht wie ein eitler Gockel!«

»Das kann ich mir bildhaft vorstellen«, schmunzelte Moses. »Sei froh, dass du ihn nicht länger ertragen musst.«

»Übrigens habe ich mich noch gar nicht bedankt«, sagte Schleicher. »Diese Aal-Geschichte bringt uns eine Menge Pluspunkte. Wegen dem Naturschutz, du weißt schon. Alle klopfen uns auf die Schulter. Damit sind wir quitt!« Er reichte seinem ehemaligen Kollegen die Hand.

Nachdem Moses eingeschlagen hatte, wandte sich Schleicher seinem wartenden Team zu: »Na los, machen wir uns an die Arbeit! Sehen wir uns den Laden mal an!«

Moses trat einen Schritt zur Seite und ließ den Trupp an sich vorbeiziehen. Dann schlängelte er sich durch die vor dem Gebäudeeingang geparkten Zollfahrzeuge hindurch und stieg in seinen Alfa. Da er sein Handy während des Besuchs bei seiner Jugendfreundin ausgeschaltet hatte, entdeckte er die SMS erst jetzt. Sie war von Juliane, und der Inhalt irritierte ihn.

ICH LIEBE DICH!!!

Natürlich freute sich Moses über den Liebesbeweis. Aber er wusste nicht, wie er damit umgehen sollte. Er tippte eine Antwort und löschte sie direkt wieder.

Nach mehreren gescheiterten Versuchen, die richtigen Worte zu finden, beschloss er, sie stattdessen anzurufen. Aber es meldete sich lediglich die Mailbox. Da ihm nichts Geistreiches einfiel, legte er wieder auf. Vermutlich schlief sie bereits. Er legte das Handy auf den Beifahrersitz und warf einen Blick auf seine Armbanduhr. Bis zu seinem Treffen blieb ihm noch etwas Zeit. Er würde sich weiterhin gedulden müssen.

32

Nachdem es endlich dunkel geworden war, fuhr Moses in den Hafen. Ihm war durchaus bewusst, dass er ein enormes Risiko einging, sich allein mit dem unbekannten Anrufer zu treffen. War er das wert? Er wusste es nicht. Er fuhr über die Brücke auf den Kleinen Grasbrook und parkte den Wagen auf dem Speditionsparkplatz. Den Rest des Weges ging er zu Fuß.

Zu seiner Überraschung war der Kai verlassen. Die Schiffe, die man vergangene Nacht im Licht der Scheinwerfer be- und entladen hatte, waren fort. Jetzt wirkte die Anlage verlassen, nur die *Husum* lag noch an ihrem Platz. Ihre Umrisse hoben sich deutlich von dem wolkenverhangenen Nachthimmel ab. Der riesige Frachter strahlte etwas Bedrohliches aus, und Moses musste unwillkürlich an die Geschichten von Totenschiffen denken, die man sich seit Anbeginn der Seefahrt erzählte. Er verbannte die düsteren Gedanken in die hinterste Ecke seines Gehirns. Dann suchte er nach einem geeigneten Platz, von dem aus er den Frachter im Auge behalten konnte, ohne selbst gesehen zu werden. Schließlich entschied er sich für eine erhöhte Laderampe. Aufgrund des Vordachs lag sie vollkommen im Dunklen, gleichzeitig bot sie einen freien Blick auf die heruntergelassene Gangway. Wenn jemand von Bord des Frachters kam, würde er ihn früh genug entdecken. Moses erklomm die Rampe und machte es sich auf einer Kiste bequem, indem er sich mit dem Rücken an das Mauerwerk lehnte. Dann wartete er.

Als er über das Kaiende hinausblickte, konnte er die Hamburger Innenstadt sehen. Sie glitzerte wie ein Jahrmarkt in der Nacht, und obwohl sich ihre Lichter auf dem schwarzen Flusswasser spiegelten, schien sie endlos weit weg zu sein. Er dachte an Juliane und an ihre ungewöhnliche SMS. Bislang hatte er nicht noch einmal versucht, sie anzurufen. Vielleicht, weil er nicht wusste, was er erwidern sollte.

Er stellte den Kragen seines Sakkos hoch und schlang die Arme um seinen Körper. Allmählich bereute er es, sich nicht besser vorbereitet zu haben. Die Kälte, die vom Wasser her aufstieg, kroch ihm in die Knochen, außerdem wurde er zunehmend müde. Er blickte auf seine Uhr. Es war bereits elf Uhr. Eine Stunde über den vereinbarten Zeitpunkt hinaus.

Allmählich wurde Moses unruhig. Schließlich erhob er sich von der Kiste, und nachdem er seine steifen Glieder zum Leben erweckt hatte, sprang er von der Rampe. Plötzlich vernahm er ein ersticktes Hüsteln. Jemand verbarg sich zwischen den abgestellten Containern. In gebückter Haltung schlich er weiter, dann spähte er vorsichtig in den Spalt zwischen den aufgetürmten Stahlbehältern. Nur seine trainierten Reflexe verhinderten, dass ihn die Faust ins Gesicht traf. Er packte den Angreifer am Handgelenk und riss es nach unten. Helwig stolperte in seine Arme. Moses traute seinen Augen nicht. »Sind sie irre?«, zischte er seine Kollegin an, nachdem er sie aus seinem Klammergriff entlassen hatte. »Was machen Sie hier? Ich hätte Sie verletzen können!«

»Hätte? Haben Sie.« Helwig rieb ihr schmerzendes Handgelenk.

»Tut mir leid«, schnaufte Moses. »Verschwinden Sie, und genießen Sie Ihren Feierabend! Na los!«

»Und was, wenn nicht?«, erwiderte Helwig trotzig. Der Mondschein erhellte ihr Gesicht und verlieh dem schwarzen Leder ihrer Jacke einen matten Glanz. »Was Sie hier tun, ist unprofessionell! Und das wissen Sie! Außerdem sind Sie es doch, der immer von Teamarbeit redet.«

Eins zu null. Moses zügelte seinen Zorn.

»Woher wissen Sie überhaupt, dass ich hier bin?«, fragte er.

»Ich habe den Anruf heute Nachmittag mitbekommen, falls Sie das vergessen haben. Also habe ich mir meinen Teil zusammengereimt.«

Moses, der im Schatten der Container kaum zu erkennen war, ersparte sich einen Kommentar.

»Ich sitze hier schon länger«, sagte Helwig. »Aber bis jetzt ist niemand von dem Kahn runtergekommen. Es ist auch niemand an Bord gegangen.« Sie schloss den Reißverschluss ihrer Jacke bis unter das Kinn. »Scheiße, ist das kalt! Was hat der Typ am Telefon eigentlich genau gesagt?«

»Dass er mich hier auf der Pier treffen will, um mir etwas zu geben.«

»Und was soll das sein?«

»Das wüsste ich auch gerne«, sagte Moses leise. »Er sprach nur gebrochen Englisch. Ich vermutete, es war einer der Filipinos aus der Mannschaft.«

Helwig sah zu dem unbeleuchteten Frachter hinüber, der verlassen an der Kaimauer lag.

»Da kommt keiner mehr«, sagte sie. »Vielleicht hat er Angst. Auf jeden Fall frieren wir uns hier umsonst den Arsch ab.«

»Was schlagen Sie vor?«, fragte Moses, obwohl er längst eine Entscheidung getroffen hatte.

Helwig wandte sich ihm zu und zeigte mit dem Daumen

über ihre Schulter. »Ganz einfach: Wir gehen da jetzt rauf. Dann suchen wir nach dem Typen, der Sie angerufen hat. Wir sind schließlich die Polizei.«

Moses nickte. Er hatte nicht damit gerechnet, dass ihn der Anrufer versetzen würde. Vielleicht hatte der Mann tatsächlich im letzten Moment kalte Füße bekommen, und jetzt traute er sich nicht von Bord. Oder er war erwischt worden, was Moses wiederum Schlimmes befürchten ließ. So oder so, es gab nur einen Weg, sich Klarheit zu verschaffen. Er musste an Bord des Frachters und herausfinden, wer ihn angerufen hatte. Insofern war es sogar von Vorteil, dass ihm jemand Rückendeckung gab. Allerdings befürchtete er, dass Helwig zu einem zusätzlichen Risiko werden konnte.

»Ausnahmsweise bin ich einmal ganz Ihrer Meinung«, sagte Moses. »Aber wir machen es ohne Aufsehen. Wenn es sich wirklich um einen der Filipinos handelt, will ich nicht riskieren, dass er auffliegt. Dieser Bootsmann macht ihm sonst das Leben zur Hölle. Also halten Sie sich an meine Anweisungen. Und keine Diskussionen!«

»Yes, Sir!« Helwig legte die Fingerspitzen an die Schläfe und salutierte.

»Lassen Sie das«, grummelte Moses. »Das ist kein Spiel.«

Er löste sich aus dem Schatten der Container. Helwig folgte ihm über den unbeleuchteten Kai. Als er den Fuß auf die heruntergelassene Gangway setzte, überkam ihn plötzlich ein ungutes Gefühl. Er spürte ein Stechen im Bauch. Gleichzeitig redete er sich ein, dass sie ja nur den Matrosen finden mussten, bevor seine Vorgesetzten ihn mit Drohungen zum Schweigen brachten.

Moses bemerkte, wie Helwig neben ihm verharrte. Ihr war sein Zögern nicht verborgen geblieben. Moses warf einen Blick nach oben, wo die Schiffsleiter in einer offenen Luke endete. Das Loch in der haushohen Schiffswand erinnerte ihn an einen Rachen. Wie das Hundemaul, das in seinen Albträumen nach ihm schnappte. Moses spürte, wie ihm ein kalter Schauer über den Rücken kroch. Er schüttelte die grässlichen Bilder ab. Dann packte er das Drahtseilgeländer des Laufbretts und stieg im Mondschein hinauf. Helwig folgte dicht hinter ihm. Als sie die offene Luke erreicht hatten, hielten sie inne und lauschten. Bis auf das Brummen unsichtbarer Aggregate war es totenstill. Moses und Helwig schlüpften an Bord. Dem schummrigen Licht nach zu urteilen, war während der Liegezeit im Hafen lediglich eine Notbeleuchtung in Betrieb.

»Zu den Mannschaftsunterkünften müssen wir hier lang«, sagte Moses mit gedämpfter Stimme.

Helwig deutete in die entgegengesetzte Richtung. »Ich glaube eher, wir müssen da lang!«

Moses sah sie an.

»Okay, okay, schon kapiert«, sagte Helwig leise. »Keine Diskussion.«

Moses übernahm die Führung. Er folgte dem Gang, dann stiegen sie ein Deck tiefer, wo er die Mannschaftsunterkünfte vermutete. Plötzlich hörten sie laute Stimmen.

Moses hielt inne und legte den Zeigefinger an die Lippen. Dann spähte er vorsichtig um die Ecke. Sie waren an der Offiziersmesse gelandet. Die Tür stand sperrangelweit offen, und ein leichter Luftzug verriet Moses, dass auch die Bullaugen zum Lüften geöffnet waren. Offenbar war in dem Raum gerade eine hitzige Diskussion zu Ende gegangen. Moses erkannte die Stimme des jungen Schiffsingenieurs.

»Und was ist, wenn die anderen ihn vermissen?«

»Dann ist er eben abgehauen. Wen interessiert das schon?«

Das eigenartige Schnarren in der Stimme verriet Moses, dass es sich um den ehemaligen Fremdenlegionär handelte. Der

Mann, der ihm antwortete, war ohne Zweifel der bärtige Erste Offizier.

»Am besten, wir halten einfach die Füße still. In vierundzwanzig Stunden sind wir wieder auf See. Dann finden wir schon eine Lösung.«

»Ach, ja? Und wie soll die diesmal aussehen?«

In den Worten des Ingenieurs schwang nicht nur Spott, sondern auch leichte Panik mit.

»Das wird sich zeigen. Bis dahin unternehmen wir nichts, ist das klar? Verlier jetzt nicht die Nerven!«

Der Bootsmann teilte offenbar die Meinung des Offiziers, denn er pflichtete ihm bei.

»Niemand kann uns was nachweisen«, knurrte er. »Also können uns die Bullen mal!«

»Aber er hat diesen schwarzen Kommissar angerufen. Du hast selbst gesagt, dass du ihn dabei erwischt hast.«

»Als ob dieser Bulle auf so einen hören würde. Du siehst es doch selbst. Was ist passiert? – Nichts! Also reiß dich endlich zusammen!«

Der Erste Offizier ging dazwischen. »Jetzt hört auf damit! Wir müssen uns heute Nacht noch um die Lieferung kümmern. Oder wollt ihr das Geld abschreiben?«

Niemand antwortete. Moses hatte indessen genug gehört. Außerdem könnten die Männer jede Sekunde aus der Messe treten, um getrennte Wege zu gehen.

»Wir müssen zurück«, flüsterte er Helwig zu.

Sie machten kehrt. Als sie wieder an der Einstiegsluke waren, torkelte eine Gruppe von fünf dunkelhäutigen Matrosen an Bord. Allem Anschein nach hatten sie auf der Reeperbahn ihr Heimweh ertränkt. Als sie Moses und Helwig sahen, starrten sie sie verwundert an, taumelten aber kommentarlos an ihnen vorbei. Moses atmete erleichtert auf, als sie schwatzend unter Deck verschwanden. Da ihnen die beiden Kommissare vom Vortag bereits bekannt waren, hatten sie sich vermutlich nur über die Arbeitswut deutscher Polizisten gewundert, die selbst nach Mitternacht noch unterwegs waren.

»Wir sollten ihnen folgen«, meinte Helwig leise. »Die gehen garantiert in ihre Kojen, so besoffen, wie die sind. Bestimmt pennt dort auch unser Informant.«

»Das glaube ich nicht«, widersprach Moses im Flüsterton. »Zumindest nicht mehr.«

Nach dem, was er von dem Gespräch in der Offiziersmesse mitbekommen hatte, glaubte er zu wissen, wo der anonyme Anrufer zu finden war. Und das bereitete ihm erhebliche Sorgen.

»Haben Sie Ihre Waffe dabei?«, erkundigte er sich bei seiner Kollegin.

Helwig stutzte. Sie rechnete mit einer erneuten Zurechtweisung. Aber Moses nickte nur.

»Ich wollte es nur wissen.«

Dann stieg er rücklings den Niedergang hinab. Soweit er sich erinnerte, führte die Treppe hinunter in die Frachträume und zum Maschinenraum.

33

Moses versuchte sich zu orientieren. Hier unten im Bauch des Schiffes war das Licht der Notbeleuchtung noch schwächer als in den oberen Decks. Er versuchte sich daran zu erinnern, ob er Schleicher rechts oder links entlang in den Maschinenraum gefolgt war. Aber in dem Schummerlicht glichen sich die sterilen Gänge wie ein Ei dem anderen. Er entschied sich für links, und schon bald zeigte sich, dass er richtiggelegen hatte. Sie standen vor der Kühlkammer. Der lange Griffhebel, mit dem sich die massive Tür öffnen ließ, war so festgebunden, dass man ihn nicht mehr umlegen konnte. Auf der Tür klebte zudem ein von Hand geschriebener Zettel:

OUT OF ORDER!

Als Moses unvermittelt stehen blieb, rempelte ihn Helwig von hinten an. Sie unterdrückte einen Fluch.

»Was ist los?«, fragte sie leise.

»Hier finden wir, was wir suchen«, flüsterte Moses, während er begann, in dem trüben Licht die Knoten des Seils zu lösen.

»So wie es aussieht, ist die Kühlanlage nicht in Betrieb.« Helwig tippte auf den kleinen Bildschirm des Kontrollpanels neben der Tür. »Was wollen wir da drin?«

Moses befreite den Griff von dem Seil und legte ihn um. Dann zog er die Tür auf. Im Innen war es stockdunkel.

»Suchen Sie den Lichtschalter«, befahl er Helwig mit gedämpfter Stimme.

Helwig fuhr mit der Fingerkuppe über die Beschriftungen des Kontrollpanels, schließlich hatte sie den richtigen Schalter gefunden. Neonlicht erfüllte die Kühlkammer. Die plötzliche Helligkeit ließ Moses reflexartig blinzeln. Nachdem sich seine Pupillen an das Licht gewöhnt hatten, durchsuchte er den Raum. Die Kühlkammer war leer, in den ausgeräumten Regalen und in der Ecke lagen ein paar zusammengefaltete Obstkartons, ansonsten war nichts Ungewöhnliches zu sehen. Dann entdeckte er die nackten Füße, die am anderen Ende des Raums hinter dem Stahlregal hervorlugten.

»Helfen Sie mir«, flüsterte er Helwig zu. »Schnell!«

Er eilte durch den hell erleuchteten Raum und ging in die Hocke. Zwischen der Wand und dem leeren Regal lag ein Mensch. Er war an Händen und Füßen gefesselt, sein Kopf steckte in einem schmutzigen Stoffsack. Als Moses ihn behutsam herunterzog, stierte ihn ein junger Filipino mit vor Angst geweiteten Augen an. Dann warf er sich wild herum. Seine Schreie wurden von einem Isolierband erstickt, das ihm auf dem Mund klebte.

Moses legte seine Hand sanft auf die Brust des Jungen, um ihn zu beruhigen. Mit der anderen bedeutete er ihm leise zu sein. Nachdem der Junge aufgehört hatte, sich zu wehren, machte er sich daran, ihn zu befreien. Helwig reichte ihm ungefragt ein großes Schweizer Taschenmesser.

»Habe ich von meinen Brüdern geerbt«, sagte sie mit einem schwachen Lächeln.

Moses war ihren unbekannten Brüdern dankbar. Rasch zerschnitt er das Band an Armen und Beinen und zog das schwarze Isolierband vom Mund des jungen Mannes. Er hatte bis zuletzt damit gewartet. Nicht ohne Grund, denn sobald der Junge wieder Luft bekam, versuchte er zu schreien. Dabei schlug er wild um sich, und Moses blieb keine andere Wahl, als ihn in einen Haltegriff zu nehmen und ihm den Mund zuzuhalten. Schließlich erlahmte der Widerstand des jungen Mannes. Moses nahm ihm die Hand vom Mund, ohne ihn aus dem Griff zu entlassen.

»Everything okay?«, fragte er leise. Er warf einen Blick über die Schulter. Helwig hatte ihre Waffe gezogen und bewachte die Tür. Nun zahlte sich ihre Ausbildung beim MEK endlich einmal aus. Moses wandte sich wieder dem verängstigten Seemann zu: »Do you understand me?«

Der schmächtige Junge kauerte sich in die Ecke des Raums und schlang die Arme um seine angezogenen Beine.

»They kill me!«, wimmerte er. »They kill me.«

Moses versuchte ihn zu beruhigen. »I'm a policeman, do you remember?«, sagte er mit gedämpfter Stimme. »Nobody will kill you!«

Als er ihn berühren wollte, zuckte der Junge panisch zurück. »They kill me! Like boy!«

»Was für ein Junge?«, fragte Helwig, ohne die Tür der Kühlkammer aus dem Auge zu lassen. Moses hob die Hand, damit sie sich zurückhielt.

»The boy?«, fragte er den jungen Mann. »Tell me about him!«

»They kill me! They kill me!«

Dann verstummte der Matrose, und er begann, mit angezogenen Knien vor und zurückzuschaukeln. Sein glasiger Blick verriet, dass er versuchte, der Bedrohung zu entfliehen, indem er sich ganz in sich selbst zurückzog. Die Furcht des jungen Mannes berührte Moses auf grausame Weise. Er spürte, wie die Angst auf ihn übersprang, und für einen kurzen Moment übermannte ihn das panikartige Gefühl, das er aus seinen Albträumen kannte.

»Schnell! Helfen Sie mir!«, zischte er Helwig zu. »Vielleicht lässt er sich von Ihnen beruhigen. Wir müssen ihn hier wegbringen.«

Helwig schob die Pistole in das Schulterholster unter ihrer Lederjacke und verließ ihren Posten an der Tür. Als sie in die Knie ging, um dem verängstigten jungen Mann behutsam hochzuhelfen, knallte die Stahltür zu. Beinahe gleichzeitig legte sich der Griffhebel um. Moses hechtete zur Tür und versuchte den Griff wieder zurückzudrücken, aber jemand hielt auf der anderen Seite mit aller Kraft dagegen. Auch als Helwig ihm zu Hilfe kam und sie sich mit vereinten Kräften dagegenstemmten, ließ sich der Griff keinen Millimeter bewegen. Er musste von außen blockiert worden sein.

Sekunden später ging das Licht aus, und in der Kühlkammer herrschte totale Finsternis.

»Scheiße!«, sagte Helwig im Dunkeln.

Moses tastete nach seinem Handy und schaltete die Lampe ein.

»Haben wir Empfang?«, fragte Helwig.

Moses schüttelte den Kopf. Seine Vermutung hatte sich bestätigt. Wie bei seinem ersten Besuch auf dem Schiff, als der Zollhund das mutmaßliche Drogenversteck gefunden hatte, gab es auch diesmal hier unten keinen Empfang. Sie befanden sich unterhalb der Wasserlinie, umgeben von Stahl und elektrischen Kabeln. Obendrein saßen sie in einer hermetisch abgeschlossenen Kammer fest, deren Wände mit Aluminium verkleidet waren.

»Bei mir ist es das Gleiche«, stellte Helwig fest, nachdem sie ihr Handy eingeschaltet hatte. »Kein Empfang. Wir sind am Arsch.«

So kann man es auch ausdrücken, dachte Moses. Er leuchtete mit der Handylampe die Kühlkammer ab. Der Filipino kauerte zitternd und mit zusammengekniffenen Augen in der

Ecke. Ansonsten war der Raum bis auf die paar Kartons auf dem Boden leer. Als er die Tür ableuchtete, um den Schließmechanismus genauer zu studieren, fielen Helwig zum ersten Mal die eingekratzten Wörter auf.

»Hey! Da sind ja die arabischen Schriftzeichen von der Brust der toten Schwuchtel? Sie hatten recht, die sehen haargenau so aus!«

Moses setzte zu einer Bemerkung über ihre Ausdrucksweise an, beließ es dann aber dabei.

»Ja, ich frage mich aber noch immer, wie die an die Tür gekommen sind«, sagte er stattdessen.

Helwig zuckte mit den Schultern. »Und was jetzt? Allein kommen wir hier jedenfalls nicht mehr raus.«

»Wir warten ab. Die Kollegen werden uns spätestens morgen früh vermissen.«

»Aber niemand weiß, dass wir hier sind!«, sagte Helwig. »Und bis morgen früh ist es noch verdammt lang hin.«

»Haben Sie eine bessere Idee?«

Als Helwig ihm die Antwort schuldig blieb, fuhr er fort. »Elvers wird schon eins und eins zusammenzählen. Vielleicht lassen sich unsere Handys ja trotzdem orten«, sagte er, ohne selbst daran zu glauben. »Auf jeden Fall sollten wir unsere Akkus schonen.«

Er rutschte an der Wand herab und schaltete das Licht aus. Helwig tat es ihm gleich. Sie hockte sich neben ihn auf den Boden und zog die Knie an.

»Ich hoffe, der Bursche tickt nicht aus«, sagte sie, als der junge Seemann plötzlich wie ein Hundewelpe zu wimmern begann.

»Versuchen Sie, ihn zu beruhigen«, meinte Moses. »Vor mir hat er offensichtlich Angst. Wer weiß, was die mit ihm gemacht haben.«

»Und wie?«

»Halten Sie einfach seine Hand.«

Er schaltete seine Handylampe wieder ein, sodass Helwig sich neben den Jungen setzen konnte. Sie legte den Arm um ihn, aber das schien er kaum zu bemerken.

Moses schaltete die Lampe wieder aus. Er lehnte seinen Hinterkopf gegen die kalte Metallwand und dachte angestrengt nach. Das Resultat seiner Überlegung war ernüchternd. Milde ausgedrückt. Er hatte nicht nur sich selbst, sondern auch seine junge Kollegin in eine gefährliche Lage gebracht. Vermutlich hatte jemand aus dem Trio, das sie zuvor belauscht hatten, nach dem gefesselten Filipino sehen wollen und sie dabei überrascht. Dass die drei so weit gingen, zwei Kriminalbeamte einzusperren, ließ nichts Gutes vermuten. Offenbar fühlten sie sich sicher. Jetzt konnten Helwig und er nur hoffen, dass ihre Kollegen schlau genug waren, um aus ihrem Verschwinden die richtigen Schlüsse zu ziehen. Allerdings würde das frühestens am späten Morgen geschehen. Sie mussten sich auf eine unbequeme Nacht einrichten.

Moses schloss die Augen und lauschte Helwigs stoßweisem Atem. Sie vollführte neben ihm Atemübungen, um sich und den Jungen an ihrer Seite zu beruhigen. Dieser begann indessen erneut mit seinem nervenzehrenden Winseln. Der Singsang ging Moses durch Mark und Bein. In der Finsternis tauchten Bilder aus seinen Träumen auf. Es war, als würden seine unterdrückten Erinnerungen in einem Strudel an die Oberfläche drängen und dabei fortwährend an Schärfe gewinnen. Moses riss die Augen auf, aber die Schwärze blieb, ebenso wie die Bilder. Die Dunkelheit, die Schreie, das Feuer – Moses spürte, wie ihm der Schweiß aus den Poren trat. Sein Herz raste. Das Narbenzeichen an der Innenseite seines rechten Arms begann erst zu jucken, dann brannte es wie ein glühendes Kohlestück, das man ihm unter die Achsel geklemmt hatte. Moses biss die

Zähne zusammen. Er hätte Licht machen können, das hätte die Geister vielleicht vertrieben, aber dann wäre seine junge Kollegin unweigerlich Zeuge seines Zustands geworden. Also ließ er die Lampe aus.

»Chef?«, erkundigte sich Helwig neben ihm, die seinen schnellen Atem wahrgenommen hatte. Ihr Gesicht war im Dunkeln nicht zu erkennen. »Geht es Ihnen nicht gut?«

»Nein. Alles in Ordnung.«

Moses bemühte sich, das Flattern in seiner Stimme zu unterdrücken. Reden tat gut. Es ließ die Traumbilder verblassen.

»Alles bestens«, log er. Dann fügte er hinzu: »Ich habe nur ein Problem mit großen Schiffen wie diesem. Ich hasse diesen Dieselgeruch.«

»Das fällt Ihnen ja wirklich früh ein!« In Helwigs Stimme schwang Erstaunen mit.

»Außerdem haben sie etwas Beklemmendes an sich. Wie ein stinkendes Gefängnis«, brummte Moses. »Ein Käfig, der einfach nur fährt und fährt …«

»Wie kommen Sie darauf, dass Schiffe ein Gefängnis sind?«

»Andere Geschichte«, erwiderte Moses knapp. »Erzählen Sie mir lieber von sich«, sagte er, um das Thema zu wechseln. »Ich kann Dunkelheit jedenfalls nicht ausstehen. Wie steht es mit Ihnen?«

»Ich war mal zwei Tage lang eingesperrt«, sagte Helwig. »Da war ich noch klein.«

»Und?«

»Ich habs überlebt.«

Moses schnaufte. »Das klingt nach einem traumatischen Erlebnis. Aber wie kam es denn dazu?«

»Mein Vater war sauer auf mich.«

»Ihr Vater?«

Helwig antwortete nicht. Da Moses ihr nicht zu nahe treten

wollte, hakte er nicht nach, und sie schwiegen beide die Finsternis an.

»Darf ich Sie mal was fragen?«, sagte Helwig nach einer Weile.

»Sicher« Moses wechselte im Dunkeln die Sitzposition. »So wie es aussieht, haben wir eine Menge Zeit.«

Er spürte, wie Helwig neben ihm mit sich rang. »Was haben Sie eigentlich gegen mich?«, fragte sie.

Moses stutzte. »Was sollte ich gegen Sie haben?«

»Ich merke doch, dass Sie mich nicht mögen.«

»Das hat mit Mögen nichts zu tun.«

»Womit dann?«

Moses schwieg. Was sollte er darauf antworten? Wie sollte er seiner jungen Kollegin erklären, dass er sie für die Arbeit bei der Mordkommission für ungeeignet hielt? Und dass sie sich nur in dieser vertrackten Situation befand, weil Bonnekamp ihn dazu genötigt hatte, sie in sein Team aufzunehmen? Gegen seinen ausdrücklichen Willen. Dies war definitiv nicht der richtige Moment. Deshalb drückte er sich um eine Antwort, indem er das Thema wechselte.

»Warum haben Sie eigentlich beim MEK aufgehört? Wie ich in Ihrer Personalakte gelesen habe, waren Ihre Zeugnisse hervorragend.«

Helwig veränderte im Dunkeln ihre Sitzposition. »Das hat private Gründe«, erwiderte sie knapp.

Ihr Ton gab zu erkennen, dass keine weiteren Erklärungen folgen würden. Moses versuchte es auf einem anderen Weg: »Und warum wollten Sie unbedingt zur Mordkommission?« Das Gespräch half ihm, die Gespenster in seinem Kopf in Schach zu halten. »Es gibt viele Dezernate. Warum ausgerechnet Tötungsdelikte?«

Helwig ließ sich mit der Antwort Zeit. Moses hörte, wie ihre

Stiefel über den Boden schabten, als sie die Beine ausstreckte und wieder anzog.

»Weil ich die Schweine kriegen will«, sagte sie schließlich.

Moses wartete darauf, dass sie fortfuhr.

»Ich hasse es, wenn Mörder ohne Strafe davonkommen«, sagte sie leise. »So wie bei meinem ältesten Bruder.«

»Ihrem Bruder?«

»Er ist schon lange tot. Ertrunken. Und die ganze Clique hat nichts getan. Diese Schweine sind nie zur Rechenschaft gezogen worden. Dabei hätten sie ihn retten können!«

»Woher wissen Sie das?«

»Ich war damals elf Jahre alt und mit der Schwester des Anführers befreundet. Er und seine Freunde haben meinem Bruder nur einen Streich spielen wollen. Das hat sie mir selbst erzählt. Dabei ist er dann unterhalb der Staustufe ins Wasser gefallen, und die Kerle sind einfach weggerannt. Aber wer glaubt schon einer schwer erziehbaren Elfjährigen!«

In ihrer Stimme schwangen Wut und Verbitterung mit.

»Und Ihre Eltern? Haben die nichts unternommen?«, fragte Moses vorsichtig. Davon stand nichts in ihrer Personalakte.

»Welche Eltern?«, lachte Helwig höhnisch. »Meine Erzeuger waren immer nur damit beschäftigt, die nächste Flasche aufzutreiben. Und meine beiden anderen Brüder waren damals noch zu klein. Aus diesem Grund wollte ich schon als kleines Mädchen zur Polizei. Um die Bösen zu fangen und zu bestrafen. Nennen Sie das ruhig naiv – das ist mir scheißegal!«

»Das tue ich nicht«, versicherte Moses. »Ganz bestimmt nicht.« Erstaunt musste er feststellen, dass sie doch etwas gemeinsam hatten.

»Und warum sind Sie bei der Kripo?«, fragte Helwig.

»Es wird Sie überraschen. Aus ähnlichen Motiven wie Sie. Unrecht kann ich nicht ertragen.«

Dann schwiegen sie wieder. Moses hörte, wie Helwig im Dunkeln an dem Reißverschluss ihrer Lederjacke spielte.

»Warum sind Sie eigentlich nicht verheiratet?«, fragte sie wie aus dem Nichts heraus. »Nicht, dass mich das was angeht, aber die Frauen stehen doch auf Sie. So viel habe ich schon mitbekommen.«

Gute Frage, dachte Moses. Aber für seinen Geschmack ein wenig zu persönlich.

»Warum interessiert Sie das?«

»Ich weiß gerne, mit wem ich es zu tun habe.« Mit einem Mal schlug Helwig im Dunklen um sich. »Hey, was soll das?«

Moses schaltete die Handylampe an. Der junge Filipino klappte wie in Trance die Klinge des Taschenmessers aus, das er Helwig im Dunkeln aus der Tasche gezogen hatte. Dann stand er auf.

»Hey, hey!« Helwig rutschte von ihm weg. Gleichzeitig griff sie hastig nach ihrer Pistole und entsicherte sie.

»Don't move!«, herrschte sie den jungen Mann an, während sie die Waffe auf ihn richtete.

Moses legte die Hand auf ihren Arm und drückte die Pistole behutsam, aber konsequent nach unten.

»Warten Sie«, sagte er. »Ich glaube nicht, dass er uns etwas antun will. Sehen Sie!«

Er hatte recht mit seiner Vermutung. Der Junge zwängte sich durch die Regale, dann legte er sich auf den Bauch und kroch darunter. Mithilfe der Messerklinge hebelte er eine kleine Abdeckung aus der Wand. Dahinter kam ein Gewirr aus Rohren zum Vorschein. Der Junge griff hinein, und nachdem er etwas herausgezogen hatte, schob er sich wieder zurück und stand auf. Wortlos überreichte er Moses einen wasserdichten Beutel, dann kauerte er sich wieder mit angezogenen Knien auf den Boden.

»Stecken Sie die Waffe weg«, forderte Moses Helwig auf, während er in den verschließbaren Plastikbeutel sah. In ihm befanden sich, neben ein paar praktischen Kleinutensilien wie einem Taschenmesser und einem Stift, auch ein Smartphone und mehrere sorgsam zusammengefaltete Dokumente. Sie waren allesamt auf Arabisch. Moses vermutete, dass es sich um die Kopien einer Geburtsurkunde und verschiedener Zeugnisse handelte. Er versuchte das Smartphone anzumachen, aber das Display blieb schwarz. Der Akku war leer. Als er die Papiere wieder zusammenfalten und zurück in den Beutel legen wollte, entdeckte er auf einer der Rückseiten einen handgeschriebenen Brief. Er war auf Englisch.

»Wem gehören die Sachen?«, fragte Helwig.

»Das kann ich noch nicht sagen«, erwiderte Moses, obwohl er bereits eine Ahnung hatte.

»Und wieso weiß unser Freund hier davon?«

»Vermutlich hat er sie gefunden. Oder gestohlen …«

Moses war bereits ganz in die handgeschriebenen Zeilen vertieft, als Helwig mit einem Ruck den Reißverschluss ihrer Jacke zuzog.

»Scheiße, es wird immer kälter«, sagte sie.

Erst jetzt bemerkte Moses, dass sie recht hatte. Er fror. Diese Erkenntnis durchzuckte ihn wie ein Stromschlag.

Jemand hatte die Kühlanlage eingeschaltet.

34

Die krakelige Schrift ließ sich nur schwer entziffern, und wurde zum Ende hin unlesbar. Dennoch erkannte Moses schnell, dass er einen Liebesbrief in Händen hielt, der gleichzeitig ein Abschiedsbrief war. Er war an einen Liebhaber namens Günther gerichtet. In Moses' Kopf fügten sich die einzelnen Puzzleteile zusammen. Nun wusste er, warum Kilian sterben musste. Der ahnungslose Waschsalonbetreiber war durch einen puren Zufall den Drogengeschäften des Bootsmanns und seiner Komplizen in die Quere gekommen. Dass er dabei das schreckliche Geheimnis des Trios entdeckt hatte, war sein Todesurteil gewesen.

Allerdings war die Lösung seines Falls im Augenblick von eher geringer Bedeutung. Helwig und er steckten zusammen mit dem jungen Matrosen in ernsten Schwierigkeiten.

Es wurde von Minute zu Minute kälter.

»Wollen die uns umbringen?«, fragte Helwig.

»Das steht zu befürchten«, sagte Moses.

»Sind die irre? Damit kommen die nie durch!« In Helwigs Stimme lag Panik.

»Auf diesen Bootsmann trifft das ganz sicher zu. Wahrscheinlich sind die drei durch unser Auftauchen in Panik geraten. Ich wette, es war seine Idee, uns in Tiefkühlkost zu verwandeln.«

»Sehr witzig«, sagte Helwig schlotternd.

Das unbarmherzige Summen der Kühlanlage zerstörte Moses' anfängliche Hoffnung, dass es das Trio am Ende nicht wagen würde, zwei Kriminalbeamte zu ermorden. Sie meinten es ernst. Jetzt, da er die Wahrheit kannte, wunderte ihn das nicht. Diese Männer hatten nichts zu verlieren. Mord und Drogenhandel verhießen lange, sehr lange Haftstrafen. Zudem hatten die drei gute Aussichten, davonzukommen. Niemand im Präsidium wusste, dass Helwig und er an Bord waren, und wenn der Frachter einmal auf hoher See war, wäre es ein Leichtes, ihre tiefgefrorenen Leichen auf Nimmerwiedersehen verschwinden zu lassen.

Moses machte sich schwere Vorwürfe. Vor allem wegen Helwig und des jungen Matrosen.

»Wir können nicht länger auf Hilfe warten«, sagte er. »Wir müssen einen Weg finden, um hier rauszukommen. Und zwar möglichst schnell!«

Er stemmte sich an der Wand hoch und schaltete sein Handylicht wieder ein. Dann legte er sich auf den Bauch und kroch unter das Regal, um in den Wartungskasten zu leuchten, in dem der Filipino das Handy versteckt hatte. Außer Rohren und ein paar Ventilen konnte er nicht viel erkennen. Aber ohne Schraubenschlüssel war hier sowieso nichts zu machen. Er schob sich zurück und schleppte sich zur Tür, um sie erneut Zentimeter für Zentimeter abzusuchen. Nichts. Es gab keine Möglichkeit, sie von innen aufzuhebeln. Als er in die Hocke ging, fiel das Licht auf die eingeritzten Worte. Moses fuhr nachdenklich mit dem Finger darüber. Er konnte die Sehnsucht und die Hoffnung förmlich spüren, die zusammen mit den Worten in das Metall gekratzt worden waren.

Das Glück ist eine Oase, zu der nur träumende Kamele gelangen.

Obwohl er selbst in Lebensgefahr schwebte, verspürte Moses ein Gefühl tiefer Trauer.

»Vielleicht sollten wir versuchen, diese verdammte Tür einfach aufzuschießen«, schlug Helwig vor. »Mein Magazin ist voll.«

Moses klopfte gegen das metallene Türblatt. »Das wird nicht viel nützen. Abgesehen davon fliegen uns dann nur die Querschläger um die Ohren. In diesem Raum gibt es nirgendwo Deckung.«

Moses musste sich eingestehen, dass er mit seinem Latein tatsächlich am Ende war. Frustriert ließ er sich wieder neben Helwig und dem Jungen auf den nackten Boden sinken. Die beiden drängten sich fröstelnd aneinander, um sich gegenseitig zu wärmen und das Unvermeidliche abzuwenden. Moses zitterte immer stärker. Und die Temperatur sank noch weiter. Wenn ihm nicht schnellstens ein Ausweg einfiel, würden sie in absehbarer Zeit erfrieren. Nach dem brutalen Muskelzittern und rasenden Zähneklappern, das bereits eingesetzt hatte, würden ihre Körper in eine zunehmende Starre verfallen. Apathie und Orientierungslosigkeit würden folgen, die Organe eins nach dem anderen versagen – bis die Bewusstlosigkeit sie schließlich von ihren Qualen erlösen würde. Wenn Kleinhues recht hatte, dann stellte sich kurz vor dem Tod paradoxerweise ein Gefühl der inneren Wärme ein. Aus irgendeinem Grund war ihm dies im Gedächtnis geblieben. Er presste die Zähne zusammen, um das harte Aufeinanderschlagen zu verhindern. Ohne Erfolg. Bald würde der erste Zahn brechen. Die Kälte fraß sich immer tiefer in seine Eingeweide. Welche Ironie des Schicksals, dachte er bitter. Sein Leben lang hatte er sich vor Feuer gefürchtet, und nun würde er erfrieren.

»Worüber … lachen Sie?« Helwig rang stoßweise nach Luft.

»Nichts«, presste Moses mühsam hervor.

Ob Juliane wohl an ihn gedacht hatte, bevor sie heute Abend eingeschlafen war? Ihn überkam ein Gefühl verzehrender Sehnsucht. Plötzlich glaubte er sogar den Duft ihrer Haare riechen zu können. Ob er sie je wieder in die Arme schließen würde? Moses biss die Zähne zusammen, bis seine Kiefer schmerzten, aber ihr brutales Aufeinanderknallen ließ sich nicht stoppen. Wenn es ihnen nicht bald gelang, aus diesem Kühlschrank rauszukommen, würde es nicht einmal ein Grab geben, an dem Juliane um ihn trauen konnte. Sein Grab würde die hohe See sein.

Moses verdrängte den Gedanken. Er musste etwas unternehmen. Es wenigstens versuchen. Er zwang sich auf die Knie. Dann kroch er auf allen vieren zum Stahlregal an der gegenüberliegenden Wand. Der Filipino war mittlerweile nur noch ein zuckendes Muskelbündel. Er wirkte völlig apathisch, bald würde er das Bewusstsein verlieren. Und Helwigs Zustand war keinen Deut besser. Sie krümmte sich mit angezogenen Beinen auf dem Boden. Ihre Lippen hatten die Farbe von reifen Blaubeeren angenommen. Wenn sie stirbt, war es allein meine Schuld, dachte er, während er auf allen vieren weiterkroch. Dann strich er mit seinen gefühllosen Fingern über den kalten Stahl. Er hatte gehofft, vielleicht eine der Streben abmontieren zu können, um damit das Türschloss aufzuhebeln, aber sie waren allesamt verschweißt.

Er kroch zurück zu den anderen.

»Wir … wir müssen uns bewegen«, stammelte er.

Helwig reagierte nicht.

Moses stieß sie an. »Na los!«

Helwig schüttelte schlotternd den Kopf.

Moses zerrte an ihrer Lederjacke. Sie durften nicht einfach so aufgeben. Er musste erneut an Juliane denken. Daran, dass er ihr endlich gestehen musste, dass er Angst hatte, sie zu verlieren. Aber dazu musste er das hier überleben, sagte sich Moses. Er zwang sich aufzustehen, was ihn eine ungeheure Kraftanstrengung kostete. Seine Gelenke waren steif, und der Reflex seines Körpers, sich in der trügerischen Hoffnung auf ein bisschen Wärme zusammenziehen zu wollen, war übermächtig. Trotzdem schaffte er es. Er zerrte Helwig ebenfalls auf die Beine, und nachdem er seine junge Kollegin aus ihrer Apathie halbwegs wach gerüttelt hatte, nahmen sie den jungen Seemann in ihre Mitte. Dann begannen sie, im gespenstischen Licht der Handylampe auf und ab zu gehen. Es war ein einziges Stolpern, denn sie hatten längst die Kontrolle über ihre Gliedmaßen verloren. Sie schafften nicht einmal zwei Runden, bevor sie wieder zusammenbrachen. Moses krümmte sich zitternd auf dem Boden und schloss die Augen. Er fühlte sich unendlich erschöpft, seinen immer flacher werdenden Atem nahm er kaum noch wahr. Er spürte, wie ihn die Lebensgeister verließen, während ihn gleichzeitig ein merkwürdiges Hochgefühl erfasste. Plötzlich sah er Julianes Gesicht direkt vor sich. Sie lachte, lief mit ausgestreckten Armen auf ihn zu. Aber dann wurde die Sonne über ihrem Kopf so hell, dass ihre Gestalt im gleißenden Licht zerfloss. Moses blinzelte. Durch den flirrenden Schleier hindurch konnte er sehen, wie zwei Hände zupackten und Helwig von ihm fortzogen. Er wollte protestieren, ihr zu Hilfe kommen, aber sein Körper gehorchte ihm nicht mehr. Er kniff die Augen noch fester zusammen, um in der Helligkeit etwas zu erkennen. Ein Schatten huschte an ihm vorbei. Dann geschah das Gleiche mit dem jungen Filipino. Er verschwand wie von Geisterhand aus seinem Blickfeld, und mit einem Mal überkam Moses die rasende Angst, alleine zurückgelassen zu werden. Aber dann fasste ihn jemand an den Füßen und zerrte ihn aus der Eishölle heraus.

35

Das Gefühl kehrte nur langsam zurück, und mit ihm kam das Zittern. Obwohl er beide Hände benutzte, schaffte es Moses kaum, den Plastikbecher zu halten. Der heiße Tee schwappte hin und her, und vermutlich verbrühte er sich gerade seine gefühllosen Finger. Schließlich gelang es ihm, den tanzenden Becher an seine Lippen zu führen. Er spürte, wie die heiße Flüssigkeit langsam seine Speiseröhre hinunterrann und in seinem Inneren eine wahre Explosion aus Wärme und Erleichterung auslöste.

»Vorsicht, nicht zu schnell!«, ermahnte ihn der Schiffsingenieur leise.

Er hatte Helwig und den Jungen in dicke Wolldecken gewickelt, nun flößte er ihnen aus einer Thermoskanne ebenfalls heißen Tee ein.

Moses zog die Decke enger um seinen schlotternden Körper und versuchte sich zu orientieren. Er befand sich in einem der riesigen Frachträume. Ihr Retter hatte eine grelle Campinglampe zwischen die Frachtkisten gestellt. So konnte er sehen, dass die Tür zu ihrem grausigen Gefängnis weit offen stand. Das Summen der Kühlaggregate war verstummt. Moses hielt den herrlich warmen Becher mit beiden Händen fest umklammert und schlürfte vorsichtig an dem Tee. Sobald ihm seine Zunge wieder gehorchte, stellte er ihren Retter zur Rede. »Haben … haben Sie die Polizei gerufen?« Er stotterte immer noch.

Der Schiffsingenieur drehte ihm den Rücken zu und schüttelte den Kopf.

»Ich wollte Sie erst da rausholen.«

Um nachzusehen, ob wir noch leben und es sich überhaupt noch lohnt, dachte Moses.

Becker führte Helwig die Thermoskanne erneut an die Lippen, was sie dankbar annahm. Dann kümmerte er sich wieder um den Jungen, der in einem Wust aus Decken eingerollt auf dem Boden lag und wieder wie verrückt zitterte. Ob seine eingefrorenen Muskeln die Ursache waren oder die zurückkehrende Angst, wusste Moses nicht zu deuten. Dennoch durchflutete ihn eine Welle der Erleichterung. Sie hatten überlebt! Sein Verstand holte ihn jedoch sofort wieder zurück auf den Boden der weniger schönen Realität. Sie mochten dem eisigen Tod zwar entronnen sein, dennoch waren sie noch lange nicht in Sicherheit. Vielleicht war ihre vermeintliche Rettung nichts weiter als eine Falle, eine heimtückische Inszenierung des Verbrechertrios.

»Warum haben Sie uns geholfen?«, fragte Moses scharf. Er ließ die aus dem Becher aufsteigende Wärme über sein Gesicht streifen. Es war ein wunderbares Gefühl. »Und verraten damit Ihre Komplizen?«

Im Licht der Campinglampe drehte sich Becker zu ihm um. Der Mann war in Panik.

»Weil ich kein Mörder bin!«, flüsterte der junge Ingenieur. »Es war ein Unfall!«

»Sie reden von dem Jungen?«

»Ich habe das nicht gewollt! Paul hat völlig den Verstand verloren!«

Da sich Helwig allmählich von dem Kälteschock erholte, widmete er seine Aufmerksamkeit wieder dem in Decken gehüllten Filipino.

»Wo ist er jetzt?«, wollte Moses wissen. Er fühlte sich unendlich schwach. Das Reden kostete noch immer ungeheure Kraft. »Dieser Rogge, meine ich.«

»Oben auf der Brücke!«, sagte Becker. »Der neue Kapitän ist früher an Bord gekommen. Er will in zwei Stunden auslaufen. Sie müssen sofort vom Schiff runter! Sonst …«

Er stockte.

»Sonst passiert mit uns das Gleiche wie mit dem Jungen?«, fragte Moses, obwohl er die Antwort bereits kannte.

Becker warf einen nervösen Blick in Richtung Tür. »Die beiden sind völlig verrückt geworden! Sie müssen hier weg!«

»Was für ein Junge?«, meldete sich Helwig mit heiserer Stimme zu Wort. »Wovon reden Sie?«

»Später«, hustete Moses. Sein Hals fühlte sich wie ein Reibeisen an. Er ließ die Decke von seinen Schultern gleiten und versuchte aufzustehen, aber seine Beine knickten unter ihm weg. Er musste sich an dem Kistenstapel abstützen, andernfalls wäre er der Länge nach hingeschlagen.

»Bringen Sie mich sofort an Deck!«, forderte er den Ingenieur auf. »Ich muss telefonieren.«

»Besser, ich gehe!«, sagte Helwig. »Sie können doch kaum stehen!«

Sie wollte aufstehen, aber ihre steifen Gelenke versagten den Dienst. Sie kam nicht hoch.

»Sie bleiben!«, sagte Moses. »Ich gehe!«

»Hier geht niemand irgendwohin!«, schallte eine Stimme durch den dunklen, halb leeren Frachtraum. Dann trat der Bootsmann in den Lichtkreis der Lampe. Er hielt ein Kampfmesser in seiner Faust.

»Ich wusste, dass man sich auf dich nicht verlassen kann!«, knurrte er den jungen Schiffsingenieur an.

Becker wich ängstlich vor der geschwärzten Klinge zurück. »Bitte, Paul! Komm doch zur Vernunft! Noch ist es nicht zu spät!«

»Doch, das ist es«, erwiderte der ehemalige Fremdenlegionär ruhig. Er wedelte mit dem Messer in Richtung der Kühlkammer. »Los, rein da!«

»Das kannst du nicht machen!«, protestierte Becker. »Ohne mich bekommt ihr das Zeug nicht auf dem Schiff versteckt. Außerdem braucht ihr mich, um die Pakete wieder zurück an Bord zu schmuggeln. Oder wollt ihr die Lieferung einfach zurücklassen?«

Der Bootsmann zeigte sich unbeeindruckt.

»Der Erste trifft sich gerade mit einem neuen Käufer«, erklärte er in einem verächtlichen Ton. »Er müsste jeden Moment mit der Kohle zurückkommen. Also los. Ich wiederhole mich ungern!«

Er nickte in Richtung der Stahltür.

»Niemand geht da rein«, sagte Moses. Er stieß sich von den Kisten ab und machte einen unsicheren Schritt. Wenn er nicht in diesem erbärmlichen Zustand gewesen wäre, hätte er den Exlegionär vielleicht überwältigen können. Auch wenn er sich einem Profi gegenübersah, der zweifellos über weitaus mehr praktische Erfahrung verfügte, was den Kampf auf Leben und Tod betraf. In seiner jetzigen Verfassung jedoch war allein der Gedanke an Gegenwehr geradezu lachhaft.

»Legen Sie das Messer weg!«, befahl er dem Exlegionär. »Sofort!«

Rogge musterte ihn kalt. »Und wenn ich keine Befehle von Niggern wie dir annehme?«

»Dann müssen Sie mich eben zuerst umbringen …«

Der Bootsmann stierte Moses an.

»Vielleicht sollte ich das«, sagte er schließlich. »Ich wollte schon immer mal einen wie dich aufschlitzen. Das soll noch mehr Spaß machen als bei diesen Kaffern.«

Ein grausames Lächeln umspielte seine Mundwinkel. Erst jetzt bemerkte Moses, dass Helwig ihm einen verstohlenen Blick zuwarf. Offenbar versuchte sie, mit ihren gefühllosen Fingern unter der Wolldecke den Reißverschluss ihrer Lederjacke zu öffnen, um an ihre Pistole zu gelangen. Er musste ihr Zeit verschaffen.

»Geben Sie auf«, sagte Moses. »Sie haben nicht die geringste Chance! Meine Kollegen werden Ihnen so oder so auf die Schliche kommen. Ob Sie uns nun erstechen oder zuerst einfrieren und danach über Bord werfen. So wie Sie es mit dem blinden Passagier gemacht haben.«

»Dieser Schwächling hat sich also schon bei Papa ausgeheult«, sagte Rogge in Richtung des jungen Ingenieurs, ohne Moses aus dem Blick zu lassen.

»Und was ist mit Kilian?«, fragte Moses. »Warum haben Sie ihn umgebracht?«

»Sie meinen diese Schwuchtel?« Rogge zuckte mit den breiten Schultern. »Die ist plötzlich aufgetaucht und hat Fragen gestellt. Wollte wissen, wo der kleine Scheißer geblieben ist.«

Jetzt spuckte er aus.

Aus den Augenwinkeln sah Moses, dass Helwig immer noch am Reißverschluss ihrer Jacke nestelte. Wenn ihre Finger so steif waren wie seine, würde es noch ewig dauern, befürchtete Moses. Er musste etwas anderes versuchen. Also ließ er sich unvermittelt nach vorne fallen, um nach der Messerhand zu greifen. Rogge trat einfach nur einen Schritt zur Seite.

»Netter Versuch«, sagte er kalt. Dann wandte er sich, ohne hinzusehen, an Helwig: »Und du lässt deine Hände schön auf der Decke liegen, Schätzchen! Sonst bekommt dein Freund hier ein hässliches Loch in sein hübsches Affengesicht!«

Helwig gab ihre Bemühungen auf und ließ die Hände sinken.

»Lassen Sie meine Kollegin gehen!«, sagte Moses.

Er versuchte sich nicht anmerken zu lassen, dass er sich kaum auf den Beinen halten konnte.

Rogge lacht höhnisch. »Damit sie noch mehr von euch Bullen holt? Für wie blöd hältst du mich eigentlich?«

»Sie haben mich als Geisel.« Moses starrte auf die gezackte Klinge vor seinen Augen.

»Ich brauche keine Geisel«, sagte Rogge gelassen. »In zwei Stunden legen wir ab. Dann regelt sich die Sache von selbst. Auf jeden Fall gehe ich nicht mehr in den Knast. Nie mehr!«

Moses bemühte sich, gerade zu stehen.

»Meine Kollegen wissen, dass wir hier sind«, log er. Ein schwacher Versuch, das wusste er selbst. »Sie werden jeden Moment hier sein. Also geben Sie auf!«

Er suchte Blickkontakt zu dem jungen Ingenieur, aber der wich ihm aus. Offenbar war die Angst vor seinem Bordkameraden größer als sein Gewissen. Was Moses durchaus nachvollziehen konnte. Dieser Mann war eine tickende Zeitbombe.

»Deine Kollegen? Ich sag dir was: Ihr zwei seid allein. Sonst wären die längst hier!«

»Was hast du Wichser vor?«, zischte Helwig schwach. Sie versuchte ebenfalls aufzustehen.

»Das wirst du schon sehen, Süße. Also rein da jetzt!« Er wedelte mit dem Messer in Richtung der offenen Kühlkammertür. »Das gilt auch für dich und den Kleinen da.«

Er deutete mit seinem Kinn auf den am Boden liegenden Matrosen.

»Nein!« Moses richtete sich entschlossen auf. »Niemand geht da rein!«

»Du hast mir gar nichts zu sagen«, erwiderte Rogge kalt. »Ihr habt keine Wahl. Oder ist es dir lieber, wenn ich dich und deine kleine Nutte aufschlitze?«

Das Messer zischte durch die Luft und verfehlte Moses' Nase nur knapp. Er musste einsehen, dass jede Gegenwehr glatter Selbstmord war.

»Ich gehe da nicht wieder rein«, stieß Helwig hervor, während sie sich an den Frachtkisten abstützte. »Niemals! Da müssen Sie mich schon töten!«

»Wie du willst«, sagte Rogge und wandte sich ihr zu. »Es ist deine Entscheidung. Ich hätte mich für das Einschlafen entschieden.«

Als er einen Schritt auf sie zumachte, ertönte plötzlich das Getrampel von schweren Stiefeln. Dann drangen Rufe an Moses Ohr, Kommandos hallten durch den Frachtraum. Sekundenbruchteile später waren sie von schwer bewaffneten Gestalten umringt.

»Legen Sie sofort die Waffe weg!«, schrie jemand. Moses konnte ihn durch die Notbeleuchtung nur schwer erkennen. Dann trat er ins Licht der Campinglampe.

»Alles klar, Chef?«

Moses musste sich eingestehen, dass er noch nie so froh gewesen war, Leitners dämliches Grinsen zu sehen.

Rogge stand indessen wie angewurzelt da. Sein Gesicht verriet keine Regung. Plötzlich erwachte er aus seiner Erstarrung. Mit einer blitzschnellen Bewegung riss er Moses zu sich und hielt ihm die scharfe Messerklinge an die Kehle.

»Waffen runter! Sofort!«, schrie er. »Sonst schlitze ich eurem Nigger die Kehle auf!«

Moses spürte, wie etwas Warmes an seinem Hals hinunterlief. Die MEK-Männer hielten indessen ihre automatischen Waffen im Anschlag. Erst als der Einsatzleiter einen kurzen

Befehl bellte, gehorchten sie widerwillig. Sie senkten ihre Waffen.

»Geht doch!«, höhnte Rogge. »Und jetzt aus dem Weg! «

»Geben Sie auf!«, presste Moses hervor. »Sie haben keine Chance!«

»Lass das mal meine Sorge sein«, zischte Rogge ihm ins Ohr. »Vorwärts!«

Ohne das Messer auch nur einen Millimeter von seinem Hals zu nehmen, bugsierte er Moses in Richtung des nächsten Schotts.

»Lassen Sie das!«, schrie Leitner entgeistert, als einer der MEK-Männer ansetzte, seine Waffe wieder zu heben.

Rogge hielt inne. Er deutete mit dem Kinn auf die Pistole in Leitners Hand. »Gib her!«

Leitner zögerte erschrocken, aber als Moses ihm mit einem Blick sein Einverständnis gab, überreichte er Rogge widerstrebend seine entsicherte Waffe.

»Besten Dank!«, sagte Rogge. Dann stieß er Moses durch das offene Schott in den angrenzenden Maschinenraum. »Vorwärts!«

Moses stolperte und schlug beinahe der Länge nach hin.

Rogge steckte indessen das Messer weg und vergewisserte sich, dass ihnen niemand folgte. Dann schlug er Moses mit dem Pistolengriff brutal in den Rücken. »Na los! Worauf wartest du?«

»Geben Sie auf!«, sagte Moses, während er vorwärtstaumelte. »Meine Kollegen werden Sie erschießen!«

»Du solltest besser beten, dass *ich* deine Bullenfreunde nicht erschieße! Und jetzt Klappe halten!«

Ein erneuter Stoß in den Rücken ließ Moses weiter vorwärtsstolpern. Es fiel ihm schwer, sich in der schummrigen Notbeleuchtung zu orientieren. Dann erkannte er den Maschinenraum wieder. Hier unten hatte der Zollhund das Drogenversteck aufgespürt. Soweit er sich erinnerte, musste das Versteck etwa zehn Schritte weiter vorne auf dem Laufgitter gewesen sein. Ihm kam eine Idee. Vielleicht gab es doch noch eine Möglichkeit, lebend aus der ganzen Sache herauszukommen. Fieberhaft versuchte er sich zu erinnern, wo genau unter dem Bodengitter sich der Hohlraum befunden hatte. Er wurde langsamer, und als Rogge ihm wie erwartet einen Stoß in den Rücken versetzte, ließ er sich einfach fallen. Jetzt konnte er nur hoffen, dass er sich nicht verschätzt hatte. Als er aufschlug, schob er seine Finger in das lose Bodengitter und riss es heraus. Dann wirbelte er herum. Das schwere Gitter schlug Rogge die Waffe aus der Hand und traf sein linkes Ohr. Blutüberströmt taumelte er zurück. Aber er richtete sich wieder auf und zog das Messer aus seiner Hosentasche.

»Das wirst du mir büßen!«, knurrte er, während er nach seinem blutenden Ohr griff.

Er trat mit gesenktem Messer auf Moses zu, um ihm die Klinge in den Unterleib zu rammen. Doch plötzlich gab es einen Knall, und Rogge hielt mitten in der Bewegung inne. Dann brach ein ohrenbetäubendes Gewitter los. Die Schüsse aus den automatischen Waffen ließen den Maschinenraum erbeben.

36

Das Schanzenviertel besaß seine eigenen Regeln. Das wurde nicht nur durch die endlosen Graffiti-Tags an den Wänden und Türen deutlich, sondern auch durch die zentimeterdick übereinandergepappten Polit-Plakate auf den Verteilerkästen. Wo sonst bekam man noch Hammer und Sichel zu sehen? Proletarier aller Länder, vereinigt euch! Moses betätigte den Fensterheber, um frische Luft in den Wagen zu lassen. Obwohl nun schon einige Stunden vergangen waren, seit Rogge niedergeschossen worden war, klingelten seine Ohren noch immer von den Schüssen. Unwillkürlich tastete er nach dem Pflaster an seinem Hals, das sich unter seinem Rollkragenpullover verbarg. Es war ein wenig feucht. Offenbar hatte die tiefe Schnittwunde wieder zu bluten begonnen. Er schauderte und versuchte sich auf die Hausnummern zu konzentrieren. Er hatte Helwig angeboten, sie abzuholen. Nach den dramatischen Erlebnissen im Hafen war er ihr das schuldig.

Obwohl Moses eine halbe Stunde lang heiß geduscht hatte und danach in einen Erschöpfungsschlaf gefallen war, fiel es ihm schwer, das Erlebte von sich abzuschütteln. Im Nachhinein hatten sie einfach nur Glück gehabt. Das war die simple Wahrheit. Hätten Leitner und Elvers den Lieferwagen mit den Drogen nicht rechtzeitig aufgespürt und wäre der dabei überführte Erste Offizier nicht sofort geständig gewesen, lägen sie jetzt vermutlich tiefgefroren auf dem Grund der Nordsee.

Endlich hat er die richtige Nummer gefunden. Wie verabredet wartete Helwig bereits vor dem Haus. Als sie seinen Alfa entdeckte, erhob sie sich von den Treppenstufen, dann schwang sie sich auf den Beifahrersitz. Die Fahrt ins Präsidium würde etwa zwanzig Minuten dauern. Genug Zeit, um das loszuwerden, was Moses auf dem Herzen lag.

»Haben Sie sich ein wenig erholen können?«, erkundigte er sich. »Ich hoffe, Sie bekommen jetzt keinen falschen Eindruck von unserer Arbeit.«

»Schon klar, dass man nicht jeden Tag dem Tod ins Auge sieht«, erwiderte Helwig kurz angebunden.

Erst jetzt registrierte Moses, dass seine Kollegin zum ersten Mal nicht ihre Lederjacke trug. Die übergroße, ausgewaschene Jeansjacke war für seinen Geschmack allerdings nicht viel kleidsamer.

»Soll ich Sie nicht doch lieber bei einem Arzt absetzen?«, fragte er besorgt. Helwig machte auf ihn einen ungewohnt abwesenden Eindruck. Sie war extrem blass und saß kerzengerade in ihrem Sitz.

»Machen Sie sich um mich keine Gedanken«, erwiderte sie knapp. »Mir geht es gut.«

»Trotzdem möchte ich mich bei Ihnen entschuldigen«, sagte Moses, während sie das Schanzenviertel verließen und Richtung Winterhude fuhren.

»Entschuldigen?«, fragte Helwig verwundert. »Wofür?

»Weil ich Sie in Lebensgefahr gebracht habe«, erklärte Moses. »Als Ihr Vorgesetzter hätte ich das niemals zulassen dürfen.«

»Geschenkt«, sagte Helwig. »Außerdem war ich gewarnt.«

»Wie meinen Sie das?« Moses runzelte die Stirn.

»In der Kantine hört man so einiges.«

»Ach ja? Und was erzählt man sich da so?«

»Dass Sie zum Beispiel ständig auf eigene Faust handeln und gern ›ungewöhnliche‹ Sachen machen.«

Moses lachte. »Trotzdem muss ich mich bei Ihnen bedanken!«

»Dafür, dass ich versucht habe, meinen Job zu machen?« Helwig sah ihm zum ersten Mal in die Augen.

»Es war mehr als das«, sagte Moses. »Und das wissen Sie! Viele hätten an Ihrer Stelle die Nerven verloren. Abgesehen davon hätte der junge Matrose ohne Ihre Hilfe sicher nicht überlebt. Dafür bin ich Ihnen dankbar.«

Helwig machte eine wegwerfende Handbewegung. »Wie gesagt, dafür wurde ich schließlich ausgebildet.«

Sie spielte die toughe Lady, obwohl ihre angespannten Kiefermuskeln und unruhigen Hände ihm verrieten, dass ihre Gelassenheit lediglich Fassade war. Er konnte ihre Gefühle gut nachvollziehen. Wenn man dem Tod gerade so von der Schippe gesprungen war, fühlte sich der Alltag surreal an.

»Außerdem tut es mir leid, dass ich manchmal ein wenig schroff zu Ihnen gewesen bin«, fuhr er fort. »Und das meine ich ehrlich.«

»Schon vergessen«, erwiderte Helwig, während sie aus dem Fenster starrte.

»Nein, das ist mir wichtig«, insistierte Moses. »Ich war ungerecht zu Ihnen.«

Helwig drehte langsam den Kopf und sah ihn wieder an. »Hören Sie, ich weiß, dass Bonnekamp dafür gesorgt hat, dass ich die Stelle bekomme. Das habe ich inzwischen spitzgekriegt. Und wenn ich an Ihrer Stelle wäre, würde mich das auch total nerven. Aber ich kann nichts dafür, okay?«

»Okay«, räumte Moses ein. »Schon verstanden. Also dann, willkommen im Team!«

Er ließ das Lenkrad los und reichte Helwig die Hand. Er war der Meinung, dass er ihr das schuldig war.

»Hoffentlich bieten Sie mir jetzt nicht auch noch das Du an«, meinte Helwig, nachdem sie den Händedruck erwidert hatte. Sie blinzelte ihn schräg von der Seite an.

Moses runzelte überrascht die Stirn.

»Sorry«, sagte Helwig mit einem Grinsen. »Aber Stefan ist echt daneben. Da bleibe ich lieber beim ›Chef‹.«

Jetzt mussten sie beide lachen. Dann wurde Helwig wieder ernst. »Ich bin nur froh, dass wir das heil überstanden haben. Ich dachte wirklich, dass der Wahnsinnige Ihnen den Hals aufschlitzt«, sagte sie.

»Wie Sie sehen, ist das nicht so einfach«, erwiderte Moses.

»Wird er überleben? Rogge, meine ich. Wo ist er überhaupt?«

»Im UKE«, erklärte Moses. »Allerdings machen sich die Ärzte nicht viel Hoffnung. Eigentlich ist es ein Wunder, dass er überhaupt noch lebt. Diese Rambos vom MEK haben wirklich ganze Arbeit geleistet.«

»Wäre es Ihnen lieber gewesen, wenn wir Ihnen nicht weiter gefolgt wären? Und Rogge Ihnen das Messer in den Bauch gerammt hätte?«

»Nein«, räumte Moses ein. »Natürlich nicht. Sie haben recht. Ich verdanke Ihnen und Ihren ehemaligen Kollegen mein Leben.«

Helwig blickte wieder aus dem Fenster. »Vielleicht gibt es ja doch so etwas wie Gerechtigkeit«, sagte sie nach einer Weile.

»Wie meinen Sie das?«

»Na ja, irgendwie hoffe ich, dass er wieder lebendig aus dem Krankenhaus kommt. Wäre doch ein Jammer, wenn niemand dieses Schwein zu Rechenschaft zieht, finden Sie nicht?« Sie drehte sich Moses zu: »Seit wann wussten Sie eigentlich von dem blinden Passagier?«

Moses stoppte an der Kreuzung, um abzubiegen.

»Wirklich sicher war ich mir erst, als ich den Abschiedsbrief in der Kühlkammer gelesen habe«, gab er zu. »Aber im Nachhinein hätte mir das schon viel früher klar sein müssen. Als sich herausstellte, dass Kilian nicht in den Drogenschmuggel involviert war, hätte ich bei dem Marokko-Visum in seinem Reisepass aufhorchen sollen. Warum fährt ein einsamer homosexueller Mann plötzlich regelmäßig nach Nordafrika? Und als ich dann auf dem Frachter zufällig das arabische Sprichwort auf der Kühlkammertür gesehen habe, hätte ich einfach nur eins und eins zusammenzählen müssen.«

»Wie alt er wohl war?«

»Nach der Art, wie er seinen Abschiedsbrief formuliert hat, würde ich auf nicht älter als fünfzehn oder sechzehn tippen. Die Fotokopien, die er dabeihatte, sind noch nicht übersetzt.«

»Diese Schweine!«, brummte Helwig. Dann sah sie wieder aus dem Fenster. »Und was passiert jetzt?«

»Abwarten«, erwiderte Moses. Er setzte den Blinker und bog auf den Parkplatz des Präsidiums. »Der Schiffsingenieur ist offenbar bereit auszusagen. Ich denke, den Rest der Geschichte erfahren wir von ihm.«

37

Als Helwig und Moses den Konferenzraum betraten, saßen Elvers, Leitner und Viteri bereits rund um den langen Tisch. Becker, der junge Schiffsingenieur, saß auf einem Stuhl an der Stirnseite. An dem Whiteboard hinter ihm hing neben dem Foto des toten Waschsalonbetreibers ein weiteres Bild. Es stammte von dem Smartphone des marokkanischen Jungen. Ein Selfie, auf dem ein braun gebrannter Teenager mit nacktem Oberkörper in die Kamera lachte. Er hatte tiefschwarze Augen und feine, beinahe feminine Gesichtszüge. Im Hintergrund war ein strahlend blauer, von Palmen umsäumter Hotelpool zu erkennen.

Als Becker Moses erblickte, atmete er hörbar aus. Moses nickte ihm zu, dann setzten sich Helwig und er ebenfalls an den Tisch. Nachdem Leitner das Aufnahmegerät eingeschaltet hatte, kam Moses ohne Umschweife zur Sache. Nach dieser Nacht stand ihm nicht der Sinn nach Höflichkeit.

»Nennen Sie uns zuerst Name und Geburtsort«, begann er die Befragung.

Becker war nur noch ein Häufchen Elend. Bis vor einer Stunde war nicht einmal klar gewesen, ob sie die Befragung überhaupt würden durchführen können. Zu seiner Überraschung hatte Becker jedoch auf seiner Aussage bestanden. Offenbar wollte er sich die Dinge von der Seele reden. Jetzt aber hockte er zusammengesunken auf seinem Stuhl und machte mit gesenktem Blick die geforderten Angaben. So leise, dass er kaum zu verstehen war.

Moses beugte sich über den Tisch und schaltete das Aufnahmegerät wieder aus.

»Hat man Ihnen schon etwas zu trinken angeboten?«, fragte er. »Möchten Sie vielleicht ein Glas Wasser oder etwas anderes?«

Becker schüttelte stumm den Kopf. Moses schaltete das Gerät wieder ein.

»Also gut, dann fahren wir fort. Kennen Sie diesen jungen Mann dort?«

Moses deutete auf das Foto des marokkanischen Teenagers.

Becker drehte sich um und hob kurz den Kopf. Dann sah er Moses mit Tränen in den Augen an.

»Ich bin kein Mörder!«, jammerte er.

»Das sagten Sie bereits gestern Nacht«, warf Helwig ungeduldig ein. »Also, kennen Sie diesen jungen Mann oder nicht?«

Becker biss sich auf die Unterlippe und nickte.

Moses bedeutete Helwig, sich ein wenig zu zügeln. Danach wandte er sich wieder an den Schiffsingenieur. »Vielleicht beginnen Sie ganz einfach von vorn. Wann haben Sie den blinden Passagier auf Ihrem Schiff entdeckt?«

Becker schluckte. »Das war auf dem Weg in die Biskaya. Wir hatten La Coruña gerade hinter uns gelassen.«

»Und wer hat ihn gefunden?«

»Der Decksjunge. Sie haben ihn gestern Nacht kennengelernt. Er hat ihn in der Kühlkammer gefunden …«

»… dessen Tür defekt war«, ergänzte Moses.

Leitner, Elvers und Viteri warfen sich verständnislose Blicke zu, dann sahen sie Moses fragend an. Der hob abwehrend die Hand. »Fahren Sie fort!«, forderte er Becker auf.

Becker sackte noch ein Stück weiter in sich zusammen. »Ja, das stimmt. Die Tür klemmte. Sie ließ sich nicht mehr von innen öffnen.«

»Und deshalb ist der Junge erfroren«, sagte Moses.

Becker nickte wortlos.

»Aber was hat er in der Kühlkammer gemacht?«, wollte Elvers wissen. Sie hatte aufmerksam zugehört. »Er hatte doch sicher ein besseres Versteck. Warum hat er es verlassen?«

Der Schiffsingenieur zuckte mit den Schultern. »Vermutlich hat er etwas zu essen gesucht. Wir waren da schon einige Tage auf See.«

Zu diesem Schluss war Moses bereits selbst gelangt. Im Grunde war der Junge nur wegen eines defekten Türschlosses gestorben, dachte er bitter.

»Aber wenn es ein Unfall war«, wunderte sich Viteri, »warum haben Sie ihn dann nicht einfach der spanischen Küstenwache gemeldet?«

»Das liegt doch auf der Hand!«, mischte sich Leitner ein. Er konnte sich den schulmeisterlichen Ton nicht verkneifen. »Wenn man Drogen schmuggelt, will man keinen an Bord haben, der unnötige Fragen stellt. Wir haben auf dem Lieferwagen immerhin fast fünfzig Kilo Haschisch gefunden. Allerbeste Qualität! Die Jungs von der Drogenfahndung haben uns übrigens dafür eine Kiste Bier versprochen!«

Elvers verzog das Gesicht und enthielt sich eines weiteren Kommentars.

»Stimmt das?«, fragte Moses den jungen Seemann. »Sie haben den Jungen über Bord geworfen, weil Sie Ihr Geschäft nicht gefährden wollten?«

Becker starrte auf seine schwarzen Fingernägel. Er schluckte, dann setzte er an, um etwas zu sagen, aber die Stimme versagte ihm. Schließlich fasste er sich wieder.

»Wir … wir haben gedacht, der Junge wäre tot«, sagte er, ohne aufzusehen.

Im Raum breitete sich Schweigen aus.

»Wir haben erst im letzten Moment gemerkt, dass er noch lebt«, fuhr der junge Ingenieur tonlos fort. »Aber da war es schon zu spät. Glauben Sie mir, ich wollte das nicht!«

Er hob den Kopf, und sein gehetzter Blick sprang zwischen den fassungslosen Kommissaren hin und her. »Ich habe versucht, Rogge aufzuhalten, aber der ist völlig wahnsinnig! Sie haben ihn ja selbst erlebt. Er hat mich einfach weggestoßen und den Jungen über Bord geworfen.«

»Der Junge hat also noch gelebt, als Sie ihn über die Reling geworfen haben?«, fragte Elvers.

Becker knetete die Hände.

»Den Schrei werde ich nie vergessen …«, sagte er leise.

Moses war schockiert. Bislang war er davon ausgegangen, dass der Junge in der Kühlkammer erfroren war. Jetzt war es ein weiterer Mord.

»Und was ist mit dem Matrosen, der den Jungen gefunden hat?«, fragte er. »Hatten Sie keine Angst, dass er Sie verrät?«

»Rogge hat ihm Angst eingejagt«, erklärte Becker achselzuckend. »Das kann er gut.«

Erst jetzt wurde Moses bewusst, wie viel Mut der junge Filipino aufgebracht haben musste, um heimlich Kontakt mit ihm aufzunehmen. Er zeigte auf Kilians Foto, das neben dem des Jungen an dem Whiteboard hing.

»Sie kennen diesen Mann«, sagte er. »Warum haben Sie ihn umgebracht?«

Becker warf einen Blick auf das Foto. Dann sah er schnell wieder weg.

»Der Kerl ist plötzlich aufgetaucht, als wir im Hafen angelegt haben«, erklärte er leise. »Offenbar hatte er schon auf unser Einlaufen gewartet …«

»… und dummerweise wollte er wissen, wo der Junge geblieben ist, den Sie zuvor wie ein Stück Abfall ins Meer geworfen haben.« Moses war bemüht, sich seine Betroffenheit und seinen Zorn nicht anmerken zu lassen. »Also haben Sie den Mann ebenfalls umgebracht. Einfach so.«

Becker rutschte auf seinem Stuhl herum.

»Er ließ sich nicht abwimmeln«, erklärte er. »Der Junge muss auf dem Schiff sein, hat er immer wieder gesagt. Er habe Beweise dafür. Am Ende hat er mit der Polizei gedroht. Da hat Rogge einfach zugeschlagen. Das ging so schnell, dass keiner von uns reagieren konnte. Schätze, so was lernt man bei der Fremdenlegion.«

»Aber warum haben Sie den Toten anschließend in einen der Aalcontainer gesteckt?«, fragte Helwig mit gerunzelter Stirn.

»Wir mussten ihn schnell verstecken«, erklärte Becker. »Der Zoll hätte jeden Moment an Bord kommen können. Und die Container sind leicht zu öffnen. Die haben oben eine Klappe, damit man nach den Fischen sehen kann.«

»Wussten Sie, dass ein Großteil der Aale in diesen Containern illegal war?«, fragte Moses, obwohl er auch diese Antwort bereits kannte.

»Illegal?« Becker tat überrascht. »Nein. Woher sollte ich?«

Moses überging die Frage. Stattdessen nahm er den Faden wieder auf: »Nachdem die Überprüfung durch den Zoll abgeschlossen war, haben Sie die Nacht abgewartet. Dann haben Sie den Toten wieder aus dem Container geholt und im Park auf die Bank gesetzt. Korrigieren Sie mich, wenn ich falschliege.«

Becker fuhr sich über das Gesicht und nickte.

»Das war die Idee von Rogge und dem Ersten«, sagte er. »Sie wollten ihn vom Hafen und dem Schiff wegbringen. So weit wie möglich. Dass diese Viecher in ihn reinkriechen würden, daran haben wir nicht gedacht.«

Im Raum herrschte nachdenkliches Schweigen. Niemand sagte etwas. Becker sah von einem Kommissar zum anderen. »Was … was passiert jetzt mit mir?«, fragte er zaghaft.

Moses beugte sich über den Tisch und schaltete das Aufnahmegerät aus.

»Das wird der Staatsanwalt entscheiden«, sagte er. »In jedem Fall rate ich Ihnen, sich einen Anwalt zu besorgen. Wenn Sie wollen, kümmern wir uns darum. Allerdings werden wir Sie nicht gehen lassen können.«

»Ich wollte nie, dass jemand zu Schaden kommt!«, stieß der junge Ingenieur unter Tränen hervor.

Moses nickte Leitner zu, der daraufhin aufstand und sich hinter dem Schiffsingenieur positionierte. »Darf ich bitten«, sagte er.

Becker sah sich panisch um, aber da er nur in versteinerte Mienen blickte, leistete er der Aufforderung schließlich Folge. Er stand auf und ließ sich mit gesenktem Kopf von Leitner aus dem Raum führen, wo bereits ein Beamter auf ihn wartete, um ihn abzuführen.

Nachdem sich die Tür hinter ihm geschlossen hatte, fuhr sich Moses über den Nacken. »Gibt es eigentlich Neuigkeiten aus dem Krankenhaus?«

Viteri rückte seine schwarze Hornbrille zurecht. »Nichts Neues. Die Ärzte sind sich noch immer nicht sicher, ob er durchkommt. Eine Kugel hat offenbar die Leber zerfetzt.«

»Na, dann beten wir mal!«, knurrte Helwig.

Viteri und Elvers sahen sie verständnislos an.

»Dass er durchkommt, meine ich«, fügte Helwig hinzu. »Der Kerl soll büßen. Jetzt erst recht! Das Gleiche gilt für diesen schnieken Offizier!«

»Wo ist der überhaupt?«, wandte Moses sich an Elvers. »Wann können wir ihn verhören?«

»Im Moment ist er noch drüben im Rauschgiftdezernat«, erklärte Elvers. »Die Kollegen haben mir versprochen, dass sie ihn sofort rüberbringen, sobald sie mit ihm fertig sind.« Sie warf einen Blick auf die Wanduhr. »Eigentlich müsste er längst hier sein.«

»Ach, ja«, warf Leitner ein, »bevor ich es vergesse. Das Amtsgericht hat sich gemeldet. Wegen Kilian. Die wollten wissen, ob der Testamentseröffnung etwas im Wege steht.«

»Nein, von unserer Seite aus nicht«, sagte Moses nach kurzem Nachdenken. »Geben Sie das weiter?«

»Aber dann erbt dieser Travestiekünstler ja den kompletten Waschsalon!«, empörte sich Helwig. »Obwohl er seinen angeblichen Freund und Partner jahrelang beschissen hat.«

Die Welt ist leider weit entfernt davon, gerecht zu sein, dachte Moses. Aber das behielt er für sich. Letztendlich war es allein eine Sache der Gerichte, für Gerechtigkeit zu sorgen. Auch wenn ihm dies mitunter Magenschmerzen bereitete.

»Weiß man schon, was mit den nicht deklarierten Glasaalen geschehen ist?«, erkundigte er sich bei Elvers.

»Hilde Dosch verweigert die Aussage. Sie versteckt sich hinter ihren Anwälten«, erklärte Elvers. »Aber uns erzählt ja ohnehin niemand etwas. Das Verfahren liegt jetzt beim Zoll und bei der Fischereibehörde. Auch das Umweltministerium hat sich eingeschaltet, und etliche Naturschutzverbände. Ein Riesenwirbel.« Sie legte den Stift, mit dem sie gespielt hatte, vor sich auf den Tisch. »Wir sind jedenfalls raus aus der Sache!«

»Aber was ist mit dem Käufer der Aale?«, wollte Leitner wissen. »Diesem kleinen Chinesen? Hat man den in der Zwischenzeit festgenommen?«

Elvers zuckte mit den Schultern. »Die Kollegen von der OK meinten, dass das leider nicht so einfach ist. Sie hoffen aber, mit den illegalen Fischen endlich was gegen diesen Triadenboss in die Hand zu bekommen. Bislang wissen sie allerdings nicht einmal, wie genau die Aale nach Asien geschmuggelt worden sind. Fest steht nur, dass es ein ganzes Netzwerk geben muss. Den Flughafen eingeschlossen.«

Viteri strich sich ungläubig durch sein dichtes schwarzes Haar.

»Ich fasse es immer noch nicht«, sagte er. »Da werden auf dem gleichen Schiff Rauschgift und Aale geschmuggelt, ohne dass die Typen voneinander wissen.«

»Und ohne den blinden Passagier würde der Schmuggel munter weitergehen!«, fügte Helwig hinzu.

Moses dachte daran, dass der unbekannte marokkanische Junge einen grausamen Preis für seinen Traum bezahlt hatte.

»Ich verstehe einfach nicht, warum Kilian dem Jungen nicht einfach ein Visum besorgt hat«, meinte Viteri nach einer Weile. »Und ein Flugticket. Wie bei einem ganz normalen Touristen eben. Das hätte mit einer Verpflichtungserklärung doch möglich sein müssen.«

»Kilian wollte nicht, dass der Junge nach Deutschland kommt«, sagte Moses. »Soweit ich den Abschiedsbrief des Jungen verstanden habe, hat er sogar bis zuletzt versucht, ihm die Sache auszureden.«

»Also der Klassiker«, seufzte Elvers. »Für den einen sind es nur ein paar schöne Urlaubsstunden – für den andern der Traum von einem besseren Leben.«

»Ich weiß nicht«, widersprach Viteri. »Ich habe eher den Eindruck, dass der Junge Kilian wirklich am Herzen lag. Immerhin hat er seine Sorge um ihn mit dem eigenen Leben bezahlt.«

»Wie dem auch sei«, fuhr Moses fort. »Der Junge hat ihn vor vollendete Tatsachen gestellt, indem er sich an Bord des Frachters geschlichen hat. Die *Husum* war vermutlich nur das erstbeste Schiff, das Richtung Hamburg fuhr. Wenn die KTU mit der Auswertung des Handys fertig ist, liegt uns hoffentlich der Nachrichtenverkehr in ausgedruckter Form vor. Dann wissen wir mehr. Noch Fragen?«

»Wie hieß er?«, fragte Helwig.

»Wer?« Viteri blinzelte über den Rand seiner Brille hinweg.

»Der marokkanische Junge«, sagte Helwig. »Wir reden die ganze Zeit über ihn, dabei wissen wir nicht einmal seinen Namen.«

»Er hieß Zarif«, erwiderte Moses. »So hat er seine letzten Zeilen unterschrieben.«

Niemand sagte etwas, denn alle hingen ihren bedrückenden Gedanken nach. Nach einer langen Minute brach Moses das Schweigen. »Wie ich die Kollegen von der Drogenfahndung kenne, werden sie uns den Ersten Offizier heute nicht mehr überstellen. Unser Mordfall ist gelöst, und die Täter laufen uns nicht mehr weg. Deshalb schlage ich vor, wir machen für heute Schluss. Wir haben alle gestern Nacht zu wenig Schlaf bekommen.«

Sein Vorschlag erntete zustimmendes Gemurmel. Als sich die Kommissare gerade erheben wollten, flog die Tür auf, und Direktor Bonnekamp platzte herein. Er trug einen Sektkarton herein, den er auf den Konferenztisch knallte.

»Was machen Sie denn für Miesepetergesichter?«, strahlte Bonnekamp. »Wir haben etwas zu feiern!«

»Was feiern wir denn?«, fragte Viteri vorsichtig.

»Na, immerhin ist der Fall aufgeklärt! Die Täter sind geständig, und nebenbei haben wir noch dem internationalen Drogenhandel einen empfindlichen Schlag versetzt! Das beweist die Effizienz unserer Abteilung.«

Er blickte triumphierend in die Runde, dann rückte er seine rote Krawatte zurecht. »Der Innensenator hat mir seinen Dank ausgesprochen. Persönlich! Darauf sollten wir anstoßen.«

Niemandem war zum Feiern zumute. Dennoch ließ sich Bonnekamp nicht bremsen. Er zog seinen Auftritt unbeirrt weiter durch. Zweifellos war an ihm ein Talkmaster verloren gegangen, dachte Moses.

»Na los! Worauf warten Sie?« Bonnekamp klopfte auf den Sektkarton. »Bedienen Sie sich! Frisch aus der Kantine und schön kalt!«

»Wir haben keine Gläser«, sagte Elvers genervt.

»Dann besorgen Sie uns welche! Die Hamburger Kriminalpolizei wird doch wohl noch Sektgläser haben.« Dann stach er unvermittelt mit dem Zeigefinger nach Moses. »Und Sie möchte ich kurz unter vier Augen sprechen! Kommen Sie!«

Damit verließ er den Raum. Moses war verdutzt, aber er folgte dem Direktor auf den Gang hinaus.

»Um was geht es?«, fragte er.

Bonnekamp warf einen schnellen Blick den Flur entlang. Obwohl niemand zu sehen war, senkte er die Stimme: »Ich möchte Sie um einen Gefallen bitten.«

Moses legte die Stirn in Falten. »Macht Ihre Gattin Ihnen wieder die Hölle heiß?«

»Nicht so laut!«, sagte Bonnekamp, während er sich hastig umsah. »Es geht nicht um Kommissarin Helwig. Und auch nicht um meine Frau. Ich wollte Sie nur bitten, die Dinge nicht unnötig komplizierter zu machen, als sie schon sind.«

Moses' Stirnfalten wurden noch tiefer. »Ich verstehe nicht, worauf Sie hinauswollen …«

Bonnekamp seufzte. »Sie sind doch sonst auch nicht so schwer von Begriff. Hilde Dosch gehört zu den angesehensten Persönlichkeiten der Stadt. Und zu den spendabelsten! Das gilt auch für unseren Sportverein und den alljährlichen Polizeiball. Deshalb sollten wir uns ein wenig bedeckt halten. Sonst fällt da noch was auf uns zurück. Sie wissen, was ich meine. Ich verlasse mich da auf Sie.«

Moses nickte knapp und wandte sich ab. Er brauchte dringend frische Luft, sonst würde gleich ein Unglück geschehen.

»Wollen Sie denn nicht an unserer kleinen Feier teilnehmen?« Bonnekamp zeigte fragend auf die Tür des Besprechungszimmers.

»Ein anderes Mal«, brummte Moses. »Ich habe noch was Wichtigeres zu erledigen.«

Dann ließ er Bonnekamp stehen und eilte davon.

»Wichtigeres?«, rief ihm dieser hinterher. »Ich hoffe, das ist nicht wieder einer Ihrer unverantwortlichen Alleingänge!«

Aber Moses war bereits fort.

38

Die eisige Kälte wich mehr und mehr einer bizarren Wärme. Er versuchte etwas zu sagen. Doch niemand antwortete ihm. Dabei konnte er die Hände spüren, die ihn emporhoben! Er schrie, so laut er konnte, aber sein Schrei verhallte in der unheimlichen Stille, die ihn umhüllte. Er war gefangen in seinem eigenen Körper. Plötzlich schwebte er. *Mama!* Er fiel. Immer tiefer und tiefer. Bis ihn ein gewaltiger Schlag traf. Etwas Kaltes umschlang ihn, zog ihn hinab, presste mit nasser Faust die letzten Sauerstoffreste aus seiner Lunge.

Moses schreckte hoch. Durch das gekippte Fenster drang das Geschrei von Kindern, die im Hinterhof Fußball spielten. Er sah sich benommen um. Das von Sonnenlicht durchflutete Zimmer, die blaue Plastikgießkanne, die vor ihm auf dem gläsernen Couchtisch stand – ganz allmählich kehrte er in die Realität zurück. Nachdem er sich nur kurz hingesetzt hatte, um sich auszuruhen, war er im Sessel eingenickt. Er rieb sich die Augen. Allem Anschein nach hatte ihn die letzte Nacht doch mehr Kraft gekostet, als er sich selbst eingestehen wollte. Er fühlte sich wie nach einem Marathonlauf mit einem Sack Steine auf dem Rücken. Und noch immer hallte dieser grauenvolle Tagtraum in ihm nach.

Was für Träume mochte dieser marokkanische Junge gehabt haben? Welche Talente? Niemand würde es je erfahren. Es würde nicht einmal ein Grab für ihn geben. Moses fuhr sich mit der Hand über den Nacken und starrte auf die Gießkanne vor sich auf dem Couchtisch. Dann ging ihm Kilian durch den Kopf. Der einsame Waschsalonbetreiber hatte sein Urlaubsabenteuer mit dem Leben bezahlen müssen. Ob der ältere Mann echte Gefühle für den Jungen entwickelt hatte oder ob er lediglich ein Sextourist auf der Suche nach billigem Vergnügen gewesen war, wie Elvers vermutet hatte, wusste er nicht. Seine Hartnäckigkeit, die schließlich zu seiner Ermordung geführt hatte, ließ Moses hoffen, dass Kilian tatsächlich etwas an dem Jungen gelegen war. Zumindest wollte er das glauben, denn diese Vorstellung machte die Tragödie ein winziges Stück erträglicher.

Schwerfällig stemmte sich Moses aus dem Sessel. Dann füllte er die Gießkanne, um die Pflanzen zu gießen. Es waren nicht wenige, denn im Gegensatz zu ihm konnte Juliane nicht genug Grünzeug in ihrer Wohnung haben. Als hätte sie sich bereits ihr Leben lang auf die bevorstehende Dschungelexpedition vorbereitet. Immerhin hatten die meisten Pflanzen seine nachlässige Fürsorge überlebt. Nur die Orchidee im Bad bereitete ihm Sorgen. Als er schließlich fertig war, nahm er sich vor, Juliane eine Gießkanne zu schenken, die den Anforderungen ihres botanischen Gartens gerecht wurde. Anschließend warf er einen Blick auf seine Armbanduhr. Beunruhigt stellte er fest, dass er deutlich länger geschlafen hatte als gedacht. Jetzt musste er sich wirklich beeilen, um pünktlich zum Bahnhof zu kommen.

Er schloss die Wohnung hinter sich ab und eilte zu seinem Wagen. Die Fahrt zum Hauptbahnhof war nicht das Problem. Es war der Bahnhof selbst. Er war hoffnungslos überfüllt und stank. Besonders an der Seite Kirchenallee, wo ein kluger Planer eine öffentliche Toilette direkt neben den Eingang platziert hatte. Moses hielt den Atem an und zwängte sich durch die Reisegruppe vor ihm. Danach eilte er an den Fast-Food-Läden vorbei, wich einem Elektrokarren aus, und als er endlich vor der großen Anzeigetafel stand, stellte er erleichtert fest, dass er gerade noch rechtzeitig kam. Der Intercity aus Kopenhagen war soeben eingefahren. Moses ging zum Gleis. Er blieb unten an der Treppe stehen, um die ausgestiegenen Reisenden an sich vorüberströmen zu lassen. In der wogenden Menge an Köpfen den richtigen auszumachen, erschien ihm zuerst unmöglich. Doch dann entdeckte er sie. Juliane winkte ihm zu und versuchte, sich mit dem Rucksack über der Schulter zu ihm durchzuzwängen. Sie wirkte frisch und voller Tatendrang. Ihr blonder Pferdeschwanz wippte im Menschenstrom unternehmungslustig auf und ab. Als die Menge sie endlich bis vor seine Füße gespült hatte, fiel Juliane ihm wortlos um den Hals. Er kam gar nicht dazu, Hallo zu sagen, denn sie presste ihre Lippen fest auf die seinen.

»Schön, dass du mich abholst!«, lächelte sie, während sie sich wieder von ihm löste. »Ich dachte, dass du es vielleicht doch nicht schaffen würdest. Toll, dass du da bist.«

Sie gab ihm erneut einen Kuss. Dann hob sie den Rucksack auf, der ihr von der Schulter geglitten war.

»Lass uns hier verschwinden!«, brüllte Moses gegen die ebenso unverständliche wie lärmende Durchsage an, die in dieser Sekunde aus den Lautsprechern dröhnte.

Juliane nickte, und nachdem Moses ihr den Rucksack abgenommen hatte, hakte sie sich bei ihm ein. Der Bahnhof platzte mittlerweile aus allen Nähten, und auf dem Weg zum Ausgang stachen Moses unweigerlich die sozialen Probleme ins Auge, die hier wie unter einem Brennglas zutage traten. Man musste nur genau hinschauen. Verwahrloste Drogenabhängige, psychisch Kranke, alkoholisierte Obdachlose, aufgehübschte Stricher, Bettler – sie alle nutzten den Bahnhof als Aufenthaltsort und Wohnzimmer. Von den Taschendieben, die in der Menge auf arglose Reisende warteten, ganz zu schweigen. Die sozialen Verwerfungen waren allzu offensichtlich. Und sie wuchsen mit jedem Jahr. Ob der Junge am Ende hier gelandet wäre, wenn er seine Reise überlebt hätte? Moses versuchte seine dunklen Gedanken zu verdrängen. Juliane hing indessen an seinem Arm und schlenderte unbekümmert neben ihm her. Nicht zum ersten Mal war er froh, dass sie einen anderen Blick auf die Welt hatte, als es sein Beruf von ihm verlangte. Trotz der Geruchsorgie aus heißem Frittierfett und frischen Backwaren, die sie umgab, konnte er ihr Parfüm riechen. Er hatte sie vermisst. Wie sehr, spürte er komischerweise erst jetzt.

»Ich habe dich vermisst!«, sagte Moses, als sie aus dem Gebäude ins Freie traten.

Juliane sah überrascht zu ihm auf.

»Schön, dass du das sagst!« Sie drückte liebevoll seinen Arm.

»Wie war deine Reise?«, erkundigte sich Moses.

»Anstrengend. Wir hatten von morgens bis abends Programm. Von Kopenhagen habe ich nicht viel gesehen. Aber das Team ist wirklich nett. Vor allem Sören, der Leiter und Organisator.«

Auf eine gute Nachricht folgte prompt die schlechte, dachte Moses.

»Hast du die Tests bestanden?«, fragte er.

»Noch sind nicht alle Ergebnisse raus«, erklärte Juliane gut gelaunt. »Aber es sieht gut aus. Aber erzähl mir lieber von dir! Wie ich im Zug gelesen habe, habt ihr diesen ekelhaften Fall mit den Aalen gelöst. Gratuliere!«

»Danke.«

»Erzählst du mir davon?«

»Vielleicht später«, wich Moses aus. »Jetzt komm erst mal mit!«

Nachdem sie die Straße überquert hatten, verlangsamte Juliane unmerklich ihren Schritt.

»Ich habe gestern bis spät in die Nacht versucht, dich anzurufen«, sagte sie. »Wo warst du denn?«

Hörte er da etwa einen argwöhnischen Unterton heraus? Moses verkniff sich ein zufriedenes Grinsen.

»Ich war gestern Nacht am Nordpol«, sagte er stattdessen. »Dort gab es leider keinen Empfang.«

Juliane blieb abrupt stehen. »Du nimmst mich auf den Arm!«

»Nicht wirklich. Aber das erzähle ich dir später. Jetzt komm!«

»Was hast du vor?«

»Lass dich überraschen!«

Juliane lächelte unsicher. Dann hakte sie sich entschlossen unter, und sie setzten ihren Weg fort. Als sie auf den Parkplatz kamen, klemmte unter dem Scheibenwischer von Moses' Dienstwagen ein Strafzettel, obwohl er die Parkzeit lediglich um zwei Minuten überschritten hatte. Jetzt würde er sich wieder endlos mit den Pfennigfuchsern aus der Rechnungsabteilung herumschlagen müssen. Er riss den Strafzettel unter dem Wischblatt hervor und ließ die Türschlösser aufspringen. Kaum hatte Juliane sich angeschnallt, schien sie es nicht länger auszuhalten.

»Wohin fahren wir denn?«, fragte sie betont beiläufig.

Aber Moses blieb hart. Schließlich sollte es eine Überraschung werden.

»Das wirst du schon sehen«, erwiderte er mit einem Augenzwinkern.

Der Westwind hatte die Wolken des Vormittags vertrieben und einer wärmenden Frühlingssonne Platz gemacht. Die Terrasse unterhalb der Jugendherberge bot wie immer einen atemberaubenden Ausblick auf die Landungsbrücken und das Herz der Stadt, den Hafen. Als Moses und Juliane auf die runde Terrasse kamen, wurden sie bereits erwartet. Der junge Mann mit den Rastalocken und dem fleckigen T-Shirt saß auf der Banklehne und rauchte. Als er Moses kommen sah, rutschte er von der Bank, schmiss die selbst gedrehte Kippe auf den Boden und trat sie mit seinem Turnschuh aus. Moses bat Juliane kurz zu warten, dann ging er zu dem jungen Mann hinüber. Ihre Augen wurden noch größer, als sie beobachtete, wie dieser den Kasten auf einem Lieferfahrrad aufklappte und einen Weidenkorb herausnahm. Geldscheine wechselten den Besitzer, anschließend schwang sich der Lieferbote auf sein Fahrrad und radelte fröhlich pfeifend davon, was wohl auf das großzügige Trinkgeld zurückzuführen war.

Moses kehrte mit dem Korb zurück.

»Was hast du vor?«, fragte Juliane belustigt.

»Feiern!«, sagte Moses. »Was sonst? Also setz dich.«

Er deutete auf »ihre« Bank. Wie er gehofft hatte, war sie frei.

»Und was feiern wir?«, wollte Juliane wissen, während sie der Aufforderung neugierig nachkam.

»Uns! Und natürlich dein Forschungsprojekt. Jetzt steht der großen Reise ja nichts mehr im Weg.« Moses stellte den Korb zwischen sie. »Ich weiß, wie viel dir das Projekt bedeutet. Deshalb tut es mir auch leid, dass ich in den letzten Wochen etwas abgelenkt war. Dieser Fall hat mich völlig in Beschlag genommen. Aber jetzt holen wir das nach!«

Er schlug das karierte Tuch zurück, mit dem der Korb zugedeckt war. Zum Vorschein kam eine exquisite Auswahl an mediterranen Käse- und Wurstspezialitäten, mundgerecht zubereitet. Dazu ein noch warmes Walnussbrot sowie in einer separaten Kühltasche eine Flasche Dom Pérignon samt Gläsern.

Juliane riss die Augen auf. »Champagner? Du bist verrückt! Es ist mitten am Tag!«

»Was solls«, entgegnete Moses, während er die Flasche entkorkte. »Weißt du noch, wie wir uns hier kennengelernt haben? Genau hier, auf dieser Bank?«

»Natürlich. Wie könnte ich das vergessen?«, sagte Juliane zärtlich.

»Du hattest damals dieses Blümchenkleid an.«

»Das weißt du noch?«, staunte Juliane.

Moses reichte ihr ein Glas. »Da warst du auf Wohnungssuche und nicht besonders freundlich.«

Juliane lachte. »Ich hatte furchtbar schlechte Laune, weil mich der Vermieter versetzt hat. Ich war ekelhaft – sprich es ruhig aus!«

»Aber nicht allzu lange …«

»Nein, das stimmt.« Juliane schaute ihn liebevoll an. Sie hob ihr Glas: »Auf uns!«

»Und auf Papua-Neuguinea und dein Projekt!«

Sie stießen gemeinsam an und küssten sich. Dann schwiegen sie. Nachdenklich betrachtete sie den perlenden Inhalt ihres Glases. Sie wirkte verlegen, was eigentlich nicht zu ihr passte. Dann drehte sie den Kopf und lächelte scheu. »Also schön, was hast du auf dem Herzen? Raus damit!«

Moses war völlig perplex. War er so leicht zu durchschauen?

»Jetzt mach nicht so ein Gesicht«, stöhnte Juliane. »Ich kenne dich lange genug, um zu wissen, dass Spontanität und Romantik nicht deine Stärken sind. Irgendetwas quält dich. Als ich weg war, muss was vorgefallen sein. Etwas Gravierendes, habe ich recht?«

»Du hättest zur Polizei gehen sollen«, erwiderte Moses zurückhaltend. Er fühlte sich ertappt.

»Geht es um deine Jugendfreundin? Wie hieß sie noch?«

»Hilde.«

»... diese Hilde. Hat es etwas mit ihr zu tun?«

»Auch«, sagte Moses. »Aber nicht so, wie du jetzt vielleicht denkst«, fügte er hastig hinzu. »Wie kommst du darauf?«

»Ach, nur so. Vergiss es einfach.« Obwohl sie es zu verbergen versuchte, wirkte Juliane erleichtert. »Was ist es dann?«

»Mein Fall, ich muss dir was erzählen ...«

Juliane machte ein erstauntes Gesicht. »Ich dachte, dein Fall wäre gelöst.«

»Das ist er auch ...«

Moses drehte verlegen das Glas in seiner Hand.

»Was ist es dann? Hat es vielleicht mit der Verletzung zu tun, die du da am Hals hast?«

Moses zog instinktiv den Rollkragen seines Pullovers ein Stück höher, um das Pflaster zu verbergen.

»Warst du damit im Krankenhaus?«, fragte sie besorgt. »Das sieht schlimm aus!«

Moses zögerte. Er rang mit sich. Sollte er Juliane wirklich alles erzählen? Ihr sein Herz ausschütten? Er blickte auf die schimmernde Elbe hinaus. Boote und Schiffe fuhren über das stahlgraue Wasser, und am gegenüberliegenden Ufer wachten die Containerkräne wie riesige außerirdische Wesen über das wirtschaftliche Wohl der Stadt. Irgendwo dort hinten musste die *Husum* liegen. Ohne Bootsmann, Ingenieur und Ersten Offizier würde der Frachter so bald nicht auslaufen können. Moses musste an den marokkanischen Jungen denken, der halb erfroren über Bord geworfen worden war. In schwarzer Nacht auf dem offenen Meer. Moses fröstelte trotz der warmen Frühlingssonne auf seinem Gesicht.

»Kümmere dich nicht um die beiden!«, sagte Juliane plötzlich.

»Wie bitte?«, blinzelte Moses.

Erst jetzt bemerkte er das Rentnerpaar, das ihnen im Vorbeigehen empörte Blicke zuwarf. Der Mann raunte seiner Frau etwas zu, und an den verkniffenen Mienen ließ sich unschwer ablesen, dass es keine Nettigkeit war. Wie so oft wurden ein schwarzer Mann und eine weiße, noch dazu blonde Frau offenbar als Provokation empfunden. Aus welchem Grund auch immer. Daran hatten auch die vergangenen dreißig Jahre wenig geändert. Im Gegensatz zu Juliane fielen Moses solche missbilligenden Reaktionen schon gar nicht mehr auf.

»Die beiden habe ich gar nicht bemerkt«, winkte er ab.

Juliane nippte an ihrem Glas. Schließlich sah sie ihm direkt in die Augen.

»Du hast meine Frage immer noch nicht beantwortet«, sagte sie. »Irgendetwas brennt dir auf der Seele. Das spüre ich doch. Außerdem will ich wissen, woher du diese Verletzung hast. Also raus damit!«

Moses erwiderte ihren Blick. In ihm tobte ein Konflikt. Unweigerlich kamen ihm die letzten Zeilen des Jungen in den Sinn.

It's so cold! I wish you were here! I'm dying …

Schließlich atmete er tief aus.

»Es geht um einen Jungen«, sagte er leise.

»Einen Jungen?«, wunderte sich Juliane. »Ich dachte, der Tote auf dem Spielplatz war ein Waschsalonbesitzer. Zumindest stand das vor meiner Abreise in den Zeitungen.«

»Das stimmt auch«, erwiderte Moses mit düsterer Miene. »Aber in Wahrheit waren es zwei Morde. Das haben wir aber erst später herausgefunden. Kilians Mörder haben auch noch einen Jungen getötet.«

Juliane sah verwirrt aus.

»Jetzt verstehe ich gar nichts mehr«, sagte sie.

Moses kippte den restlichen Champagner hinunter und stellte das leere Glas neben sich auf die Bank. Dann fuhr er sich mit der Hand über den Nacken. Schließlich begann er, Juliane alles zu erzählen. Von dem Schmuggel der Glasaale und der Verwicklung seiner Jugendfreundin Hilde Dosch, ebenso wie von den Drogengeschäften und seinem lebensgefährlichen Abenteuer an Bord des Frachters, das mit der Verhaftung des kriminellen Trios endete. Und er erzählte ihr von dem blinden Passagier an Bord des Schiffes und dessen grausamem Schicksal.

Als Moses fertig war, schüttelte Juliane fassungslos den Kopf. »Dann musste dieser Kilian nur sterben, weil er von dem ersten Mord an dem Jungen wusste?«

»So sieht es aus«, nickte Moses.

»Und die drei haben ihn wirklich nachts über Bord geworfen? Einfach so? Obwohl er noch am Leben war?«

»Das hat zumindest einer von ihnen ausgesagt«, sagte Moses bedrückt. »Ich habe die Befürchtung, dass er die Wahrheit gesagt hat.«

»Der arme Junge!« Juliane war bestürzt. »Das ist ja furchtbar. Weißt du, wie er hieß?«

»Zarif. Mehr wissen wir noch nicht. Die marokkanische Botschaft hat es offenbar nicht besonders eilig.«

Moses betrachtete seine Fingerspitzen und rang mit sich selbst. Schließlich gab er sich einen Ruck.

»Da ist noch etwas«, sagte er leise. »Etwas, worüber ich noch nie geredet habe.«

Juliane schwieg. Sie schien zu spüren, wie viel Überwindung ihn das Reden kostete.

Moses hob den Kopf. Er sah sie durchdringend an. »Hast du

dich eigentlich nie gefragt, wie ich nach Deutschland gekommen bin?«

Juliane wirkte überrascht. »Was? Du hast mir erzählt, dass du adoptiert worden bist. Stimmt das etwa nicht?«

»Ich meine vorher. Bevor ich nach Hamburg gekommen bin …«

»Nein«, gestand Juliane.

Moses blickte auf den Hafen.

»Ich war auch auf so einem Schiff«, sagte er tonlos, während er das Treiben auf der Elbe beobachtete. »Genau wie dieser Junge. Darüber habe ich nicht einmal mit meinen Adoptiveltern oder Henning geredet. Ich meine, wie das gewesen ist.«

Juliane unterbrach ihn nicht. Sie schien zu ahnen, wie viel Kraft ihn das Gespräch kostete. Sie nahm seine Hand und drückte sie zärtlich.

»Dabei kann ich mich nicht einmal richtig erinnern«, fuhr Moses fort. »Ich weiß bis heute nicht, wie ich auf das Schiff gekommen bin und wer mich dort versteckt hat. Nur an die tagelange Dunkelheit und den Hunger erinnere ich mich. Das werde ich nie vergessen. Ich hatte die ganze Zeit schreckliche Angst.«

Je länger er redete, desto mehr sprudelte es aus ihm heraus. Es war wie eine Befreiung. Juliane stellte keine Fragen, machte keine Bemerkungen, sie hörte einfach nur zu. Und so gestand Moses ihr, wie sehr ihn der sinnlose Tod des marokkanischen Jungen berührte. Dass ihn sein Schicksal an seine eigene Geschichte erinnerte. Er beichtete ihr, wie sehr ihn die Unwissenheit über seine Herkunft quälte. Wie sehr es ihn verfolgte. Tag und Nacht.

»Ich weiß nicht, wer meine leiblichen Eltern sind«, sagte Moses. »Kannst du dir vorstellen, wie sich das anfühlt? Dieses Loch in einem drin?«

Juliane erwiderte nichts. Stattdessen berührte sie sanft sein Bein.

»Im Grunde hatte ich Glück«, stieß Moses verbittert hervor. »Im Gegensatz zu dem Jungen. Mich hat man nicht wie Abfall auf hoher See entsorgt.«

Juliane suchte erneut seine Hand und drückte sie zärtlich. Sie sagte: »Du lebst. Und wir sind hier. Das ist es, was zählt.« Dann stellte sie den Picknickkorb, der zwischen ihnen stand, zur Seite und schmiegte sich an ihn.

Schweigend sahen sie den Möwen zu, die über dem glitzernden Fluss ihre Kreise zogen.